विघटन

युवाओं के संघर्ष की कहानी

जयनंदन

राजपाल

₹ 350
ISBN : 9789350641453

VIGHATAN (Novel)
by Jainandan
मुद्रक : प्रांजलि प्रिंट लाइन, साहिबाबाद

राजपाल एण्ड सन्ज़
1590, मदरसा रोड, कश्मीरी गेट, दिल्ली-110006
फोन : 011-23869812, 23865483, फैक्स : 011-23867791
e-mail : sales@rajpalpublishing.com
www.rajpalpublishing.com
www.facebook.com/rajpalandsons

1

सोनवारे नरहरि और उसकी संस्था 'वरदान पुष्प' को प्रायः पूरा विधातानगर जानने लगा था। वह एक चर्चित व्यक्ति की श्रेणी में शामिल हो गया था। शहर में कई तरह की यत्र-तत्र बिछी हुई बाधायें, अड़चनें, बुराइयाँ, विकृतियाँ, विसंगतियाँ, जो देखने में छोटी और तुच्छ मालूम होती थीं और इन पर न प्रशासन का ध्यान जाता था, न आम नागरिकों का हस्तक्षेप दर्ज होता था, नरहरि उन्हें गम्भीरता से उठाता था और उनके समाधान के लिए खुद को झोंक देता था।

एक दिन अचानक शहर के लोग कब्रिस्तान को लेकर स्थानीय अखबारों में उसके द्वारा दायर जनहित याचिका की खबर पढ़कर अचम्भित रह गये। लिखा था—"शहर के बीचोबीच बेशकीमती 90 एकड़ के भूखंड पर कब्रिस्तान का होना एक बहुत ही घटिया प्रशासकीय दृष्टि का नमूना है। ज़िन्दा आदमी को रहने की जगह एकान्त में, किनारे, दूर और बियावान जैसे स्थल पर और मुर्दों को रहने के लिए अरबों-खरबों की कीमत वाले इतने महँगे इलाके में? इसके कारण अक्सर मुख्य बाज़ार से जुड़ी अतिव्यस्त सड़क पर जाम की स्थिति बन जाती है। फ़्लैट बन जाये तो हज़ारों लोग रह सकें या कमर्शियल मार्केट बन जाये तो हज़ारों को रोज़ी-रोटी मिल जाये। इसे क्यों नहीं कहीं किनारे और आबादी से दूर शिफ्ट कर दिया जाये? घनी आबादी के बीच भूतों का डेरा सरासर एक विवेकहीन सच्चाई है।"

"ये कौन है सोनवारे नरहरि नाम का आदमी जो इस तरह कम्युनल (फिरकापरस्त) तथा भावनाओं को भड़काने वाली राय दे रहा है? शहर की शान्ति को भंग करनेवाला पागल, अहमक यह कौन है? यह कब्रिस्तान आज नहीं बना, कोई पचास साल से इस जगह पर है। उस समय तो इसके आस-पास कोई आबादी नहीं थी। अब यह हमारी पूरी कौम के अक़ीदः का सवाल है। जब यहाँ पहले से कब्रिस्तान था तो यहाँ आबादी बसी क्यों?" किसी फारुक मदरसे के मौलवी मो. नईम का जवाब साया हुआ।

''ठीक है, जब बना था तो उस समय यह जगह लाज़िमी रही होगी। लेकिन आज की परिस्थिति में इसका यहाँ होना सरासर अनुपयुक्त और गैरमुनासिब है। वक्त के साथ हमें बदलना आना चाहिए। जो चीज़ें आगे चलकर अपने गलत होने का एहसास देने लगती हैं, उसे तो बदलता ही है आदमी। यह तो कोई स्थापत्य धरोहर कला है नहीं कि इसे बदला नहीं जा सकता। मुर्दे ही तो दफ़्न हैं इसके अन्दर जो कबके मिट्टी में मिल चुके होंगे। जगह बदल लेने से ऐसा तो है नहीं कि मुर्दे बेघर हो जायेंगे और उनकी सेहत खराब हो जायेगी?'' नरहरि ने जवाब पर फिर सवाल मारा।

''यह तो सीधा हमारे जज़्बात पर हमला है। दफ़्न होने वाले सिर्फ़ मुर्दे नहीं, वे हमारे पुरखे हैं। हम यहाँ उनकी कब्रों पर फातिहाखानी करते हैं, कलमा पढ़ते हैं, उन्हें याद करते हैं। हम अपने कुरान के इस पैगाम में यकीन करते हैं कि एक दिन कयामत के बाद ये सारे पुरखे (मुर्दे) जीवित हो उठेंगे।'' नईम ने अपने पक्ष की जिरह को आगे बढ़ाया।

कुछ तटस्थ किस्म के बुद्धिजीवी लोग नरहरि को समझाने में लग गये, ''अल्पसंख्यक हितों की रक्षा करना एक अघोषित दायित्व होता है समाज के बौद्धिकों और अमनपसन्दों का। उनकी गैर-मुनासिब और नाजायज हरकतों या कारगुज़ारियों को भी नज़रअन्दाज़ कर देना सभ्य समाज का चरित्र होता है। इसलिए अगर आँख में खटकने वाला कोई गलत काम भी दिख जाये तो उसे बख्श देना ही एक स्वस्थ रिवाज है।''

''यह तो सरासर तुष्टिकरण का मामला हो गया। ऐसा तो वोट माँगने वाले नेता लोग करते हैं। हम कौम और मजहब देखकर किसी प्रसंग को नहीं उठाते। हम तो बस आम आदमी और पूरे समाज की बेहतरी को ध्यान में रखकर बातें कर रहे हैं। हम यहाँ इसलिए कब्रिस्तान हटाने की बात नहीं कर रहे कि वह मुसलमानों से जुड़ा है। इस जगह पर हिन्दुओं का श्मशान घाट होता तो हम उसे भी स्थानान्तरित करने की माँग करने से पीछे नहीं रहते। इसके स्थानान्तरित होने से जो लाभ और सहूलियत मिलेगी, उनसे मुसलमान भी लाभान्वित होंगे। यहाँ जाम जब लगता है तो उसमें मुसलमान भी फँसते हैं। हमने तो सड़क पर बना दिये गये मन्दिर को भी हटाने का अभियान चलाया है।''

विघटन

मन्दिर हटाने का मुद्दा उन दिनों उठाया गया था जब नरहरि बी.ए. की परीक्षा दे रहा था। मास्टर ताराकान्त दास के आवास पर उनकी उदार छत्रछाया में रहकर कई लड़के परीक्षा की तैयारी करते थे। ताराकान्त यों तो एक हाईस्कूल के शिक्षक थे, लेकिन नीची और ऊँची कक्षाओं के छात्र भी वहाँ रहकर हौसला ग्रहण करते थे। नरहरि भी उनमें एक था। मास्टर जी का आवास लगभग एक लघु छात्रावास में परिणत रहता था। अपने घर की दो कोठरियों को उन्होंने उन साधनहीन लड़कों के लिए बहाल कर रखा था जो दूर-दराज के गाँव में रहते थे और जातीय व सामाजिक तौर पर मुख्य धारा से पिछड़े हुए थे। जितना सम्भव हो सके शिक्षा की रोशनी को अँधेरे कोनों तक पहुँचाना मास्टर जी का एक निजी मिशन था। इसमें वे अपनी सामर्थ्य का अधिकतम उपयोग करने में लगे रहते थे। उनका स्वभाव जायज के प्रति खुलकर समर्थन देने और नाजायज के प्रति खुलकर विरोध करने का था। मास्टर ऐसी ही सीख लड़कों में भी भरने की कोशिश करते थे। कहते थे कि समाज में जो कुछ भी गलत और असंगत हो रहा है उसका मूकदर्शक बनकर रहना एक प्रकार की कायरता है।

2

मास्टर जी के आवास के पास से ही एक सड़क गुज़रती थी। यह सड़क स्टेशन जाने वाली एक मुख्य सड़क से जुड़ती थी, इसलिए इसका अत्यन्त व्यस्त रहना लाजिमी था। इस सड़क के हाशिए पर ही दो मन्दिर बना दिये गये थे। दोनों के बीच महज 500 गज का फ़ासला था। इतने पास में दो मन्दिरों के होने का औचित्य पाखंडियों के अलावा किसी को समझ में नहीं आ सकता था। इन मन्दिरों के कारण सड़क को सँकरा हो जाना पड़ा और अक्सर जाम की स्थिति बनी रहने लगी। शर्मनाक यह था कि लोग ठिठककर, रेंगकर, कुढ़कर रास्ता नाप लेते थे, भले ही कितना ही समय और ईंधन बर्बाद हो जाये, लेकिन मुखालफ़त-बगावत का हुँकार तक निकालने का कोई साहस नहीं कर पा रहा था।

मन्दिर के शीर्ष पर बँधे लाउडस्पीकर से सुबह चार बजे से ही घिसे-पिटे भक्ति गीतों की रिकॉर्डिंग बजनी शुरू हो जाती थी और प्रायः दोपहर तक बजती रहती थी। फिर शाम को छह बजे से शुरू होकर आठ-नौ बजे तक चलती रहती। कभी कोई विशेष अवसर होता, जैसे किसी को अखंड मानस पाठ करवाने की मन्नत

पूरी करनी हो, कभी कोई बाबा आ गया प्रवचन करने तो बिना किसी विराम के भोंपू किसी विषैले धुआँ उत्सर्जक चिमनी की तरह ध्वनि विकार उगलता रहता। पढ़ने-लिखने वाले बच्चों की पढ़ाई और चैन से सोनेवालों की नींद हराम हो जाती। बीमार पड़ गये लोगों को तो यह कोढ़ में खाज की सजा देने लगता था। इसे झेल लेने की सबकी आदत-सी हो गयी थी। लोग मन मसोस कर और घुट कर रह जा रहे थे।

पढ़ने वाले लड़के चूँकि साइकिल से या पैदल ही आना जाना करते थे, इसलिए उन्हें जाम के कहर से बावस्ता नहीं होना पड़ता था। लेकिन इन मन्दिरों का होना अतिशय असह्य तब हो उठा जब आसन्न परीक्षा के वक्त ही आठ दिनों का अखंड यज्ञ शुरू हो गया और दोनों मन्दिरों के कंगूरों पर प्रतिद्वन्द्विता में चारों दिशाओं को गुँजानेवाले चार-चार बड़े भोंपू बाँध दिये गये और उनसे रात-दिन बेसुरी आवाज़ में भजन, प्रवचन या अखंडपाठ के रेकॉर्ड बजा दिये जाने लगे। बजाने का भी कोई नियम-कानून है इसकी कोई परवाह नहीं।

मास्टर जी ने इसकी शिकायत पुलिस से की, एस.डी.ओ. को लिखा, जिलाधिकारी को लिखा, किसी ने होंठ नहीं फड़फड़ाये यह कहकर कि आस्था का सवाल है, मना करने से लोगों की भावना भड़क जायेगी।

नरहरि ने महसूस किया कि लोगबाग की तरह इस मुसीबत पर मौन रह जाने से इम्तहान खराब हो जाने का शाप झेलना एक बहुत बड़ी सजा हो जायेगी। उसने अपने साथियों से मंत्रणा की और मिलजुलकर कंगूरों पर चढ़कर सभी चोंगों को नोच-चोथ कर नाले में फेंक दिये। मास्टर जी ने ऐसा करने के लिए उकसाया तो नहीं लेकिन ऐसा हुआ तो वे भीतर से खुश हुए और बच्चों में खुद को प्रतिबिम्बित पाया।

मन्दिर संचालन कमिटी के सदस्यों के गाल पर जैसे तमाचा लग गया हो। वे गुस्से से फनफना उठे और इसे अपने धर्म पर हमला की संज्ञा देने लगे। इन मन्दिरों का और इस बस्ती का खुद को स्वघोषित आका मानने वाले चौला सिंह को लगा कि यह सीधे-सीधे उसे ललकारने और उससे पंगा लेने का दुस्साहस है। वह यहाँ स्टील कारखाना बनने और इस शहर के बसने के समय का एक बर्बर और बाहुबली खैरा सिंह का पोता था। खैरा को कम्पनी प्रबन्धन ने इस इलाके की देखभाल के लिए एक पहरेदार के तौर पर तैनात कर रखा था। वह रखवाली करता था कि कारखाने में काम करनेवाले मज़दूर भाग न जायें और कारखाने से चोरी का

माल कोई चारदीवारी के इस तरफ़ न फेंक दे। आगे चलकर उसने उस समय के निर्जन और बीहड़ बस्ती के कई प्लॉटों पर उसके मालिक भोले आदिवासियों को खदेड़कर कब्ज़ा जमा लिया। अब तक वह मार-धाड़ और खून-खराबा करके एक भयानक सरगना बन चुका था।

थोड़े ही समय बाद विस्तारित होते शहर का यह हिस्सा मुख्य बाज़ार और आवासीय मकानों से पट गया। खैरा सिंह के मरने के बाद उसका बेटा चम्पू सिंह भी उसी के नक्शेकदम पर चलते हुए ज़ोर-जुल्म और आतंक की छवि लेकर जिया। जब उसकी हत्या हो गयी तो उसके दो बेटों चौला सिंह और धौला सिंह ने अपराध करने की पुश्तैनी गद्दी सँभाल ली। वह राजनीति भी करने लगा था और बिहार के कई चंट किस्म के नेताओं से उसकी करीबी हो गयी थी। इस मटकीडीह में कोई भी बिल्डर अपार्टमेंट बनाये या फिर कोई पक्का मकान बनाये, बिना उसे चढ़ावा चढ़ाये कदम आगे नहीं बढ़ा सकता। बिल्डरों को उसके नाम एक फ़्लैट की रजिस्ट्री करनी पड़ती थी।

तो इसी चौला सिंह के दादा द्वारा सड़क के बाजू पर निर्मित थे ये दोनों मन्दिर। ज़ाहिर है इन मन्दिरों को वह अपनी जागीर समझता था। यज्ञ, हवन और पूजा-पाठ की दुकान चलाते हुए वह अपना दबदबा भी रोपता था और समाज सेवा के नकली मुखौटे से सबको प्रभावित भी किये रहता था। चोंगों के नोचे जाने को उसने अपने एकछत्र दबंगई और प्रभुताई के रास्ते में दखलअंदाज़ी की तरह लिया और अपने गुर्गों द्वारा नरहरि को अपने अड्डे पर पकड़वा लाया।

''तो तुम्हीं हो मन्दिर के चोंगों को नोचकर नाले में फेंकनेवाले?'' आँखें तरेरकर पूछा चौला सिंह ने।

''आवाज़ से कान फटे जा रहे थे। इधर रहने वाले सभी स्कूली छात्रों की परीक्षायें शुरू होने वाली हैं। सबका पढ़ना मुहाल हो गया था। बजाने से मना करने पर भी कोई मान नहीं रहा था, फिर क्या उपाय था इसे बन्द करने का?'' निडरता से कह दिया नरहरि ने।

''इसका अंजाम तुम्हें पता है?'' चौला के चेहरे पर गुस्सा छलछला आया।

''हाँ, पूरी शांति छा गयी। सभी लोग खुश हो गये और हमें पढ़ने में मन लगने लगा।''

''बहुत सयाने बन रहे हो तुम...पहचानते हो कि मैं कौन हूँ?''

''हाँ, आपके बारे में मैंने कुछ लोगों से सुना है कि आप बहुत घटिया, बदमाश और असामाजिक किस्म के आदमी हैं।'' नरहरि ने आस-पास आठ-दस की संख्या में खड़े उसके गुर्गों पर एक सरसरी नज़र डालते हुए आराम से अपनी बात कह दी।

''क्या आज तय करके आये हो कि मेरे ही हाथों तुम्हें मर जाना है ?''

''मैं क्यों सोचूँ कि मुझे मर जाना है। मुझे तो अभी बहुत बड़े-बड़े काम करने हैं। अभी तो मुझे अपनी पढ़ाई पूरी करनी है, फिर इस शहर की बहुत सारी गड़बड़ियों को ठीक करना है।''

''अबे, तुमलोग किसको पकड़कर ले आये, यह तो साला पूरा सिरफिरा है।'' अपने गुर्गों से पूछा चौला सिंह ने।

''सिरफिरा नहीं होता बॉस तो ये मोम का पुतला आप जैसे लोहे के मीनार पर कंकड़ फेंकने की नादानी करता?'' उसके किसी चमचे ने चापलूसी का राग अलापा।

''क्यों बे पागल, बित्ते भर की देह और गज भर की जीभ! तू क्या बड़ा काम करने वाला है और इस शहर में क्या गड़बड़ी है, जिसे तू ठीक करेगा?'' चौला सिंह के जमे गुस्से को जैसे उसकी ढिठाई की आँच ने थोड़ा पिघला दिया था।

नरहरि ने अक्खड़पन से कहा, ''सबसे पहले तो मैं आपसे कहूँगा कि सड़क की छाती पर आपके पुरखों ने मन्दिर बनाने का जो पाप किया है, उससे अब मुक्ति पा लो। यानी मन्दिर को हटा लो। रोज़-रोज़ इससे हज़ारों लोगों को परेशानी हो रही है। अगर आप सीधे से नहीं हटाओगे तो यह काम मुझे करना होगा। इसी तरह के छोटे-छोटे और भी काम हैं, इनमें एक है आपकी रंगबाजी और ऐंठन को खत्म करना और आपको एक भला आदमी बनाना।''

''साले दो पैसे का छोकरा, तू मन्दिर तोड़ेगा, तू मुझे ठीक करेगा? किस दम पर तू इतनी बड़ी-बड़ी हाँक रहा है रे? किसका बेटा है तू, कौन है तेरा बाप? कोई अरबपति है, एमपी है या मंत्री है? मन्दिर तोड़ने की बात करता है, धरम क्या है तेरा? तू क्या हूण, यहूदी, मंगोल या तुरुक की औलाद है?''

''मेरा दो पैसा दाम तो ज़्यादा ही लगा दिया आपने। अभी तो मैं सचमुच एक पैसे का भी नहीं हूँ। मेरा बाप भी कोई बड़ा आदमी नहीं है। कारखाने में मज़दूर है। बाप खुद को हिन्दू समझता है तो मेरा नाम भी हिन्दू खाते में ही होना चाहिए। हमारे ताराकान्त सर जी कहते हैं कि दूसरों को परेशान करना और दुःख पहुँचाना धर्म नहीं होता। सड़क पर मन्दिर होकर सबको दुःख दे रहा है और परेशान कर रहा है। इसलिए यहाँ से मन्दिर को हटा देना या इसे तोड़ देना ज़्यादा बड़ा धर्म है।'' नरहरि के चेहरे पर डर की कोई छाया नहीं थी।

''अच्छा, तो तुमलोगों की खोपड़ी में ज़हर यह मास्टर ही भर रहा है। साला मारा जायेगा किसी दिन। पहले भी इसके बारे में सुना है कि आदिवासियों को भड़काने और बहकाने की मुहिम का केन्द्र बना हुआ है यह आदमी। अलग राज्य बनाने के लिए तोड़फोड़, बन्द, जाम, धरना, घेराव आदि की योजना इसी के दिमाग की उपज है। पढ़ाई के नाम पर अलगाववाद का स्कूल चलाया जा रहा है यहाँ। उसे सावधान कर देना, वह अब मेरे निशाने पर रहेगा।'' चौला सिंह की चिड़चिड़ाहट कभी बढ़ रही थी, कभी घट जा रही थी।

''तो आप लोग नहीं चाहते कि आदिवासियों को हक मिले और अलग राज्य बने? क्या उनके साथ नाइन्साफी नहीं हो रही?''

''अबे चिल्लड़, तुम्हें क्या इतना समझ में नहीं आता कि आदिवासी हम सभी गैर-स्थानीय खास कर बिहार और यूपी वालों को अपना दुश्मन समझते हैं और ऐसा मानते हैं कि उन्हें जो मिलना चाहिए, उसे हमलोगों ने हड़प लिया है। साले जंगली पढ़ेंगे नहीं, हुनर सीखेंगे नहीं, जंगल में लकड़ी काटेंगे, जानवरों का सेन्दरा करेंगे, हड़िया पीकर टुल रहेंगे और औरत को भेज देंगे दिहाड़ी करने, तो क्या कोई फरिश्ता आकर उनकी शक्ल बदल देगा?''

''आपके दादाजी, पिताजी और खुद आपने कौन-सी इंजीनियरिंग या एम.बी.ए. कर लिया है कि आज एक बड़ी सम्पत्ति के जागीरदार बने बैठे हैं? खून-खराबा और भयादोहन करने के अलावा और क्या हुनर रहा आपके खानदान में? आप कहना चाहते हैं कि आदिवासियों को भी आपकी तरह बर्बर और खूंखार बन कर रहना चाहिए? लेकिन दुर्भाग्य से वे भोले-भाले और सीधे-सादे रह गये।'' नहले पर दहला था नरहरि का।

''देख बे चमगादड़, तू बहुत मुँहफटई कर रहा है। हम समझ गये कि तेरे

दिमाग में मास्टर ने ठूँस-ठूँस कर भूसा भर दिया है। तू एक तरह से फिदायीन बन गया है, जिसके लिए अपनी जान की बाजी लगाकर बस हुक्म की तामील करना सबसे बड़ा धर्म है। मेरे खौफ से बेपरवाह होकर यही कर रहे हो तुम। तुम्हें डर ही नहीं है कि मैं तुम्हारी दुर्गति कर सकता हूँ। खैर, बहुत बकवास कर लिया तूने, अब असली मुद्दे पर आ जा। सीधे-सीधे बता, तुझे मैं क्या सज़ा दूँ? तुम्हारे हाथ-पैर तोड़कर घर में बिठा दूँ?''

''सज़ा मुझे नहीं, उसे मिलनी चाहिए जिसने पूरी सोसाइटी वाले को तंग-तंग कर रखा है। हमने तो सबको राहत पहुँचायी है।''

''तो तुम्हें तो इनाम मिलना चाहिए।''

''इनाम तो हमें मिल चुका है। परीक्षा की तैयारी करने में हमारा मन लगने लगा है। आस-पास रहनेवाले कई लोगों ने हमें शाबाशी दी है।''

बाहर से अचानक ज़ोर-ज़ोर से दरवाज़ा खटखटाया जाने लगा। चौला ने इशारा किया तो उसके एक गुर्गे ने दरवाज़ा खोल दिया। धड़धड़ाकर बीस-पच्चीस लड़के तीर-कमान लेकर अन्दर घुस आये। चौला सिंह हैरान रह गया। उसके गुर्गों ने अपनी-अपनी जेब से पिस्तौलें निकालकर तान दीं इन लड़कों की तरफ़। उन लड़कों में से एक लड़के ने कहा, ''अरे डरो मत, हम मारने नहीं आये हैं तुम लोगों को। मास्टर जी के गाँव में जंगल से निकलकर एक खूंखार नरभक्षी भेड़िया घुस आया है और उत्पात मचा रहा है। हमलोगों को चलकर उसे खदेड़ देना है या फिर मार देना है। हम नरहरि को लेने आ गये हैं। चूँकि इसका निशाना सबसे अचूक होता है। चलो, जल्दी निकलो यहाँ से।''

चौला सिंह तीर-कमान वाली इस निशानेबाज़ टुकड़ी को देखकर भीतर से हिल गया। तो मास्टर ने ऐसी तैयारी कर रखी है। कहीं भेड़िया के बहाने अपनी ताकत दिखाने तथा नरहरि को छुड़ाकर ले जाने की चालाकी तो नहीं थी यह?

नरहरि ने चौला सिंह पर मुस्कराते हुए एक उपहास की नज़र फेरी और कहा, ''चलता हूँ चौला सिंह जी, आपसे मुलाकात बहुत मजेदार रही। फिर मिलेंगे, मैं ज़रा अपनी पढ़ाई खत्म करके एक-दो पैसे का आदमी बन जाऊँ, फिर आप मुझे न भी बुलाना चाहोगे तो मैं आपको बुला लूँगा। फिलहाल भेड़िया भगा लें। स्साला यह नरभक्षी, खूंखार भेड़िया कहाँ-कहाँ भले आदमियों की बीच घुस आता है।''

नरहरि अपने सभी साथियों के साथ निकल गया। चौला के टुकड़खोर प्यादे मुँह देखते रह गये। चौला सिंह अच्छी तरह समझ गया कि तारा मास्टर और उसके लौंडों ने, खासकर यह बातूनी वाचाल छोकरा नरहरि एक चुनौती उछालकर चला गया है। खम्भा नोचनेवाली खिसियानी बिल्ली जैसा फड़फड़ाते हुए उसने अपने चाटुकारों को देखा और कहा, "तारा मास्टर और उसके ये लड़के भविष्य में हमारे रास्ते के रोड़े बनने वाले हैं। हमें अपने दुश्मनों वाली हिटलिस्ट की सूची में इनका नाम अब सबसे ऊपर कर लेना है। हमें इनसे टकराना और इन्हें औकात बताना होगा। साले मन्दिर तोड़ेंगे, अलग राज्य बनायेंगे, चौला सिंह को खूंखार भेड़िया बताकर खदेड़ेंगे, देखते हैं इनकी माँओं ने इन्हें कितना दूध पिलाया है और इस जंगली मास्टर की खोपड़ी में कितने फितूर समाये हैं?"

3

ताराकान्त मास्टर ने पहले ही लड़कों को आगाह कर रखा था, "यह चौला सिंह खानदानी क्रिमिनल है। इसके पास बेशुमार काला धन है। बहुत बड़े-बड़े क्षत्रपों और तोप सत्ताधीशों से इसके रिश्ते हैं। शुरू से उसका दादा आदिवासियों का दुश्मन रहा है। यह कभी नहीं चाहेगा कि आन्दोलन को गति मिले और अलग राज्य की माँग पूरी हो। वह हमें काउंटर करने के लिए हर तरह के नृशंस तिकड़म करने की कोशिश करेगा। इसे पूरी तरह पस्त और ध्वस्त करने के लिए हमें अभी और ताकत जुटानी होगी। मन्दिर हटाने का काम हम यहाँ आम लोगों को विश्वास में लेकर और उनका समर्थन प्राप्त करके करेंगे। चोंगा हटा दिये जाने पर उनकी सकारात्मक प्रतिक्रिया आधार तैयार करने का काम करेगी। हमें देखना होगा कि चोंगा वह दोबारा लगाने की हिम्मत न करें। हमें समझना होगा कि इस पर आमलोग क्या राय रखते हैं।

"तुम लोगों में से कुछ सीनियर लड़कों की पढ़ाई पूरी हो जाये तो वे चुनाव कर लें कि उन्हें क्या करना है। सभी लड़कों का पूर्णकालिक आन्दोलनकारी होना उचित नहीं है। कुछ लड़कों से उनका घर उम्मीदें बाँध कर रखा हुआ है, उन्हें काम-धन्धा में लगना ज़रूरी है ताकि वे कुछ उपार्जन कर सकें। ऐसे लड़के अपने घर को सँभालते हुए भी चाहें तो ऐच्छिक योगदान करते रह सकते हैं। कुछ लड़के, जो घर की जिम्मेदारी लेने के मामले में छूट लेने की स्थिति में हैं, वे समर्पित

आन्दोलनकारी की भूमिका में रह सकते हैं।"

यह उन दिनों का वाकिया था, जब नरहरि बी.ए. की परीक्षा देने वाला था और तारा मास्टर के सान्निध्य की छतरी कायम थी।

4

कब्रिस्तान जिस समय चर्चा के केन्द्र में लाया गया, तारा बाबू के वरदहस्त का युग पार हो चुका था। वे आन्दोलन और संघर्ष की एक पुख्ता ज़मीन सौंपकर और पर्याप्त साहस का ऑक्सीजन भरकर अपनी उम्र को सार्थक बना चुके थे। उन्होंने एक ऐसी पीढ़ी तैयार कर दी थी जिनके नाम कई बड़े-बड़े कारनामों का इतिहास बनने लगा। नरहरि और उसके साथी इस नगर के ही नहीं बल्कि इस सूबे के अति सुपरिचित और लोकप्रिय चेहरे बन गये। बुराई को मिटाने और सच्चाई को बचाने की अनेक मिसालें और मुहिम इनकी थाती बनती चली गयी।

कब्रिस्तान पर उसका ध्यान तब एकाग्र हो गया जब कब्र से एक लाश निकालकर स्यारों ने मेन रोड पर बिछा दिया। सड़क पर दुर्गन्ध और घृणा बहुत देर तक बजबजाती रही थी और लोग इसे देखकर विचलित होते रहे थे। जनाजा जुलूस निकलने के समय तो अक्सर जाम का मंज़र नमूदार हो ही जाया करता था। यह समस्या अक्सर फ़िज़ा में तैरती रहती थी। किसी एक के मरने से हज़ारों राहगीरों की गति को थम जाना पड़ता। कई लोगों की ड्यूटी छूट जाती, कई लोगों की ट्रेनें छूट जातीं, कई मरीज़ों को जल्दी अस्पताल पहुँचना मुहाल हो जाता। यह परले दर्जे का एक हास्यास्पद चलन नहीं था तो क्या था कि जिसका जीवन खत्म हो गया और जिसे अब खाक में मिल जाना है, उसके कारण चलते-फिरते अजनबी लोगों को ठहर जाना पड़े। लोगों को आये दिन का यह तमाशा बुरा लगता था और उन पर यह दृश्य नागवार गुजरता था, लेकिन अपनी भीरुता और सिले हुए होंठ की चादर से बाहर निकलने की मानसिकता वे नहीं बना पाते थे।

नरहरि को भी खटक तो रहा था बहुत अर्से से, कई बार वह भी फँसा था भीड़ में। बस इसे छेड़ इसलिए नहीं पा रहा था कि अपने कुछ निकट के साथी की सहमति नहीं हो रही थी। ऐतराज करने या कुछ खास किस्म के लोगों के अपच होने का जहाँ तक सवाल है, कोई भी मामला हो, कुछ लंघीमार तो सामने आ ही

जाते हैं। नरहरि ऐसे लंघीमारों की क्षुद्रताओं और संकीर्णताओं की कतई परवाह नहीं करता था।

कब्रिस्तान के बारे में जब उसने सोचना शुरू किया तो लगा कि मखमल में टाट का पैबन्द कहावत फिर भी ठीक है, लेकिन यह तो ठीक ऐसा है जैसे शादी के जोड़े में दूल्हे के सर पर कफन की पगड़ी बँधी हो। रंग-रोगन, हर्ष-उल्लास और तमाम तरह की मौज मस्तियों से भरे शहर के बीचोबीच ऐन छाती पर कब्रिस्तान का मातम तथा कब्रों और मजारों की पैदावार! कब्रिस्तान की चारदीवारी के बाहर चारों ओर जीवन के संगीत बज रहे थे और अन्दर सियारों का हुआँ-हुआँ हो रहा था, चीलें मँडरा रही थीं, मुर्दे सड़ रहे थे।

इस मुद्दे को लेकर शहर में पक्ष-विपक्ष में ज़ोरदार वाद-विवाद शुरू हो गया। अखबारों में बयान छपने लगे। गोष्ठियाँ, सभायें, रैलियाँ, जुलूस, प्रदर्शन होने लगे। समाज दो वर्गों में सीधे-सीधे बँट गया। एक वर्ग इसके कायम रखने पर तरह-तरह की दलीलें देने लगा तो दूसरा वर्ग इसे हटाने की माँग को सही ठहराने पर उतारू हो गया। वोट की राजनीति करने वाली पार्टियाँ भी इसके पक्ष-विपक्ष में तलवारें भाँजने लगीं। नरहरि ने एक अपील जारी की कि कृपया इसमें नेता लोग अपनी टाँग न घुसेड़ें और अपनी रोटी सेंकने की कोशिश न करें।

शहर के सबसे बड़े और अग्रणी इस्पात कम्पनी के प्रबन्धन का भी ध्यान इस तरफ़ आकृष्ट हुआ। शहर के अपने लीज़-एरिया वाले हिस्सों में, खास कर जहाँ उसके अधिकारियों के बंगले, गेस्टहाउस, क्लब, मज़दूरों के क्वार्टर, अस्पताल, स्कूल, खेल के मैदान, पार्क, बाज़ार, होटल, पोस्टऑफ़िस आदि थे, नागरिक सुविधाएँ, बिजली, पानी, सड़क, सीवेज, सफ़ाई आदि उपलब्ध कराने का ज़िम्मा कम्पनी ने लिया हुआ था और पूरी दुनिया में अपनी सेवा की श्रेष्ठता का ढोल बजाया करती थी। वह दावा करती थी कि उच्च गुणवत्ता के जिस मानक का वह स्टील बनाती है, उसी मानक की वह अपनी अन्य सेवायें भी मुहैया कराती है। कम्पनी के संस्थापक के नाम बने इस शहर की बेहतरी को वह अपनी साख से जोड़कर देखती थी और इसे अधिकतम सुविधा-सम्पन्न और खूबसूरत बनाकर अपनी कारपोरेट सामाजिक जवाबदेही (सीएसआर) निर्वाह के मामले में एक मिसाल के तौर पर पेश होने की नीति का बखान करती थी।

कम्पनी चाहती थी कि यह शहर एक प्लान्ड तथा स्मार्ट सिटी के तौर पर

विकसित हो और अपनी एक अलग पहचान बनाये। लेकिन इस रास्ते में जो चन्द ड्रॉबैक थे, उनमें शहर के जिगर पर कब्रिस्तान का होना ऐसा मर्ज़ था जो एकदम लाइलाज-सा लगता था। मूल्यांकन (असेसमेंट) करने वाली केन्द्रीय टीम और आर्किटेक्ट जब विज़िट करते थे तो बस इसी निशान पर उँगली रखकर हाथ खड़े कर देते थे। मतलब इसके रहते इस शहर का कुछ भी भला करना या संशोधित करना सम्भव नहीं हो सकता। मन मसोसकर रहने के सिवा कम्पनी के पास कोई चारा नहीं था। कभी उसी के पूर्व निजामों ने अपने लीज़ एरिया में कब्रिस्तान बनाने की अनुमति दी थी।

अब वे इस नाज़ुक और संवेदनशील मुद्दे को कैसे डील करें और कैसे कहें कि इसे यहाँ से शिफ़्ट कर लिया जाये। जिला प्रशासन भी इस विषय पर कुछ भी कहने-करने के लिए सहमत नहीं। हालाँकि वह महसूस ज़रूर कर रहा था कि इसका यहाँ होना निहायत ही एक गलत और अदूरदर्शी सोच का नतीजा है। कोई मकान, दुकान जैसी चीज़ तो है नहीं कि इसे शिफ़्ट कर दिया जाये, सैकड़ों-हज़ारों वैसी कब्रों को भला कैसे शिफ़्ट किया जा सकता है, जिनसे जुड़ाव में हर साल रिश्तेदारों द्वारा शबेबारात मनाया जाता हो। उनके लिए ये कब्रें दिल पर खुदी हुई यादों का एक अमिट कुतबा है। लिहाजा न कम्पनी प्रबन्धन ने और ना ही जिला प्रशासन ने कभी बर्रे के छत्ते में हाथ डालने का जोखिम उठाया।

अब जब नरहरि और उसकी टीम ने यह तान छेड़ दी तो कम्पनी प्रबन्धन और जिला प्रशासन दोनों को लगा कि बस यही वक्त है कि सुर-में-सुर मिला दिया जाये, खुद की हिम्मत तो कभी हुई नहीं। नरहरि और उसकी टीम को वे एक अर्से से जानते थे। इनके आन्दोलन और संघर्ष करने की जीवटता से उनका कई बार पाला पड़ चुका था। आम आदमी से जुड़े अनेक मामलों में उनका जुझारू तेवर सामने आ चुका था। कई बार वे धरना, घेराव और भूख हड़ताल के बीहड़ मार्ग से गुज़र चुके थे और कई बार जेल भी भेजे जा चुके थे। लेकिन आखिरी दम तक डटा रहना उनकी फ़ितरत थी। जनहित में उठा लिये गये कुछ वैसे मुद्दे, जो नियम और कानून से परे होते थे, को लेकर वह हारता भी था तो आसानी से नहीं, बल्कि अपनी ताकत और प्रभाव के तरकश के आखिरी तीर छोड़ने तक वह उम्मीद की डोर को थामे रहता था।

5

कम्पनी प्रबन्धन के वाइस प्रेसिडेंट पदनाम के एक शीर्ष अधिकारी सम्पत मेहरा ने नरहरि को मिलने के लिए सूचना भिजवायी। नरहरि ताज्जुब में पड़ गया। आज तक उसने प्रबन्धन के समक्ष न जाने कितने मामले उठाये, कई तरह की गड़बड़ियों को ठीक करने के लिए कई आवेदन दिये, कई बार गेट के सामने प्रदर्शन किया, नारेबाज़ी की, लेकिन ज़रा-सा भी उसे भाव नहीं दिया गया, ना ही कभी बातचीत के लिए बुलाया गया। प्रशासन और उसके सुरक्षाकर्मी ही उससे निपटते रहे, कभी प्रेमभाव से तो कभी बलपूर्वक। उसे हमेशा एक छिछला टाइप का फुटपाथी आदमी की संज्ञा दी गयी। फिर आज सूरज पश्चिम से कैसे निकल आया?

आदर-मान देकर वह तोप अधिकारी अपने कक्ष में बुला रहा था, जो नागरिक सुविधाओं की देखरेख का शहर में सबसे पावरफुल और हाईप्रोफाइल हाकिम समझा जाता था। उससे फेवर लेने के लिए सरकारी अधिकारी और बड़े नेता तक उसके मुखापेक्षी रहा करते थे। ज़रूर कोई बड़ा पेंच है जिसे वह उसकी मार्फत सुलझाना चाहता होगा। तो जब-जब नरहरि ने मिलना चाहा तो उसके कान पर जूँ तक नहीं रेंगी और अपने भव्य रौब-रुतबे के खोल से ज़रा भी खिसकना उसे उचित नहीं जान पड़ा, फिर आज जब वह मिलना चाहता है अपने किसी गर्ज़ के लिए तो नरहरि क्यों दौड़ लगा दे? उसने सीधा अनसुना कर दिया।

अगले ही दिन कम्पनी की मज़दूर यूनियन का अध्यक्ष मुरारीलाल रेंगता हुआ उसके पास आ गया सम्पत मेहरा का सन्देश लेकर। मुरारी से नरहरि की निकटता थी और वे एक-दूसरे को काफ़ी अर्से से जानते थे। वह उस समय से यूनियन का अध्यक्ष था जब नरहरि के पिता फुहारचन्द कम्पनी में वर्कर थे। हर दो-ढाई वर्ष में यूनियन का चुनाव होता था, लेकिन इधर कई टर्म से मुरारी ही अध्यक्ष बन जाता था या फिर प्रबन्धन इसे बनवा देता था। फुहारचन्द कारखाने के वायर रॉड मिल में काम के दौरान ही लोहे के गर्म छड़ के पेट में घुस जाने से मारे गये थे। काम पर मृत्यु के कारण सहानुभूति के आधार पर नरहरि को कारखाने में मज़दूर के तौर पर बहाली का ऑफ़र दे दिया गया था। नरहरि इसके लिए तैयार नहीं था, लेकिन उसके चाचा आदि ने उसे जबर्दस्ती ठेल-ठाल कर घुसवा दिया यह कहकर कि जहाँ भगवान मिलने से भी ज़्यादा कठिन हो नौकरी का मिलना, वहाँ उसे ठुकरा

देना भारी बेवकूफ़ी वाली भूल होगी।

उस समय नरहरि इंटर में पढ़ रहा था और अभी-अभी 18 साल का हुआ था। पिता की मृत्यु पर संवेदना जताने मुरारीलाल घर आया था और चाचाओं की हाँ में हाँ मिलाते हुए वह भी इस अवसर को लपक लेने की बुद्धिमता पर देर तक भाषण झाड़ता रहा था। यूनियन का अध्यक्ष इस शहर का बहुत बड़ा आदमी माना जाता था और उसे लोग स्टार सेलिब्रिटी की तरह सम्मान देते थे। तो एक ऐसा आदमी ज़ोर डाल रहा था नौकरी ज्वाइन कर लेने के लिए, जिसका वक्तव्य अखबार की सुर्खियाँ बन जाता था। घर के सारे लोग तो ऐसा चाह ही रहे थे। एक सिर्फ़ मास्टर ताराकान्त थे जो इस कच्ची उम्र में और वह भी कारखाने में बहाली लेने के सख्त खिलाफ़ थे।

खैर, बहाली उसे लेनी पड़ी लेकिन वह एक साल भी खुद को वहाँ टिका न सका। परिवारवालों को अनसुना करके उसने अपने गुरु ताराकान्त को ही सही पाया। इस एक साल में उससे कोर्स की किताबें तो छूट गयीं लेकिन उसने कारखाने में जिल्लत और जान की जोखिम झेल रहे मज़दूरों की बेचारगी को खूब पढ़ा, एक आततायी मालिक की तरह ज़्यादती करने वाले प्रबन्धन के ऑफ़िसरों को खूब पढ़ा और उस यूनियन के दोमुँहेपन को भी खूब पढ़ा जो खुद को मज़दूरों के नेता और हितैषी कहते हैं। इसी पढ़ने-गुनने में मुरारीलाल से उसकी कई अच्छी-बुरी मुलाकातें होती रहीं। आगे जब उसने जिल्लत और जहालत भरी इस नौकरी को लात मार दी और फिर एक अलग भूमिका में खुद को ढाल लिया तो मुरारीलाल से कई विषयों को लेकर बराबरी में उसके संवाद होने लगे। हालाँकि दोनों की उम्र में काफ़ी फ़ासला था, लेकिन मुरारीलाल नरहरि की सांगठनिक क्षमता, साहसिक फ़ैसला, निर्भीक आचरण, आम आदमी की लड़ाई के नायकत्व और अकाट्य वाक्चातुर्य का प्रशंसक बन गया था। मुरारी उसके गुरु ताराकान्त के दीक्षित और संस्कारित करने के मिशन का भी मुरीद था।

मुरारी की एक अच्छी आदत थी कि किसी के द्वारा उसकी कमी और कमज़ोरी बताये जाने पर वह बुरा नहीं मानता था और स्वीकार कर लेता था कि आप ठीक कह रहे हैं, मुझमें यह खराबी है। तारा बाबू से जब कभी किसी सभा-समारोह में उसका सामना हो जाता तो वे उसे कुछ खरी-खोटी सुना देते, चूँकि यूनियन नेता के तौर पर उसकी अकर्मण्यता और निष्क्रियता की बहुत सारी

शिकायतें तथा गलतियाँ अखबारों में उजागर होती रहतीं, जिन्हें वे पढ़ लिया करते। एक बार उन्होंने चेताया, ''प्रबन्धन के पिट्ठू और चापलूस होने की छवि से आप बाहर निकलिये मुरारीलाल। आप एक ताकतवर और वैभवशाली प्रबन्धन के नहीं बल्कि सताये, दुरदुराये और चोट खाये मज़दूरों के प्रतिनिधि हैं।''

''मास्टर जी, आप जैसा कह रहे हैं, वैसा अगर बन जाऊँ तो अगले पल प्रबन्धन मुझे कान पकड़कर कुर्सी से नीचे गिरा देगा। मज़दूरों में इतना दम नहीं कि मेरे समर्थन में एकजुट होकर प्रबन्धन की चूलें हिला सकें। मैं जानता हूँ कि वे मुझे अपना सगा नहीं समझते और कतिपय उनके समर्थन व उनके चाहने से मैं इस पद पर हूँ भी नहीं।''

''फिर तो ज़रूरत ही क्या है आपको इस पद पर बने रहने की? मज़दूरों के नेता के मुखौटे में आप कम्पनी की दलाली आखिर कब तक करते रहेंगे। कल लिखे जाने वाले इतिहास में आपके नाम सिर्फ़ धिक्कार और गालियाँ होंगी।''

''मेरी मजबूरी समझिए तारा बाबू। जानता हूँ कि आप मुझे अच्छा बनाने के लिए यह सब कह रहे हैं। लेकिन इस तरह अच्छा बनना भी मेरे वश में नहीं है। अब मैं प्रबन्धन से रार लेकर टिक नहीं सकता। उसने मेरे ऊपर इतने सारे लदान लाद दिये हैं कि मैं दब सा गया हूँ। अब उसका कुछ भी कहा टालना मेरे लिए सम्भव नहीं है।''

लदान का अर्थ मास्टर जी को नरहरि ने समझाया था। उसके दो नाकारा बेटों की कम्पनी में अधिकारी पद पर बहाली। उसकी फिसड्डी बेटी का कम्पनी कोटे में मेडिकल कॉलेज में एडमिशन और फिर पढ़ाई पूरी कर लेने पर कम्पनी के ही अस्पताल में डॉक्टर बन जाने का पुरस्कार। एक डोनेशन कॉलेज से रेंग-रेंगकर इंजीनियरिंग की डिग्री लेने वाले उसके दामाद को एक विभाग में मैनेजर पद की कुर्सी। मुरारीलाल की कई बार विदेश यात्रा। बड़े-बड़े साहबों के साथ क्लबों में दारू-मुर्गा की दावतें। कम्पनी लीज़ एरिया के सर्व सुविधा सम्पन्न खासमखास जगह पर रिहायशी प्लॉट का आवंटन।

ताराकान्त सरमाथा पीटकर रह गये थे—फिर तो इन मज़दूरों का भगवान ही मालिक है। 'तूफ़ाँ जो नाव डुबोये तो माझी पार लगाये, माझी जो नाव डुबोये तो उसे कौन बचाये।' छोटी-छोटी गलतियों और भूलों को लेकर मज़दूर सस्पेंड और डिस्चार्ज कर दिये जा रहे थे। उम्र पूरी होने से पहले अर्ली सेपरेशन स्कीम

(शीघ्र पृथक्करण योजना) के तहत उनकी छँटनी की जा रही थी। आखिर कौन बचायेगा इन्हें?

तो यही कठपुतली नेता मुरारीलाल वाइस प्रेसिडेंट मेहरा द्वारा उँगली से खींचे धागे पर नाचता हुआ नरहरि के पास आ गया। नरहरि यह महसूस करते हुए भी कि यह आदमी किसी काम का नहीं है, सिवा उसकी कोई बात ऊपर तक पहुँचा देने और ऊपर से उसके बारे में दिये गये विचार उस तक ले आने के, उससे ताल्लुक बनाकर रखता रहा। उसने चिरौरी करने की मुद्रा में अपना आशय प्रकट किया, "नरहरि भाई, सम्पत मेहरा साहब ने बहुत आग्रह करके आपको बुलाया है। आप एक बार उनसे मिल लीजिए। उन्होंने बहुत भरोसे के साथ मुझे भेजा है, आप ना मत कीजिए।"

"मैंने तो उनसे कई बार मिलना चाहा, उन्होंने एक बार भी घास नहीं डाली। लेकिन चलिए, जब आप कह रहे हैं तो मना कैसे करूँ। मिल लूँगा कल, उनसे कह दीजिएगा।"

6

अगले दिन नरहरि अपने एक साथी फुलोदा बेसरा के साथ जब कम्पनी के जेनरल ऑफ़िस गेट पर पहुँचा तो जो सुरक्षाकर्मी अब तक उसे भगाने का काम करता रहा था, उसने ज़ोरदार सैल्यूट मारकर उसका अभिवादन किया और अगवानी करते हुए मेहरा के आलीशान कक्ष तक पहुँचा आया। मेहरा ने अपनी कुर्सी से उठते हुए उसका वेलकम किया और गर्मजोशी से हाथ मिलाया। मेहरा के साथ तीन और शीर्ष अधिकारी वहाँ उपस्थित थे। उन लोगों ने भी उससे मिलने में पूरा उत्साह दिखाया। उसे याद नहीं कि इसके पहले इस स्तर के किसी अधिकारी ने उसे ऐसा भाव दिया हो। कुर्सी पर बैठते हुए उसे कक्ष की साज-सज्जा और नफ़ासत देखकर लगा कि राजाओं का राजदरबार भी कुछ इसी तरह का होता होगा और कुर्सी पर बैठते हुए उसने महसूस किया कि सिंहासन नाम के राजसी वैभव का तख्त भी कुछ इसी तरह आरामदेह और अपने में धँसा लेने वाला होता होगा।

चाय-पानी और 'आप कैसे हैं' की औपचारिकता के बाद मेहरा ने अधिकारी वाले रौब से नीचे उतरकर दोस्ताना लहज़े में कहना शुरू किया, "कब्रिस्तान को

लेकर आपने शहर में जो बहस छेड़ी है, हम उसे रोज़ अखबारों में पढ़ रहे हैं। एक अर्से से कम्पनी प्रबन्धन और जिला प्रशासन एक पसोपेश में घिरा रहा है कि इस नाजुक मसले को कैसे उठाया जाये। चूँकि यह सच है कि ये जगह अब बिलकुल इस काम के लिए उपयुक्त नहीं है। इसके होने से शहर के सबसे बड़े बाज़ार की कद्र कम होती है और शहर के चेहरे की चमक पर धब्बा लगता है। शहर को बढ़ाने और इसे सुन्दर बनाने की हमारी कई योजनाएँ इसकी वजह से आगे नहीं बढ़ पा रहीं। शहर का विकास रुक सा गया है। हम आपकी सराहना करते हैं कि इस सच को आपने और आपकी टीम ने महसूस किया और इस तरफ़ आम लोगों का ध्यान आकृष्ट किया।''

''मेहरा साहब, हम कोई बड़ा काम करने का मुगालता तो नहीं पालते, लेकिन जो सच है, जो होना चाहिए, उसके लिए लड़ने-भिड़ने की हॉबी है हमारी। इसे हम समाज सेवा के खयाल से नहीं, बस एक आदत और संस्कार के तहत करते हैं, जिसे हमारे आचरण में हमारे गुरु ताराकान्त सर ने भर दिया है। ज़्यादातर हम अपने प्रयास में असफल ही रहते हैं, फिर भी हम हार नहीं मानते। इस तरह के काम से कई बार आपका प्रबन्धन हमसे नाराज़ हो जाता है, कई बार जिला प्रशासन तो कई बार समाज का कोई तबका। चलिए, मुझे खुशी है कि आप हमारी इस पहल के पक्ष में बात कर रहे हैं।'' नरहरि ने खुलकर अपनी औकात बता दी।

''हम ही नहीं, कलक्टर साहब से भी मेरी बात हुई। जिला प्रशासन भी पूरी तरह आपका सपोर्ट करना चाहता है। मैंने उनसे कहा है कि दो-चार दिनों के भीतर उनके साथ भी हम सबकी एक मीटिंग हो, जिसमें आगे की रणनीति बनायी जाये कि कैसे हम मोमिनों की जज़्बात का खयाल रखते हुए और उन्हें बिना ठेस पहुँचाये उन्हें इसके लिए राज़ी करें।''

''आपकी और जिला प्रशासन की इसमें क्या मदद मिल सकती है?'' इस बार फुलोदा बेसरा ने पूछा।

''कलक्टर साहब जिमना डैम के पास एक बड़ा सरकारी भूखंड एलॉट करने के लिए तैयार है। कम्पनी प्रबन्धन उसमें वे सारी सहूलियतें, जो यहाँ हैं, पानी, बिजली, बाउंड्रीवाल आदि उपलब्ध करा देगा। बात सिर्फ़ विरोध को कम करने की है और सबकी रज़ामन्दी प्राप्त कर सबको साथ ले चलने की है, ताकि कोई बड़ा वितंडा खड़ा न हो और सब कुछ शान्ति से निपट जाये।''

"यह काम इतना आसान नहीं है मेहरा साहब, यह तो आप समझ ही रहे होंगे। देख ही रहे हैं कि इसके पक्ष से ज़्यादा विपक्ष में शोर उठना शुरू हो गया है। यह तो तय है कि कुछ ऐसे दूरन्देशी क्रिएटिव काम होते हैं, जिन पर आम राय कभी नहीं बनती। अन्त में प्रशासन को सख्ती बरत कर ही उसे अंजाम तक पहुँचाना पड़ता है। फिर भी होना यह चाहिए कि विरोध को यथासाध्य कम किया जाये। लोग इसे अपनी आस्था पर हमला न समझें, समय की माँग के तौर पर लें," नरहरि ने कहा।

"आप क्या सोचते हैं, इसके लिए क्या किया जाना चाहिए?"

"उन्हें भरोसे में लेने के लिए पहले आपके कम्पनी प्रबन्धन को कुछ ऐसे काम करने होंगे जिससे यह धारणा पुष्ट हो कि वाकई शहर को बेहतर बनाने और बढ़ती आबादी को समायोजित करने के तहत ऐसे कदम उठाने पड़ रहे हैं।"

"आपके विचार में वे कदम क्या हो सकते हैं?" मेहरा ने पूछा।

"शहर के मुख्य-मुख्य स्थलों पर आपकी कम्पनी ने अपने ऑफ़िसरों के लिए सैकड़ों बंगले बनवा रखे हैं। एक-एक सिंगल स्टोरी बंगले में पाँच-पाँच एकड़ की ज़मीनें घेरी हुई हैं। बड़ा-सा लॉन, जिसमें बेमतलब की घासें और बेमतलब के गमलेवाले पौधे उगाये जाते हैं। बेइन्तहा पानी खर्च किया जाता है, चार-चार बड़े कमरे, हॉलनुमा ड्राइंगरूम, आगे-पीछे बड़ी-बड़ी बालकनी, बड़ा-सा गैराज, पीछे सर्वेन्ट क्वार्टर, जो अक्सर खाली ही रहता है या अपराध का अड्डा बना रहता है। आखिर एक परिवार के लिए इतने बड़े क्षेत्रफल का खर्च किया जाना, सिर्फ़ रुआब और रुतबा दिखाने के लिए, क्या आपको नहीं लगता कि इस पुराने कंसेप्ट पर पुनर्विचार किया जाना चाहिए? एक-एक बंगले की जगह मल्टीस्टोरी अपार्टमेंट बना दिये जायें तो एक परिवार की जगह दर्जनों परिवार बस सकते हैं। ये बंगले उसी तरह अप्रासंगिक और शहर पर बोझ हैं, जैसे कब्रिस्तान है। तो पहले आपको अपनी कार्रवाई से यह बड़प्पन प्रदर्शित करना चाहिए कि समय बदल गया है, जिसके अनुरूप बंगलों को हटाकर उस जगह का अधिकतम प्रयोग किया जा रहा है।" नरहरि ने बेबाकी से अपनी राय ज़ाहिर कर दी।

नरहरि कहता जा रहा था और मेहरा के चेहरे पर कभी लाल, कभी पीले, कभी हरे रंग उभरते जा रहे थे। उसने कल्पना तक नहीं की थी कि कब्रिस्तान हटाने

के तहत इस तरह का प्रस्ताव लाया जा सकता है। वह भी तो एक बड़ा अधिकारी है और एक बहुत बड़े बंगले में रहता है, जिसका घेरा पाँच एकड़ ही नहीं, कम-से-कम सात एकड़ होगा। उसके कैम्पस में तो एक छोटा स्वीमिंग पुल भी बना हुआ है और फव्वारा लगा हुआ नुमाइशी मछलियों का एक पाँड भी है। विचार के इस पहलू ने उसे कुछ पल के लिए अवाक् कर दिया था। उसके साथ के अन्य अधिकारियों की घिग्घी भी बँध गयी थी और पेशानी पर पसीने चुहचुहा आये थे। वे पानी पीकर गला तर करने लगे थे।

मेहरा ने इस कोण से सोचकर देखा तो लगा कि बात तो सच है, इसे बेजा नहीं ठहराया जा सकता। बेशक जिस ज़मीन की जहाँ भारी किल्लत हो, मारामारी हो, कीमत आसमान को छू रही हो, बड़े-से-बड़ा आदमी एक छोटा टुकड़ा हासिल करने के लिए लालायित हो, वहाँ बंगला-कोठी के नाम पर लम्बी-चौड़ी फ़िजूल की घेरेबन्दी पर सवाल तो खड़ा किया ही जा सकता है। अब चूँकि मेहरा एक बड़ा अधिकारी है तो बचाव में मोर्चा सँभालना उसका फ़र्ज़ था।

उसने कहा, ''नरहरि जी, आप जो कहते हैं उससे असहमत होना मुश्किल है, लेकिन सहमत होना भी सम्भव नहीं है। अधिकारियों के लिए बंगले का कंसेप्ट कोई आज का नहीं है। और फिर वर्कर तथा ऑफ़िसर एकसमान तो हो नहीं सकते। उनके रहन-सहन, रख-रखाव आदि में फ़र्क तो होता ही है। अपना यह देश कोई साम्यवादी प्रणाली का देश तो नहीं है कि सब एकसमान बराबरी में बसर करें?''

''क्यों मिस्टर मेहरा, ऐसा क्यों नहीं हो सकता? क्या अधिकारी हो जाने से उसका आयतन, उसका घनत्व इतना बड़ा हो जाता है कि उसे पन्द्रह-बीस मज़दूर के क्वार्टर या फ़्लैट के क्षेत्रफल के बराबर की जगह की ज़रूरत हो जाती है? अधिकारी होकर वह आदमी ही रहता है या कुछ और हो जाता है, जो समाता ही नहीं है आम आदमी के घर जितनी जगह में?'' नरहरि ने अपने तेवर को और भी सख्त कर लिया।

अब फुलोदा बेसरा ने जिरह के आगे का सिरा पकड़ लिया, ''सारे बंगलों को मिलाकर जितनी ज़मीनें लगी हुई हैं, उन्हें जोड़ा जाये तो कब्रिस्तान से कम-से-कम दस गुनी ज़्यादा होंगी। फिर आप सिर्फ़ एक कब्रिस्तान ही खाली करने के पक्ष में क्यों हैं? क्यों न दस और कब्रिस्तान खाली हो जायें?''

"बेसरा जी, आपने राष्ट्रपति भवन देखा होगा, प्रधानमन्त्री आवास देखा होगा, अन्य मन्त्रियों, सांसदों की कोठियाँ और राज्यपालों के राजभवन देखे होंगे, आप लोगों की राय में क्या इन सबको छोटा कर देना चाहिए ?"

"बेशक कर देना चाहिए महोदय। जिस देश में चालीस प्रतिशत लोगों के पास अपना सिर छुपाने की भी जगह न हो, वहाँ इस तरह का लाटसाहबी प्रदर्शन और ठाठ लोकतन्त्र का मज़ाक है। और फिर आप इतर सन्दर्भ लेकर राजधानियों और हुक्मरानों की बात क्यों कर रहे हैं, वहाँ तो कब्रिस्तान जैसी भूमि को खाली करने की बात नहीं हो रही है। आप अपने इस शहर की ज़रूरत के हिसाब से बात कीजिए। यहाँ से अगर कब्रिस्तान हटाना है तो माहौल बनाने के लिए और उस पूरी बिरादरी को भरोसे में लेने के लिए यह कदम उठाना ही होगा।"

"इस तरह की शर्त रखकर आपने हमारी दुविधा बढ़ा दी है। हम चाहते हैं कि आपके पास युवा लड़कों की एक मज़बूत टीम है जो इस अविश्वसनीय और असम्भव से बड़े काम पूरे करने में हमारी मदद करे। हमारी मजबूरी है कि हम एक कारपोरेट हाउस हैं, इसलिए सामने से नहीं पीछे से अपना रोल अदा कर सकते हैं।"

"हम पीछे नहीं हट रहे हैं मिस्टर मेहरा, लेकिन सबको लगना यह चाहिए कि हमारा रवैया इस मामले में सबके साथ एकसमान है और हम किसी दुराग्रह से मोटिवेटेड होकर पक्षपात नहीं कर रहे किसी के साथ। इसीलिए हम चाहते हैं कि इस दिशा में शुरुआत आपकी कम्पनी की तरफ़ से हो, जो कारपोरेट दुनिया का एक दैत्य और इस शहर का पालनहार माना जाता है।"

"सभी बंगलों को खाली कराकर एकबारगी ध्वस्त करना...।"

"मैं कहाँ कह रहा हूँ कि सभी बंगलों को एक साथ ध्वस्त करें। दो-चार से शुरुआत तो करें, ताकि एक बड़ा मैसेज जा सके।"

"हम एमडी और बोर्ड ऑफ़ डायरेक्टर के सामने इस इशू को रखकर देखते हैं, इतना बड़ा निर्णय तो मेरे लेवल से नहीं हो सकता। ठीक है, अगली बार हम कलक्टर साहब के साथ उनके ऑफ़िस में मिलते हैं।"

7

नरहरि ने अपने साथियों की एक मीटिंग बुलाई। इनमें ज़्यादातर ताराकान्त के चेले रह चुके थे। ये लड़के पढ़ाई खत्म करने के बाद अलग-अलग काम-धन्धों में लग गये, फिर भी सामाजिक प्रतिबद्धता के तहत नरहरि के बुलाने पर साथ देना उनकी अनिवार्यता और प्राथमिकता की कोटि में दर्ज रहा। कुछ लड़के ऐसे थे, लगभग पैंतीस-चालीस, जिनसे नरहरि का लगभग रात-दिन का जुड़ाव था। सहकारी सिद्धान्त पर चल रहे एक होटल में वे स्वनियोजित थे। होटल में सबकी बराबर की हिस्सेदारी थी। होटल का प्रायः सारा काम वे खुद ही करते थे, दो-तीन प्रशिक्षित कुक वाले काम को छोड़कर। मतलब वे नौकर भी थे और मालिक भी। यह होटल अब शहर के एक व्यस्ततम बाज़ार का हिस्सा हो गया था और इसकी ख्याति पूरे शहर में सबसे सस्ते और स्वादिष्ट व्यंजन वाले होटल के रूप में बन गयी थी।

यह होटल भी मास्टर ताराकान्त के दिमाग और सूझबूझ की उपज थी। होटलवाली ज़मीन नरहरि के दादाजी ने खरीदी थी, जब वे स्टील कम्पनी में नौकरी कर रहे थे। कम्पनी की नौकरी में लगने वाली यह पहली पीढ़ी थी। कमाई से कुछ जमा करने या प्रॉपर्टी बनाने के नाम पर उनका कुल जमा यही हासिल था—शहर के सबसे निर्जन और अविकसित कोने में पाँच सौ गुणा साढ़े सात सौ वर्ग फुट का प्लॉट। उन्होंने यही सोचकर सस्ते में खरीद लिया था कि कभी-न-कभी यह इलाका भी बस ही जायेगा और कालान्तर में यह सच हो गया। यह इलाका भी घने बाज़ार में तब्दील हो गया, जिसे वे अपने जीते-जी नहीं देख सके। उनकी मौत का कारण भी कारखाना ही बना। वे पचास टन भार उठानेवाले ओवरहेड क्रेन के रिगर थे। रिगर होता है उठाये जानेवाले सामान में रस्सा या सिलिंग बाँधकर क्रेन के हुक में लटकाने वाला और नीचे से क्रेन के ऊपर केबिन में बैठे हुए ऑपरेटर को ऊपर उठाने (हबिस), नीचे लाने (अरिया), आगे-पीछे करने और फिर शेड के अन्दर वांछित जगह पर पहुँचाने तथा वहाँ लौटने का इशारा करने वाला।

एक दिन कोई चालीस टन वजन और तीस फुट लम्बाई का गर्डर (एक विशाल चैनल व ऐंगल स्ट्रक्चर) ले जाया जा रहा था कि सीलिंग टूट गयी और धड़ाम से गिरे हुए गर्डर की चपेट में वह आ गये। घटनास्थल पर ही उनकी इहलीला समाप्त हो गयी। सहानुभूति के आधार पर दादा के बड़े बेटे फुहारचन्द

को नौकरी मिल गयी। अर्से से वे बेरोज़गारी झेल रहे थे, खुशी-खुशी ज्वाइन कर लिया। आगे उन्हें भी दादाजी की ही तरह कारखाने ने लील लिया।

तो वह प्लॉट दादाजी और पिताजी के रहते कभी ठीक से आबाद न हो सका। परिवार के कुछ बेरोज़गार सदस्यों ने कोशिश ज़रूर की, लेकिन सफल नहीं हुए। कभी मोटर गैराज़ खोला, कभी फ़र्नीचर दुकान खोली, कभी टेंट हाउस में हाथ आज़माया, कभी कोयला टाल चलाया। मतलब छोटी पूँजी और गैर-व्यावसायिक अक्ल से जितना कुछ कर सकते थे किया। सबसे अन्त में उसके एक बड़े चचेरे भाई पंचाधर ने बैंक से मोटा कर्ज़ लेकर इसे होटल की शक्ल दी, जिसमें पूरा ताम-झाम जुटाया। दुर्भाग्य से यह भी चल नहीं सका।

बिना प्रॉफ़िट के मन मारकर कुछ ही दिन चला पाया। फिर उसने छोड़-छाड़कर कारखाने में ही एक ठेकेदार के यहाँ मुंशी की नौकरी पकड़ ली। होटल में लगी पूँजी बेमतलब हो गयी और बैंक का कर्ज़ बढ़ता चला गया। आशंका सताने लगी, बैंक द्वारा होटल की नीलामी की नौबत आ जाने की। ठीक इसी वक्त मास्टर ताराकान्त के सुझाव और प्रोत्साहन ने संजीवनी का काम कर दिया। उन्होंने नरहरि से कहा कि इसमें होटल चलेगा और खूब चलेगा बशर्ते लीक से हटकर कुछ तरीके अपनाये जायें।

उस वक्त नरहरि परिवारवालों के दबाव में आकर कारखाने में ज्वाइन कर चुका था। उसे बेलचा मारने का काम दे दिया गया था, वह भी ऐसे विभाग में जहाँ कच्चे लौह अयस्क (रॉ आयरन ओर) को पीसकर सिंटर में बदला जाता है। यह सिंटर (गोली के आकार का) ब्लास्ट फर्नेस में अन्य धातुओं के साथ उच्च तापमान पर तप्त होकर ढलवाँ कच्चा लोहा (पिग आयरन) में परिणत हो जाता है, जिसे फिर एलडी फर्नेस में पकाकर मोल्टेन स्टील बना दिया जाता है और अन्त में वांछित आकार बिलेट, इंगट, स्लैब आदि के साँचे में ढालकर ठंडा कर लिया जाता है। तो स्टील बनाने के सबसे पहले चरण के ऑपरेशन वाले इस अति महत्त्वपूर्ण सिंटर प्लांट में धूल की आँधी चलती रहती है। कितना भी नाक-मुँह में बचाव के लिए जाली पहनी जाये, फेफड़े में धूल समा ही जाती है। फेफड़े में प्रविष्ट धूल के असर को न्यूट्रल करने के लिए कम्पनी द्वारा दिया जा रहा गुड़ कितना भी खाया जाये, यहाँ काम करनेवाला आदमी नार्मल रह ही नहीं सकता।

नरहरि को धूल से एलर्जी थी, अतः वह लगातार छींकता रहता था। छींकते-छींकते उसकी हालत पस्त हो जाती थी। एक साल होते-होते उसकी सेहत आधी हो गयी। उसे लगने लगा कि अगर वह इसी काम में कुछ दिन और रह गया तो छींकते-छींकते दादाजी और पिताजी की तरह कारखाने की भेंट चढ़ जायेगा।

मास्टर ताराकान्त उसके गिरते स्वास्थ्य को लक्ष्य कर रहे थे। एक दिन वे उसे चेताने से खुद को रोक न सके। उसे पुचकारते हुए कहा, ''क्यों जान देने पर तुले हो?''

''लेकिन सर, यह विभाग तो वर्षों से चल रहा है और डेढ़-दो सौ मज़दूर यहाँ तीनों शिफ़्ट में काम कर रहे हैं। उन्हें तो कुछ नहीं हो रहा। सारे टिके हुए हैं।''

''जो कर रहे हैं उन्हें करने दो। तुम इस काम के लिए नहीं बने हो सोन। नियति तुमसे कुछ अलग, कुछ बड़ा करवाना चाहती है। इसे छोड़ दो बेटा तुम। मुझे तुम्हारे लायक एक काम दिख रहा है। जी-जान से लग जाओ उसमें।''

''बताइए सर, क्या दिख रहा है आपको।''

''जॉब तुम्हारे पास है बेटा, ऐसा जॉब जिसमें सिर्फ़ तुम्हारा ही नहीं, तुम्हारे कई बेरोज़गार साथियों के लिए भी बहुत शानदार सम्भावनायें निहित हैं। यह जो तुम्हारा बन्द पड़ा हुआ होटल है, इसमें कुछ नयी रणनीति तय करके एक नयी जान डालो। मेरा मन कह रहा है कि यह होटल चलेगा और खूब चलेगा।''

''इसे चलाने के लिए हर मुमकिन प्रयत्न किये जा चुके हैं सर।''

''अभी भी किये जाने वाले कुछ और प्रयत्न बाकी हैं बेटे। यह होटल आम होटलों के रास्ते नहीं चलकर एक अलग रास्ता अपनायेगा। इसमें पूँजी से ज़्यादा परिश्रम की ज़रूरत होगी। आम होटलों में मालिक पूँजी लगाता है, परिश्रम नहीं। परिश्रम नौकर करते हैं और वह खुद सिर्फ़ काउंटर सँभालता है। कई जगहों पर तो काउंटर भी नौकर के ही हवाले मालिक कर देता है। तुम्हारे इस होटल में काम करने वाले कोई नौकर-चाकर नहीं, सारे आस-पास के तुम्हारे दोस्त-यार अथवा मेरे वे चेले-चपाटे होंगे जो बेरोज़गार हैं। वे सभी इस होटल के शेयर होल्डर होंगे, जिन्हें तनख्वाह नहीं लाभ का बराबर बराबर हिस्सा मिलेगा।'' ऐसा लग रहा था जैसे ताराकान्त अपना कोई चिरसंचित स्वप्न बाँच रहे हों।

नरहरि उन्हें मुग्ध भाव से निहारे जा रहा था कि किसी ने सच कहा है—अपने

चेलों को देने के लिए गुरु का पिटारा कभी खाली नहीं होता।

उन्होंने कहना जारी रखा, ''इस होटल की दूसरी सबसे खास बात होगी सब्ज़ियों एवं पकवानों की कम-से-कम लाभ वाली कीमत और बेहतरीन गुणवत्ता। अक्सर होटलों में वस्तुओं के दाम लागत से आठ-दस गुणा ज़्यादा रख दिये जाते हैं। उदाहरण के तौर पर एक प्लेट दाल फ्राई, आलू गोभी, आलू मटर, पनीर मटर आदि में लागत 8 से 10 रुपये से ज़्यादा नहीं आयेगी, लेकिन उसकी कीमत होती है 60 से लेकर 100 रुपये के बीच। एक रोटी बनाने में एक रुपया भी खर्च नहीं होता, लेकिन बेची जाती है 8 से लेकर 20 रुपये में। इसी तरह अन्य सामग्रियों पर भी मनमाने दाम बैठा दिये जाते हैं। यह ठीक है कि नौकर-चाकर, कुक, क्रॉकरी, टेबल-कुर्सी, बिजली, पानी आदि सबके खर्च उन्हें वसूलने होते हैं। इस हिसाब से भी देखें तो मार्जिन ऑफ़ प्रॉफ़िट का प्रतिशत बहुत-बहुत ज़्यादा होता है, लगभग 40 प्रतिशत। हमलोग सिर्फ़ 10 से 15 प्रतिशत लाभ को ध्यान में रखकर कीमत रखेंगे। सामग्रियों की गुणवत्ता भी ऐसी होगी कि कोई एक बार आ जाये तो बार-बार आने से खुद को रोक न सके। क्यों सोन, तुम मुझे ध्यान से सुन रहे हो न! कहीं बीच में टोकना ज़रूरी लगे तो संकोच मत करना।''

''सुन रहा हूँ सर और ऐसा महसूस कर रहा हूँ जैसे सारी चीजें मेरे सामने घटित होने लगी हैं। आप कहते रहिए सर, मेरा रोम-रोम जाग्रत है। मैं ऐसा अनुभव कर रहा हूँ जैसे मौत के कुएँ में फँसे अपने एक नहीं कई-कई प्रिय शिष्यों को अपना हाथ बढ़ा-बढ़ाकर आप बाहर निकाल रहे हैं।''

''शिक्षक का गौरव तो उसके शिष्यों की उपलब्धियों से आँका जाता है सोन! मैंने अपने जीवन में पैसा नहीं, बल्कि तुम जैसे परम आज्ञाकारी शिष्यों को कमाया है बेटे! मैं फकीर हूँ, घर-परिवार कोसता रहता है मुझे। लेकिन तुम लोगों को पाकर मुझे कभी अपनी गरीबी का एहसास नहीं होता। मैं चाहता हूँ कि तुम लोग कुछ ऐसा कर जाओ कि यह शहर ही नहीं पूरा ज़माना एहसानमन्द बन जाये। इस होटल के चल जाने से कई मकसद एक साथ पूरे हो सकेंगे। तुम्हें एक त्रासद नौकरी से मुक्ति मिल जायेगी और अपनी मर्ज़ी के मालिक बन जाओगे, आजीविका की चिन्ता खत्म हो जायेगी, बैंक का कर्ज़ चुकता होता चला जायेगा, इस प्रॉपर्टी पर लगा ग्रहण छँट जायेगा और सबसे बड़ी चीज़ तुम्हारे पैंतीस-चालीस साथियों को रोज़गार मिल जायेगा। इनके इकट्ठे रहने से सामाजिक

परिवर्तन या सुधार की किसी भी मुहिम में साथ देने की ताकत उस रस्सी की तरह मज़बूत हो जायेगी, जो कई तिनकों के मिलने से बनती है।''

''मैं समझ रहा हूँ सर, हम सबके दुःख और संताप को लेकर चिन्ता करने में आपने अपनी कितनी नींदें खराब की होंगी, तब जाकर इस निष्कर्ष को फ़ाइनल किया होगा। आपका आदेश सर आँखों पर सिर।'' भक्ति भाव से सराबोर नरहरि ने अपना सिर उनके पैरों पर टिका दिया। ताराकान्त सर को लगा जैसे गुरु द्रोण की तरह उन्होंने अर्जुन को पा लिया हो।

8

मास्टर जी के दिमाग में बनी यह रूपरेखा बिलकुल साकार होती चली गयी। नरहरि ने नौकरी छोड़ दी। परिवारवाले मना करने में फिर सुर्खरू हो गये, लेकिन इस बार उसने किसी की नहीं सुनी। उसका एक छोटा चाचा संगतचन्द नाराज़ हो उठा, ''जब तुम्हें यही करना था तो ज़रूरत क्या थी ज्वाइन करने की। कम्पनी के दिये मौके को खामख्वाह बर्बाद कर देना, कहाँ की अक्लमन्दी है? इतनी बड़ी कम्पनी में स्थायी जॉब का मिलना क्या मामूली बात है? मैं जो कभी यहाँ, कभी वहाँ भटकता रहता हूँ, मुझे कहा होता, मैं ज्वाइन कर लेता। मास्टर के गुरुमन्त्र से चलोगे तो खाई में गिरोगे, मैं कह देता हूँ।''

यह चाचा ज़्यादा पढ़ा-लिखा नहीं था और उम्र में उससे चार-पाँच साल ही बड़ा रहा होगा। यह सच था कि उसे कहीं अच्छा काम नहीं मिल रहा था। कहीं दो महीना, कहीं चार महीना, कभी दुकान में, कभी दरबानी में, कभी ठेकेदारी में। नरहरि को लगा कि कम्पनी के दिये मौके को अभी भी बचाया जा सकता है। उसने ताराकान्त सर से बात की। चूँकि उस समय तक नरहरि की अपनी कोई पहचान नहीं थी। ताराकान्त सर से यूनियन नेता मुरारीलाल का मिलना-जुलना होता रहता था। अतः सर ने बड़े आग्रह के साथ पैगाम भिजवाया। मुरारीलाल ने इसे गम्भीरता से लिया। प्रबन्धन से बात की और काम करवा दिया। चापलूस तो था ही, प्रबन्धन का हर कहा सुनता था, तो एकाध अपनी भी मनवा लेता था।

नरहरि ने चाचा संगतचन्द को ज्वाइनिंग लेटर देते हुए कहा, ''यह काम ताराकान्त सर ने ही कराया है चाचू, आगे यह समझ लेना कि मास्टर हमेशा

ऊँचाई देता है, खाई नहीं। एक बात और चाचू, सुरक्षा पर खास ध्यान रखना। यह कारखाना अपने परिवार के लिए अब तक अशुभ ही रहा है।''

9

नरहरि ने होटल की बागडोर सँभाल ली। उसे चालू कर दिया गया। नाम दिया गया 'सबका होटल' और वह चल निकला। थोड़े ही दिनों में इसकी ख्याति शहर के कोने-कोने में फैल गयी। पूरे शहर में इसकी, इकलौते सबसे सस्ते और लज़्ज़तदार होटल की छवि बनती चली गयी। 30 टेबल से बढ़ाकर 50 का विस्तार देना पड़ा। बैरा, वाश ब्वॉय, मैनेजर, कुक, कैशियर आदि के सारे काम बतौर पार्टनर लगाये गये साथी बारी-बारी से निस्संकोच पूरी निष्ठा, पूरी ईमानदारी और बहुत शिष्टता से करने लगे। आमदनी इतनी होने लगी कि सबके मन में बड़ी-से-बड़ी नौकरी करने की ललक स्वतः मन्द पड़ती चली गयी। साथियों का एक अड्डा भी बन गया और रोज़गार का मसला भी सुलझ गया...किसी भी काम के लिए चालीस दूनी अस्सी हाथ हमेशा तैयार और सूत्रबद्ध।

यह सुविधा जब हो गयी और एक समूह के बल का केन्द्रीकरण हो गया तो सार्वजनिक हित में कई वैसे काम होने लगे, जो सबकी परेशानी के सबब बनते रहे थे, लेकिन उसके समाधान खोजने का दम कोई नहीं दिखाता था। इन्हीं छोटे-छोटे कामों से सोनवारे नरहरि और उसकी टीम को सभी पहचानने लगे। सड़क पर गड्ढा है, कई महीने निकल जाते हैं, कोई इसकी सुध नहीं लेता।

सड़क किनारे कोई बड़ा जानवर मर गया, दुर्गन्ध से अकबका कर सभी नाक बन्द करके निकल जाते हैं, नगरपालिका या नगर निगम कहीं नज़र नहीं आता।

पानी का पाइप फट गया है, कई दिनों तक उससे बहकर पानी बर्बाद होता रहता है।

बिजली का तार टूटकर गिर गया है, उसमें करंट प्रवाहित है, किसी को कोई परवाह नहीं।

बीच सड़क पर गायें बैठकर या तो पंचायत करती रहती हैं या जुगाली। इन्हें हाँककर भगाने की किसी को फ़ुर्सत नहीं, सभी दायें-बायें कटकर निकल जाते हैं।

रेलवे का सिटी बुकिंग काउंटर कई दिनों से बन्द पड़ा है, सैकड़ों लोग रोज़ ताला लटका देख लौट जाते हैं।

वे कुछ वैसे दबंग और बाहुबली किस्म के अत्याचारियों के सामने भी निडरता से पेश होने लगे जिनके पंजे किसी गरीब या दुर्बल की गर्दन पर कसे होते थे। किसी गरीब की बेटी को बगल के बाहुबली का लड़का छेड़ता है। गरीब की शिकायत पर बाहुबली आँखें दिखा देता है।

किसी कमज़ोर आदमी की ज़मीन को एक दबंग बिल्डर ने हथिया लिया और मुआवज़ा देने के नाम पर आनाकानी कर रहा है। उसकी गुहार का कहीं किसी पर कोई असर नहीं।

अपने अधीन काम करनेवाली रेजाओं (मजदूर महिलाओं) का ठेकेदार यौन शोषण करता है। एक रेजा ने बगावत करते हुए पुलिस और मीडिया से भंडाफोड़ कर दिया तो उसे जान से मारने की धमकी दी जाने लगी।

किसी झोलाछाप डॉक्टर की दवा खाकर एक रोगी की मौत हो गयी। इस आरोप में डॉक्टर को पुलिस थाने लाकर थर्ड डिग्री टॉर्चर करने लगी।

ब्यूटी पार्लर में छापा मारकर देह व्यापार करने के आरोप में कुछ लड़कियों को पुलिस ने गिरफ्तार कर जेल भेज दिया।

होटल में नाबालिगों से काम कराने के आरोप में होटल मालिक को गिरफ्तार कर पुलिस ने अन्दर कर दिया।

हेलमेट न पहनने के कारण चेकिंग चलाकर पुलिस सबसे पैसे वसूलने लगी।

देखने में ये सारे गैर-कानूनी काम पर की गयी कार्रवाइयाँ हैं, फिर भी पकड़े जाने वाले लोगों को मदद की ज़रूरत तो है ही। इन्साफ करने के नाम पर इनके साथ बेइन्साफी करने की छूट तो किसी को नहीं दी जा सकती। नाइन्साफी के शिकार ऐसे असहाय लोगों की पीठ पर सोनवारे नरहरि और उसकी टीम के लड़के खड़े होने लगे। समय के साथ पूरे शहर में यह नुस्खा वायरल हो गया कि कोई भी कष्ट या मुसीबत हो तो 'सबका होटल' को खबर कर दो। इस तरह 'सबका होटल' का फ़ोन नम्बर एक कम्प्लेन बूथ की तरह इस्तेमाल होने लगा।

10

नरहरि की बुलाई मीटिंग में होटल के सभी लड़के तो शामिल होते ही थे, कई अन्य साथी, जो अन्यत्र काम-धन्धे में थे, आ जुटते थे। कब्रिस्तान विषयक मीटिंग में भी बड़ी संख्या में उपस्थिति दर्ज हुई। तीन सहपाठिनें भी आ गयीं, तिरिल, मोगरा और संझा। ये सभी लड़के-लड़कियाँ जाति, धर्म और वर्ग के तंग घेरे से बाहर रहनेवाले लोग थे। सम्भवत: मास्टर ताराकान्त से ही यह प्रभाव सबने ग्रहण किया था।

तिरिल ताराकान्त बाबू की इकलौती बेटी थी, जिसकी शादी सर ने फुलोदा बेसरा से करवा दी। फुलोदा तिरिल से प्यार करता था। लेकिन तिरिल चाहती थी सोनवारे नरहरि को। सोन खाने-पीने और पहनने-ओढ़ने के प्रति एकदम लापरवाह था। तिरिल उसकी एक-एक ज़रूरत का खयाल रखती। उसे दर्जनों लड़कों के बीच में सोन के लिए अलग से चिन्ता व बर्ताव करने में ज़रा भी झेंप नहीं होती। मेस में सभी लड़कों का एक साथ खाना बनता। तब भी तिरिल अपनी रसोई से कुछ-न-कुछ लाकर सोन को पकड़ा जाती। नरहरि उसके अतिरिक्त लगाव का कायल रहता। तिरिल उसे बहुत अच्छी लगती लेकिन बस एक दोस्त के रूप में।

उसने मन-ही-मन कुँवारा रहने का तय किया हुआ था। मास्टर जी ने उसका यह मन पढ़ लिया था। उन्हें भी लगता था कि नरहरि से जो अपेक्षायें हैं और उसने आगे जाने का जो रास्ता चुन रखा है, उसमें यही फ़ैसला उचित है। फुलोदा की गाँव में काफ़ी अच्छी ज़मीन-जोत थी, जिसे सँभालने की ज़िम्मेदारी उसने तिरिल पर डाल दी और खुद अलग राज्य वाले आन्दोलन में सक्रिय हो गया। तिरिल एक पखवाड़ा गाँव में रहती और एक पखवाड़ा शहर में अपने बाबा के पास। गाँव में वह औरतों की अनेक समस्याओं, अन्धविश्वास, कुप्रथा, ढोंग, आडम्बर आदि पर नज़र रखती और उन्हें जागरूक करने की कोशिश करती।

मोगरा ने भी शादी कर ली थी और एक बेटे की माँ बन गयी थी। वह उन महिलाओं की लड़ाई में भिड़ी रहती थी जो विभिन्न कारणों से घरेलू हिंसा की शिकार हो जाती हैं। कुछ घर से निकाल दी गयीं लड़कियों को, जिन्हें कहीं पनाह हासिल नहीं होती, अपने घर में लाकर रखती थी। उसका पति कृतार्थ कुशवाहा विधाता स्टील के कारपोरेट कम्युनिकेशन (पूर्व नाम पब्लिक रिलेशन यानी जनसम्पर्क विभाग) में काम करता था और मोगरा का पूरा साथ देता था।

सामयिक और ज्वलंत विषयों पर हिन्दी में विश्लेषणपरक व वैचारिक लेख लिखने में उसकी बहुत अच्छी पकड़ थी। बड़े-बड़े अखबारों में उसके आर्टिकल बड़े महत्त्व के साथ छापे जाते थे। हिन्दी के कई बड़े प्रकाशकों से उसकी कई किताबें भी आ चुकी थीं।

इतना कुछ होने के बाद भी विभाग उसे ज़रा-सा भी विशेष का दर्जा नहीं देता था, इसलिए कि वह अंग्रेज़ी का नहीं हिन्दी का लेखक था। कम्पनी चूँकि अपना छींकना-खाँसना तक अंग्रेज़ी में ही करती थी, इसलिए दूसरी भाषा में कोई तोप भी हो तो उसे वे प्यादा ही समझते थे। विभाग से या कम्पनी से कृतार्थ को जो उपेक्षा मिलती थी, जिस खालीपन का एहसास होता था, उसकी भरपाई वह मोगरा के साथ सामाजिक सेवा से जुड़कर तथा लेख लिखकर अर्जित साख से कर लेता था।

संझा ने बी.ए. करने के बाद एल.एल.बी. कर लिया था और उनके मुकदमे लड़ती थी जो लम्बे समय से अंडरकस्टडी (अंडरट्रायल) प्रिजनर की ट्रेजेडी झेल रहे थे और उनकी ज़मानत लेनेवाला तक कोई नहीं था। वह शहर के एक मशहूर एडवोकेट महावर शर्मा की बेटी थी। संझा 'सबका होटल' में शहरवासियों से प्राप्त शिकायतों पर नरहरि से लम्बी-लम्बी बेतकल्लुफ़ बहस करती थी, जिसमें उसे घसीटना, कोसना और धिक्कारना तक सम्मिलित था। इन बहसों से कभी ऐसा लगता था कि दोनों में काफ़ी करीबी है, तो कभी लगता कि काफ़ी दूरी है। कभी लगता बहुत प्यार है तो कभी लगता बहुत नफ़रत है। नरहरि को अगर कोई चुप करा सकता था तो वह सिर्फ़ संझा ही थी।

नरहरि ने मेहरा से हुई मुलाकात का सभी साथियों से विवरण देते हुए बताया कि अगली मुलाकात ज़िलाधिकारी के साथ है।

संझा ने सबसे पहला सवाल दाग दिया, "मेहरा का बुलावा पाकर तो तुम्हें खूब गर्व महसूस हुआ होगा। कितनी बार वह तुम्हें दुत्कार चुका है, लेकिन तुम दौड़े-दौड़े चले गये। कभी-कभार तो आत्मसम्मान का खयाल कर लिया करो।"

"अब इस सलाह का कोई फ़ायदा नहीं। जब ज़रूरत रहती है तब पता नहीं कहाँ गायब हो जाती हो। अब सलाह यह चाहिए कि डी.एम. (ज़िलाधिकारी) से मुलाकात में क्या-क्या विषय डिस्कस किये जायें।"

"मुख्य विषय तो कब्रिस्तान ही है। ज़रूरत है कि इसके पीछे कम्पनी प्रबन्धन और प्रशासन की चाल को हम समझने में गलती न करें। अब तक प्रबन्धन और प्रशासन दोनों से हम सबका टकराव चलता रहा है। लेकिन आज, जिन्हें वे काँटा समझते रहे थे, उन्हें अस्त्र बना रहे हैं। खुद वे एक्सपोज हुए बिना हमसे यह काम निकलवाना चाहते हैं। कल को ऐसा भी हो सकता है कि अगर मामला बिगड़ गया तो वे पल्ला झाड़ लेंगे और हमारी गर्दन को फँसा देंगे।" यह मौज ठाकुर था, जो होटल का पूरा हिसाब-किताब देखता था। चालीस साल पहले बिहार के नवादा से आकर इसके पिता ने यहाँ हेयर कटिंग सैलून खोल लिया था। कोई दस साल हुए उनका स्वर्गवास हो गया। सैलून इन दिनों मौज का भाई चला रहा है। मौज ने ताराकान्त मास्टर के साथ रहते हुए अर्थशास्त्र में एम.ए. कर लिया। प्रशासन के खिलाफ़ लड़ते हुए तीन बार जेल जा चुका था।

"हम कब फँसाये नहीं जाते रहे हैं? इसकी परवाह न हमने पहले की है, न अब करनी है। हमारी तो पहचान ही यह रही है कि हर जोखिम उठाकर हमें जो करना होता है, उसे करके रहते हैं।" यह पखावज महतो था। बगल के एक गाँव कोलाबिरा का रहनेवाला। स्वर्णरिखा नदी को बाँधकर बन रहे स्वर्णरिखा डैम के विस्थापितों को मुआवज़ा दिलाने की मुहिम में विशेष रूप से सक्रिय रहा और इसके पास भी बी.ए. और दो बार जेल जाने की डिग्री मौजूद थी।

"लेकिन इस बार का मामला एकदम अलग है पखावज। हम एक ऐसे तार को छूने जा रहे हैं, जिसमें हाई वोल्टेज करंट बह रही है, जिसका झटका सहना आसान नहीं होगा। हम एक पूरी कौम से अदावत मोल लेने जा रहे हैं। उसके जमीर, गैरत और अकीदत को ललकारने जा रहे हैं। हम पहली बार आम आदमी के हितों से ज़्यादा एक कारपोरेट और प्रशासन के हितों की लड़ाई का औज़ार बनने जा रहे हैं।" यह हरफन अंसारी था जो मास्टर जी की मंडली का स्थायी सदस्य और हर मुहिम में आगे रहनेवाला चेहरा था। शायरी करता था और आस-पास होनेवाले मुशायरों में अनिवार्य सहभागी हुआ करता था। होटल में यूँ तो सभी लोग सभी तरह के काम करते थे, लेकिन इसकी दिलचस्पी बाज़ार से खरीददारी करने में ज़्यादा थी।

हरफन की बात सुनकर सबके चेहरे पर विस्मय की रेखाएँ खिंच गयीं। नरहरि ने महसूस किया कि धर्म-कर्म की खाई को लाँघ लेने वाले यह उसके वर्षों

के साथी हरफन के वेष में कोई मौलवी या मुल्ला बोल रहा है।

''ये तुम क्या कह रहे हो हरफन? हमने हमेशा मुद्दों को उठाने में आम आदमी का भला-बुरा सोचा, सार्वजनिक हितों को ध्यान में रखा। उससे कौन-सी कौम या सम्प्रदाय खुद को जोड़ता है और उससे किस कौम का कितना बनता-बिगड़ता है, इसकी परवाह तो हमने कभी नहीं की। फिर तुम ऐसा कैसे कह गये कि हम किसी को ललकारने जा रहे हैं?'' सुफल शर्मा ने कहा जिसका एक विशेष परिचय था रंगकर्मी होना। साझी संस्कृति और भाईचारे का संदेश प्रसारित करने वाले नाटकों के मंचन में उसको विशेषज्ञता हासिल थी। ताराकान्त क्षितिज का वह एक तेजस्वी नक्षत्र था।

''मैंने ऐसा इसलिए कहा कि कई जगह, मस्जिदों में, दरगाहों में, कब्रगाहों में, जलसों में तथा कई सभाओं में इसे लेकर एक आक्रोश व उबाल देखने में आ रहा है। साफ़ लग रहा है कि वे इतनी आसानी से मानने वाले नहीं हैं। इसे एक फिरकापरस्ती का रंग देकर वे किसी भी हद तक जाकर इसकी मुखालफ़त करने का माहौल बना रहे हैं।'' हरफन ने सफ़ाई देने के अंदाज़ में कहा।

''तो फिर तुम्हारी क्या राय है, हमें क्या करना चाहिए?'' कड़क आवाज़ में फुलोदा बेसरा ने पूछा।

''ऐसा लगता है कि मेरे कहे को मेरे मुसलमान होने से जोड़कर देखा जा रहा है। अगर ऐसा है तो मैं अपनी बात वापस लेता हूँ।''

''ये क्या हो रहा है हरफन, हम हिन्दू और मुसलमान कब से होने लग गये यार? हम तो कलक्टर से सड़क पर कायम मन्दिरों को भी हटाने की बात करने वाले हैं। कई बार तो पहले भी कर ही चुके हैं, लेकिन इस बार चूँकि पेंच फँसा है, इसलिए उसे हमारी बात माननी होगी। पहले वह मन्दिर हटाये और हर मोहल्ले में होने वाली दुर्गापूजा तथा रामनवमी अखाड़े को सीमित करने के लिए एक नियम बनाये ताकि शोरगुल और भीड़भाड़ से पूरा शहर नक्कारखाना बनने से बच सके।'' नरहरि ने आपस में उभर रहे मतभेद की धुँध को छाँटने की कोशिश की।

''आज की तारीख में मन्दिर का हटना भी किसी पहाड़ के हटाने जैसा काम है। चौला सिंह हनुमान मोर्चा का जिलाध्यक्ष बन गया है और आजकल कम्पनी के कई शीर्ष अधिकारियों से उसकी गहरी छन रही है। जिला प्रशासन भी उसकी

लंठई से सहमा हुआ रहता है। मन्दिर बचाने में वह कुछ भी कर गुज़रने से बाज नहीं आयेगा। हमें बहुत फूँक-फूँक कर कदम रखना होगा।'' यह रंगरेज दुबे था जो बी.ए. तो नहीं पास कर सका, लेकिन ताराकान्त का पक्का शागिर्द था। इसके पिता राम चरित्तर दुबे पुरोहिताई करते थे, जिससे रंगरेज को बेहद चिढ़ थी। जनेऊ पहनने से उसने साफ़ इनकार कर दिया था। उसका कहना था कि यह अगर इतना ज़रूरी है तो सबके लिए होना चाहिए। उसका मानना था कि हमारी धमनियों में खून से ज़्यादा असहमति और विरोध का प्रवाहित होना ज़्यादा ज़रूरी है।

''चौला सिंह से तो हम अपने विद्यार्थीकाल से ही दो-दो हाथ करते रहे हैं। उसे जो करना है करे, हम उससे पहले भी नहीं डरे थे और अब भी नहीं डरेंगे।'' नरहरि ने अपनी जीवट इच्छाशक्ति का इज़हार कर दिया।

''कब्रिस्तान को लेकर मेरा मशविरा है कि इसे हटाने पर ज़ोर डालने के पहले उस जगह पर एक नया कब्रिस्तान बना दिया जाये, जिसे प्रशासन ने विकल्प के तौर पर चिन्हित कर रखा है। आस-पास के लोग नये में दफ़नाना शुरू कर देंगे तो फिर धीरे-धीरे सभी लोगों को उसमें भेजना आसान हो जायेगा। पुरानावाला अपने आप ही बेअसर, निर्जन और बेसँभाल होता चला जायेगा।'' हरफन ने सुझाव दिया।

वहाँ उपस्थित एक स्थानीय साथी हिचिक मंडल यह सुनकर गद्गद हो गया। चहकते हुए कहने लगा, ''वाह हरफन मियाँ, क्या बात है यार। देखो दोस्तो, जिसे अभी-अभी सन्देह की नज़र से देखा जा रहा था, समाधान उसी के दिमाग से निकलकर बाहर आया। बहुत ठीक कहा कि जिस रास्ते को बन्द करना होता है, उसके बगल से पहले एक डायवर्ज़न बना देना पड़ता है। कम्पनी का यही स्टाइल तो अब तक रहा है। जिस चारदीवारी या भवन का उसे अधिग्रहण करना होता है, उसका रिप्लेसमेंट वह पहले तैयार कर देती है। पिछले दिनों उसने प्रसिद्ध मज़दूर नेता के नाम पर बने शहर के सबसे व्यस्त अब्दुल तारी मैदान के साथ ऐसा ही किया। एक डुप्लिकेट मैदान पहले बना दिया, फिर असलीवाले पर कब्ज़ा कर लिया और उसे कारखाने में विस्तार के लिए मिला लिया। साँप भी मर गया और लाठी भी नहीं टूटी। आगे उसने इस डुप्लिकेट मैदान को भी अपने ठेका कर्मचारियों के वाहनों का अस्तबल बना दिया और बचे हुए हिस्से में वैवाहिक कार्यक्रम सम्पन्न कराने का ठिकाना बना दिया।''

''चलो, फिर ठीक है, हम इसी लाइन पर बात करेंगे।'' नरहरि ने कहा।

''लेकिन देखना, इस शर्त से पीछे मत हटना कि पहले कम्पनी अपने बंगलों को अपार्टमेंट में बदलने की कवायद शुरू करे।'' नाजायज़ के प्रति तुरन्त असह्य, कठोर और आक्रामक हो जाने की फ़ितरत रखने वाले चस्का मरांडी ने अपनी राय ज़ाहिर की। गाँव के लड़कों के जाति प्रमाण-पत्र, आवासीय प्रमाण-पत्र बनानेवाले, वृद्धावस्था पेंशन, मनरेगा की पेमेंट आदि में कोताही करनेवाले और घूस माँगनेवाले कई बाबुओं और अफ़सरों की वह अक्सर पिटाई कर दिया करता था, जिससे अक्सर उसका जेल जाना-आना लगा रहता था।

''चलो, अब टॉपिक चेंज करो। फुलोदा के साथ पिछले दिनों क्या कुछ हुआ, इस बारे में मुझे लगता है, सबको अवगत होना चाहिए।'' ताराकान्त सर की बेटी तिरिल ने अपने पति फुलोदा की ओर देखते हुए कहा।

''हाँ भाई, फुलू, बताओ, आन्दोलन के नाम पर देख रहा हूँ कि काफ़ी कुछ अनर्गल, उपद्रवी और शरारती कार्यकलाप चल रहा है।'' मौज ठाकुर ने पूछा।

फुलोदा ने बताना शुरू किया, ''पृथक राज्य कार्रवाई समिति की मीटिंग हो रही थी। अपने ग्रुप से मेरे साथ चस्का मरांडी और हिचिक मंडल भी थे। मुक्ति संग्राम के कुछ बुज़ुर्ग नेताओं ने प्रस्ताव रखा कि अगले कदम के रूप में रेल की पटरी पर बम बाँधकर एक प्रमुख सुपरफ़ास्ट पैसेंजर ट्रेन को उड़ा देना है। उनका कहना था कि रेल रोको और सड़क पर चक्का जाम हम बहुत कर चुके, कोई सुनवाई नहीं हो रही। अब इसी तरह के उग्र व विध्वंसक कदम हमें उठाने हैं। मैंने इस प्रस्ताव का विरोध करते हुए कहा कि यह आन्दोलन का नहीं आतंकवाद और देशद्रोह का रास्ता है। हमें ऐसा कुछ भी नहीं करना चाहिए जिससे आम आदमी को क्षति पहुँचे। इस ट्रेन के उड़ाने से सैकड़ों बेकसूर आदमी हताहत हो जायेंगे। सैकड़ों घर तबाह हो जायेंगे। इस तरह के कातिल और वहशी कारनामों से हम आम आदमी की सहानुभूति और समर्थन खो देंगे और उनकी नज़रों में गिर जायेंगे। आखिरकार हम अलग राज्य इसलिए तो चाहते हैं कि आम आदमी का जीवन ज़्यादा-से-ज़्यादा निरापद हो और उन तक न पहुँचनेवाली सुविधाएँ आसानी से पहुँचें। उनके रास्ते में आनेवाली कठिनाइयाँ और बाधायें दूर करनेवाली मशीनरी से नज़दीकी बने। सरकार हमारे इतना पास हो कि अपनी कोई भी आवाज़ हम तुरन्त पहुँचा सकें।''

''तुमने बहुत ठीक कहा फुलू। हम इस तरह की खून बहानेवाली या जान

लेने वाली चरमपंथी कार्रवाइयों का कभी समर्थन नहीं कर सकते।'' सुफल शर्मा ने उसकी पीठ थपथपाते हुए कहा।

''वे हमसे सहमत नहीं हुए। सांसद और विधायक बनकर सत्ता की दलाली करनेवाला, प्रधानमन्त्री बनाने के लिए अपने और अपने दल के साथियों के वोट को बेच देने वाला और आम जनता को छलने वाला जो सबसे बुजुर्ग नेता है कालू मुंडा, उसने गुस्से से लाल होकर कहा कि आम जनता की भलाई के लिए हम जो लक्ष्य हासिल करना चाहते हैं, उसके लिए कुछ कुर्बानी तो आम जनता को भी देनी ही होगी। उसने आगे कहा कि जिसे हमारा प्रस्ताव मंजूर नहीं है, वह मुक्ति संग्राम से चाहे तो अलग हो जाये। हमें ऐसे डरनेवाले और टाँग खींचनेवाले कार्यकर्ता का साथ नहीं चाहिए।''

आगे का हाल चस्का मरांडी बताने लगा, ''हमने उस घाघ बुड्ढे को टका-सा जवाब दे दिया कि तो ठीक है हम हिंसा और खून-खराबे वाले रास्ते से खुद को अलग करते हैं और हम अब अलग से शान्तिपूर्ण आन्दोलन चलायेंगे। हमें अगर अवरोध खड़ा करना होगा तो उसके रास्ते में करेंगे जो ऊँचे सिंहासन पर बैठा हमारी माँगें सुनकर बहरा बना हुआ है। आम जनता को ज़रा-सा भी कष्ट पहुँचाने के पक्ष में हम नहीं हैं।''

अब हिचिक मंडल ने बयान की डोर थाम ली, ''बुड्ढे का चेहरा गुस्से से तमतमा गया। हम तीनों मीटिंग से उठ गये। किसी ने हमें बैठने के लिए नहीं कहा। ऐसा लगा कि वे सभी लोग यही चाह रहे थे। उन्हें हमारा होना पच नहीं रहा था। हमारा टोकना और गलत पर उँगली रखना उन्हें काँटे की तरह चुभने लगा था। जाते-जाते मैंने सुना दिया कि हम इन्सानियत के पक्षधर हैं, इसलिए हम खून-खराबे के मार्ग को रोकने के लिए दीवार बन जाने में कोई संकोच नहीं करेंगे।''

''दरअसल उस घाघ बुड्ढे के साथ काम करने वाले सारे हुड्ड, लंठ और जाहिल लड़कों की एक फ़ौज है। बुद्धि, विवेक और कायदे-कानून की बात करने वाले लोगों को वे बर्दाश्त नहीं कर पाते। उनकी भाषा सिर्फ़ मारपीट, गाली-गलौज और उठा-पटक की है। उनमें से कुछ लड़के खुलेआम आन्दोलनकारी के मुखौटे में डरा-धमकाकर स्मॉल स्केल इंडस्ट्री के मालिकों और व्यावसायियों से वसूली कर रहे हैं। एक मीटिंग में मैंने जब इस पर सवाल उठाया कि इस तरह की भयादोहन करने वाली हरकतों से हमारी बदनामी होगी और आन्दोलन की पवित्रता पर लोग

शक करने लगेंगे तो वह घाघ बुड्ढा ही उनके पक्ष में आँख दिखाते हुए कहने लगा कि कार्यकर्ताओं की भी ज़रूरतें हैं, क्या वे भूखे रहकर काम करेंगे? तमाम जगहों पर उन्हें जाना होता है...कभी दिल्ली, कभी पटना, कभी राँची, कभी धनबाद, कभी दुमका...कहीं धरना, कहीं प्रदर्शन, कहीं घेराव, कहीं रैली, कहीं जुलूस, कहीं आमसभा।''

''साफ़ है कि बुड्ढे की शह पाकर ही शोहदे किस्म के ये लड़के तांडव मचाते हैं,'' हिचिक ने कहा।

''कुछ लड़के हमें लगातार धमकी दे रहे हैं कि हम अपना मुँह बन्द रखें, नहीं तो इसका अंजाम अच्छा नहीं होगा।'' फुलोदा ने बताया।

पखावज अपना विचार देने लगा, ''मुझे ऐसा लगता है कि वे इस आन्दोलन का मुखिया बनकर पूरी तरह इसे अपने कब्ज़े में रखना चाहते हैं और सफलता मिलने पर पूरा श्रेय अपने नाम करना चाहते हैं। चूँकि इस आन्दोलन का मास्टर माइंड और थिंक टैंक ताराकान्त सर थे, सारी रणनीति और रोडमैप उन्हीं के बनाये हुए हैं और हमलोग सर के स्कूल से दीक्षित हैं तो उन्हें लगता है कि चूँकि हम ज़्यादा पढ़े-लिखे और होशियार हैं, कहीं उनसे आगे न निकल जायें।''

''पखावज बिलकुल ठीक कह रहा है दोस्तो। मुझे अब चिन्ता होने लगी है। ये लोग बड़े खतरनाक मंसूबे के अराजक और निरंकुश आततायी बनते जा रहे हैं। हमें इनसे सावधान रहने की ज़रूरत है। दरअसल ये लोग अपना वर्चस्व और सत्ता कायम करने के लिए अलग राज्य चाहते हैं, न कि यहाँ के वंचितों, पिछड़ों को आगे लाने के लिए।'' नरहरि ने अपनी खीज प्रकट की।

''जो भी हो, हम इस मुहिम से हटने वाले नहीं हैं। वे अपनी तरह से लड़ें, हम अपनी तरह से लड़ेंगे, जैसा ताराकान्त सर ने हमें सिखाया था। वे जहाँ हिंसक और अनैतिक कदम उठायेंगे, हम उसका खुलकर विरोध करने से बाज नहीं आयेंगे।'' फुलोदा ने अपनी मंशा प्रकट की।

''अब हम 'सबका होटल' के बारे में कुछ राय-विचार कर लें।'' मौज ठाकुर ने विषयान्तर करना चाहा।

''हाँ ज़रूर मौज भाई, बताओ, क्या कुछ नया करना है?'' नरहरि ने उसे प्रेरित किया।

"जितना कुछ चल रहा है, बहुत अच्छा और शानदार चल रहा है। लेकिन हमें इतने में ही ठहरकर नहीं रह जाना है। सुफल शर्मा, रंगरेज दुबे और मैं पिछले कुछ दिनों से विचार कर रहे थे कि इसे और आगे बढ़ाने के लिए हम क्या कुछ कर सकते हैं। हम इस निर्णय पर पहुँचे हैं कि हमें कैटरिंग सर्विस शुरू करनी चाहिए। हमारे पास पर्याप्त मैन पॉवर भी है और साधन भी हैं। शादियों में या अन्य मौकों पर की जाने वाली पार्टियों में उत्तम व सस्ती कैटरिंग सर्विस देने का कॉन्ट्रैक्ट हम ले सकते हैं। हमारे होटल की जो साख है, उससे हम पर लोगों को भरोसा करने में कोई दुविधा नहीं होगी। हम होटल की तरह ही बेहतरीन खाना परोसेंगे, कम-से-कम लागत में। आजकल देखने में आ रहा है कि साधारण थाली की कीमत भी तीन सौ से पाँच सौ रुपये होती है, जबकि लागत एक थाली पर बमुश्किल पचास-साठ आती है। हम एक सौ से डेढ़ सौ में मनपसन्द थाली उपलब्ध करायेंगे।"

सबने तालियाँ बजाकर इसका स्वागत किया।

"मौज भाई! स्वर्ग अगर वाकई होता है और ताराकान्त सर वहाँ होंगे तो इस योजना को सुनकर वे बहुत गर्व महसूस कर रहे होंगे। हम सभी सहमत हैं इस प्रस्ताव से। इसे साकार करने के लिए जो भी कदम उठाने हों, उठाये जायें।" नरहरि ने अपनी मुहर लगा दी।

"ताराकान्त सर का नाम लिया तुमने सोन। हम सबको उन्होंने इतना दिया है कि हम कभी उऋण नहीं हो सकते। होना भी नहीं चाहते। क्या हम उनकी एक प्रतिमा अपने होटल के आस-पास कहीं लगा सकते हैं?" हरफन ने सुझाया।

"तूने मेरे मुँह की बात छीन ली हरफन। यूँ तो हम अपने मन में उन्हें बसाकर रखते ही हैं, आँख के सामने भी रहेंगे तो लगेगा कि हमारे मनोबल का स्रोत ज़िन्दा है।" यह रंगरेज दुबे का उद्‌गार था।

"सभी लोग सहमत हैं?" नरहरि ने बहुमत जानना चाहा।

"नहीं, बिलकुल नहीं। मैं सहमत नहीं हूँ। बाबा किसी की भी मूर्ति लगाने के सख्त विरोधी थे। उन्होंने तो अपना श्राद्ध तक करने से हमें पहले ही मना कर दिया था," तिरिल ने स्पष्टता से अपनी बात रख दी।

अब इस विषय पर किसी को भी कुछ कहने की ज़रूरत नहीं रह गयी। सभी साथियों की प्रशंसा भरी निगाह तिरिल पर एक साथ बिछ गयी। जहाँ यश

और अमरता के भूखे लोग अपने जीतेजी मूर्ति लगा लेते हों, जहाँ अपने नाकारा बाप-दादाओं को महिमामंडित और महान सिद्ध किये रहने के लिए एक-से-एक पाखंड (स्मृति में पुरस्कार देना, सालाना श्रद्धांजलि सभा आयोजित करना, प्रतिमा लगाना) रचे जाते हों, वहाँ एक बेटी को इसकी कोई चाह नहीं है कि वह सचमुच के अपने बेमिसाल पिता की मूर्ति लगाने की हामी भरे। आज तिरिल ने यह साबित कर दिया कि अपने बाबा के उसूलों की वह सच्ची संवाहिका है।

नरहरि ने बैठक के अन्तिम पड़ाव पर पहुँचते हुए कहा, ''तो इसके पहले कि बैठक समाप्त हो, मैं अपनी ओर से एक प्रस्ताव रखना चाहता हूँ। हम सबका यह होटल बहुत अच्छा चल निकला है और पर्याप्त मुनाफ़ा दे रहा है, ताराकान्त सर ने जैसी कल्पना की थी। मैं समझता हूँ कि इससे जुड़े सभी साथी आर्थिक दृष्टिकोण से भी सन्तुष्ट हैं। मैं चाहता हूँ कि इस होटल से कुछ वैसे लोगों का भी पेट भरे जिनके पास पैसे नहीं हैं। क्या हम ऐसे दस-पन्द्रह आदमियों को रोज़ बिना पैसे के खाना खिला सकते हैं...साधारण खाना?''

''एकदम खिला सकते हैं सोन। लेकिन उनका चुनाव हम कैसे करेंगे। यह प्रचारित हो जाने से कि यहाँ खाना मुफ़्त भी मिलता है, पन्द्रह की जगह पचास खड़े हो जायेंगे। मुझे लगता है कि नियम बनाकर पालन करना व्यावहारिक नहीं है। हाँ, बिन पैसे का कोई भूखा आदमी माँगने आ जाता है तो हम उसे लौटाते नहीं हैं, इतना तो हम करते ही आ रहे हैं।'' मौज ठाकुर ने अपनी राय दी।

''चलो ठीक है, फिर ऐसा ही चलने दो। बस ध्यान यही रखना है कि जितना ज़्यादा भला करना सम्भव हो, किया जाये। तो अब बैठक समाप्त करें?''

''एक बात मुझे भी कहनी है,'' मोगरा ने अपनी उपस्थिति को मुखर किया, जो शुरू से सिर्फ़ श्रोता बनकर बैठी थी, ''कल मेरे एक पड़ोसी की सड़क दुर्घटना में मृत्यु हो गयी। वे अपनी पत्नी के साथ बाइक पर जा रहे थे कि बीच सड़क पर दो गायें एक-दूसरे को खदेड़ती हुई आ गयीं। उन्हें सँभलने का मौका नहीं मिला। बुरी तरह टकराकर गिर गये। पत्नी तो हाथ-पैर आदि में चोट व फ्रैक्चर खाकर बच गयी लेकिन पति अस्पताल ले जाते हुए गुज़र गये। गौपालकों के इस गैर-ज़िम्मेदार रवैये के चलते खुले में छोड़ दिये गये आवारा जानवरों के कारण कहीं-न-कहीं इस तरह की घटनायें रोज़ हो रही हैं। प्रशासन इस तरफ़ ज़रा भी ध्यान नहीं दे रहा। क्या हमलोग अपने स्तर से एक काँजी हाउस बना सकते हैं, जिसमें सड़कों पर आवारा

विचरने वाले शहर भर के चौपाये ले आये जायें और उन्हें छुड़ाकर ले जाने वाले मालिकों को एक अच्छा खासा जुर्माना चुकाना पड़े?''

''मोगरा बहुत ठीक कह रही है,'' रंगरेज दुबे ने हामी भरी, ''इन चौपायों के चलते पिछले एक साल में सड़कों पर लगभग सवा सौ दुर्घटनायें हुई हैं। काँजी हाउस बनाने का सुझाव बहुत अच्छा है, लेकिन इसके लिए एक बड़ी खाली ज़मीन और उसमें एक ऊँची चारदीवारी चाहिए होगी, साथ ही जिला प्रशासन की अनुमति भी।''

''मोगरा ने इस शहर की एक बहुत बड़ी समस्या पर सबका ध्यान खींचा है। शुक्रिया मोगरा। यह सच है कि प्रशासन ने इस खतरनाक पहलू का हल ढूँढ़ने की कभी कोई ज़रूरत नहीं समझी। हमें निश्चय ही दखल देना चाहिए। डी.एम. से मैं बात कर लूँगा, वह अनुमति दे तो ठीक, नहीं दे तब भी हम उसकी परवाह नहीं करेंगे। सामाजिक उत्तरदायित्व निर्वाह के तहत सड़क पर सुरक्षा बहाली के एक बड़े इन्तज़ाम के तौर पर इसे लिया जाना चाहिए। इसमें हमारा कोई निहित स्वार्थ नहीं होगा, इसलिए किसी को ऐतराज नहीं होना चाहिए। सवाल सिर्फ़ ज़मीन का है, कम-से-कम दो-ढाई एकड़ तो ज़रूर ही चाहिए।'' नरहरि ने अपनी राय दी।

''आबादी से थोड़ा हटकर नदी किनारे या पहाड़ी के पास ज़मीन का एक टुकड़ा सरकार से माँगा जा सकता है। दे दे तो ठीक, नहीं तो घेर लिया जाये।'' चस्का मरांडी ने अपने तेवर के अनुरूप हल सुझाया।

''यह ठीक नहीं होगा चासो। गलत या नाजायज़ काम का ठप्पा हमें अपने माथे पर नहीं लगने देना चाहिए। हमारी पहचान हर गलत और नाजायज़ को रोकने की रही है। पहले हम बात करके देख तो लें, फिर इस पर विचार करेंगे।'' नरहरि ने अपनी यह अन्तिम बात कहकर बैठक को समेट दिया।

11

जिलाधिकारी (डी.एम.) के बड़े से हॉलनुमा कमरे में मीटिंग शुरू हुई। प्रशासन की तरफ़ से डी.एम. तथा पुलिस अधीक्षक डैनियल डुंगडुंग के अलावा दो और शीर्ष अधिकारी, स्टील कम्पनी की ओर से वाइस प्रेसिडेंट मेहरा तथा दो और अधिकारी तथा शहर के आम नागरिकों की ओर से नरहरि, हरफन

अंसारी और मौज ठाकुर। अपनी निष्क्रियता तथा निकम्मेपन के लिए बदनाम इस क्षेत्र के सांसद या विधायक को बुलाने की ज़रूरत नहीं समझी गयी। उनकी निष्काम छवि यह थी कि उन्हें जहाँ शामिल किया जाता था वहाँ बना हुआ काम या तो बिगड़ जाया करता या फिर लम्बा खिंचकर ठंडे बस्ते में दफ़्न हो जाया करता।

जिलाधिकारी समवेत त्रिवेदी ने सबका स्वागत करते हुए कहा, "वरदान पुष्प और स्टील कम्पनी के सभी साथियों का स्वागत है। जिस मुद्दे पर हम आज बात करने जा रहे हैं, वह बहुत ही संवेदनशील है। प्रशासन की लाचारी है कि वह प्रत्यक्ष रूप से इस बाबत कोई भूमिका नहीं निभा सकता। एक तो धर्म से और दूसरा अल्पसंख्यक से जुड़ा विषय है, जिसे आम तौर पर सरकारी छतरी के तले रखने का विधान है। हम पर कोई आक्षेप न लगे, इसे ध्यान में रखते हुए उन्हें इस तरह कन्विंस करते हुए इसे सॉल्व किया जाये जिससे वे आहत न हों और थोपा हुआ न समझें। बदलते परिदृश्य में शहर ने जो करवट ली है, उस हिसाब से वे इसे वक्त का तकाज़ा समझें।"

"उन्हें कन्विंस करने के लिए हमें जो पूर्व की आधारभूमि तैयार करनी है, उसके बारे में मेहरा साहब से मेरी पहले ही बातचीत हो चुकी है," नरहरि ने मेहरा को देखते हुए कहा।

"हाँ, मुझे मिस्टर मेहरा बता चुके हैं कि आप लोग सारे बंगलों को अपार्टमेंट में बदलने की सलाह दे रहे हैं। मैं इससे बहुत सहमत नहीं हूँ। आपके अनुसार तो फिर देश में सारे मकान एक ही माप और आकार के होने चाहिए। कोई आदमी जब अपना निजी मकान भी बनाता है तो वह अपने मिज़ाज, अपनी ज़रूरत और अपनी हैसियत के हिसाब से बड़ा या छोटा बनाने के लिए आज़ाद होता है। अधिकारियों को अगर बड़ा घर दिया जाता है तो इसके पीछे एक मनोविज्ञान है उसे बड़ा दिखाने का, उसे बड़ा और अलग महसूस कराने का," त्रिवेदी ने बेबाकी से अपने मन की बात कह दी।

"इस विषय पर डिबेट करना हमारा उद्देश्य नहीं है त्रिवेदी साहब। मुझे जो इस बारे में कहना था, मेहरा साहब से कह चुका हूँ। जानता हूँ कि आप भी अधिकारी हैं और एक बड़े सरकारी बंगले में रहते हैं तो छोटे घर में रहने को जस्टिफाई क्यों करेंगे। आखिरकार तो हमारी मानसिकता उसी देश के निवासी की है, जहाँ राजा-रजवाड़ा नाम का एक व्यक्ति विशाल महल (जिसमें एक पूरा गाँव

या एक पूरा शहर समा जाता) में रहा करता था और दर्जनों बीवियाँ और दर्जनों नौकर-चाकर रखा करता था। मैं अगर ऐसा कह रहा हूँ तो इसलिए कि हमें एक संदेश देना है, एक माहौल तैयार करना है कि इतनी बड़ी कम्पनी भी ज़मीन की किल्लत और शहर की नब्ज़ को महसूस कर एक बड़ा करेक्टिव एक्शन लेने को मजबूर हो गयी है।''

''देखिए साहब, जहाँ एक पूरी बिरादरी के लाखों लोगों के पूर्वजों के हाड़ माँस की कब्रों से कहीं अधिक यादों की कब्रें मिटायी जा रही हों, वहाँ ईंट-गारे के कुछ बंगले ढहा देंगे तो कौन-सा कुफ्र टूट जायेगा,'' हरफन अंसारी ने कहा तो ऐसा लगा जैसे वह अपने भीतर के किसी हाहाकार को प्रकट कर रहा है।

''बहुत साफ़ शब्दों में हमारे साथी ने आपको पहले बता ही दिया है कि हमारी संस्था 'वरदान पुष्प' के लिए हर जाति और हर धर्म एकसमान है। हम किसी के लिए पक्षपाती होने का कलंक नहीं झेल सकते। हम बड़े ही निष्पक्ष भंगिमा के साथ इस काम में लगना चाहते हैं।'' मौज ठाकुर ने अपना स्टैंड साफ़ कर दिया।

''इस बारे में निदेशक मंडल से बात हो चुकी है। हमारे कुछ पुराने बंगले हैं, जो काफ़ी पहले अपनी उम्र पूरी कर चुके हैं। उन्हें हम अपार्टमेंट में बदलने के लिए तैयार हैं। अखबारों में इस आशय की विज्ञप्ति हम दे देंगे। अब आगे बताइए,'' मेहरा ने जानकारी दी।

''चलिए ठीक है, कहीं से शुरुआत तो हो। अब एक गुज़ारिश त्रिवेदी जी से भी है। जिला प्रशासन की तरफ़ से भी यह दिखना चाहिए कि जो अनुचित और नाजायज़ है उसके प्रति किसी भी धर्म-सम्प्रदाय से ऊपर उठकर न्याय करना उसका फ़र्ज़ है। स्टेशन जाने वाली सड़क पर जो वर्षों से दो मन्दिर बने हैं, उन्हें हटाने का यह सही वक्त है। पहले मन्दिर हटे तब कब्रिस्तान हटाने की बात छेड़ना ज़्यादा युक्तिसंगत बन जायेगा।'' नरहरि ने जैसे एक पुराने राग को नयी आवाज़ दे दी।

मौज ठाकुर के दिमाग में भी शहर की छाती पर मचने वाली कुछ धमाचौकड़ी की याद ताज़ा हो आयी, ''प्रशासनिक स्तर पर कुछ और भी ज़रूरी और सख्त कदम उठाये जाने चाहिए। इसके लिए परम्परा और लीक से हटकर कार्रवाई करने की इच्छाशक्ति चाहिए। रामनवमी में जुलूस निकाले जाते हैं, शहर के विभिन्न अखाड़ों द्वारा। इन अखाड़ों का साल भर कोई अता-पता नहीं रहता। साल भर

इनकी न कोई गतिविधि होती है और न ही कोई सामाजिक कार्यक्रम होता है। रामनवमी पर्व ज्यों ही आता है कुछ दबंग किस्म के लोग लंगोट कसकर महावीरी झंडा निकालने की ज़िद पूरी करने में भिड़ जाते हैं। निकाले जाने वाले जुलूस में न कहीं धर्म दिखता है और न आस्था। लफंगों की एक जमात होती है, वे बीच सड़क पर फूहड़-से-फूहड़ करतब दिखाते हैं, गदका खेलते हैं, तलवारबाजी करते हैं, पटाखे चलाते हैं और पूरे यातायात को अपनी हेकड़ी से ठेंगे पर चढ़ा लेते हैं। इस जुलूस का रुख देखकर साफ़ ज़ाहिर होता है कि किसी को चिढ़ाया या नीचा दिखाया जा रहा है। प्रशासन इनकी लंठई के आगे बहुत लाचार और बौना बन जाता है और इन्हें मदद पहुँचाने में लग जाता है। सड़कों की इस तरह घेर-छेंक की जाती है जैसे कोई युद्ध होने वाला हो। इस घेर-छेंक की वजह से अगर आपको कहीं जल्दी से पहुँचना हो तो आप सिर पीटकर रह जाइये। अस्पताल जाने की ज़रूरत है तो रास्ते में मर जाइये। किसी को प्रसव वेदना हो रही है तो अपने घर में तड़पते रह जाइये। ट्रेन पकड़नी हो तो जुलूस शुरू होने से पहले जाकर स्टेशन पर मातम मनाइये।

''अब इसी की देखा-देखी बिलकुल इसी तर्ज़ पर मुहर्रम का जुलूस निकलने लगा है। आखिर ज़िद का जवाब तो ज़िद से ही देना है। किसी ने चिढ़ाया, नीचा दिखाया, शक्ति प्रदर्शन किया तो अगला क्यों बाज आये। अगले ने सड़कों पर, बाज़ारों में एक सौ महावीरी झंडे लहराये थे तो अगला भला क्यों उन्नीस रहेगा। वो भी खम्भों में, खूँटों में, मकानों के मेहराबों पर, गुम्बजों पर एक सौ बीस कौमी झंडे लगा देगा। अगले ने अगर एक सौ चोंगे लगाकर हनुमान चालीसा के रेकॉर्ड से माहौल को नक्कारखाने में बदल दिया तो पिछला भी एक सौ पचास चोंगे लगाकर नातिया और कव्वाली से बादलों की गड़गड़ाहट को भी शर्मिन्दा कर देगा। अब देखने में आ रहा है कि सिख धर्मावलम्बी भी इनसे होड़ करने लगे हैं। वे भी गुरु पूर्णिमा के दिन शहर की मुख्य सड़कों पर चार-पाँच घंटों की द्रौपदी की चीर जितनी लम्बी शोभायात्रा निकालकर पूरे शहर की गति को अवरुद्ध कर देते हैं।

''मेरा निवेदन यह है कि जिन्हें इस तरह का प्रदर्शन और ज़ोर आज़माइश करनी है वे किसी बड़े मैदान में जाकर जितनी मर्ज़ी करते रहें। सड़कों पर धींगामुश्ती करने की इजाज़त प्रशासन को कतई नहीं देनी चाहिए। कोई समझाये तो इन मजमाबाज़ों को कि किसी को परेशान करना, नीचा दिखाना, चिढ़ाना, रास्ता रोकना धर्म नहीं, अधर्म है। यह सब देखकर उनका बहुत खून जलता है, गुस्सा

आता है, जो आपके धर्म से अलग हैं।

''शायद ऐसा ही गुस्सा या चिढ़ वजह रहती रही होगी जब इस शहर में आज़ादी के बाद अब तक तीन दंगे हो चुके हैं। रामनवमी को राइट पर्व के नाम से जाना जाने लगा है। 1975 के इसी राइट पर्व में शहर के प्रसिद्ध उर्दू लेखक जकी अनवर का कत्ल कर दिया गया जो आपसी प्रेम, भाईचारा, मेल-मिलाप और दोस्ती-रवादारी को असली धर्म मानकर चलते थे। इस शहर को फिर कोई दंगा न देखना पड़े और दोस्ती-रवादारी के जज़्बे का कत्ल न हो, इसके लिए आप अलग से कुछ नजीर पेश कीजिए त्रिवेदी साहब, पुराने पैटर्न को तोड़िये।''

मौज ठाकुर के भीतर का जमा आवेग एक सारगर्भित भाषण की तरह अभिव्यक्त हुआ। अपनी कुर्सी से उठकर मोगरा ने गर्व से उसे निहारा और तालियाँ बजाने लगी। उसका अनुसरण करते हुए अन्य लोग भी ताली बजाकर उसे शाबाशी देने लगे।

मोगरा को लगा कि एक प्रसंग और है जो छूटा जा रहा है। अत: अब बोलने की बारी उसने सँभाल ली, ''मैं आप सभी का ध्यान शहर के कोने-कोने में होने वाली दुर्गा पूजा की ओर मोड़ना चाहती हूँ। लगभग डेढ़ सौ जगहों पर पंडाल बनाये जाते हैं और दुर्गा की मूर्तियाँ स्थापित की जाती हैं। पाँच-छ: दिनों तक चलने वाली इस लम्बी पूजा अवधि में लाउडस्पीकर की गूँज से पूरा शहर सर्कसवाला मौत का कुआँ बन जाता है, जिसमें लगता है एक साथ हज़ारों फटफटिया स्टार्ट कर दिये गये हों।

''पंडाल की भव्यता और विद्युत सज्जा, जो लाखों-लाख रुपये के खर्च से बनते हैं, को देखने के लिए लोग सड़कों पर उमड़ पड़ते हैं। ये रुपये व्यावसायियों से, ठेकेदारों से, उद्योगपतियों और पैसेवाले नागरिकों से भयादोहन करके उगाहे जाते हैं।

''ऐसे कुछ आलीशान पंडालों के पीछे एक दबंग नाम जुड़ा होता है, जो इसे अपना रौब, रुतबा और ताकत दिखाने के एक माध्यम की तरह इस्तेमाल करता है और आगे नेतागिरी चमकाने लगता है। कई इसी रास्ते से चलकर विधायक और सांसद बन गये। सवाल है कि पूजा के नाम पर दो-तीन दिनों के लिए पंडालों पर करोड़ों फूँक देने का हासिल क्या है सिर्फ़ बर्बादी के सिवा? इन पैसों से सार्वजनिक हितों के लिए कई स्थायी निर्माण हो सकते हैं—स्कूल, धर्मशाला,

अनाज का गोदाम, कोल्ड स्टोरेज। सैकड़ों की संख्या को घटाकर इसे सिर्फ़ चार-पाँच ऐसे स्थलों पर केन्द्रित होना चाहिए, जहाँ लम्बी-चौड़ी खुली जगह हो। हर गली और मोहल्ले में होने की वजह से सड़कों पर उतरी हुई भीड़ के कारण यातायात लगभग चार-पाँच दिनों तक बुरी तरह बाधित हो जाता है।'' कहकर मोगरा ने एक लम्बी साँस ली।

''इन धार्मिक निर्वहनों और मन्दिरों के बारे में मेरे यहाँ आने के बहुत पहले से शिकायतें आती रही हैं। लेकिन मेरे पूर्ववर्ती अधिकारियों ने भी कुछ नहीं किया। मुझे भी आप लोगों ने कई बार ज्ञापन दिया है। मैं भी कुछ कर पाने की स्थिति में नहीं हूँ। जो मजबूरी कब्रिस्तान को लेकर है, वही उन धार्मिक निर्वहनों और मन्दिरों को लेकर भी है। कोई नौकरशाह भला इतना बड़ा जोखिम क्यों उठाये ? जनता का कहीं गुस्सा फूट पड़ा और राजनीति शुरू हो गयी तो नाहक अधिकारी की गर्दन फँस जायेगी। उसे कोई स्थायी तौर पर यहाँ रहना तो है नहीं, तीन-साढ़े तीन साल में तबादला तो होना ही है। इस लिहाज़ से ऐसे पचड़े से बच निकलना ही होशियारी मानी जाती है,'' त्रिवेदी जी ने खुद को एकदम पारदर्शी बनाते हुए कहा।

''अब समझ में आया कि क्यों कोई योजना बीच में ही लटक जाती है। सभी बस तबादले की राह देखते रहते हैं और बचकर निकल जाते हैं। मुसीबत का पहाड़ बस वैसे ही खड़े का खड़ा रह जाता है।'' मौज ठाकुर ने जैसे किसी गुत्थी का राज़ जान लिया हो।

''आप लोग निश्छल भाव से सामाजिक हितों के लिए संघर्षरत रहते हैं, मैं इस भावना की कद्र करता हूँ। मेरा मन है कि पर्दे के पीछे से मैं आप लोगों की मदद करूँ। सड़कों से इन जुलूसों को हटाना एक छोटा फ़ैसला नहीं है। इनमें बदलाव लाने पर इन्हें अंजाम देनेवालों की प्रतिक्रिया तूफ़ान खड़ा कर देने जैसी होगी। हमें इस पर नेताओं और अपने अन्य मातहतों को भी विश्वास में लेना होगा। मन्दिर का जहाँ तक सवाल है, आप लोग हटाना चाहते हैं, हटा दीजिए। विरोध का स्वर मुखरित होगा तो कार्रवाई के नाम पर हम सिर्फ़ खानापूरी करके टाल देंगे।'' त्रिवेदी ने जैसे टॉर्च मारकर आगे का रास्ता रौशन कर दिया हो।

''आपकी प्रशासनिक कार्रवाई से तो हम कभी डरे नहीं त्रिवेदी साहब, इसलिए कि हम यथासम्भव कभी नाजायज़ या गैर-कानूनी काम नहीं करते। बावजूद इसके हमें कई बार गिरफ्तार होना पड़ा है, जेल जाना पड़ा है। खैर, हम लोगों ने एक

उपाय सोचा है। कब्रिस्तान हटाने से सम्बन्धित आगे की कोई खबर फैलने के पहले उस जगह पर नया कब्रिस्तान बना दिया जाये, जहाँ आप इसके बदले में बनवाना चाहते हैं। वह पुराने से ज़रा बड़ा और बेहतर हो। उसके बन जाने से नज़दीकवाले लोग स्वतः ही वहाँ जाना शुरू कर देंगे। आगे यहाँ आनेवाले को भी वहाँ भेजने की प्रक्रिया शुरू कर दी जायेगी। यही तरीका मन्दिर के सन्दर्भ में अपनाया जाये। पास ही में कोई खाली जगह देखकर पहले नया मन्दिर बना दिया जाये, तब पुराने को हटाने में आपत्ति की कोई जगह नहीं रह जायेगी।''

त्रिवेदी ने मन्तव्य जानने के लिए मेहरा की तरफ़ देखा। मेहरा ने समर्थन करते हुए कहा, ''यह तरीका बहुत सही मालूम पड़ रहा है। ठीक है त्रिवेदी सर, आप हमें ज़मीन सुपुर्द करने की कार्रवाई शुरू कीजिए, हम उसे डेवलप करने की जो औपचारिकतायें हैं, उन्हें पूरी करते हैं।''

''बंगला हटाने का काम भी साथ-साथ ही चलायेंगे तो लोगों पर अच्छा असर पड़ेगा। मन्दिर का काम कैसे होगा?''

त्रिवेदी कुछ देर सोचते रहे, फिर दिमाग में कुछ कौंध गया, ''विधायक फंड का काफ़ी पैसा पड़ा है। नेताजी को सुझाता हूँ, उन्हें खुद तो कोई काम सूझता नहीं। ज़रूरत पड़ेगी तो कुछ मदद मेहरा जी की कम्पनी से भी ले लेंगे। इसके लिए कौन-सी जगह ठीक रहेगी, मैं किसी अधिकारी को भेजकर दिखवा लेता हूँ। नया बन जाने पर पुराने को ढहाने का ज़िम्मा तो आपका रहेगा।''

''जी हाँ, बेशक, इस काम का ज़िम्मा हमारी संस्था का होगा।'' नरहरि ने अपने दोनों साथियों के चेहरे को पढ़ते हुए कहा।

''मैं आज की मीटिंग से एक फ़ायदा और उठा लेना चाहता हूँ। यूँ तो उठाने के लिए कई मसले हैं, जिन्हें हम बाद में त्रिवेदी साहब के सामने रखेंगे। अभी एक बहुत संजीदा मसला है—दो दिन पहले सड़क पर अचानक बेरोक-टोक गाय के आ जाने से एक बाइक सवार की मौत हो जाने का। कहने की ज़रूरत नहीं कि इस तरह की घटनायें सड़कों पर आये दिन घट रही हैं। हमने तय किया है कि एक काँजी हाउस बनायेंगे, जिसकी पूरी देख-रेख और प्रबन्धन हमारी संस्था करेगी। हमें इस काम के लिए ढाई से तीन एकड़ खाली ज़मीन चाहिए। चाहे जिला प्रशासन दे दे या फिर कम्पनी उपलब्ध करा दे।'' मौज ठाकुर ने अपनी सुचिन्तित राय प्रकट की।

त्रिवेदी और मेहरा एक-दूसरे के मुँह देखने लगे।

नरहरि ने प्रस्ताव को थोड़ा और वज़नदार बनाते हुए कहा, ''हम यह काम कोई मुनाफ़ा कमाने की दृष्टि से नहीं करने जा रहे। नागरिकों को सुरक्षा देने की बड़ी-बड़ी बातें प्रशासन भी करता है और कम्पनी भी, फिर भी आज तक इस आसान बीमारी का भी इलाज नहीं किया जा सका। हम जो करने जा रहे हैं वह एक अचूक दवा है। थोड़े ही दिनों में हम यहाँ के लोगों की आदत बदलकर रख देंगे। उनकी मज़ाल नहीं होगी मवेशी खुला छोड़ने की। हालात बदल जाने के बाद काँजी हाउस की कोई ज़रूरत नहीं रह जायेगी, फिर वह जगह हम खुद ही वापस कर देंगे।''

''इस पर फ़ैसला लेने में हमें थोड़ा वक्त लगेगा। इसके कई पहलू हैं, जिन पर हमें विचार करने की ज़रूरत है। जानवरों को हाँककर लाना, उसे चारा-पानी देना, उसे रखने की समय-सीमा तय करना, जुर्माना लगाने की वैधता की जाँच करना, लावारिस या फिर मालिकों द्वारा स्थायी रूप से छोड़ दिये गये जानवरों का रख-रखाव करना। लाने के बाद कोई जानवर मर जाये तो उसका हर्ज़ाना माँगने पर रुख तय करना आदि-आदि।'' त्रिवेदी ने जता दिया कि वह जिलाधिकारी यूँ ही पापड़ बेल कर नहीं हो गया है।

12

चांडिल डैम में जल समाधि ले चुके गाँव मोइसड़ा के अधीरा माझी, केनाना के ठाकुरदास महतो तथा पोखरिया के राखाल गोप अपने चेहरों पर घबराहट और मन मसोस कर रह जाने का भाव लेकर पखावज महतो से मिलने सुबह-ही-सुबह 'सबका होटल' पहुँच गये। बताया कि फिशरीज कम्पनी के पहरेदारों द्वारा मछली मारने से मना करने पर गाँववालों की उनसे भिड़ंत हो गयी। मारपीट और पत्थरबाज़ी में कुछ गाँववाले घायल हो गये। कम्पनीवालों ने पुलिस बुला ली। पुलिस ने कुछ ग्रामीणों को पकड़कर हाजत में बन्द कर दिया।

सुनते ही पखावज गुस्से में आ गया। अपनी मोटरसाइकिल निकालने लगा और कहा, ''चल साले को अभी देखते हैं।''

नरहरि ने रोका उसे। समझाते हुए कहा, ''उफान में कोई काम नहीं होता है

भाई। ठंडे मन से बैठकर ज़रा तय कर लो कि कैसे इसका हल निकालना है। चलो, आओ ऊपर। पहले समझ-बूझ लेते हैं, फिर मैं भी चलता हूँ तुम्हारे साथ। लगता है स्थिति कुछ ज़्यादा बिगड़ गयी है।''

नरहरि ने तीनों ग्रामीणों को शान्त करके होटल में बैठाया। हाथ-मुँह धुलवाकर नाश्ता-चाय करवा दिया।

तय हुआ कि चलकर हाजत में बन्द लोगों को पहले छुड़ाया जाये, फिर परियोजना कार्यालय में किसी बड़े अधिकारी से बात की जाये।

कुछ ही देर बाद तीनों ग्रामीणों के साथ पखावज महतो, सोनवारे नरहरि, फुलोदा बेसरा और चस्का मरांडी होटल की जीप से चांडिल थाना पहुँच गये। थानेदार ने बिना किसी अड़चन के आसानी से सबको छोड़ दिया।

वे परियोजना कार्यालय जब पहुँचे तो फिशरीज कम्पनी का एक मैनेजर वहीं बैठा मिल गया। 'वरदान पुष्प' चूँकि शुरू से ही बाँध के विस्थापितों को मुआवज़ा देने और पुनर्वास की व्यवस्था करने में आनेवाले लफड़ों और पचड़ों के समाधान के लिए जूझ रही थी, अतः इसके प्रतिनिधि सदस्यों को परियोजना से जुड़े सभी अधिकारी, कर्मचारी और ठेकेदार बहुत अच्छी तरह पहचान गये थे।

परियोजना के एक्जीक्यूटिव इंजीनियर का नाम हर्षदेव कोहली था। उसने अपने कक्ष में सबको बिठाया।

पखावज ने बात शुरू की, ''आप लोग क्यों पीड़ित, परेशान, उजड़े, बिखरे और दुखी गाँववालों के दुःख को और बढ़ा देने का फरमान जारी कर देते हैं? आपको पता है कि कितने अभाव और मुश्किलों में बसर कर रहे हैं ये लोग! अब डैम से मछली भी निकालने से आप मना कर देंगे तो ये लोग क्या करेंगे? डैम ने तो इनका सब कुछ लील लिया, अब दो-चार किलो मछली निकालने पर भी आफत खड़ी की जा रही है?''

''पखावज महतो जी!'' कोहली ने नरमी और मिठास से कहा, ''आप पढ़े-लिखे समझदार आदमी हैं। मैं भला कौन होता हूँ इन पर आफत थोपने वाला। ऊपर के आदेश से डैम का ऑक्शन हुआ और एक फिशरीज कम्पनी ने इसका ठेका ले लिया। इस कम्पनी ने इसमें पूँजी लगाई है तो आप ही बताइये अगर सबको मछली निकालने की छूट दे दी जायेगी तो कम्पनी के व्यवसाय का क्या होगा? सरकार ने

जब उसे ठेका दिया तो उसे सुरक्षा भी देनी होगी।''

''मेरा तो खयाल है कोहली जी कि जब तक सबको मुआवज़ा नहीं मिल जाता, पुनर्वास नहीं हो जाता तब तक तो सरकार को ऐसी जल्दबाज़ी करनी ही नहीं चाहिए थी,'' नरहरि ने कहा।

''अब यह तो ऊपरवाले ही बतायेंगे। सरकार ने तो यही सोचा कि इसमें जब पूँजी लग गयी है और लगती ही जा रही है तो सरकारी खजाने में कुछ राजस्व लाने की प्रक्रिया भी शुरू हो।''

पखावज फिर तमतमा उठा, ''ये तो हम चलने नहीं देंगे कोहली जी। डूब से जो गाँव अभी बचे हुए हैं, वहाँ के लोग तो मछली निकालेंगे ही, चाहे इसके लिए हमें जो करना पड़े।''

''फिर तो टकराव होगा और कल जो अप्रिय घटना घटी, नाहक उसकी पुनरावृत्ति होती रहेगी। बेहतर है आप लोग सिंचाई एवं परियोजना मन्त्री या सचिव से बात कर लीजिये।'' कोहली ने सुझाव दिया।

''हम कोई मन्त्री-सन्तरी से बात नहीं करेंगे। कल से हम गाँववालों को लेकर जिला कार्यालय के सामने धरने पर बैठ जायेंगे।'' चस्का मरांडी ने धमकाते हुए कहा।

''आप सुन लो कम्पनी मैनेजर। हमारे आदमी मछली निकालेंगे। अगर तुम्हारे लठैत-बराहिल रोकेंगे तो उनका बहुत बुरा हश्र होगा। गाँववाले अगर अड़ जायेंगे तो तुम लोगों को भागने की जगह नहीं मिलेगी।'' पखावज ने सीधे चेतावनी दे दी।

वे वहाँ से निकलकर गाँव की तरफ़ बढ़ गये।

अगले दिन लगभग एक हज़ार विस्थापित गाँववालों को लेकर प्रोजेक्ट ऑफ़िस के पास 'वरदान पुष्प' के साथी धरने पर बैठ गये और नारेबाज़ी से आकाश गुँजा दिया। एक दिन, दो दिन धरना चला। तीसरे दिन प्रशासन को झुकना पड़ा। बुलाकर समझौता करना पड़ा। तय हुआ कि जब तक अन्तिम विस्थापित को पूरा मुआवज़ा और पुनर्वास नहीं मिल जाता, मछली निकालने पर कोई रोक नहीं रहेगी। गाँववाले इस समझौते पर खुश हो गये और हर्षनाद करते हुए, 'वरदान पुष्प' की जय-जयकार करते हुए वापस हो गये।

13

कई सप्ताह गुज़र गये, जिला कार्यालय से कोई संदेश नहीं आया। हज़ार तरह के काम रहते हैं, लगता है त्रिवेदी जी भूल गये। नरहरि ने अपने मोबाइल से उन्हें कॉल किया। उम्मीद नहीं थी कि वे कॉल रिसीव करेंगे। चूँकि अमूमन ये बड़े अधिकारी, बड़े नेता, मन्त्री, आम जनता से मोबाइल पर बात करना अपनी शान के खिलाफ़ समझते हैं। मोबाइल कॉल भी वे अपने पी.ए. से रिसीव करवाते हैं। त्रिवेदी जी में थोड़ी भलमनसाहत रही होगी या फिर नरहरि को कुछ गोदानने लगे होंगे, रिसीव कर ली कॉल। सभी विषयों के बारे में हुई प्रगति को लेकर देर तक बात की और काँजी हाउस के सिलसिले में समय देकर मिलने के लिए बुला लिया और कहा कि फुलोदा बेसरा भी साथ रहे तो अच्छा रहेगा।

नियत समय पर नरहरि फुलोदा बेसरा और मोगरा को लेकर पहुँचा तो वे अपने कक्ष में एक लघु उद्योगकर्मी को बैठाए हुए थे। त्रिवेदी जी क्षेत्रीय औद्योगिक विकास प्राधिकार के चेयरमैन का भी प्रभार सँभाल रहे थे। उन्होंने परिचय कराने के लिए उनकी तरफ़ इशारा किया तो फुलोदा ने बीच में ही उन्हें रोक दिया।

''बस-बस सर, हम-लोग इन्हें और इनकी फैक्ट्री को अच्छी तरह जानते हैं। आप हैं गुरमेज भाटिया, रत्ना फेब्रिकेटर्स एंड मैन्युफैक्चरर्स (आर.एफ. एंड एम. फ़ैक्ट्री) के मालिक। पिछले दिनों मुक्ति संग्राम के कुछ उपद्रवी लड़कों ने उगाही करने के लिए इन्हें धमकाना शुरू कर दिया था। गेट जाम करने पर उतारू हो गये थे। इनके मैनेजर ने मुझे फ़ोन किया। मैंने उन लड़कों को आड़े हाथों लिया और कहा कि तुम सबके कारनामों को अखबार में दे दूँगा और पोस्टर छपवा दूँगा कि अलग राज्य के आन्दोलन के नाम पर गुंडागर्दी की जा रही है। मन मसोसकर उन्हें पीछे हटना पड़ा। भाटिया जी ने फ़ोन करके आभार जताया और मुझसे मिलने 'सबका होटल' पहुँच गये।'' फुलोदा बेसरा ने चेहरे पर एक विजयी भाव लाकर पूरा किस्सा सुना दिया।

मुस्कुराते हुए गुरमेज भाटिया ने हामी भरी और कहा, ''त्रिवेदी साहब ने जब 'वरदान पुष्प' का नाम लिया तो मुझे फुलोदा जी का स्मरण हो आया। फुलोदा जी ने मुझे बचा लिया, नहीं तो सचमुच वे लड़के पूरे लघु उद्योग क्षेत्र में आतंक मचाये हुए हैं। मोटी-मोटी रकम माहवारी वसूलते हैं। नहीं देने पर कहीं आग लगा देते हैं, कहीं बम से धमाका कर डालते हैं, कहीं मज़दूरों को काम पर जाने से रोक देते हैं, कहीं अन्दर घुसकर तोड़फोड़ कर डालते हैं।''

त्रिवेदी जी के माथे पर कुछ रेखाएँ उभर आयीं। उन्होंने कहा, "पुलिस प्रशासन के लिए यह एक गम्भीर मसला है। लेकिन राजनीतिक हस्तक्षेप के कारण उसके हाथ बँध जाते हैं। हाँ, तो मेरे ध्यान में आया कि भाटिया जी ने अपनी फैक्ट्री के लिए काफ़ी लम्बी-चौड़ी ज़मीन एलॉट करवायी हुई है। काफ़ी हिस्सा खाली पड़ा हुआ है। सभी उद्योग मालिक प्राय: ऐसा ही करते हैं। भविष्य को सोचकर ज़रूरत से कई गुना ज़्यादा आवंटित करवाकर कब्ज़ा कर लेते हैं। भाटिया जी चूँकि एक अच्छे आदमी हैं और सामाजिक जवाबदेही का भी ईमानदारी से निर्वाह करते हैं तो मैंने इनसे काँजी हाउस का मामला डिस्कस किया। 'वरदान पुष्प' का नाम सुनते ही वे तैयार हो गये।"

"वाह भाटिया जी, अब शुक्रगुज़ार होने की बारी हमारी है।" नरहरि ने उठकर भाटिया की तरफ़ मिलाने के लिए अपना हाथ बढ़ा दिया। दोनों ने गर्मजोशी से हाथ मिला लिया।

"लोगों की सुरक्षा की दृष्टि से मुझे यह एक बहुत कारगर पहलकदमी लग रही है। आप लोग शुरू कीजिए, मुझसे जो भी मदद चाहिए होगी, मैं दूँगा।"

"काँजी हाउस का प्रभार मेरी यह दोस्त मोगरा के ज़िम्मे होगा। सरकारी अनुमति वगैरह लेने की औपचारिकता मोगरा ही पूरी करेगी।"

जिलाधिकारी त्रिवेदी ने कहा, "काँजी हाउस बनाने की कुछ गाइड लाइंस हैं। काँजी हाउस के नाम पर निमुँहे पशुओं पर अत्याचार न हो जाये और एनिमल क्रुएल्टी एक्ट के अधीन कोई मामला दायर न हो जाये, इन्हें ध्यान में रखकर कुछ नियम व शर्तों के साथ अनुमति देनी होती है। जिला पशुपालन पदाधिकारी इस बारे में सारे टिप्स दे देंगे।"

"ठीक है सर, मैं उनसे मिल लूँगी। समय-समय पर मैं आपको भी प्रगति की सूचना देती रहूँगी," मोगरा ने कहा।

14

रत्ला फेब्रिकेटर्स एंड मैन्युफैक्चरर्स फैक्ट्री के अहाते के खाली हिस्से में काँजी हाउस के लिए एक ऊँची चारदीवारी बनाने का काम शुरू हो गया। इस बारे में अखबारों में और अलग से पोस्टरों में छपवा दिया गया—'कृपया पशुपालक

अपने पशुओं को बाँधकर रखें। उनके बाज़ार में या सड़कों पर आवारा पाये जाने पर उन्हें काँजी हाउस पहुँचा दिया जायेगा। जहाँ से छुड़ाकर लाने में दिन के हिसाब से आर्थिक दंड भुगतना पड़ेगा। काँजी हाउस आर.एफ.एंड एम. फैक्ट्री परिसर में बनाया जा रहा है।'

पशुपालकों को छोड़कर शहर के सारे लोग यह पढ़कर बहुत खुश हुए। पशुपालकों के तो जैसे मुँह का ज़ायका बिगड़ गया। नरहरि और 'वरदान पुष्प' को वे कोसने-धिक्कारने लगे। इनके साथ प्राय: ऐसा ही होता रहा था, जिनके हित और मतलब से मेल खाये उनकी वाह-वाह, सराहना और स्तुतिगान और जिनके खिलाफ़ गया उनका थूकना, गरियाना और कठोर निन्दा।

15

जिलाधिकारी त्रिवेदी ने विशेष रुचि लेकर अपनी तगड़ी अनुशंसा लिखी और नगर विकास मन्त्रालय से जिमना झील के पास कब्रिस्तान के लिए अस्सी एकड़ ज़मीन आवंटित करा ली।

कम्पनी की तरफ से चारदीवारी देने तथा अन्य आधारभूत सुविधाएँ बहाल करने का काम शुरू कर दिया गया।

इसी के साथ छह-सात जर्जर और पुराने बंगले भी ढहाये जाने लगे। कम्पनी ने इसे लेकर एक लम्बा-चौड़ा और बेहद जज़्बाती विज्ञापन करवाया। इसमें बताया कि शहर को खूबसूरत और स्मार्ट बनाने तथा प्राइम लोकेशन में ज़्यादा-से-ज़्यादा लोगों को बसर करने के लिए अपार्टमेंट मिल सके, इसे ध्यान में रखकर कम्पनी अपनी ऐतिहासिक धरोहर, जिनमें कम्पनी के कई दिग्गज पूर्व डायरेक्टर रह चुके हैं, को भी ध्वस्त कर रही है।

16

विधायक कोटेवाली बची हुई धनराशि से मटकीडीह में स्टेशन जानेवाली सड़क के पास की एक कॉलोनी में स्थित एक झाड़-झंखाड़ तथा गन्दगी से भरे उपेक्षित और बेकाम से मैदान में मन्दिर बनाने का काम शुरू हो गया। एक-दो

लोगों ने सवाल भी खड़े किये कि विधायक कोटे के फंड का किसी धर्म विशेष हित में इस्तेमाल नहीं होना चाहिए। ये पैसे सार्वजनिक विकास मद के लिए हैं। त्रिवेदी जी ने इसे यह कहकर उचित ठहरा दिया कि सड़क से दो मन्दिर हटाने का ही एक उपक्रम है यह। सड़क को बाधारहित बनाना सार्वजनिक मद ही तो है।

इन निष्पादनों को देखते हुए कानोकान खबर फैलती चली गयी कि क्या कुछ होने जा रहा है।

चौला सिंह के कान भी खड़े हो गये। उसने अड़ंगा डालने का मन बना लिया। दिन में राजमिस्त्री जो काम करके जाता, रात में चौला के आदमी उसे ध्वस्त कर दिया करते। अन्ततः पहरेदार बैठाना पड़ा। चौला को पहले से ही पता था कि यह सारा खेल किसके दिमाग की उपज है। 'वरदान पुष्प' के लड़कों से उसकी टकराहट अक्सर होती रहती थी। मटकीडीह में रंगदारी लेने का उसका पुराना रिवाज था। कुछ नये मकान बनानेवाले, नयी ज़मीन खरीदनेवाले माँगने पर 'वरदान पुष्प' की शरण में चले जाते। फिर झड़प होती, गाली-गलौज होती, एकाध राउंड गोली भी चलती और तीर भी छूटते। शुक्र था कि अब तक मरा नहीं कोई, घायल होने तक ही मामला सिमटकर रह गया।

'वरदान पुष्प' की ताकत और तेवर को देखकर उसे अन्दर-ही-अन्दर सुलगकर और भभककर रह जाना पड़ता। जिसे उसने कभी चिल्लड़, चमगादड़ और दो पैसे का छोकरा कहकर औकात बताने की ज़्यादती की थी, आज उसके कद के आगे बौना-सा बनकर रह गया था और उससे घोर रश्क हो रहा था। रंगदारी की हवा क्रमशः निकलते चले जाने से अब वह अपना पैर दूसरे क्षेत्र में पसारने लगा था। उसने ट्रांसपोर्ट का धन्धा शुरू कर दिया। कई ट्रक और डम्पर खरीद लिये और कम्पनी में रजिस्ट्रेशन करवाकर माल ढुलाई में हाथ आज़माने लगा। शहर के एक पुश्तैनी कुख्यात व बर्बर परिवार से होने की वज़ह से कम्पनी के अधिकारी भी उसे तरजीह देने से खुद को रोक नहीं पाते थे। कम्पनी चलाने के लिए उन्हें शहर के हर तरह के लोगों से मेलजोल रखने की नीति का पालन करना पड़ता था।

17

पकौड़ी, पगार, पोंगा और दोमुँहानी। पुराने लोग कहते रहे थे कि यह शहर विधातानगर इन चार चीज़ों से पहचाना जाता रहा है। अब कब्रिस्तान भी एक

लैंड मार्क की तरह इस्तेमाल होने लगा था।

पकौड़ी बहुत ही सस्ता, स्वादिष्ट और सर्वसुलभ अल्पाहार है जो शहर के हर कोने में ज़माने से डेरा जमाये हुए था और अब भी पिज़्ज़ा, बर्गर, पास्ता, मैगी, कुरकुरे, चाउमिन आदि के आ जाने के बावजूद अपना अस्तित्व कायम रखते हुए डटा हुआ था।

पगार और पोंगा कारखाने को प्रतिबिम्बित करते थे। महीने भर ड्यूटी बजाने के बाद मज़दूरी का लिफ़ाफ़ा मिलने की तारीख प्रायः सबके लिए तय रहा करती थी। पूरा शहर मज़दूरों के इन लिफ़ाफ़ों का इन्तज़ार करता। पगार की इस तारीख के बाद शहर के हर कारोबार की गति बढ़ जाती थी। लिफ़ाफ़े की माया निकल-निकल कर पूरे शहर में फैल जाती थी और मज़दूरों के पास खाली लिफ़ाफ़ा बच जाता था। सूचना प्रौद्योगिकी के फैलाव के बाद माया अब सीधे बैंक एकाउंट में जाने लगी। पठान और लेनदार, जो वसूलने के लिए गेट पर ही खड़े मिलते थे, अब वे नज़र नहीं आते। उनकी जगह बैंक ने ले ली है जो कर्ज़ देकर सीधे एकाउंट से ही वसूल लेता है।

मज़दूरों के इस शहर में मज़दूर तो आज भी बहुत थे, लेकिन स्थायी मज़दूर ज़्यादा नहीं बचे थे। जो थे वे भूमंडलीकरण और आर्थिक उदारीकरण की भेंट चढ़ गये। अब मज़दूरों की एक बड़ी संख्या ठेका मज़दूरों की हो गयी, जिनकी दैनिक मज़दूरी सप्ताह में एक बार देने का प्रचलन शुरू हो गया। तात्पर्य यह कि पगार आर्थिक उदारीकरण और छँटनी की नोक से पंक्चर होकर पिचका हुआ गुब्बारा बन गयी।

पोंगा कारखाने से बजनेवाले ड्यूटी शुरू होने और खत्म होने की चेतावनी सीटी का नाम था, जो अब शहर के बढ़ते शोर में सुनाई पड़ना बन्द हो गयी थी। पहले वह किसी भी कोने से सुनी जा सकती थी। पोंगा चेतावनी के अलावा अनुशासन की लगाम कसने का भी एक यान्त्रिक बिगुल था। कामगारों को दौड़ते-भागते और गिरते-पड़ते काम पर हाज़िर हो जाना पड़ता था।

दोमुँहानी वह जगह है जहाँ दो नदियाँ खरकाई और स्वर्णरेखा आकर एकाकार हो जाती हैं। ये नदियाँ शहर के उदयकाल से ही गवाह रही हैं इसके एक-एक सुख-दुःख की। सुफल शर्मा ने इन दो नदियों और सामने खड़े दलमा पहाड़ के आपसी संवाद से शहर की नब्ज़ को टटोलने की कोशिश की थी। इसे

आकाशवाणी ने कई बार प्रसारित किया और सुफल ने शहर के कई समारोहों में मंचित भी किया।

सगी बहनों की तरह दो दिशाओं से आकर दो नदियाँ खरकाई और स्वर्णरेखा सोनारी के पास दोमुँहानी में आकर मिलती हैं और एक-दूसरे से गलबाँही करके अपने खट्टे-मीठे सफ़र का बयान करती हैं, जिसे चुपचाप सामने खड़ा सुनता रहता है दलमा पर्वत। आज से कोई सवा सौ साल पहले दोनों बहनों ने एक ऐतिहासिक फ़ैसले पर विचार-विमर्श किया था जो दलमा को आज भी याद है।

खरकाई ने अपनी कलकल बहती जलधारा की भाषा में कहा था, ''जानती हो सुवी दी, उड़ीसा की ओर से जंगलों और पठारों के बीहड़ में मेरे साथ-साथ चलते हुए कुछ युवक आये हैं। वे भले से लगते हैं। उनकी आँखों में एक चमक है और चेहरे पर दृढ़ इच्छाशक्ति। वे एक कारखाना लगाना चाहते हैं, जिसके लिए वे एक उपयुक्त भूमि की तलाश में हैं। जहाँ पर्याप्त पानी हो और आस-पास ज़मीन के भीतर इफरात खनिज भंडार।''

''तब तो उन्हें यह जगह पसन्द आ गयी होगी काई।'' स्वर्ण रेखा कहने लगी, ''यहाँ हम दो-दो नदियाँ हैं। हमारे अन्तस्थल से जितना पानी चाहे निकाल लें, घटनेवाला तो है नहीं। अच्छा है—हमारी तरलता, हमारी ममता बड़े पैमाने पर काम आ सकेगी। मैं यह भी जानती हूँ कि थोड़ी-थोड़ी पर यहाँ की धरती के एक बड़े भू-भाग के गर्भ में कुछ ऐसा है जो मिट्टी नहीं है। शायद ये उन्हीं के काम की चीज़ें हैं।''

''सुवी दी, तो तुम सहमत हो? मैं तो सोच रही थी कि तुम इसे नापसन्द करोगी। नाहक वे हमारा दोहन करेंगे...हमारे पेट में गन्दगी डालेंगे।''

''नहीं काई, ऐसा नहीं सोचते। हम नदियाँ तो बनी ही हैं भूख-प्यास मिटाने के लिए, गन्दगी धोने और बहाने के लिए। जैसे माँ होती हैं। गोद में बच्चे होते हैं तो माँ को अच्छा लगता है काई। बच्चे के मल-मूत्र से गोद गन्दी भी हो फिर भी माँएँ तो उन्हें दूध पिलाती ही हैं न...ममता लुटाती ही हैं न। लगाने दे उन्हें कारखाना। लाखों-करोड़ों का भला होगा इससे...देश की भी प्रगति होगी।''

दलमा ने अपने शीर्ष से दो छोटे पत्थरों को नीचे लुढ़का दिया था, जो प्रतीक था स्वर्णरेखा के समर्थन में ताली बजाने का। खरकाई ने अपनी शर्मीली आँखें

उठाकर दलमा को निहार लिया था और बनावटी गुस्सा दिखाते हुए कहा था, ''देख रही हो न दीदी, फिर हम दोनों की बातें वह कान खड़े करके सुन रहा है।''

स्वर्णरिखा ने हहर-छहरकर बहते हुए कहा, ''सुनने दे न...क्यों झल्लाती हो बेचारे पर। वह मन-ही-मन तुम्हें बहुत प्यार करता है काई। तुम जब भी बोलती हो, वह कान लगा देता है। तुम्हारी आवाज़ सुनने का वह बहुत दीवाना है।''

खरकाई शरमा गयी थी। दलमा के होंठों पर भी एक मुस्कान तिर आयी थी।

सवा सौ वर्षों में दोनों नदियों में न जाने कितना पानी बह गया। तब के लालमाटी नामक एक छोटे से जंगली गाँव ने आज विधातानगर नाम से एक विशाल काया धारण कर ली है। खोजी दल ने लालमाटी की सरजमीं पर विधाता स्टील लिमिटेड नामक कारखाना लगा लिया।

खरकाई और स्वर्ण रेखा जल शोधन संयंत्र से होते हुए नलों के द्वारा कारखाने से लेकर हज़ारों घरों तक से जुड़ गयीं और एक बड़ी आबादी के दुःख-सुख, जीवन-मरण एवं उत्सव-जश्न में शामिल हो गयीं। दलमा ने अपने शीर्ष स्थित एक फुलाये हुए महुआ पेड़ की खुशबू के झोंके द्वारा खरकाई की जल सतह पर थपकी देते हुए पूछा, ''काई, अब कैसा लग रहा है अपने असीमित विस्तार और बहूद्देशीय उपयोग पर...खुश हो न?''

खरकाई ने ज़रा मचलते हुए कहा, ''टकटकी लगाकर देखते ही तो रहते हो सब कुछ। फिर भी पूछा है तो बता ही देती हूँ—सच, बहुत अच्छा लग रहा है। हमारे अस्तित्व के इतने रूप-रंग हो सकते थे, हमें खुद पता कहाँ था। तुम भी तो खुश होगे। तुम्हारे सूने जिस्मों पर भी तो बहुत सजावट दिखने लगी है। गेस्ट हाउस, टावर, मन्दिर आदि क्या-क्या तो बन गये हैं, देख रही हूँ। तुम्हारे पार्श्व का जंगल भी सुरक्षित वन्य जीव आश्रय बन गया है।''

''तुम ठीक कह रही हो काई। इस पूरे इलाके की ही तकदीर में जैसे ढेर सारे अमृतफल लद गये हैं। मेरी खामोशी पर मनुष्यता की चहलपहल और हँसी-खुशी के बड़े-बड़े पेड़ उग आये हैं। अपने कन्धे और पीठ पर आदमी के आने-जाने से मुझमें वात्सल्यता फूटने की एक सुखद प्रतीति होने लगी है। लगता है जैसे ज़माने से स्थिर-शान्त खड़ा मैं अचानक चलने-फिरने लग गया हूँ।''

खरकाई रीझकर एकटक देखती रह गयी दलमा को। कहा, ''सच दोस्त!

तुम ऊपर से चाहे कितने भी सख्त हो, मगर अपने भीतर बहुत तरलता रखते हो। तुम तो एकदम हम नदियों जैसी बातें करने लगे। और सुनाओ न...ये आदमी तुम्हारे कन्धों पर और तुम्हारी पीठ पर चढ़कर क्या-क्या कौतुक करते हैं?''

''मैं सचमुच तुम्हें सुनाना चाहता हूँ काई। अपने भरे हुए अन्तस को छलकाकर और बहाकर मिलाना चाहता हूँ तुम्हारी धारा में।''

''मेरे धारालिंगन में तुम्हारा स्वागत है दोस्त!'' खरकाई रोमांटिक हो गयी।

''धन्यवाद काई। तरह-तरह के लोग आकर ठहरते हैं मेरे गेस्ट हाउस में। एक रात भोपाल के एक चर्चित कवि संकेत तरल की प्रेमिका आकर ठहरी। उसने पूरे नगर का परिभ्रमण किया और अपना उद्‌गार व्यक्त करते हुए कहा कि इस शहर में थोड़ा स्वर्ग है और बहुत ज़्यादा नर्क है। कम्पनी प्रदत सुविधाओं वाले सीमित क्षेत्र में सब कुछ बढ़िया लगता है, लेकिन बचे हुए बहुत बड़े क्षेत्र से कम्पनी भी गायब और सरकार भी। कम्पनी मानती है कि इनमें सरकार को सुविधाएँ देनी चाहिए और सरकारी महकमों का निकम्मा जवाब होता है कि कम्पनी को इसकी ज़िम्मेदारी लेनी चाहिए। परिणाम यह है कि वे क्षेत्र त्रिशंकु की तरह बीच में लटके हुए हैं।''

''उस लड़की ने बहुत सही अवलोकन किया है दल्लू। मैं सहमत हूँ।''

''उसे विधाता स्टील वर्क्स ले जाया गया, जहाँ उसने 'जी ब्लास्ट फर्नेस' में लौह अयस्क को हॉट मेटल में पिघलते देखा। फिर हॉट मेटल को एलडी 1, एलडी 2 और एलडी 3 नामक फर्नेस में मोल्टेन स्टील में बदलते देखा। मोल्टेन स्टील को इंगट एवं स्लैब में ढलते देखा। फिर इनसे स्ट्रिप में तथा बार एंड रॉड मिल में फिनिश होकर बाज़ार में जाने के लिए तैयार होते देखा। हाल में स्थापित दुनिया की सबसे आधुनिकतम कोल्ड रोलिंग मिल भी उसने देखी, जिसमें रेफ्रिज़रेटर, वाशिंग मशीन, कार, आलमीरा आदि में लगने वाली व्हाइट शीट बनने लगी है। कई और कम्पनियों को देखने के बाद अन्त में उसने विधाता मोटर्स भी देखा, जहाँ स्वचालित मशीनों द्वारा हर आठ मिनट में एक ट्रक की चेसिस असेम्बल हो जाती है। रात में जब बत्तियाँ जल गयीं शहर में तो मेरी चोटी से खड़े होकर पूरे नगर की विहंगम छवि निहारकर वह सबसे ज़्यादा आह्लादित हुई। उसने कहा कि पर्वत पर खड़े होकर धरती पर बसे एक शहर को देख रही हूँ, लेकिन ऐसा लगता है कि ज़मीन पर खड़े होकर रोशनी से जगमगा रहे चाँद-सितारों से भरी आकाशगंगा को देख रही हूँ। उसने आगे यह

भी जोड़ा कि ऐसा शहर दुर्लभ है जहाँ संख्या और ऊँचाई के मामले में मकान से ज़्यादा वृक्ष नज़र आते हैं।''

''दल्लू महाराज!'' खरकाई ने टोका, ''कहाँ तो तुम बोलते नहीं हो और जब शुरू हो जाते हो तो रुकते नहीं हो। पिछले सवा सौ वर्षों से तुम देख रहे हो इस शहर को...क्या सारे डिटेल्स मुझे आज ही देने ज़रूरी हैं।''

''पिछले सवा सौ वर्षों से इसे देख तो ज़रूर रहा हूँ काई, लेकिन पहली बार कवि की एक प्रेमिका की नज़र ने मुझे इसकी वास्तविक तस्वीर दिखाई है। एक मिनट और दो तो मैं उसका उपसंहार बता दूँ?''

''चलो ठीक है, दिया एक मिनट।''

''उसने कहा कि यह शहर थोड़ा मुम्बई है, थोड़ा दिल्ली है, थोड़ा कोलकाता है, थोड़ा अमृतसर है, थोड़ा हैदराबाद है, थोड़ा चेन्नई है, थोड़ा बनारस है, थोड़ा पटना है, थोड़ा लखनऊ है, थोड़ा लन्दन है, थोड़ा न्यूयार्क है। मतलब सबका थोड़ा-थोड़ा मिलकर जब पूरा बनता है तो वह विधातानगर होता है।''

''अब मुझे बोलने दो दल्लू। सचमुच तुम बहुत भोले हो। तुम्हारा वह कवि संकेत तरल शायद किसी एलीट वर्ग से आता है और वह शायद प्राकृतिक सौन्दर्य और काल्पनिक लोक का कवि है, इसीलिए उसने अपनी प्रेमिका को ज़्यादातर अच्छा-ही-अच्छा दिखाया। जीवन के खुरदरे यथार्थ वाला कोई जुझारू कवि यहाँ आये तो उसकी प्रेमिका की नज़रों का भी कभी बयान मुझे बताना गिरिराज। लेकिन तुम नहीं बता सकोगे। चूँकि तुम्हारे नफ़ासत और ऐय्याश गेस्ट हाउस में ऐसे लोगों के ठहरने की हैसियत ही कहाँ होती है। मैं बताती हूँ तुम्हें जिसे परिणति ने नहीं देखा। इस शहर में थोड़ा इथोपिया भी है, थोड़ा सोमालिया भी है, थोड़ा नामीबिया भी है। इसका अर्थ भूख, गरीबी और दुःख-तकलीफ़ से है पर्वत महोदय!

''दल्लू जी, कभी तुमने ध्यान से देखा है—तुम्हारे बराबर की ऊँचाई के एक कचरे (कारखाने के स्लैग्स) का पहाड़, जिसे लोग मकदम (मक डम्प का अपभ्रंश) कहते हैं, शहर के पार्श्व में खड़ा हो गया है। यह किसी भी मकान या चिमनी से ऊँचा है। इन पर टिड्डी दलों की तरह दिन में हरदम औरत, मर्द व बच्चे झुके-रुके नज़र आते हैं। वे स्लैग-पिकर्स हैं जो कचरे से लोहा बीनकर अपनी रोटी का जुगाड़ करते हैं। कहने को वे सबसे ऊँचाई पर दिखाई पड़ते हैं मगर बहुत

ही लावारिस, बेरंग और निकृष्ट ज़िन्दगी के लिए विवश हैं।

''हमारे पानी में कई रंग घुल गये हैं, दल्लू। इसमें मज़दूरों के धूसर पसीने मिले हैं, बन्द कारखानों और विभागों के बेरोज़गार हो गये मज़दूरों के खारे आँसू मिले हैं, वातानुकूलित बंगलों और क्लबों में पी गयी शराब के मूत्र मिले हैं और मेरे पार्श्व में स्थित पार्वती श्मशान घाट पर बड़ी संख्या में जलने वाले मुर्दों की राख मिली है। मरने की ऐसी रफ़्तार पहले कभी नहीं देखी गयी थी। पसीना, आँसू, मूत्र और राख ऐसे मिश्रण हैं जिन्हें कोई भी ट्रीटमेंट प्लांट फ़िल्टर नहीं कर सकता। इनकी टीसें मेरे पूरे वजूद में रच-बस गयी हैं।

''मुझे माफ़ करना महाराज! बहुत लम्बा सुना गयी मैं तुम्हें। दरअसल तुमसे नज़दीक कोई है भी नहीं जिससे मैं अपने मन की तहें खोल सकूँ।''

दलमा जैसे मन्त्रमुग्ध होकर खरकाई को देखे जा रहा था। पहली बार उसे यह आभास हुआ कि खरकाई सचमुच बहुत अतल, अथाह और गहरी है। उसका प्यार और भी गाढ़ा हो गया। उसने कहा, ''आज तुमने मुझे पूरी तरह जीत लिया है काई। मैं तो ऊपर से ही देखने का आदी था। तुमने मुझे एक नयी दृष्टि देकर आज बहुत सम्पन्न बना दिया है। यूँ लगता है जैसे मेरी ऊँचाई अब जाकर वास्तविक ऊँचाई हुई है।''

''इतनी छोटी-सी बात कहने में तुमने एक सदी लगा दी दल्लू। चलो, अब भी बहुत देर नहीं हुई है। एक अनुरोध और है तुमसे। कल तुम ज़रा फिर से मेरी तरफ़ मुखातिब होना। एक और त्रासद पक्ष दिखाऊँगी। इसके बाद कहने के लिए मेरे पास कुछ भी नहीं रह जायेगा।''

अगले दिन खरकाई ने अपने पार्श्व स्थित पार्वती श्मशान घाट पर उसका ध्यान खींचा, जहाँ एक शव की अन्त्येष्टि हो रही थी और वहाँ बड़ी संख्या में शोक संतप्त लोग मौजूद थे।

खरकाई ने कहा, ''देखो दल्लू, यह कोई मामूली आदमी नहीं था। यह यहाँ की सबसे बड़ी कम्पनी विधाता स्टील की वर्कर्स यूनियन का एक ईमानदार नेता था, जिसे छँटनी का शिकार बना लिया गया। उसकी चार कुंवारी बेटियाँ हैं। उसने आत्महत्या कर ली यह सोचकर कि जब उसके जैसे जन-प्रतिनिधि कहाने वाले के साथ यह सलूक किया जा सकता है तो साधारण कर्मचारी तो तिनके की तरह

फूँककर उड़ा दिये जायेंगे।''

खरकाई न देखा कि दलमा पर खड़े सारे पेड़-पौधे स्तब्ध-अवाक् हो गये हैं। प्रेम जताने के लिए हमेशा उतावले रहनेवाले दलमा ने मानो समाधि ले ली हो। खरकाई को लगा कि आज से वह भी बहना छोड़ दे और हमेशा के लिए रुक जाये। मगर दूर से स्वर्ण रेखा उसे आवाज़ दे रही थी, ''आओ काई...चलते चलें...हमारा धर्म रुकना नहीं, निरन्तर बहते चले जाना है।''

दूर स्वर्ण रेखा की बालुकाराशि पर (धारणा है कि स्वर्ण रेखा अपने साथ सोने के टुकड़े बहाकर लाती है) कुछ ग्रामीण सोने के महीन टुकड़े ढूँढ रहे थे और गा रहे थे...''नोदी माता तुमी आमरा जीबोनेर धार... ।''

कब्रिस्तान की दास्तान यह थी कि जब बाहर के लोग पूछते थे कि उस शहर का खास मुखड़ा क्या है तो बतानेवाला शरीर में किसी कटे-फटे के दाग या तिल-मस्से को आइडेंटीफिकेशन मार्क बताने की तरह थोड़ा मुँह कसैला बनाकर कोट कर देता कि यहाँ मुख्य बाज़ार के बगल और घनी आबादी की गोद में एक कब्रिस्तान है।

शहर की चकाचौंध भरी रौनक के बीच मुर्दों की मनहूस दुनिया कब्रिस्तान को अब कबाब में हड्डी या फिर दाल-भात में कंकड़ की तरह महसूस किये जाने पर एक दौर की चर्चा तो पहले ही शहर में छिड़ चुकी थी और इसकी हाँ-ना पर काफ़ी कुछ बहस हो चुकी थीं। अब जब ये खबर लोगों तक पहुँची कि 'वरदान पुष्प' के दिशा-निर्देश में एक नया कब्रिस्तान बनाने के लिए बहुत तेज़ी से काम चल रहा है, तो एक बार फिर सबके मिज़ाज में तल्खी समा गयी। स्टील कम्पनी और जिला प्रशासन ने बहुत करीने से अपना चेहरा पर्दे के पीछे कर लिया और 'वरदान पुष्प' को आगे कर दिया। नरहरि और 'वरदान पुष्प' को एतराज भी नहीं था, चूँकि व्यापक लोकहित में जोखिम उठाने का गुरुमंत्र ताराकान्त सर ने उन्हें घुट्टी में पिला दिया था।

कब्रिस्तान से ताल्लुक रखनेवाले लोगों को इस फ़ैसले का टलना मुश्किल लगने लगा। कम्पनी द्वारा रोज़ साया करवाये जा रहे इश्तहार के मद्देनज़र उनका रंज वाला रुख पसोपेश में घिरता जा रहा था कि वे शहर को एक नया शानदार लुक और स्टेटस देने की योजना को साकार करने के लिए एक बड़ी कीमत चुका रहे हैं, जिसके तहत अपने ऐतिहासिक धरोहर को भी नहीं बख्श रहे तो ज़ाहिर है फिर कब्रिस्तान को कैसे रोका जा सकेगा। इसका ठीकरा कहाँ फोड़ा जाये, ये

सारे फ़साद की जड़ किसे बताया जाये...ले-देकर एक ही नाम सबके ज़हन में उभरा—सोनवारे नरहरि का।

18

उस दिन संझा ने नरहरि को फ़ोन किया, "कहाँ हो, मिलना है तुमसे।"

" 'वरदान पुष्प' के दफ़्तर में हूँ।" नरहरि का जवाब।

" 'सबका होटल' स्थित दफ़्तर में?"

"हाँ देवी जी, अब तक 'वरदान पुष्प' का एक ही दफ़्तर है।"

"आ जाऊँ?"

"क्या बात है, आज तुम्हें पूछने की ज़रूरत पड़ रही है? मैं इतना बड़ा कब से हो गया कि मुझसे मिलने का समय लेना पड़े?"

"यही तो मुश्किल है कि तुम्हें पता नहीं चल रहा कि तुम क्या से क्या हो गये हो। खैर आकर बात करती हूँ।"

संझा आधे घंटे में ही दफ़्तर आ गयी। वहाँ मोगरा, फुलोदा बेसरा, हरफन अंसारी, मौज ठाकुर, पखावज महतो और रंगरेज दुबे पहले से विराजमान थे। कोई लहसुन छील रहा था, कोई प्याज छील रहा था, कोई आलू काट रहा था, साथ में काँजी हाउस के तकनीकी पहलुओं पर चर्चा हो रही थी।

मोगरा बता रही थी कि जो जानवर कई दिन तक पड़े रह जायेंगे उनके चारा खाने और पानी पीने के लिए चालीस नाँद बनाये जा रहे हैं। धूप-वर्षा से बचाव के लिए शेड लगाये जा रहे हैं।

पखावज महतो ने जानकारी दी कि शहर के हर इलाके में जानवर को हाँककर लानेवाले तीन-तीन, चार-चार आदमी लगाने होंगे। दिहाड़ी करने वाले कुछ मज़दूर गाँव से ले आये जायेंगे। उनके रात में रहने का इन्तज़ाम काँजी हाउस में कर दिया जायेगा। जानवरों की देखभाल भी ये लोग ही कर लेंगे।

संझा को आया देख सबने शार्टकट रुख अपनाया और प्रथम तल्ले से नीचे

चले गये डाइनिंग हॉल में चाय पीने के बहाने। वे सभी चाहते थे कि दिन-रात किसी-न-किसी धुन में लगा रहने वाला नरहरि कुछ अपने लिए भी करे, कुछ अपने बारे में भी सोचे, कभी रोमानी हो जाये, संझा को ज़रा वक्त दे, उससे अंतरंग वार्तालाप करे।

दोनों कुछ मिनटों तक एक-दूसरे की आँखों में डूबते-उतराते रहे।

''कैसी हो?'' पूछा नरहरि ने तो ऐसा लगा जैसे किसी भरथरी की सारंगी बज उठी हो।

''ठीक हूँ। कल से ही मिलने की तलब हो रही थी। दो बार कॉल किया था, एसएमएस भी किया। तुमने तो देखा भी नहीं होगा।'' संझा ने जैसे तबले पर उलाहना की थाप दे दी हो।

''सॉरी सुझू। कल एक मैरिज स्पॉट पर चला गया था। कैटरिंग का पहला ऑर्डर था। उसे दिखलाने और कोई कसर ढूँढवाने के खयाल से मौज ठाकुर मुझे भी खींचते हुए लेकर चला गया। देर रात लौटकर आया तो तुम्हारी मिसकॉल और मैसेज देखा।''

''ये टेबल पर ढक कर रखा हुआ खाना किसका है?''

''मैं कुछ काम में लगा था, नीचे जा नहीं पाया तो सुफल शर्मा ने यहीं भिजवा दिया।''

''शाम के चार बजने वाले हैं, कुछ तो अपनी सेहत का भी खयाल कर लिया करो। दुनिया की परवाह करते हो, कभी खुद की भी कर लिया करो।''

''अरे अच्छा-भला तन्दुरुस्त हूँ। भूख लगती है तो खा ही लेता हूँ यार।''

''कपड़े भी गन्दे हो जायें तो उन्हें धो लेना चाहिए या किसी से धुलवा लेना चाहिए। इस एक ही कुर्ते को कबसे पहने हुए हो?''

''आजकल घर नहीं जा पा रहा हूँ न, यहीं डेरा-डंडा जमा रह जाता है। किसी दिन जाकर सारे कपड़े यहीं ले आऊँगा।''

''घर में कपड़े होंगे तब तो लाओगे। मैं क्या जानती नहीं तुम्हारी आदत! मन तो तुम्हारा इस पहने हुए को भी बाँट देने का होता होगा।''

''मुझसे नहीं होता सुझू। कितने-कितने लोग हैं आस-पास जो गर्मी हो या जाड़ा, उघाड़े बदन रहते हैं या फिर फटे-चिथड़े पहने हुए। कितने-कितने लोग हैं जिन्हें एक शाम भी भरपेट खाना नहीं मिलता।'' गला भर आया नरहरि का।

संझा उसे अपलक देखती रही, किस धातु का बना है यह आदमी! कभी कठोर बन जाता है चट्टान की तरह तो कभी पिघल जाता है मक्खन की तरह। अपने बैग से उसने दो जोड़ा कुर्ता-पाजामा निकाला। टेबल पर रख दिया और कहा, ''तुम्हारे लिए है। कल नहाने के बाद इसे पहन लेना।''

नरहरि प्रार्थना की मुद्रा में निहारता रहा संझा को। कुछ देर बाद उसकी दोनों हथेलियों को अपने आगे फैला लिया। कहा, ''जो पहना हुआ हूँ, यह भी तुम्हारा ही दिया है। क्यों इतना प्यार करती हो मुझसे? मैं एक साया हूँ सुझू, जिसका अपना कोई वजूद नहीं। सूरज की चढ़ाई-उतराई के अनुसार मेरी लम्बाई घटती-बढ़ती है। मुझसे तुम वांछित सुख नहीं पा सकोगी।''

''मैं बेअख्तियार हूँ सोन, मुझसे मत पूछो कि मैं तुम्हें क्यों प्यार करती हूँ। तुम खुद से भी क्यों नहीं पूछते कि तुम जो करते हो, जैसे जीते हो, क्या वह सामान्य आदमी की तरह है?''

''इसीलिए तो कहता हूँ कि भरोसा मत करो मुझ पर। मैं इस लायक नहीं कि कोई मुझसे प्यार करे। मेरा कब क्या होगा, मैं किधर चल पड़ूँगा, सब कुछ अनिश्चित है।''

''तुम्हारी यह अनिश्चितता ही तो खींचती है मुझे अपनी तरफ़। जाने भी दो, तुम मेरे लिए कुछ करो, मुझ पर मर मिटो, ऐसा कभी नहीं चाहा मैंने, लेकिन मैं तुम पर मर मिटूँ, इसका हक तो कोई मुझसे छीन नहीं सकता, तुम भी नहीं।''

''तुम्हारी यह भावना मुझे ज़मीन पर नहीं रहने देती सुझू। लगता है मैं उड़ने लगा हूँ हवा में तुम्हारा पंख लेकर।''

''अगर वाकई मेरे पास पंख होते तो मैं तुम्हें ज़मीन पर उतारती ही नहीं। चाँद-सितारों से भी आगे जाकर...। रहने भी दो। मैं तो कुछ और ही कहने आयी थी तुमसे। लेकिन मैं तुम्हें अपने साथ पाकर होशोहवास में कहाँ रह पाती हूँ। बहक जाती हूँ कहीं से कहीं। आज का अखबार देखा है?''

''नहीं देख पाया। कई लोग अपने दु:ख की गठरी ले लेकर आते रहे, बस

उन्हें खोलने और समझने में ही दिन बीत गया। क्या कुछ खास छपा है?''

''विधातानगर पश्चिम के एक विधायक हैं घुन्ना कर्माकर। तुम बहुत पहले के बने कब्रिस्तान को आज हटाने की बात कर रहे हो, जिसके चारों ओर उसके बनने के बाद आबादी बसती चली गयी। यह घुन्ना कर्माकर सोनबहरी बस्ती में बसी हुई आबादी के बीच खाली पड़े एक मैदान में अपने विधायक फंड से बहुत तेज़ी से श्मशान घाट बनवा रहा है, जिसका वहाँ के रहनेवाले लोग कड़ा विरोध कर रहे हैं। यहाँ कब्रिस्तान से ताल्लुक रखनेवाले उसे हटाये जाने के खिलाफ़ हैं, वहाँ श्मशान को बनाये जाने के खिलाफ़ हैं।''

हैरत में फैली अपनी आँखों से उसने संझा द्वारा फैलाये अखबार की उस खबर को एक ही साँस में पढ़ गया। अनायास एक चिन्तापगी आवाज़ रिस पड़ी, ''क्या हो गया इस शहर को? जीवन से ज़्यादा मृत्यु की या फिर मूर्ति की परवाह की जा रही है। जीवन सड़कों पर, फुटपाथों पर, प्लेटफ़ार्मों पर या फिर सीलन भरी गन्दी झुग्गियों-झोपड़ियों में सिसकता रहे, लेकिन मृत्यु को शहर के कलेजे पर सभी सुविधाओं से परिपूर्ण चकाचक कब्रिस्तान या श्मशान चाहिए, मूर्तियों, मज़ारों और मकबरों को संगमरमर से बने ऊँचे गुम्बजों, बुर्जियों, मीनारों वाले आलीशान और भव्य भवन चाहिए। जीवन हाथ फैलाकर, घिघियाकर, गिड़गिड़ाकर हज़ार दुआएँ देते हुए माँगे तो किसी-किसी की गाँठ से सरक पाते हैं बमुश्किल आठ आना, एक रुपया-दो रुपया, लेकिन जहाँ सिर्फ़ कल्पना से बनी पत्थर की मूर्ति है, फ़ैंटेसी है, वहाँ बिना माँगे ही लाखों-करोड़ों का चढ़ावा।''

''किसे कहोगे, सभी तो शामिल हैं इस भेड़ चाल में, चाहे वे किसी भी धर्म-सम्प्रदाय के हों, किसी भी ओहदे या लियाकत के सुपरस्टार हों, राजनेता हों, वैज्ञानिक हों, अध्यापक हों, पूजते हैं सभी उसे, जिसे किसी ने नहीं देखा, जो होता भी है या नहीं होता, कोई नहीं जानता। इस अनदेखे और मनगढ़ंत के लिए दंगे-फसाद हो जाते हैं, हज़ारों-लाखों मर-कट जाते हैं, सत्ताएँ पलट जाती हैं, देश बँट जाता है। 6 दिसम्बर 1992 से इस देश में यही तो चल रहा है।''

''हम घुन्ना कर्माकर से मिलेंगे सुझू। पूछेंगे उससे कि मरनेवालों की चिन्ता, जीनेवालों से ज़्यादा क्यों हो रही है? उसे जीवित लोगों ने वोट देकर विधायक बनाया है, न कि मुर्दों ने। इस शहर में तीन श्मशान घाट में बर्निंग फर्नेस पहले से ही हैं, क्या वे कम पड़ रहे हैं? मुर्दों को जलकर राख में ही बदलना है, फिर इतनी

जगह क्यों चाहिए उसे? कोई योजना तो नहीं है उसकी जीवितों को ज़्यादा-से-ज़्यादा मुर्दों में तब्दील करने की? कब्रिस्तान में तो चलो मुर्दे ज़मीन के नीचे दफ़न कर दिये जाते हैं, लेकिन श्मशान में अगर इलेक्ट्रिक फर्नेस भी है तो उससे उठने वाला धुआँ आस-पास की आबादी को प्रभावित तो करेगा ही। पार्थिव शरीर के जलने से उठनेवाली गन्ध से लगेगा जैसे वे अपने घर में नहीं श्मशान घाट में रह रहे हों।''

''किस-किस से दुश्मनी मोल लोगे? मैं तुम्हें यह भी बताने आयी हूँ कि कब्रिस्तान और मन्दिर हटाने को लेकर कुछ कट्टर किस्म के लोग बहुत गुस्से में हैं। अंडर ट्रायल प्रिज़नर वाले मुकदमों में मेरा साथ देने वाला एक वकील गनीमत खान है। उसे पता है कि तुमसे मेरी नज़दीकी है। उसने मुझे सतर्क करने के खयाल से बताया कि तुम्हें खत्म करने के लिए कुछ दहशतगर्द तंजीमों से सम्पर्क किया जा रहा है। इधर चौला सिंह की आँख की किरकिरी तो तुम पहले से ही हो। कुछ अतिवादी हिन्दू संगठनों ने भी तुम्हें निशाने पर ले रखा है। मुझे बहुत चिन्ता होने लगी है।''

''सुझू! मुझे पता है, कुछ लोगों के कलेजे पर साँप लोट रहा है। मेरे मोबाइल पर अनजान नम्बर से धमकियों से भरे कॉल अक्सर आ रहे हैं। कुछ नहीं होगा मुझे। मैं कुछ भी गलत नहीं कर रहा हूँ। पुरानी लकीर को पीटते रहनेवाले ऐसे सिरफिरे लोगों की परवाह करने से तो फिर कुछ भी बदला नहीं जा सकता, सब कुछ जैसा का तैसा रह जायेगा।''

''देखो, इन सूचनाओं को हल्के में मत लो। किसी भी अनहोनी के लिए तैयार रहना, सावधान रहना वक्त की माँग है।''

''सुझू, मरने से मैं कभी नहीं डरता। अपने घर में कई लोगों की अकाल मृत्यु देखी है मैंने। क्या फ़र्क पड़ता है एक मेरे मर जाने से। एक मेरे न रहने से 'वरदान पुष्प' बन्द नहीं हो जायेगा। ताराकान्त सर ने रिले रेस के लिए बहुत सारे खिलाड़ियों को झंडा आगे ले जाने के लिए तैयार कर दिया है। कारखाने में मैंने ज्वाइन किया था, वहाँ भी तो मरना ही था। वहाँ नहीं यहाँ सही। मैं जानता हूँ कि मेरी आयु बहुत लम्बी नहीं है। लम्बी आयु लेकर करना भी क्या है? थोड़े ही दिन जियो, लेकिन अपना मनपसन्द जीवन जियो। मैं जो कर रहा हूँ, वही करने में मुझे अच्छा लगता है। जिसे अच्छा नहीं लगता, यह मेरी नहीं उसकी परेशानी है।''

मोबाइल बज उठा संझा का। नम्बर देखकर कॉल रिसीव की उसने। उस

तरफ़ की आवाज़ सुनते हुए उसके चेहरे का रंग मलिन होता चला गया।

"क्या हुआ, कोई बुरी खबर है?"

कान से मोबाइल हटाकर अफ़सोस जताते हुए कहा संझा ने, "एक अंडर ट्रायल कैदी था। चार साल से वह केस खुलने का इन्तज़ार कर रहा था। उसकी तबीयत कुछ दिनों से ख़राब चल रही थी। कल ही मैंने कोर्ट में उसकी ज़मानत की अर्ज़ी दी थी। रात में उसकी मौत हो गयी।"

"अभी-अभी हम मरने की ही बात कर रहे थे। इस बेचारे को किसी व्यक्ति ने नहीं, सिस्टम ने मार दिया। जहाँ हाथ रखो, वहीं दलदल है। लेकिन हारना नहीं है हमें सुझू। डटकर रहना है और लड़ाई जारी रखनी है। चलो, नीचे चलकर चाय पीते हैं।"

19

फुलोदा बेसरा तक यह गुप्त खबर लीक होकर आ गयी कि दिल्ली से भुवनेश्वर जाने वाली राजधानी को बोकारो और विधातानगर के बीच बृहस्पतिवार को मुक्ति संग्रामवाले उड़ा देने वाले हैं। उसने शीघ्रता बरतते हुए बोकारो स्टेशन मास्टर को फ़ोन कर यह खबर पहुँचा दी। स्टेशन मास्टर ने राजधानी को वहीं रोक दिया। ट्रेन दुर्घटनाग्रस्त होने से बच गयी और सैकड़ों बेकसूर ज़िन्दगियों का जीने का हक कायम रह गया।

एक भारी नरसंहार को बचा लेने की खुशी फुलोदा के चेहरे पर ठहरी हुई थी। 'वरदान पुष्प' ऑफ़िस में उसे बधाई दे रहे थे नरहरि, चस्का मरांडी, हिचिक मंडल, पखावज महतो, हरफन अंसारी आदि। इन्हें पता नहीं था कि तबाह होने से जो-जो ज़िन्दगियाँ बच गयीं, उनमें उसका परिवार भी शामिल था, जिसने रेल पटरी पर बम बाँधने में अग्रणी भूमिका निभाई थी और वह फुलोदा बेसरा तथा 'वरदान पुष्प' के साथियों का कट्टर दुश्मन था। पता तब चला जब चकरेला उराँव नामक वह लड़का खुद अपने चेहरे पर अफ़सोस और कृतज्ञता का एक गाढ़ा रंग लेकर 'वरदान पुष्प' के दफ़्तर आ पहुँचा। वह हाथ जोड़े हुए अन्दर घुसा। सभी लोग चौंक गये। हमेशा अकड़ और ऐंठन दिखानेवाला आज हाथ जोड़ रहा है।

नरहरि ने पूछ लिया, ''क्या बात है चाको, इरादा नेक तो है न? तुम्हें इस रूप में देखने से घबराहट होने लगी है, यार।''

''आज हम आपलोगुन से माफ़ी माँगने आया है दादा। फुलू दादा के चलते आज हमरा पूरा परिवार बच गिया। हमरे जेठा का बड़ा लड़का दिल्ली में नौकरी करता है। उसका उहाँ शादी था। हमरा पूरा परिवार गिया रहा—माँ, बाबा, भाई, बोहू। चार दिन बाद सबको पुरुषोत्तम से आने का था। अचानक का हुआ कि राजधानी का इनको टिकिस मिल गया। हमको कोई खोबोर नईं। बोकारो से उतरके बस से घर आया तो हमको मालूम पड़ा। माँ-बाबा अनेक गाली दे रहा था कि जो भी कसाई कमीना ने ये काम किया उसका भला नई होयेगा। वो कसाई कमीना हमीं था, उनको मालूम नहीं।''

आगे चकरेला ने कान पकड़ते हुए कहा, ''आज हम महसूस कर रहा दादा कि एक साथ परिवार का सभी लोग मौत का मुँह में चला जाता तो हम पर क्या गुजरता। हम तो जीते जी मर जाता, दादा। ऐसा ही वजरपात तो सैकड़ों फेमिली पर टूट पड़ता। आज से हम तौबा करता है और कसम खाता है कि आइंदा ऐसा नईं करेगा। आज से आप हमरे वास्ते फरिश्ता समान हैं फुलू दादा। आज आपने सैकड़ों का जान बचाया है तो हम आपसे कुछ नईं छिपायेगा और आपका जान बचाने के वास्ते हम अपना जान का बाजी लगा देगा। कालू मुंडा ने आपको मरवाने का मन बना लिया है, कभी भी वह आप पर हमला करवा सकता है। आप बच के रहना। हम आपको भीतर का खबर देता रहेगा।''

हरफन ने एक लम्बी साँस लेकर किसी शायर का एक शे'र गुनगुना दिया—

आसमाँ वाले हमारे सिर पे हाथ रखना
ज़मीन के खुदाओं से हमने दुश्मनी कर ली है।

20

विधाता स्टील प्लांट नरहरि परिवार के लिए एक बार फिर अशुभ साबित हुआ। उसके छोटे चाचा संगतचन्द ने बहुत कूद-फाँद कर नौकरी ली थी। पिता

और भाई की घातक दुर्घटनाओं को वह लापरवाही का परिणाम मानता रहा था। उसका कहना था कि हज़ारों लोग काम करते हैं, लेकिन सभी तो दुर्घटनाग्रस्त नहीं हो जाते। कई खानदान तो ऐसे हैं जिनकी चार पीढ़ियों ने रिटायर होने तक काम किया और उनका बाल बाँका तक नहीं हुआ। तो क्यों उनका ही परिवार शापित होता चला आ रहा है? ज़ाहिर है लापरवाही के सिवा दूसरी कोई वजह नहीं हो सकती। नरहरि के सावधान करने पर उसने कहा था, ''मैं तुम्हें दिखा दूँगा सोन कि काजल की कोठरी से भी बेदाग कैसे निकला जाता है।''

चाचा का बड़बोलापन और आत्मविश्वास काम न आया। उसे ब्लास्ट फर्नेस में बतौर खलासी की नियुक्ति दी गयी थी। वहाँ हीट कम्पलीट हो जाने के बाद जब फर्नेस का बॉटम होल खोला जाता है तो पिघला हुआ कच्चा लोहा (पिग आयरन) बालू से बनायी गयी नाली से होकर प्लेटफ़ॉर्म के नीचे रखी बाल्टी में संग्रहीत होता है। बाल्टी रेल ट्रैक पर खड़ी लोको ट्रॉली पर रखी होती है, जिसे स्टील बनाने के लिए एलडी शॉप ले जाया जाता है। संगतचन्द का काम बालू से बनी नाली को दुरुस्त रखने का था। नाली का किनारा कमज़ोर होने पर बालू डालकर उसे मोटा कर देना होता है। उस दिन बेलचा चलाते हुए उसका सन्तुलन बिगड़ गया और दोनों पैर नाली में चले गये, जिससे पिघला हुआ लोहा बह रहा था। पास ही खड़े एक आदमी ने उसे जल्दी से बाहर खींचा और पैरों को ठंडे पानी में तुरन्त डुबो दिया। घुटने तक दोनों पैर बुरी तरह झुलस गये। बचाव में कुछ देर हो जाती तो पैर गल जाते और उन्हें काटना पड़ जाता। चाचा को विधाता मुख्य अस्पताल के बर्न यूनिट में भर्ती होकर दो माह तक रहना पड़ा।

अस्पताल से छूटा तो घर में भी दो माह तक रिकवरी के लिए पड़ा रहा। दोनों पैर घुटने से नीचे असामान्य रूप से विकृत हो गये थे और चलने में बहुत दिक्कत होने लगी थी। डॉक्टर ने फ़िट तो कर दिया लेकिन लाइट जॉब के लिए अनुशंसा कर दी। जब वह ज्वाइन करने गया तो विभागीय प्रमुख ने उसे विभाग में रखने से इनकार करते हुए एचआर अधिकारी के पास भेज दिया। एचआर ने उसे घर भेज दिया यह कहकर कि इस समय आपके लिए कोई लाइट जॉब नहीं है, जब कहीं ऐसी ज़रूरत होगी तो आपको सूचित कर दिया जायेगा। संगतचन्द हैरान, परेशान—अब क्या होगा? उसने इस टरकाऊ जवाब की अन्तर्ध्वनि भाँप ली थी। उसे कभी सूचना नहीं मिलने वाली थी। उसने नरहरि तक अपनी अर्ज़ी पहुँचायी, ''कुछ करो सोन, कुछ जुगाड़ बैठाओ, नहीं तो ये हरामी मुझे कभी ज्वाइन नहीं करायेंगे।''

किसी के लिए पैरवी-सिफारिश करना उसे भीख माँगने जैसा काम लगता था। लेकिन अपना चाचा था, उसे मना कैसे करता। उसने बहुत झेंपते हुए सम्पत मेहरा को फ़ोन किया। मेहरा ने फ़ोन उठा लिया। कब्रिस्तान का काम तेज़ी पर था। प्रगति बताने के लिए बातचीत होती रहती थी। उसने जब चाचा के लिए फ़ेवर करने की बात की तो वह सिटपिटा गया। उसने कभी सोचा नहीं था कि सोनवारे नरहरि जैसा उसूलों की बात करने वाला आदमी अपने रिश्तेदार के लिए फ़ेवर माँग सकता है। हाँ भी करना उसे मुश्किल हो रहा था और ना भी करना।

उसने कहा, ''आप एचआर के पास उसे भेज दीजिए, मैं एचआर को फ़ोन कर देता हूँ।''

एचआर में जाने के बाद एक नया पैंतरा बता दिया गया। कहा गया, ''आप वॉलंटियरी रिटायरमेंट ले लीजिए। ऐसे तो आपका केस मेडिकल सेपरेशन के अधीन आता है, लेकिन चूँकि मेहरा साहब का फ़ोन था इसलिए हमलोग आपको उससे अच्छी वाली स्कीम का फ़ायदा दे देंगे। पाँच दिन पहले ही यह स्कीम आयी है और पूरी कम्पनी में लागू है।''

यह आठवीं या नवीं बार था जब यह स्कीम लायी गयी थी। इसके ज़रिये से बड़ी संख्या में कम्पनी से मज़दूर हटाये जा चुके थे। बताते हैं कि इस कम्पनी में चालीस हज़ार मज़दूर कार्यरत थे, वे छँटनी के शिकार होते-होते सिर्फ़ पन्द्रह हज़ार रह गये। अब इसे भी कम करने की एक नयी कवायद शुरू कर दी गयी। जहाँ पहले कम्पनी चालीस हज़ार मज़दूर से तीन मिलियन टन यानी तीस हज़ार टन स्टील बनाती थी, तब भी उसे करोड़ों का मुनाफ़ा था। अब मज़दूर घटाकर और क्षमता बढ़ाकर 10 मिलियन टन बनाने लगी, समझा जा सकता है कि मुनाफ़े का मार्जिन कितना बड़ा हो गया।

तो ऐसा नहीं कि कम्पनी में काम कम हो गया, बल्कि काम बढ़ गया था, जिसे वह स्थायी मज़दूरों की जगह सस्ते में ठेकेदार के अस्थायी मज़दूरों से लेने लगी। लगभग पचास हज़ार ठेकेदारकर्मी कारखाने में लगा दिये गये। उन्हें न आवास सुविधा, न चिकित्सा सुविधा, न बोनस, न इन्क्रीमेंट, न पेंशन, न कोई और भत्ता देने की ज़रूरत। बस सरकार द्वारा निर्धारित न्यूनतम मज़दूरी और ठेकेदार का कमीशन मिलाकर एक मज़दूर पर ज़्यादा-से-ज़्यादा दो सौ रुपये प्रतिदिन का खर्च।

21

नरहरि ने विधाता वर्कर्स यूनियन के अध्यक्ष मुरारीलाल से मुलाकात की। कम्पनी प्रबन्धन यूनियन को राज़ी करके ही इस तरह की दमन चक्की चलाता है। उसने बड़े तल्ख होकर पूछा, ''मुरारी जी, क्या हो रहा है यह सब? मज़दूरों की गैरत और ज़मीर का सौदा आप कब तक करते रहेंगे? यह कम्पनी क्या नाजियों और हिटलरों के हुक्म से चलने लगी है और आप उसके फरमाबरदार बन गये हैं। ये बार-बार छँटनी का तुगलकी फरमान जारी हो रहा है और आप उसके मूकदर्शक बने बैठे हैं।''

''आप ही बताओ भाई सोनवारे नरहरि कि मैं क्या करूँ? प्रबन्धन ग्लोबल कम्पनियों का उदाहरण देकर कहती है कि प्रति टन वेज बिल (वेतन खर्च) उनका बहुत कम है और हमारा बहुत ज़्यादा है। हमें उनके मुकाबले में रहने के लिए वेज बिल कम करना ही होगा। सरकार, प्रशासन और अदालत नाम के व्यवस्था बहाली के पहरुए भी मज़दूरों की बदहाली के मूकदर्शक बनकर रह गये हैं। सरकार ने अपने कई उपक्रमों को घाटा होने का विधवा-विलाप करते हुए बन्द कर उसे आउटसोर्स करने और मज़दूरों की छँटनी करने की प्रथा शुरू कर दी तो फिर यह एक आम रास्ता बन गया सभी गैर-सरकारी और अर्द्ध-सरकारी संस्थानों के लिए भी। स्थायी प्रकृति के काम में जॉब सिक्यूरिटी का जो एक वैधानिक कवच था, वह निष्प्रभावी हो गया। ऐसे में हम कौन-सा तुर्रम खाँ हैं कि कम्पनी को रोक दें।'' बड़े शान्त मन से कहा मुरारीलाल ने।

नरहरि को पहली बार लगा कि मुरारीलाल ने बहुत अक्लमन्दी से सधा हुआ अचूक जवाब दे दिया। सचमुच सारा किया कराया तो अप्रत्यक्ष रूप से सरकार का है। उसकी नीतियाँ ऐसी हो गयीं कि सारे कॉर्पोरेट निरंकुश बनकर मनमानी करने के लिए आज़ाद हो गये। खुद सरकार ने अपने कई प्रतिष्ठानों को बेच दिया और उसके कर्मचारियों को सरप्लस कर दिया। कई राज्य सरकारों ने भी दोगली अथवा सौतेली वेतन नीति लागू कर रखी है। पारा टीचर की अवधारणा इसी की एक घटिया मिसाल है। एक ही स्कूल में एक ही साथ पढ़ानेवाले, एक बराबर शैक्षणिक योग्यता रखनेवाले पारा टीचर की पगार सूखा-सुक्खी पाँच हज़ार से सात हज़ार के बीच, जबकि स्थायी टीचरों की पैंतालिस से लेकर पचास हज़ार के बीच। भूमंडलीकरण की इस समय क्या ज़रूरत थी इस देश को, जबकि अपने उत्पाद की

खपत के लिए अपना घरेलू बाज़ार ही अत्यन्त सक्षम था।

मुरारी की तार्किकता लाजवाब थी, फिर भी कुछ कहने के लिए यों ही कह गया नरहरि, "वेज बिल कम करने के लिए वे अधिकारियों को क्यों नहीं हटाते। उनकी तनख्वाह कम क्यों नहीं करते। एक अधिकारी की तनख्वाह कम-से-कम पन्द्रह मज़दूरों के बराबर होती है। शीर्ष डायरेक्टरों की तनख्वाह तो पचास से सौ मज़दूर के बराबर होती है। एमडी की तनख्वाह इंसेंटिव तथा प्रॉफ़िट शेयर आदि लेकर लगभग बारह लाख रुपये प्रति माह। मुझे आज तक समझ में नहीं आया कि एक आदमी को इतनी मोटी-मोटी रकम देने का तुक क्या है? आखिर क्या करते होंगे वे इतने पैसे लेकर? क्या सरकार और संसद को इस पर पुनर्विचार नहीं करना चाहिए कि जिस देश में सरकार द्वारा निर्धारित एक मज़दूर की न्यूनतम मज़दूरी सवा सौ रुपये हो, वहाँ किसी अधिकारी की एक दिन की चालीस हज़ार की कमाई! क्या इतनी बड़ी खाई को लेकर कोई समाज, कोई व्यवस्था, कोई देश शान्त, सन्तुलित, निर्विघ्न और निश्चिन्त रह सकता है?"

"आपकी बात से सहमत हूँ सोन। मैं भी मानता हूँ कि मज़दूर और अफ़सर में थोड़ा अन्तर ज़रूर हो, लेकिन इतनी चौड़ी खाई तो हर हाल में न्यायोचित नहीं है। बहरहाल, हमारी यूनियन इस समय एक नयी चुनौती से जूझ रही है। प्रबन्धन हम पर लगातार दबाव बना रहा है कि नये ग्रेड रिवीज़न (वेतन पुनरीक्षण) के लिए एनजेसीएस (नेशनल ज्वाइंट कमिटी फ़ॉर स्टील) से हम अलग हो जायें और प्रबन्धन से सीधे बातचीत कर मुद्दे को हल करें।"

"यह प्रस्ताव आप किसी भी तरह स्वीकार न करें मुरारीलाल। प्रबन्धन धूर्तता से समझौते को अपने क्लच में रखना चाहता है। एनजेसीएस सभी इस्पात कारखानों के लिए एक बड़ा मंच है। इसमें कई धाकड़ राष्ट्रीय वाम नेता हैं जो सरकार एवं कारखानों के अधिकृत अधिकारियों को सौदेबाज़ी (बार्गेनिंग) और तर्क से पस्त कर देने में माहिर माने जाते हैं। इसका फ़ायदा पब्लिक और प्राइवेट दोनों सेक्टरों के मज़दूरों को मिलता है। आप अलग होकर करेंगे तो उन्हें मनमर्ज़ी चलाने में सुविधा हो जायेगी।"

"अब तक तो हम असहमत होने के अपने स्टैंड पर कायम हैं, आगे देखिए क्या होता है?"

नरहरि ने अपने चाचा के बारे में जब मदद करने को कहा तो उसने कन्नी

काटने वाली सलाह दे दी, ''वॉलंटियरी रिटायरमेंट की जो यह स्कीम आयी है उसका नाम दिया गया है अर्ली सेपरेशन स्कीम यानी शीघ्र पृथक्करण योजना। इसके तहत सेपरेट होने वाले कर्मचारी को रिटायरमेंट तारीख तक उसके मौजूदा बेसिक और डीए के बराबर की राशि हर माह घर बैठे मिलती रहेगी। संगतचन्द को इसे ले लेना ही ठीक रहेगा। वह चल-फिर नहीं सकता तो ऐसी क्या लाइट जॉब होगी कम्पनी में, जिसे वह बैठे-बैठे कर सकता है? वह इतना पढ़ा-लिखा भी नहीं है कि एकाउंट या एडमिनिस्ट्रेशन में सहायक का काम कर सके। यह स्कीम उन कर्मचारियों के लिए बहुत अच्छी है जो बाहर होकर अपने स्किल से कहीं दूसरी जगह जॉब या व्यवसाय कर लें। ऐसे कई कर्मचारी हैं जो सिफारिश करके इस स्कीम का फ़ायदा उठाना चाहते हैं।''

''मेरे चाचा का पैर कम्पनी में काम करते हुए जला है मुरारीलाल जी। उसे कहाँ काम देना है, यह कम्पनी का सिरदर्द है। मैं उसे इस स्कीम में फँसने नहीं दूँगा। बेसिक और डीए के लॉलीपॉप चटाकर वह फुसला नहीं सकती। यह मामला यहाँ थमेगा नहीं, आगे बढ़ेगा।'' निर्णायक जवाब देकर नरहरि चल पड़ा।

22

तिरिल कई दिनों से कभी एसएमएस करके तो कभी कॉल करके नरहरि को अपने गाँव बुला रही थी। कभी-कभी कोई ऐसा मसला सामने आ जाता था जिसके समाधान का प्रयास तिरिल के लिए मुश्किल खड़ा कर देता था। इस स्थिति में वह ज़्यादातर नरहरि को या फिर किसी और साथी को बुला लेती थी। फुलोदा अपने गाँव के किसी भी विषय में ज़रा भी रुचि नहीं रखता था, यहाँ तक कि अपनी ज़मीन-जायदाद और अनाज-पानी के बारे में भी नहीं। उसके कौन से खेत में क्या फसल लगनी है, किस खेत पर क्या विवाद है, क्या बीज लाना है, कहाँ से कितना यूरिया-पोटाश-सल्फेट लाना है, कैसे पटवन करनी है, उपजे हुए अन्न को कहाँ रखना है, किसे बेचना है, सारा कुछ तिरिल के मत्थे।

उसके बाजू के घर के एक चाचा से किसी खेत को लेकर पुराना झगड़ा चल रहा था। दादा के ज़माने से मुकदमेबाज़ी हो रही थी। उसने इस तरफ़ से भी अपना लेना-देना समेट लिया था। एक प्रकार से वह गाँव से बड़ा ही उदासीन

और मोहभंग की स्थिति में रहने लगा था। तिरिल से उसने बेझिझक कह दिया था, "तुम जैसे चाहो इन्हें डील करो। गाँव और गाँववालों को समझना-समझाना मेरे वश का रोग नहीं है।"

दरअसल गाँववालों के अनपढ़पन और पुरानी मान्यताओं की जकड़न से वह कुढ़ा रहता था। उसने अपनी युवा होती उम्र में बहुत उत्साह से सबको जगाने और दुनिया के बदलते रंग-ढंग में उन्हें ढालने की कोशिशें कीं। लेकिन वे अपने चाल-चलन और आचार-विचार में बदलाव लाने के प्रति एकदम बेपरवाह और मटियाऊ किस्म से पेश आते रहे। भन्नाकर उसने मुँह मोड़ लिया कि पत्थर पर दूब जमायी जा सकती है लेकिन इनके बाबाआदम के समय से ओढ़े हुए रीति-रिवाज और प्रथा पर कोई दूसरा पेंट नहीं चढ़ाया जा सकता।

तिरिल को अपने बाबा ताराकान्त सर से धैर्य और हार न मानने की जीवटता विरासत में मिली थी। वह जानती थी कि अपने जड़-मूल और परम्परा से जकड़े गाँव को रातोरात नहीं बदला जा सकता। उसका विश्वास था कि बुराई की चट्टान एक प्रहार से नहीं टूट सकती, उस पर लगातार चोट करने की ज़रूरत है। दुनिया में सभ्यता ने विज्ञान की सीढ़ियाँ चढ़कर कितनी करवटें बदल लीं, नयी पीढ़ी के गँवई लड़के बड़ी संख्या में जींस पहनने लगे और मोटरसाइकिल दौड़ाने लगे, लड़कियाँ भी लेगिंग्स और टॉप पहनने लगीं, लेकिन डायन और जादू-टोना का बकवास गाँव से जरा-सा भी नहीं हिल सका।

डायन का ही एक मामला था जिसके कारण कई परिवार तबाह हुए जा रहे थे। तिरिल चाहती थी कि नरहरि आये और अपने लोकधर्मी हुनर से इसे सुलटा दे। वह पहले भी उसके बुलाने पर कई बार जा चुका था। अजीब स्थिति तब प्रकट हो जाती जब तिरिल के दिल के किसी आरक्षित कोने में समाया उसका पुराना प्रेम उभर आता और नरहरि को अपने मोह के घेरे में समेटने लगता। नरहरि ने उसे कई बार चेताया, "तिरिल, तुम अब शादीशुदा हो यार। तुम्हारा पति फुलोदा हम सबका अजीज़ जिगरी दोस्त है। हमें ऐसा कुछ कतई नहीं करना चाहिए जिसे गद्दारी और विश्वासघात कहा जाये।"

"शादीशुदा होने से पहले मैंने तुम्हें वरण किया था सोन। तुम्हें प्रेम करने के अपने जज़्बे को मैं आज तक दबा नहीं पायी। फुलोदा इसे अच्छी तरह जानता है। किसी की पत्नी हो जाने का यह मतलब नहीं होता कि वह किसी को प्रेम करने का

हक खो दे। यह मतलब भी नहीं होता कि शादी हो गयी तो वह सिर्फ़ और सिर्फ़ अपने पति से ही प्रेम करे, भले ही पति के लिए प्रेम चाहने पर भी अंकुरित ही न हो। पति-पत्नी एक-दूसरे की खरीदी हुई और हज़ार बंदिशों व समझौतों से बँधी जायदाद नहीं होते। उन्हें इस एक जीवन में यह आज़ादी क्यों नहीं होनी चाहिए कि अपनी एकरस, बोझिल और उत्साहरहित बन गयी दिनचर्या में किसी ऐसी दोस्ती को जगह दे दें जिससे उन्हें थोड़ी खुशी और ऊर्जा मिलने लगे।''

''तुम्हारी इस बोल्डनेस की समाज में कोई जगह नहीं है तिरिल। ऐसी दीवानगी प्रकट करने की नहीं अपने अन्दर दबाकर रखने की चीज़ होती है।''

''यही डिप्लोमेसी मुझे नहीं आती सोन। मैं इसे सीखना भी नहीं चाहती। तुम्हें याद है, जब बाबा जीवित थे और उनका छात्रावास आबाद था तो मैंने घोषणा कर रखी थी कि जो बात छुपानी हो या गुप्त रखनी हो, कृपया मुझे न बतायी जाये। मैं उसे पचा नहीं सकती, वह ज़ोर-शोर से बाहर आ जायेगी। मेरे जो अन्दर होगा, वही बाहर होगा। मैं जानती हूँ कि तुम्हें यह फन खूब आता है। मन में रखोगे, पर बाहर नहीं आने दोगे।''

''तुम बिलकुल ठीक कह रही हो तिरिल, मैं ऐसा ही हूँ। तुम्हारे लिए भी मेरे मन में प्यार है, लेकिन उसे व्यक्त करने की न तो मोहलत है और न उसकी प्रासंगिकता। उसकी अहमियत अप्रकट रहने में ही ज़्यादा है। संझा भी मुझे खूब अच्छी लगती है। उसकी दीवानगी का भी मैं कायल हूँ, लेकिन मेरा गन्तव्य कुछ अलग है और वह बहुत स्पष्ट नहीं है।''

''जानती हूँ कि संझा तुम पर मरती है और तुम्हारे लिए कुछ भी कर गुज़रेगी। मुझे उससे कोई ईर्ष्या नहीं है। तुम उसे बेशक इतना प्यार दो कि वह निहाल हो जाये। मुझे तो बस एक थेरेपी की तरह तुम्हारे सान्निध्य का वह एहसास चाहिए जो एक लाइलाज मरीज़ के लिए समय-समय पर ज़रूरी होता है।''

नरहरि जान गया था कि कुछ भी समझाओ, वह अपने बिंदासपन वाले स्वभाव को बदल नहीं सकती। उसे सामने पाकर बेबस हो ही जायेगी। वह भरसक प्रयत्न करता कि उसका सामना कम-से-कम किया जाये। बुलाने पर भी वह जाने में आनाकानी कर देता।

23

जब आनाकानी असह्य हो जाती तो तिरिल उसकी खबर लेने आ धमकती। उस दिन आ गयी 'सबका होटल,' बिना कोई खबर किये। देखा होटल का डाइनिंग हॉल ग्राहकों से लगभग भरा हुआ है। प्राय: सभी साथी अपने-अपने काम में जुटे हुए हैं। नरहरि कुछ ग्राहकों की जूठी थाली उठाकर पोंछा मार रहा है। बिना किसी हीनभाव के पूरे मनोयोग से होटल का सबसे छोटा काम करते हुए तिरिल उसे देखती रह गयी। उसके भीतर फिर कुछ उमड़ पड़ा—कोई कैसे इस आदमी को प्यार करने से खुद को रोक ले!

सोनवारे नरहरि अब इस शहर के प्रमुख आठ-दस नामों में एक हो गया था। सभी जानते थे कि उसे अब कई बड़े-बड़े काम से फ़ुर्सत नहीं है। होटल के काम में हाथ बँटाना अब उसके लिए ज़रूरी नहीं रह गया था, सभी साथी उसे मना भी करते थे। लेकिन खुद को डिक्लास करके ज़मीन पर रखने की उसकी सादगी किसी की भी कहाँ सुनती थी। वह चाहता तो होटल का कुछ और काम ले सकता था, लेकिन उसने अपने लिए सबसे छोटे काम का चयन किया। यों तो यहाँ हर कोई हर तरह का काम करता था और किसी भी काम को छोटा या बड़ा नहीं समझा जाता था। लेकिन हर कोई सोनवारे नरहरि तो नहीं था।

तिरिल कुछ देर हसरत भरी आँखों से उसे देखती रही, उस पर निछावर होती रही, फिर आगे बढ़कर उसके सामने आ गयी और उसके हाथ से पोंछे का कपड़ा ले लिया और कहा, "अब तुम आराम करो, प्लेटें उठाकर पोंछा मैं मारूँगी।"

अब विस्मित होने की बारी नरहरि की थी। उसने मना करने का भी मौका नहीं दिया और काम में भिड़ गयी। सर्व करने में लगे सभी साथियों ने तिरिल की मंशा पढ़ ली। सभी जानते थे कि यह लड़की अक्सर ऐसा ही कुछ कर जाती रही है जिसका किसी को अनुमान नहीं होता रहा है। हॉल के एक कोने के कुछ टेबलों पर फुलोदा भी ऑर्डर लेकर व्यंजनों की प्लेटें लाने में मशगूल था।

ग्राहकों के निपट जाने के बाद सबने एक साथ बैठकर खुद भी खाना खाया और फिर किचन के बर्तन और फ़र्श आदि की सफ़ाई में लग गये। नरहरि ब्रश तथा क्लीनर लिक्विड की बोतल लेकर टॉयलेट और यूरिनल की सफ़ाई करने लगा। तिरिल फिर एक बार अचम्भित हुई। किसी ने उसे बताया कि टॉयलेट और यूरिनल

की सफ़ाई का ज़िम्मा रोज़ नरहरि ही उठाता है।

24

वरदान पुष्प के कार्यालय में जब बैठकी जमी तो तिरिल ने अपनी नाराज़ भंगिमा लेकर कहना शुरू किया, ''माना कि तुम व्यस्त रहे होगे तो क्या किसी और को भेज नहीं सकते थे? आखिर कोई खास कारण रहा होगा तभी तो मैं बेचैन होकर बुलावा भेज रही थी।''

कुछ पल के लिए चुप्पी छायी रही। नरहरि ने अपनी नज़रें झुका लीं।

हरफन अंसारी यह समझकर कि मैडम आज नरहरि की जमकर क्लास लेने के मूड में हैं, बीच-बचाव करने लगा, ''तिरिल, एक शे'र से मैं अपनी बात शुरू करता हूँ—कुछ देर ठहर जाइए ए बन्दा-ए-इन्साफ़ हम अपने गुनाहों में खता ढूँढ़ रहे हैं।''

''तुम तो चुप ही रहो, शे'र कहने के अलावा तो तुम्हें कुछ आता नहीं।''

''अरे, ज़रा सुन तो लो। तीन दिनों से रोज़ शादी में कैटरिंग की बुकिंग थी। आधे साथी वहाँ चले जाते थे और आधे को पूरा होटल सँभालना होता था। हमें मदद के लिए मोगरा दम्पति और संझा आदि को भी बुलाना पड़ा।''

''तो मुझे भी बुला लिया होता। मुझे तो तुम लोग किसी काम की समझते नहीं।''

''तुम्हें इसलिए नहीं बुलाया कि तुम खुद ही किसी झमेले में फँसे होने की बात कह रही थीं। चलो, अब तो बता दो कि मामला क्या है?''

''सोन!'' स्वर में माधुर्य और कोमलता भरकर पुकारा तिरिल ने, ''चलो, मैं समझ गयी कि एक वाजिब कारण था, जिस वजह से तुम नहीं आये, अब तुम सहमे हुए गुमसुम क्यों हो? तुम्हारी तो आदत है कि कोई वाजिब कारण भी हो तो तुम्हें अपना डिफेंस नहीं करना। कोई इल्ज़ाम लगाये तो बस अपराध स्वीकार कर सज़ा भुगतने के लिए तैयार। अब मैं तुमसे रुष्ट नहीं हूँ। भला तुमसे कोई देर तक रुष्ट रह सकता है क्या? मेरा हृदय तो उसी समय भर आया था जब डाइनिंग हॉल

में तुम जूठी थाली उठाकर टेबलों पर पोंछा मार रहे थे। मैं तो तुम्हारी इस अदा पर ही मरी जा रही थी कि फिर देखा सैकड़ों आदमियों के मल त्याग वाले शौचालय और पेशाबखाने को भी तुम साफ़ करने लगे। क्यों इस तरह अपने चाहनेवालों पर बिजली गिराते हो? अब तुम छोटे आदमी नहीं हो सोन।''

''तुम्हारे जैसे बराबर के आत्मीय साथी जब ऐसा कहते हैं तो सचमुच मुझे बड़ी चिन्ता हो उठती है कि कहीं मैं अपनी शाख से कट तो नहीं रहा। खैर छोड़ो, अब बताओ समस्या क्या है?''

''एक परिवार है चुरमा हेम्ब्रम का—एकदम अशिक्षित, कूपमंडूक, बेहद गरीब। उसके बारह साल के एक लड़के को कोई बीमारी हो गयी। देह सूखने लगी, तेजी से लिक्कड़ होता चला गया। उसका इलाज कराने की जगह चुरमा ओझा-गुणी से झाड़-फूँक के चक्कर में फँस गया। ओझा के इशारे पर बगल की एक गीतो नाम की औरत को वह डायन बताकर जादू-टोना करने का इल्ज़ाम लगाने लगा। वह औरत मेरे घर आकर गृहस्थी का सारा काम सँभालती है। मैंने चुरमा परिवार को बहुत समझाया कि वह बच्चे का किसी डॉक्टर से इलाज कराये और ओझा-डायन का खयाल मन से निकाल दे। इलाज के लिए मैंने उसे पैसे भी देने चाहे। लेकिन उसे लगा कि मैं उस औरत को बचाने के लिए यह सब कह रही हूँ, चूँकि वह हमारे घर में काम करती है। जब लड़के की हालत बहुत नाजुक होने लगी तो वह उसे किसी अच्छे डॉक्टर को दिखाने की जगह गाँव के ही एक झोलाछाप डॉक्टर से दवा लेने लगा। रोगी की हालत देखकर वह नीम-हकीम दवा देने से मना कर रहा था। लेकिन इन लोगों ने उस पर दबाव बनाकर दवा ली। दो दिन बाद ही उस के लड़के ने दम तोड़ दिया। चुरमा ने झोलाछाप से भी मारपीट की और उस औरत गीतो से भी। दोनों के खिलाफ़ थाने में रपट लिखवा दी। थानेदार ने दोनों को पकड़कर हाजत में बन्द कर दिया, जबकि दोनों ही बेकसूर हैं।'' एक ही साँस में तिरिल ने पूरी कहानी बता दी।

''चलो, चलकर डी.एम. समवेत त्रिवेदी और एस.पी. डैनियल डुंगडुंग से मिलते हैं। एसएमएस कर देता हूँ कि मैं आ रहा हूँ मिलने, मुझे समय दिया जाये।''

सभी चलने को हुए तो हरफन अंसारी तिरिल को उत्सुकता से ऊपर से नीचे तक देखते हुए पूछ बैठा, ''तिरिल, अगर मैं धोखा नहीं खा रहा तो तुम एक नयी

उम्मीद से हम सभी को एक नया तोहफ़ा देने जा रही हो चाचा बनने का। मैं ठीक कह रहा हूँ न?''

तिरिल ने मुस्कुराते हुए हाँ में गर्दन हिला दी।

नरहरि ने हरफन को निहारते हुए कहा, ''अरे वाह हरफन, तुम्हारी नज़र तो बड़ी पारखी है यार!''

हरफन ने आदाब करते हुए एक शे'र अर्ज कर दिया—''बहुत पहले से उन कदमों की आहट जान लेते हैं, तुझे ऐ ज़िन्दगी हम दूर से पहचान लेते हैं।''

25

सारा माजरा सुनकर त्रिवेदी जी ने अपने कक्ष में वरीय पुलिस अधीक्षक डैनियल डुंगडुंग को बुला लिया। डुंगडुंग ने फ़ोन करके पलासबनी थाना से घटनाक्रम की जानकारी ली, फिर बताया, ''दारोगा ने गीतो को सुरक्षा देने के मकसद से थाने में लाकर बिठा दिया है ताकि मृतक के परिवार या उसके बहकावे में आकर गाँव के दूसरे लोगों के द्वारा औरत पर हमला होने की गुंजाइश न रहे। दारोगा को ऐसी भनक लगी थी कि कई लोग इस तरह का मन बना रहे हैं। रही बात झोलाछाप की, तो उसने गुनाह किया है और उस पर केस बनता है, इसलिए उसे हाजत में बन्द कर दिया गया है। कल उसका चालान कर दिया जायेगा।''

''ठीक है कि वह झोलाछाप है लेकिन वैसी जगहों पर जहाँ डिग्रीधारक डॉक्टरों का दूर-दूर तक अता-पता नहीं हो, ऐसे नीम-हकीम ही अनेक छोटी बीमारियों के लिए बहुत उपयोगी सिद्ध होते हैं। बहुत तरह के मामूली रोगों का वे बहुत सस्ते में लगभग ठीक-ठाक इलाज कर लेते हैं। अभावों में जीने वाले गाँववालों के पास डिग्रीधारक डॉक्टरों के पास तक पहुँचने का न तो साधन होता है, न सामर्थ्य। इसलिए इस बेचारे को छोड़ दिया जाये। इस केस में इसका कोई कसूर भी नहीं है। मरीज़ की हालत देखकर वह दवा देने के लिए बिलकुल तैयार नहीं था। उसे जेल भेज दिये जाने पर गाँव के बहुत सारे लोगों की परेशानी बढ़ जायेगी।'' तिरिल ने साफ़-साफ़ वस्तुस्थिति रखते हुए झोलाछाप का पूरा बचाव कर दिया।

डुंगडुंग साहब त्रिवेदी जी को देखने लगे। त्रिवेदी जी ने कहा, ''दरअसल

हर नागरिक के लिए चिकित्सा सुविधा सुनिश्चित करना सरकार और प्रशासन की ज़िम्मेदारी है। जहाँ यह ज़िम्मेदारी पूरी नहीं होती है, वहाँ लोगों के पास ऐसे नीम-हकीमों के अलावा कोई विकल्प नहीं रह जाता। उसे बस हिदायत करके छोड़ दीजिए कि आइंदा पैसे के लालच में जटिल बीमारियों में हाथ न लगाये।''

''धन्यवाद त्रिवेदी साहब इस तथ्य को महसूस करने के लिए कि हर केस को वैध और अवैध के तराजू पर ही तौल कर नहीं देखा जा सकता। परिस्थितिवश कई बार गलत और नाजायज को भी मान्यता देनी होती है। नियम और कानून की रेखा हमेशा सीधी नहीं होती, उसे बहुत बार टेढ़ा-मेढ़ा भी होना पड़ता है। गीतो को मैं अपने घर ले जाकर रख लूँगी। मेरे घर वह सुरक्षित रह लेगी। बाहर बहुत सारे मूढ़ उसकी जान के दुश्मन बने घात लगाये बैठे होंगे।'' तिरिल ने वहाँ उपस्थित नरहरि को देखकर अपना काम पूरा हो जाने का संकेत दिया।

नरहरि ने लगे हाथ कब्रिस्तान और मन्दिर विषय पर भी बात कर लेनी चाही। उसने कहा, ''कल कम्पनी द्वारा नियुक्त ठेकेदार से मेरी मुलाकात हुई थी। आठ-दस दिनों के अन्दर काम खत्म हो जायेगा। चारदीवारी खड़ी हो चुकी है। अब अन्दर में लेवलिंग करने तथा पानी-बिजली के कनेक्शन देने की प्रक्रिया तेज़ी से चल रही है।''

त्रिवेदी कहने लगे, ''मिस्टर मेहरा बता रहे थे कि बंगलों वाली ज़मीनों पर भी अपार्टमेंट बनाने का काम बहुत आगे बढ़ गया है। दो-तीन बंगलों में मार्केटिंग कॉम्प्लेक्स बनाये जा रहे हैं, जिनमें बड़ी-बड़ी कम्पनियों के शोरूम होंगे।''

''मुझे भी इसकी खबर है त्रिवेदी साहब। मेहरा साहब से सूचनाओं का आदान-प्रदान हो जाया करता है। आप अक्सर व्यस्त रहते हैं, इसलिए आपसे मैं ज़्यादा सम्पर्क नहीं कर पाता। मन्दिर की प्रगति से तो आप मुझसे ज़्यादा अवगत होंगे। विधायक कोटे का पैसा तो ठेकेदार को आपकी टेबल से ही निर्गत होता होगा।''

''इस मद में कुछ लघु उद्यमी भी हाथ बँटा रहे हैं। पिरामिडाकार गुम्बज की नक्काशी पर ज़्यादा खर्च हो रहा है और ज़्यादा समय भी लग रहा है। मेरा खयाल है कि अन्दर का काम खत्म करके रंगाई-पुताई कर ली जाये और इसे चालू कर दिया जाये। बाहर का काम चलता रहेगा।''

"मैं आपके विचार से सहमत हूँ त्रिवेदी साहब। यहाँ से डुंगडुंग साहब का काम बढ़नेवाला है। कुछ छँटे हुए बर्बर और दबंग किस्म के लोग भीतर-ही-भीतर खिचड़ी पका रहे हैं।"

"आप ठीक कह रहे हैं नरहरि जी, आशंका मुझे भी है कि बवाली और मवाली लोग बाज़ नहीं आयेंगे हंगामा करने से," डुंगडुंग ने कहा।

"त्रिवेदी साहब, मुझे एक बात आपसे पूछनी थी। सोनबहरी बस्ती में विधातानगर पश्चिम के विधायक घुन्ना कर्माकर बसी हुई आबादी के बीच श्मशान घाट बनवा रहा है, इसकी इजाज़त तो जिला प्रशासन ने ही दी होगी?"

"मेरे आने के पहले जो जिलाधिकारी थे, उनके समय में उसे अनुमति दी गयी थी। लेकिन वहाँ के नागरिकों के विरोध करने पर उस पर रोक लगा दी गयी है। हालाँकि माननीय अभी भी अड़े हुए हैं और कभी धरना, कभी प्रदर्शन कर रहे हैं।"

"अगर ऐसी बात है तो उसके विरोध में हम लोग भी धरना-प्रदर्शन करेंगे और वहाँ की जनता का साथ देंगे। आपसे निवेदन है कि किसी भी तरह रोक न हटवायें। एक तरफ़ हम बीच शहर से कब्रिस्तान को हटाने की बात कर रहे हैं, दूसरी तरफ़ आबादी के बीच में वह श्मशान बनाने की बात कर रहा है। बनाने का बहुत शौक चर्रा गया तो जीवन में काम आने वाले स्कूल, धर्मशाला, पुस्तकालय इत्यादि बना दे। ये क्या सनक सवार हो गयी कि बनायेंगे तो श्मशान बनायेंगे। देखिएगा, यह आदमी अगले चुनाव में बहुत बुरी मुँह की खायेगा।"

"अब हमें चलना चाहिए सोन, तुमने इनका आधे घंटे का समय लिया है और एक घंटा होनेवाला है।" तिरिल ने याद दिलाया।

"कोई बात नहीं तिरिल जी, हम काम की ही तो बातें कर रहे हैं। एक और विषय काँजी हाउस का छूटा जा रहा है।" त्रिवेदी साहब ने याद दिलाया।

"इस काम में तो गुरमेज भाटिया जी ने गज़ब की रुचि दिखायी। काम लगभग पूरा हो चुका है। अगले सप्ताह से उम्मीद है सड़कों पर एक भी जानवर नज़र नहीं आयेगा। डुंगडुंग साहब का सिरदर्द काफ़ी कम होने वाला है।" नरहरि ने हँसते हुए कहा और चलने के लिए कुर्सी छोड़ दी।

26

जिलाधिकारी समवेत त्रिवेदी द्वारा काँजी हाउस का उद्‌घाटन करा दिया गया। शहर के अखबारों में खबर साया हो गयी एक चेतावनी देते हुए कि मवेशी पालनेवाले अब अपने मवेशियों को खुला न छोड़ें, अन्यथा उन्हें परेशान भी होना होगा और जुर्माने में अपनी जेबें भी ढीली करनी होंगी।

कुछ लोगों ने तो नसीहत पर अमल कर लिया, जिन्होंने नहीं किया, उनके जानवर 'वरदान पुष्प' द्वारा नियुक्त सेवकों द्वारा काँजी हाउस में पहुँचा दिये गये। दो दिन में ही सड़कें इन जानवरों की लीलाओं से मुक्त हो गयीं।

कुछ गौपालक तो गुस्से से लाल होकर गाली-गलौज करते हुए और दो सौ रुपये प्रत्येक जानवर का भुगतान करके ले गये हाँककर अपने-अपने मवेशी। लेकिन दर्जनों ऐसे मवेशी रह गये, जिन्हें कोई लेने नहीं आया, जिनका कोई पूछनहार नहीं। एक दिन...दो दिन...चार दिन...एक सप्ताह! अब इनका क्या होगा? ये तो बिना ट्रायल वाले अंडर कस्टडी प्रिज़नर की तरह हो गये।

कुछ जानवर तो ऐसे थे जिनके माथे पर पहले से ही लिखा था कि इनका कोई मालिक-मुख्तियार नहीं है और ये जान-बूझकर बेकार समझकर खुले छोड़ दिये गये हैं। इनमें दस-बारह की संख्या में साँड़ थे तथा दो दर्जन के आस-पास बूढ़ी गायें थीं। यह जानते हुए भी कि इन्हें कोई छुड़ानेवाला नहीं, बाहर छोड़ा नहीं जा सकता था। चूँकि इनकी आवारगी तो सड़कों पर चौबीस घंटे विद्यमान रहा करती थी, सड़कों पर वाहनों के हॉर्न नामक वाद्ययन्त्र की चिल्लपौं का संगीत सुनते हुए ये आराम से बैठकर जुगाली करती रहतीं, गोबर करती रहतीं और साँड़ महोदय अपने प्रतिद्वंद्वी साँड़ से सींग लड़ाते रहते या फिर गायों के पीछे अपने थूथन उठाये दौड़ लगाते रहते। खतरों को न्योतने की दृष्टि से इनकी भूमिका स्वयंसिद्ध थी। अत: सड़कों पर इनकी बादशाहत तो हर हाल में खत्म करनी थी।

अब इनका राशन-पानी स्थायी तौर पर यहीं होना था। ये तो एक बहुत बड़ी लायबिलिटी हो गयी। इस पहलू के बारे में तो सोचा ही नहीं गया था। इसे कहते हैं लेनी की देनी।

कुछ आलसी और चतुर मालिकों की उन्नत नस्ल की हृष्ट-पुष्ट गर्भवती गायें भी काफ़ी दिनों तक यहाँ पड़ी रह गयीं। शायद वे बियाने की तारीख जोड़कर

अपने घर में चारा देने और सेवा-सँभाल करने के झंझट से निश्चिंत रह रहे होंगे। कहते हैं कि कुछ लोगों ने यही तरीका अपना रखा है कि गाय ज्यों ही बिस्खा (गाभिन होकर दूध देना बन्द कर देना) गयी तो पगहा उसकी गियारी से खोल दिया और हाँक दिया देहरी के बाहर नौ महीने के लिए। बीच-बीच में उसकी उपस्थिति पर नज़र मारते रहे। वह यत्र-तत्र भटकती हुई कभी सब्ज़ीवाले, कभी फलवाले, कभी होटलवाले से डंडे खा-खाकर ढिठाई से पेट भरती रही। कभी घर आ गयी तो औना-पौना चारा दे दिया।

गर्भवती गायों में एक हरियाणा नस्ल की चितकबरी गाय ने काँजी हाउस में लाये जाने के चौदहवें दिन बच्चा दे दिया। इसके रखवाले का फिर भी कोई अता-पता नहीं। मोगरा ने सेवकों से पूरे ध्यान और लगन से उसकी देखभाल करवाई, अच्छा सा चोकर-चारा-दलिया लाकर देने को कहा। अगले दिन उसका दूध दुहा गया तो लगभग आठ लीटर दूध निकल आया। शुरुआत का दूध बड़ा गाढ़ा होता है और उसका बड़ा लज़ीज़ फेनुस बनाया जाता है। मोगरा ने तीन दिनों का दूध जमा करके 'सबका होटल' में भिजवा दिया। सारे साथियों ने अघाकर फेनुस खाया।

नरहरि को लगा कि ज़रूर इतनी अच्छी गाय के मालिक के साथ कोई परेशानी है, इसलिए हाउस से ले नहीं जा पा रहा। उसने अखबार में विज्ञापन दे दिया—'सड़क से लायी गयी हरियाणा नस्ल की एक चितकबरी गाय ने बच्चा दे दिया है और खूब दूध दे रही है। जिस किसी की हो, इसे ले जायें। अगर जुर्माना देने में उन्हें दिक्कत हो तो वे बिना जुर्माना दिये ले जायें। गाय और बछड़ा दोनों ही बहुत स्वस्थ हैं।'

त्रिवेदी जी ने यह विज्ञापन देखा तो उनकी नज़रों में नरहरि की उदार छवि थोड़ी और गाढ़ी हो गयी—बहुत प्यार आया उनके मन में। दूसरा कोई होता तो हवा भी लगने नहीं देता और मज़े से गौमाता के गोरस से तृप्त होता रहता।

27

विज्ञापन छपने के दो दिन बाद एक जीर्ण-शीर्ण बूढ़ी औरत चश्मा चढ़ी मिचमिची आँखों से रास्ता टटोलते और लाठी टेकते हुए 'सबका होटल' आ गयी। नरहरि का नाम लिया तो उसे ऑफ़िस से नीचे बुला दिया गया। कहा उसने,

''बेटा, वो चितकबरी गाय हमारी है। हमको माफ़ कर दो, हम बहुत दुःख में हैं, समय पर लेने नहीं आ सके।''

उसकी हालत देखकर नरहरि की देह में एक सिहरन-सी दौड़ गयी। पूछा उसने, ''तुम्हें क्या दुःख है माँ? क्या हम जान सकते हैं?''

उसकी आँखें डबडबा आयीं। टूटती-सी आवाज़ में कहा उसने, ''पिछले हफ़्ते हमारा जवान बेटा विधाता कम्पनी में मर गया। ठेकेदारी में काम करता था। उसी ने बड़े शौक से एक बछिया पाली थी जो आज गाय हो गयी है। उस गाय के साथ हमारे बेटे का यह फ़ोटो है। मिला लो कि हम झूठ कहने नहीं आये हैं। अब हमको और इस गाय को देखने वाला कोई नहीं रहा बेटा।''

देर तक बुत-सा खड़ा रह गया नरहरि। यह विधाता कम्पनी कितने लोगों की बलि लेती रहेगी? उसने उसे सहारा देकर कुर्सी पर बैठाया। उसके आँसू पोछे। पानी पिलाया और कहा, ''फ़ोटो मिलाने की ज़रूरत नहीं है माँ। तुम झूठ बोल ही नहीं सकतीं। तुम्हें कोई और मदद चाहिए तो हमें बताओ माँ। मेरे आदमी गाय को तुम्हारे घर छोड़ आयेंगे।''

''ये कुछ रुपये हैं जुर्माने के, कम पड़ते हों तो मेरा एक चाँदी का बाला है, इसे रख लो।'' उसने अपने छोर से बँधे पैसे और गहने निकाल लिये।

नरहरि जैसे पानी-पानी हो गया। उसने उसकी दोनों झुर्रीदार हथेलियों को अपनी अँजुरी में भर लिया और विनती के स्वर में कहने लगा, ''तुम्हें जुर्माना देने की ज़रूरत नहीं माँ। तुम्हारे दुःख ने हमें भी दुःखी कर दिया है। क्या मैं पूछ सकता हूँ कि तुम्हें कम्पनी ने कोई मुआवज़ा दिया या नहीं?''

''हमारा बेटा ठेकेदार मज़दूर था। ठेकेदार मज़दूर का कोई खाता-बही कहाँ होता है। जब हमारा सोना बेटा ही नहीं रहा तो पीतल के फेर में हम कहाँ-कहाँ भटकते फिरें।''

''बेटा तो नहीं ही रहा माँ। पीतल से भी कुछ सहारा मिल जाये तो उसे क्यों छोड़ना। तुम यह काम हम पर छोड़ दो। हम लड़ेंगे तुम्हारे लिए।''

नरहरि ने एक आदमी को लगा दिया कि साथ जाकर उसका घर देख ले और शाम तक गाय पहुँचवा दे।

28

काँजी हाउस के प्रबन्धन का पूरा भार मोगरा ने उठा लिया था। पखावज महतो के गाँव से पाँच मज़दूर ले आये गये थे। वे जानवरों को भी हाँक कर ले आते और उनका चारा-पानी और साफ़-सफ़ाई भी कर देते। उनके रहने का इन्तज़ाम काँजी हाउस में ही कर दिया गया। काँजी हाउस परिसर के एक किनारे में मोगरा ने भाटिया जी से विशेष अनुरोध करके अपने एक ऑफ़िस के साथ ही तीन आवासीय कमरे भी बनवा लिये। इन कमरों को उसने उन लड़कियों की शरणगाह बना दिया, जो हिंसा और उत्पीड़न की शिकार होकर घर से बाहर हो जाती हैं या बाहर कर दी जाती हैं। पहले वह इन्हें अपने घर में रखती रही थी। एक अर्से से वह अलग आवास की तलाश में थी। नरहरि के कहने पर कुछ दिनों तक ताराकान्त सर के घर में भी इन लड़कियों को रखा गया। लेकिन वह जगह अब भी तारा सर के अलिखित वसीयत के निर्देशानुसार दूरदराज के गाँवों के छात्रों के रहने और पढ़ने के लिए आरक्षित थी। सुफल शर्मा इनकी देख-रेख और पढ़ाई में मदद करता था।

मोगरा ने काँजी हाउस स्थित कमरों के बाहर दीवार पर मोटे हरुफों में 'उत्पीड़ित महिला मुक्ति केन्द्र' लिखवा दिया।

एक-डेढ़ माह पूरा होते-होते काँजी हाउस के बारे में सारा सोचा-समझा स्वरूप गड़बड़ाने लगा। यहाँ तीस-चालीस जानवरों का स्थायी प्रवास हो गया। इन्हें न कोई देखनेवाला था, न ले जानेवाला। इनके चारा-पानी और साफ़-सफ़ाई की व्यवस्था तो चाहिए ही। कुछ साथी कहने लगे कि नाहक हम लोगों ने अपने गले में ढोल बाँध लिया।

नरहरि ने त्रिवेदी जी से इस बारे में बात की। त्रिवेदी ने चुहल करते हुए उसे चिढ़ाया, ''देख लिया न नरहरि जी, किसी भी बिगड़े को ठीक करने में क्या-क्या झमेले झेलने होते हैं?'' कुछ पल उन्होंने सोचा, फिर कहा, ''एक रास्ता हो सकता है। इसे काँजी हाउस के साथ ही गौशाला भी बना दिया जाये और चलाने के लिए भाटिया जी के सुपुर्द कर दिया जाये। भाटिया जी की गौसेवा के प्रति विशेष आस्था है। इसे गौशाला बना देने से सरकारी मदद भी मिलने लगेगी और इसे वाणिज्यिक दृष्टि से भी विकसित किया जा सकेगा। दूध और जैविक खाद की बिक्री को मुमकिन बनाया जा सकता है।''

त्रिवेदी जी ने यही किया। भाटिया को कहा तो वे तैयार हो गये। उनके लिए इसमें कोई परेशानी नहीं थी। उसी कैम्पस में उनकी फैक्ट्री थी इस कारण उनकी नियमित उपस्थिति वहाँ बनी रहती थी। उन्हें विश्वास था कि इसका प्रबन्धन वे आराम से कर लेंगे। इस काम में उन्हें एक बड़ा पुण्यलाभ भी नज़र आ रहा था।

29

भाटिया जी की अब 'वरदान पुष्प' से काफ़ी निकटता हो गयी थी। उनकी फैक्ट्री काफ़ी अच्छी चल रही थी और वे एक कद्दावर पैसेवाले बन गये थे। शहर के बड़े आदमियों में वे गिने जाते थे। इसका उनमें ज़रा भी घमंड नहीं था। कभी-कभी वे सपरिवार डिनर लेने 'सबका होटल' आ जाते। ऊपर तल्ले के कार्यालय में बैठकर गपशप कर लेते। फुलोदा बेसरा से तो उनकी खूब छनने लगी थी। काँजी हाउस, जिसका नाम अब बदलकर उन्होंने विधातानगर गौशाला कर दिया, की ज़िम्मेवारी उन्होंने ले ली, फिर भी मोगरा को उन्होंने सलाहकार के तौर पर जोड़कर रखा। उत्पीड़ित महिला मुक्ति केन्द्र को भी उन्होंने यथावत रहने दिया। गौशाला को विधिवत चलाने के लिए उन्होंने उन्नत नस्ल की दस गायें खरीद लीं और दस सेवकों को स्थायी रूप से मासिक पगार पर बहाल कर लिया। गौशाला के लिए उन्होंने सदस्यता अभियान चलाया, जिसमें बड़ी संख्या में उनके मित्र, रिश्तेदार और निकट के परिचित शहरवासियों ने डोनेशन देकर सदस्यता ग्रहण की। इन सभी सदस्यों के घर रियायत दर पर गाय का शुद्ध दूध पहुँचवाने की उन्होंने व्यवस्था कर दी। 'सबका होटल' ने भी सदस्यता ली और उसे भी वहाँ का दूध मिलने लगा।

एक दिन उन्होंने फ़ोन करके सूचित किया कि औद्योगिक क्षेत्र के फेज 4 में एक जैन बॉडी बिल्डिंग कम्पनी में एक मज़दूर मर गया। वह रात्रि पाली की ड्यूटी में था। शिफ्ट खत्म होने के एक घंटा पहले शेड के पीछे आम के दरख्त पर वह आम तोड़ने के लालच में चढ़ गया। तोड़ते-तोड़ते वह काफ़ी ऊँचाई पर चला गया। अचानक उसका पैर फिसला और वह धड़ाम से नीच गिर गया। नीचे बहुत सारे लोहे के ऐंगल, चैनल और प्लेट आदि के स्क्रैप रखे हुए थे। इन सख्त और नुकीली चीज़ों पर गिरते ही उसकी देह अकड़ गयी। अस्पताल ले जाते-जाते उसने दम तोड़ दिया। वह बगल के ही रपचा गाँव का रहने वाला था। भाटिया जी

ने बताया कि इसे लेकर मुक्ति संग्राम के लड़कों ने हंगामा कर दिया है। गेट को जाम कर दिया और मनमर्ज़ी मुआवज़ा माँग रहे हैं। कम्पनी के मालिक सुकोमल जैन चाहते हैं कि 'वरदान पुष्प' इसमें पहल करे।

सोनवारे नरहरि अपने कुछ साथी फुलोदा बेसरा, चस्का मरांडी, हिचिक मंडल, पखावज महतो और रंगरेज दुबे को लेकर मौके पर पहुँच गया। इन्हें देखते ही उन लड़कों की सिट्टी-पिट्टी गुम हो गयी। जैन के ऑफ़िस में बैठकर वे हुज्जत कर रहे थे कि फैक्ट्री के अन्दर आपने आम का पेड़ रखा ही क्यों? ये तो सुरक्षा नियम के खिलाफ़ है। खाने की चीज़ देखकर आदमी का मन तो ललच जायेगा ही।

जैन इस क़ठदलील पर भला क्या कहते। अन्दर से चिढ़ते हुए हाथ जोड़ दिया और कहा, "यह हमारी बहुत भारी भूल है। प्राधिकार से ज़मीन मिलते ही गाछ काटने पर पाबन्दी होने के बावजूद हमें इसे कटवा देना चाहिए था। और नहीं कटवाया गया तो कम-से-कम इसमें फले सारे आम तोड़वाकर सभी मज़दूरों के घर भिजवा देने चाहिए थे, जिससे उसके पेड़ पर चढ़ने की नौबत ही नहीं आती।"

लड़कों के पास इसका कोई जवाब नहीं था। वे फुलोदा की तरफ़ देखने लगे। फुलोदा ने कड़ी नज़रों से उन्हें घूरा और कहा, "जो मर गया, उसके लिए हमें दुःख है। लेकिन ड्यूटी के समय में गैरकानूनी कार्य करते हुए यह घटना घटी। हमें इसे मान लेना चाहिए। बावजूद इसके जब जैन साहब एक वाजिब मुआवज़ा देने के लिए तैयार हैं तो फिर गेट जाम करके कारखाना बन्द करवाने की क्या ज़रूरत है? इस तरह की गुंडागर्दी करके और आतंक फैला के ब्लैकमेलिंग करना—क्या अलग राज्य की मुहिम को इससे बहुत बल मिल रहा है? तुम लोग कान खोलकर सुन लो, 'वरदान पुष्प' अब इस तरह के टुच्चेपन को बिलकुल बर्दाश्त नहीं करेगी। हम अलग राज्य की मुहिम को बदनाम होने नहीं देंगे। इसके लिए हमें चाहे जो करना पड़े, हम करेंगे।"

वे लड़के आँखें तरेरते हुए बाहर निकल गये। सुकोमल जैन ने कृतज्ञता व्यक्त करते हुए कहा, "भाटिया जी से आप लोगों के बारे में मैंने जैसा सुना था, ठीक वैसा ही पाया। मैं सचमुच आभारी हूँ आप सबका। मृतक परिवार को स्वेच्छा से मैं दो लाख रुपये देने का प्रस्ताव कर चुका हूँ।

"ठीक है सुकोमल जी, आपने हमें सहायता के लिए याद किया, इस बात की हमें खुशी है। अन्यथा कई इंडस्ट्रीवाले हैं जो इनके सामने डर से कुछ भी

मान लेने के लिए तैयार हो जाते हैं।'' नरहरि ने कहा और आसन छोड़ते हुए हाथ जोड़ दिया।

30

अखंडित राज्य के रहते लोकसभा और विधानसभा के होनेवाले चुनावों में मुक्ति संग्राम के कालू मुंडा का अच्छा-खासा दबदबा बन गया था। जनजातीय भाषा और भेष में जनता को रिझाने, फुसलाने, झुनझुना दिखाने, संवेगों को उभारने और स्थानीयता का कार्ड खेलने में उसकी मास्टरी हो गयी थी। इन्हीं अस्त्रों के सहारे वह अपने पक्ष में वोट डलवा लेने की कला में सिद्ध हो गया था। एक बार उसने छः सीटें लोकसभा की और 15 सीटें विधानसभा की जीत लीं। केन्द्र में जब सरकार बनने लगी तो संख्या जुटाने के लिए एक बड़ी पार्टी के नेता ने मुक्ति संग्राम के हरेक सांसद को पाँच-पाँच लाख की रिश्वत और राज्य के बँटवारे का आश्वासन देकर समर्थन खरीद लिया।

यही कहानी अखंडित प्रदेश की सरकार के गठन में मुक्ति संग्राम के विजयी विधायकों द्वारा भी दोहराई गयी। जिस अखंडित प्रदेश के एक बहुरूपिया नेता ने पिछले कार्यकाल में मुख्यमंत्री रहते हुए कहा था कि अलग राज्य मेरी लाश पर बनेगा, उसने फिर से मुख्यमंत्री की कुर्सी पर काबिज़ होने के उपक्रम में मुक्ति संग्राम से अलग राज्य देने की शर्त पर समझौता कर लिया।

सरकार बनी तो अलग राज्य का बिल पारित हो गया। आगे संसद में भी सहमति बन गयी और माँग पूरी हो गयी। इसके अलावा दो और नये राज्यों का गठन हो गया।

अलग राज्य बनने की प्रक्रिया पूरी होने के बाद जब पहली विधानसभा का चुनाव होने लगा तो मुक्ति संग्राम का जादू नहीं चला। उसका असर उन्हीं क्षेत्रों तक सीमित रहा जहाँ जनजातीय और महतो जाति की बहुलता थी। राज्य की कुल जनसंख्या में ये लोग सिर्फ़ तीस प्रतिशत ही थे। तीस प्रतिशत के अलावा जो लोग थे, उन्हें मुक्ति संग्राम और उसके नेताओं से घृणा की हद तक चिढ़ थी। चूँकि कई जगह कई बार इन लोगों ने स्थानीय और बाहरी (दिकू) के बीच भेद पैदा कर दंगे की स्थिति सृजित कर दी थी। इनका मानना था कि बाहरी लोग भले ही कितने

सालों से रह रहे हों, इस राज्य के निवासी नहीं हो सकते। इनका यह भी मानना था कि बाहरी लोगों ने यहाँ आकर स्थानीय लोगों के हक हड़प लिये हैं। इसलिए ये उनके दुश्मन हैं। अत: इस तरह के ज़हर उगलनेवालों को इनका वोट तो किसी हाल में नहीं मिलना था। नतीजा यह हुआ कि कालू मुंडा दो-तीन बार अल्पकालिक व मनोनीत मुख्यमंत्री बनने में सफल ज़रूर हुआ, लेकिन पहले चुनाव के बाद जो पहले निर्वाचित मुख्यमंत्री बना वह आन्दोलनकारी पार्टी से न होकर दूसरी पार्टी का हो गया।

कालू मुंडा को हराने में फुलोदा बेसरा और आन्दोलन में उसके निकट के साथी हिचिक मंडल, चस्का मरांडी, पखावज महतो और तिरिल ने भी महत्त्वपूर्ण भूमिका निभाई। चुनाव में सीधे भाग न लेकर पूरी टीम ने कालू मुंडा और उसके उम्मीदवारों के खिलाफ़ खड़े दूसरे दल के टक्कर देने वाले उम्मीदवार के पक्ष में जाकर प्रचार किया। आन्दोलन में काफ़ी दिनों तक साथ-साथ काम करने से प्राय: हर क्षेत्र में इन्हें जानने और पहचाननेवाले मौजूद थे। इसलिए इनके प्रचार का अच्छा असर हुआ।

चकरेला हाँसदा भी बागी उम्मीदवार के तौर पर मैदान में खड़ा हो गया था। चूँकि कालू ने उसे फुलोदा का मुखबिर समझकर अपनी पार्टी का टिकट नहीं दिया। फुलोदा उसकी मदद में भी भिड़ गया और उसे जीत दिला दी।

चस्का चाहता था कि एक अलग राजनीतिक दल बनाकर खुद भी चुनाव लड़ा जाये।

नरहरि ने फुलोदा को टटोला था, ''अगर चुनाव में उतरने की मंशा हो तो मन से यह दुविधा निकाल दो कि हम लड़ने में पूरी तरह सक्षम और साधन सम्पन्न नहीं हैं। हमें बताओ, ताकि हम धन जुटाने में लग जायें। लग जायेंगे तो कुछ-न-कुछ तो हो ही जायेगा यार।''

लेकिन फुलोदा इससे सहमत नहीं हुआ। उसने कहा, ''पहले हमें पूरे राज्य में अपनी एक पहचान बनानी है। संसाधन जमा कर घाघ और शातिर दलों के मुकाबले में खड़े होने के खुद को लायक बनाना है। ताराकान्त सर ने यही कहा था कि राजनीति में जल्दबाज़ी करने का नतीजा अच्छा नहीं होता, खासकर वैसे लोगों के लिए जो साधन सम्पन्न नहीं हैं और जिनके पास कार्यकर्ताओं की पूँजी नहीं है। वेट एंड वाच की रणनीति राजनीति का एक कारगर हथियार है। जो सत्ता

पर आसीन हो जाते हैं, उनकी गलतियों, कमज़ोरियों और लाचारियों पर नज़र रखनी चाहिए। इससे उनकी छवि खराब होगी और अपनी छवि खुद ही अच्छी बनने लगेगी। हम यही काम करेंगे पहली सरकार बनने के बाद।''

कालू मुंडा ने अपनी हार का सबसे बड़ा खलनायक फुलोदा को मान लिया। मन-ही-मन उसने घनघोर दुश्मनी ठान ली और बदले की फिराक में रहने लगा। उसे यह भी समझ में आ गया कि फुलोदा बेसरा से छत्तीस के रहते उसका बहुमत में आना आसान नहीं होगा।

31

मोगरा और कृतार्थ एक दिन बहुत हारे हुए मूड में ऑफ़िस आये। मोगरा खुद को कोस रही थी कि बेकार ही वह समाज सुधार करने का दम्भ भरती है, जबकि वह अपना भी भला करने में समर्थ नहीं है। कृतार्थ के चेहरे से भी ऐसी ही शिकायत झाँक रही थी कि बेकार ही वह लिखना-छपना कर रहा है, जब लोग उसे ज़रा भी वज़न देने को तैयार नहीं। उनके कुछ भी करने से इस दुनिया के चाल-चलन में कोई फ़र्क नहीं पड़ने वाला।

मोगरा और कृतार्थ कुशवाहा का बेटा अब स्कूल जाने लायक हो गया था। उसके नामांकन के लिए कई स्कूलों से फॉर्म लाये गये। लॉटरी निकालकर बच्चों का चुनाव किया गया। पहले बच्चे और उसके माँ-बाप का इंटरव्यू लेकर चुनाव किया जाता था। इस प्रक्रिया में धाँधली और पक्षपात होने के प्रति लोगों द्वारा विरोध दर्ज कराया गया तो कम्प्यूटर द्वारा लॉटरी से नाम निकालने का चलन शुरू हुआ। लेकिन सयानों और ईमानखोरों ने इसमें भी सेंधमारी के रास्ते निकाल लिये। लॉटरी से ज़्यादातर वे ही नाम निकाले जाते जो उनकी पसन्द के होते। मोगरा के बेटे का नाम किसी भी स्कूल की सूची में नहीं आया। पता चला कि कई स्कूल ऐसे हैं जो बैक डोर से एक बड़ी रकम डोनेशन के तौर पर लेकर या फिर किसी ऊँची पैरवी को आधार बनाकर एडमिशन देते हैं। लॉटरी सिर्फ़ दिखावा है।

सरकार शिक्षा के अधिकार की बात करती है, लेकिन पढ़ाने के लिए जितने और जिस तरह के स्कूल चाहिए, हैं ही नहीं। जो सरकारी स्कूल हैं, वे भीषण बदहाली की हालत में चल रहे हैं। न कायदे का भवन, न बैठने की बेंचें, न

बिजली, न पंखा, न शिक्षकों की पढ़ाने में निष्ठा, सब कुछ बस एक खानापुरी। जिनके पास कोई साधन नहीं है, उन्हीं के बच्चे उनमें मजबूरी में पढ़ रहे होते हैं। खुद इन स्कूलों के शिक्षक तथा शिक्षा पदाधिकारी भी अपने बच्चों को इन स्कूलों में नहीं पढ़ाते।

क्यों ऐसी व्यवस्था नहीं होती कि सबके लिए एकसमान स्कूल हो ? राजा हो या रंक, सबके बच्चों को पढ़ने की एकसमान सहूलियत और एकसमान अवसर मिल सके। यह लोकतान्त्रिक व्यवस्था तो नहीं हुई कि किसी के लिए चटाई स्कूल, किसी के लिए खुले आसमान या पेड़ के नीचे भवनमुक्त स्कूल, किसी के लिए साधारण काम चलाऊ स्कूल और किसी के लिए पंचसितारा सुविधाओं से परिपूर्ण स्कूल।

पहले विधाता स्टील अपने कर्मचारियों के बच्चों के लिए अपना स्कूल चलाती थी। तब इस तरह की मारा-मारी से सामना नहीं करना पड़ता था। बाद में जब कर्मचारियों की बड़ी संख्या में छँटनी कर कम्पनी ग्लोबल होने की डगर पर चल पड़ी तो सारे स्कूलों को आउटसोर्स कर दिया, यह कहकर कि हमारा स्पेशलाइज़ेशन स्टील बनाने में है, इसलिए हम सिर्फ़ स्टील बनायेंगे। बाकी काम उनके ज़िम्मे सौंप देंगे, जो जिस क्षेत्र के स्पेशलाइज़ हैं। यह सरासर एक बहानेबाज़ी थी। पचास-साठ साल से आप चला रहे थे और सब कुछ शानदार चल रहा था, आज आप सिर्फ़ लागत को कम करने और साम्राज्य के असीमित विस्तार की महत्त्वाकांक्षा के तहत आय को अधिक-से-अधिक ऊँचाई तक पहुँचाने के मकसद से यह सब कर रहे हैं। ढाई-तीन सौ शिक्षकों की छँटनी कर दी, स्कूल पर होने वाले खर्च से बच गये।

जिन्हें पढ़ाना है वे आउटसोर्स के स्कूलों में पढ़ायें। ऑफ़िसर के बच्चों के अंग्रेज़ी माध्यम के स्कूलों में नामांकन के लिए अन्दर-ही-अन्दर एक अघोषित अंडरस्टैंडिंग बना ली गयी थी। इसके एवज में कम्पनी स्कूलों को कभी कैश तो कभी काइंड में बहुत तरह का सपोर्ट देकर ऑबलाइज़ रखती थी। यहाँ तक कि शहर में चल रहे एक मेडिकल कॉलेज और एक बिजनेस स्कूल में भी उसने अपने अधिकारियों के लिए एडमिशन का कोटा ले रखा था। इस कोटे से कम्पनी कभी किसी बड़े सत्ताधारी नेता या फिर अपनी पॉकेट यूनियन के अध्यक्ष के नालायक बच्चों को एडमिशन दिलाकर एहसान लाद देती थी, भविष्य में उससे किसी बड़े फ़ायदे लेने की नीति की एक चाल के रूप में।

पिछले दिनों बिहार के एक विदूषकीय चरित्रवाले अति अराजक तथा बाद में सज़ायाफ़्ता मुख्यमंत्री की बेटी का इसी कोटे से डॉक्टर बनना सुर्खियों में रहा था। राजाओं और नवाबों वाले ठाठ और मनमानीपन का आलम यह था कि उस लड़की के लिए कक्षा में उपस्थिति और परीक्षा की अनिवार्यता को भी नज़रअंदाज़ कर दिया जाता रहा। कम्पनी अपने इस कोटे का लाभ प्रायः अपनी पॉकेट यूनियन के सभी अध्यक्षों के बेटे-बेटियों को देती रही, ताकि वह एहसानों से लदकर प्रबन्धन से आँख मिलाने के लायक भी न रहे। इतना ही नहीं, डिग्री ले लेने के बाद उनकी बहाली भी कम्पनी अपने ही अस्पताल या कारखाने में दे देती रही।

कृतार्थ चूँकि ऑफ़िसर नहीं था, हालाँकि योग्यता में वह किसी से कम नहीं, बल्कि बहुतों से ज़्यादा था, कई बार उसने इम्तहान और इंटरव्यू वगैरह भी दिये, लेकिन उसमें कुछ और भी चाहिए था, चापलूसी कला, बॉस भक्ति, ऊँची पैरवी, कोल्हू के बैल की तरह आँख में पट्टा चढ़ाकर रात-दिन सिर्फ़ कम्पनी के हितों के चारों ओर गोल-गोल घूमना, कभी भी किसी बड़ी-से-बड़ी अंधेरगर्दी पर भी मुँह न खोलना आदि, जो उसमें नहीं था, इसलिए उसे अपने बेटे के नामांकन की प्रबन्धन द्वारा संस्तुति प्राप्त करने की पात्रता नहीं थी।

शहर में होने को कई स्कूल थे। कम्पनी ने अपने लीज एरिया में सांस्कृतिक और सामुदायिक गतिविधि के लिए प्रदेशों के आधार पर उनकी संस्थाओं को सबलीज में प्राइम लोकेशनों पर ज़मीनें दे रखी थीं और भवन भी बनवा दिये थे। जैसे आन्ध्रा एसोसिएशन, केरला समाजम, बंगाल क्लब, टैगोर सोसायटी, उत्कल एसोसिएशन, गुजराती सनातन समाज, मद्रासी सम्मेलनी, रामगढ़िया क्लब, मुस्लिम लाइब्रेरी, यूपी संघ, श्रीकृष्ण संस्थान, बिहार एसोसिएशन, मिशनरी सोसायटी आदि। आगे चलकर इन सभी संस्थाओं ने अपने परिसर में स्कूल खोल लिये और सांस्कृतिक गतिविधि वाली अवधारणा को पीछे धकेल दिया। उन्हें लगा कि स्कूल एक ज़रूरत भी है और व्यावसायिक दृष्टि से पैसा और साख अर्जित करने में लाभप्रद भी।

एक हद तक सांस्कृतिक संस्थाओं का विद्यालय में रूपान्तरण गलत नहीं कहा जा सकता, लेकिन गलत की प्रतीति तब होने लगती जब गैर-व्यावसायिक और शौकिया तौर पर सामाजिक जागरूकता के मकसद से कोई नाटक करना हो या साहित्यिक समारोह करना हो, तब सस्ते में कोई भवन उपलब्ध नहीं। 'वरदान

पुष्प' के सुफल शर्मा के रंगमंच पर मंचन के लिए हमेशा कुछ-न-कुछ तैयारी बनी रहती, हरफन अंसारी हमेशा मुशायरा, कविगोष्ठी या साहित्यिक संगोष्ठी आदि के लिए मन बनाये रहता, लेकिन प्रेक्षागृहों की भारी फ़ीस के कारण मन मसोस कर रह जाता। शहर के निजामों के नाम उनके मुँह से भी गाली निकल आती।

गाली देने और कोसने की बारी आज मोगरा की थी। वह विधाता स्टील प्रबन्धन की लानत-मलामत करते हुए अपना गुस्सा उतारने लगी, "पूरे शहर को अपनी उँगलियों पर नचाता है यह कम्पनी प्रबन्धन। इसे बस हर चीज़ को अपने लाभ-हानि के तराजू पर तौल देना है। अपने नाम के अनुरूप इसने सचमुच अपने को इस शहर का भाग्य विधाता बना लिया है। पूरे देश में ज़मींदारी खत्म हो गयी, लेकिन इसे कोई हिला नहीं पा रहा। कहते हैं न कि राक्षस का कभी पेट नहीं भरता, यही हाल इसका है। फैलाती जा रही है अपना जबड़ा और शहर के कई संस्थानों को लीलती जा रही है। बने-बनाये कई स्कूलों, सड़कों, वर्कर कॉलोनियों, मैदानों को ध्वस्त करके अपने पंख पसारते चले जाना...तीन मिलियन टन...सात मिलियन टन...दस मिलियन टन...इसके आगे के मिलियन टन के लिए भी प्रयास जारी। वह समय भी आ सकता है कि शहर के पूरे बाज़ार और आबादी को धकियाकर दूर ठेल दिया जाये और वहाँ अगले के अगले के अगले मिलियन टन विस्तार योजना काबिज़ हो जाये। कहते हैं न कि इतिहास अपने को दोहराता है। सौ साल पहले जब यह कारखाना यहाँ लगाया जा रहा था तो उस समय भी यहाँ बसे आदिवासियों को धकियाया गया था।"

नरहरि और 'वरदान पुष्प' के कई साथी ध्यान से सुन रहे थे। अक्सर चुप-चुप रहने वाली मोगरा के भीतर जैसे आज सब्र का बाँध टूट गया था। उसमें अक्सर कम्पनी के प्रति प्रशंसा और कृतज्ञता का भाव रहा करता था।

कृतार्थ तथा कोई और एक साथी एक बार कम्पनी के किसी दोमुँहेपन, दरार या नाइन्साफी की बखिया उधेड़ रहे थे तो वह उसे खारिज करते हुए कह उठी थी, "इतनी बड़ी कम्पनी है, इससे जुड़े हज़ारों लोग हैं, दर्जनों उच्च अधिकारी हैं, थोड़ा ऊँच-नीच, त्रुटि-गलती का हो जाना स्वाभाविक है। एक छोटा परिवार चलाने में कितनी भूलें हो जाती हैं, सरकारों पर कितने-कितने आरोप रोज़-रोज़ लगते हैं तो कम्पनी से हम क्यों उम्मीद करते हैं कि उसे एकदम साफ़-पाक और दूध का धुला होना चाहिए। हमारी आजीविका चल रही है इस कम्पनी से, बल्कि

देखा जाये तो पूरे शहर की निर्भरता भी प्रत्यक्ष, अप्रत्यक्ष रूप से इस कम्पनी पर ही है, फिर भी हम इसके किसी उल्टे पड़ गये कदमों पर झट से असहिष्णु बन जाते हैं, चिड़चिड़ा जाते हैं।''

आज मोगरा ने खुद भी बगावत का मोर्चा सँभाल लिया था। कृतार्थ के स्वर तो विरोध के होते ही थे, वह सौतेलापन, भेदभाव और उपेक्षा सहते-सहते खीज से भरा रहता था। आज उसकी भड़ास भी फट पड़ी, ''कदम-कदम पर इस कम्पनी की नाइन्साफ़ी के ज़हर का घूँट हलक से उतारता रहा हूँ। अब बर्दाश्त नहीं होता। मैंने तो सहा ही, क्या अब मेरे बेटे को भी सहना होगा। क्या हमें उसे एक अच्छे स्कूल में पढ़ाने का भी हक नहीं है?''

''अब तक यही होता रहा है कृतार्थ। इस शहर में पत्ता भी हिलता है तो उसमें इनकी मर्ज़ी शामिल होती है। देखा जाये तो सरकार तक इस शहर में घुस नहीं पायी है। जिला प्रशासन और पुलिस प्रशासन आदि जो हैं, वे भी एक तरह से दखल देने नहीं बल्कि उनकी मदद करने के लिए हैं, ताकि लॉ एंड ऑर्डर ठीक रहे और उन्हें कम्पनी चलाने में कोई बाधा न आये। तुम्हारे बेटे की तरह सैकड़ों बच्चे हैं, जिन्हें मनचाहे स्कूल में एडमिशन नहीं मिल रहा। हारकर उन्हें किसी कामचलाऊ का रुख करना पड़ता है।'' नरहरि ने उनका पक्ष लेते हुए उन्हें संयत करने के उद्देश्य से कहा।

सुफल शर्मा वहाँ मौजूद था। उसने मोगरा और कृतार्थ की बेबसी को महसूस करते हुए कहा, ''बिहार एसोसिएशन के स्कूल राजेन्द्र विद्या मन्दिर के लिए मैं अपनी जाति का कार्ड खेलकर कोशिश कर सकता हूँ। हम जिस फूहड़ सच्चाई को नकारते रहते हैं, कभी-कभी वही बैसाखी बन जाती है। सबको पता है कि उसके प्रबन्धन के सभी पदाधिकारी मेरी ही जाति के लोग हैं। कई मेरे रिश्ते में भी बैठ जाते हैं। यह सर्वविदित है कि इस विद्यालय में एडमिशन पाने वाले अधिकांश बच्चे इसी जाति के होते हैं। हम सबके आचरण की जो छाप उभरती रही है उससे वे मेरी जाति भूल चुके होंगे। उन्हें मुझे याद दिलाना होगा कि मैं उन्हीं की जाति से हूँ, अत: मेरा वे एक काम कर दें।''

''यह हमारे जीवन का बेहद कड़वा यथार्थ है सुफल कि जिस जातीय पहचान को हम भूलना या छोड़ना चाहते हैं, उससे काफ़ी कुछ हमारे सामाजिक जीवन में निर्धारित हो रहा है, वोट देने में, विवाह करने में, संगठन बनाने में, भोज-भात में, विशेष तरह की सहायता देने में। निष्कर्ष यही है कि बुराइयों को

हम छोड़ना तो चाहते हैं लेकिन बुराइयाँ हमें नहीं छोड़ रहीं, ठहरी हुई हैं रास्ते में, जहाँ से हमें गुज़रना होता है, चिपक जाती हैं। चलो इस टोटके से भी काम हो जाये तो ज़रा-सी झेंप उठायी जा सकती है।'' नरहरि ने अफ़सोस करते हुए से कहा।

सुफल का फार्मूला काम कर गया। विद्यालय प्रबन्धन समिति का जो सबसे प्रभावशाली व्यक्ति था, उसे उसने अपनी जाति, खानदान और रिश्तों की याद दिलाकर खुश कर दिया यानी पटा लिया। एडमिशन देने के लिए वह राज़ी हो गया। मोगरा और कृतार्थ की चिन्ता का समाधान हो गया। हालाँकि वे बहुत खुश नहीं हुए। उनके मन में यह विचार उठने लगा कि जिस बच्चे का एडमिशन पहली कक्षा में ही जातीय गणित और निहोरा के आधार पर हो रहा हो, उसका भविष्य कॉलेज और विश्वविद्यालय तक जाते-जाते क्या शक्ल अख्तियार करेगा।

32

विश्वविद्यालय का मौजूदा चेहरा भी अनेक लाइलाज दाग-धब्बों से भरा हुआ था। ताराकान्त सर के भरोसेमन्द मिशन वाहक शागिर्दों में हिचिक मंडल ने सबसे ऊँची डिग्री हासिल की। हिन्दी में एम.ए. करने के बाद उसने ''नागार्जुन साहित्य में सतह के आदमी का सरोकार और उसकी प्रामाणिकता'' विषय पर पीएच.डी. कर ली और नेट परीक्षा भी क्वालिफाई कर ली। काफ़ी टकटकी लगाये रहने के बाद सांची विश्वविद्यालय से व्याख्याताओं की बहाली की विज्ञप्ति प्रकाशित हुई।

हिचिक 'सबका होटल' का भी एक अभिन्न अंग तो था ही, साथ ही अलग राज्य आन्दोलन में भी फुलोदा बेसरा का सच्चा और पक्का साथी था। उसकी इच्छा शुरू से ही लेक्चरर बनने की थी। ताराकान्त सर ने जब आन्दोलन और सामाजिक परिवर्तन में भागीदार बननेवालों में उसका भी नाम रखा तो उसने सकुचाते हुए अपनी ख्वाहिश जाहिर कर दी, ''मैंने शुरू से ही लेक्चरर बनने का सपना पाला हुआ है सर, लेकिन आप जो फ़ैसला करेंगे वो मुझसे ज़्यादा सही और सटीक होगा। चूँकि हमसब गीली मिट्टी थे, जिसे आपने आकार देकर पकाया है। हम कितना पके हैं, हम खुद नहीं जानते, जितना आप जानते हैं।''

ताराकान्त सर ने उसके सिर पर हाथ फेरते हुए कहा था, ''मेरे बच्चे, इतना

भी मुझ पर विश्वास मत करो कि मैं तानाशाह बन जाऊँ। तुम्हें लेक्चरर बनना है, ज़रूर बनो। बन जाने के बाद तुम और ज़्यादा योगदान कर सकोगे।''

हिचिक का इरादा और भी पक्का हो गया। लेकिन अफ़सोसनाक यह था कि कई वर्षों से प्रशासनिक काहिली, कमीनापन और कूढ़मगजी के चलते उच्च शिक्षा प्राप्त युवाओं की एक लम्बी कतार बहाली की आस में नज़रें गड़ाये हुए थी। थकाऊ इन्तज़ार के इन्हीं दिनों में एक दिन अखबार में यह समाचार प्रमुखता से प्रकाशित हुआ कि अब व्याख्याताओं का सेवाकाल 60 वर्ष से बढ़ाकर 65 वर्ष कर दिया गया है। शिक्षक संघ इसकी माँग कर रहा था, जिसे केन्द्रीय मानव संसाधन विभाग द्वारा गठित कमिटी की अनुशंसा प्राप्त हो गयी और फिर इसे मंत्रालय द्वारा स्वीकार कर लिया गया।

हिचिक मंडल को लगा कि यह समाचार पढ़कर दीवार से अपना माथा फोड़ ले। क्या सोचकर और किन स्थितियों को ध्यान में रखकर इस तरह के फ़ैसले कर लिये जाते हैं। जिस देश में खाने-पीने और पहनने-ओढ़ने के मोहताज, उम्मीद में बैठे बेरोज़गार युवाओं की एक बड़ी फ़ौज खड़ी हो, वहाँ उन नौकरीशुदा लोगों की नौकरी को विस्तार देना जो पूरी तरह खा-पीकर, अघाकर और तृप्त होकर बस जुगाली करने की स्थिति में हैं, कौन से बुद्धि-विवेक और चातुर्य से बनाई गयी नीति है?

60 साल तक पढ़ाकर ही वे क्या छात्रों को निहाल नहीं कर देते कि उन्हें पाँच साल और मौका दिया जा रहा है। ज़रा इनके ट्रैक रिकॉर्ड का अवलोकन तो कर लिया जाता कि सप्ताह में ये कितनी क्लास लेते हैं और आगे बुढ़भस की अवस्था में अपने दिव्यज्ञान का कौन-सा पिटारा खोलकर सौंप देंगे छात्रों को? 55-60 तक जाते-जाते तो वैसे भी अनुभव में संग्रहीत स्मृतियाँ फिसलने लगती हैं, शारीरिक ऊर्जा मन्द पड़ने लगती है, फिर वे क्या खाकर अपने अलौकिक सम्भाषण से धन्य-धन्य कर देंगे पढ़नेवालों को? ज़रूरत तो थी कि नये लोगों को मौका देने के लिए इनके सेवाकाल को 60 वर्ष से घटाकर 55 कर दिया जाता।

पहले ही कई वेतन आयोगों (पे कमीशनों) से गुज़रते हुए प्रोफ़ेसर साहबों की पगार की ऊँचाई चाँद को छूने लगती है, उन्हें 5 साल और देकर क्या मंगल तक पहुँचाने का इरादा है? क्या यह देश की अर्थव्यवस्था पर सीधा आघात नहीं है? अब ये तनावमुक्त और लगभग हरामखोर बुड्ढे 80 साल तक जियेंगे तो क्या आप

65 से बढ़ाकर अवकाश प्राप्ति की उम्र 80 वर्ष कर देंगे? पूरी ज़िन्दगी ये अपनी जगह को पकड़कर मूँग दलते रहेंगे तो नयी पीढ़ी क्या बूढ़ा होने तक टकटकी लगाये मंगल ग्रह को निहारती रहेगी? ज़रूर इस फ़ैसले पर अन्तिम मुहर देश के उन नियन्ताओं और योजनाकारों ने लगाई होगी जिन्हें या तो बदला चुकाना है देश के नौजवानों से या फिर उनके खानदान के बहुत सारे लोग अध्यापन के अखाड़े के मोहरे बने हुए हैं।

बच्चों को सँवारने, उनकी सादी दिमागी स्लेट पर अक्षरों की दुनिया रचने और उनकी अनगढ़ बनावट को एक सही आकृति देने में वस्तुतः कोई भूमिका निभाता है तो वे हैं सबसे नीचे की कक्षाओं के शिक्षक। वे पूरा छह घंटे तक छोटे बच्चों के साथ रोज़ अपने धैर्य और कोमलता का इम्तहान देते हैं। घर में माँ के बाद अगर उन्हें सबसे ज़्यादा कोई झेलता है और अपने दिमाग का अचार बनवाता है तो वे निचली कक्षाओं के ये शिक्षक ही हैं। श्रेय इन्हें ज़्यादा मिलना चाहिए। होता उल्टा है कि इनकी तनख्वाह प्रोफ़ेसर साहबों की तुलना में क्विंटल के सामने किलो जितनी है। अगर वे शासन के सौतेलेपन के दंश झेल रहे बेचारे पैरा टीचर कहाने की गाली खाने वाले हुए तो फिर किलो भी नहीं सीधे छँटाक भर कहे जायेंगे।

हिचिक मंडल ने मान लिया कि व्याख्याता बनने का उसका सपना 'गाछे कटहल होंठे तेल' वाली कहावत को चरितार्थ करने वाला बनकर रह जायेगा। अब वह जिस काम में लगा हुआ है, उसी में पूरी तरह एकाग्रचित हो जाना है। फुलोदा बेसरा ने अलग राज्य की माँग को लेकर दिल्ली जाकर केन्द्रीय गृहमन्त्री से मिलने तथा उन्हें ज्ञापन देने की योजना बना रखी थी। वह अपने साथ तीन-चार दर्जन युवाओं को ले जाने वाला था। हिचिक मंडल भी चलने की तैयारी करने लगा। इसी बीच अप्रत्याशित रूप से व्याख्याता की रिक्तियों का विज्ञापन आ गया। हिचिक की उम्मीद फिर हरी हो गयी और उसने तैयारी शुरू कर दी। पूरे राज्य में इस विज्ञापन ने नेट पास किये हुए युवाओं को जगा दिया और एक गहमागहमी का माहौल बन गया। साक्षात्कार के आधार पर चुनाव होना था। चर्चा होने लगी कि साक्षात्कार समिति में कौन-कौन लोग बतौर विशेषज्ञ होंगे? क्या-क्या सम्भावित सवाल पूछे जायेंगे? सब कुछ फेयर होगा या इसमें भी धाँधली और मुँहदेखी होगी? इस तरह के प्रश्नों पर कई-कई कोणों से आवेदन करने वाले प्रत्याशी आपस में विचार-विनिमय करने लगे।

हिचिक की जान-पहचान के जो साथी थे, वे उससे अक्सर 'वरदान पुष्प' कार्यालय में मिलने चले आते। चूँकि हिचिक की साख खासा तेज़-तर्रार और मेधावी छात्र के रूप में रही थी, इसलिए उससे विशेष जानकारी और ट्रिक से अवगत होने की अपेक्षा की जाती थी। आनेवालों में एक लड़का प्रमोद सिंह राणा था जो जातीय दम्भ दिखाते हुए अपने को बाबू साहब कहता था, लेकिन पढ़ाई-लिखाई में औसत से बहुत नीचे यानी मूर्ख की श्रेणी में था। उसने एक दिन बताया कि विश्वविद्यालय में कार्यरत एक बड़ाबाबू के छोटे भाई ने उसे एक गुप्त सूचना दी है कि साक्षात्कार में सवाल जो होंगे, उनके जवाब तो देने होंगे ही, साथ में दो से ढाई लाख का चढ़ावा भी चढ़ाना होगा किसी मध्यस्थ के माध्यम से।

हिचिक ने इस सूचना को हल्के में नहीं लिया। नरहरि ने भी समर्थन करते हुए कहा, "एक अर्से से विश्वविद्यालय भ्रष्टाचार का अड्डा बना हुआ है, इसलिए वहाँ कुछ भी सम्भव है। जहाँ इस तरह की गन्दगी और कीचड़ बजबजा रहा हो, वहाँ मेरिट दोयम दर्जे की चीज़ बनकर रह जाती है। ऐसे में तुम्हें क्या करना है, पहले से ही सोच लो।"

"मेरा मानना है सोन कि कोई कितना भी बड़ा भ्रष्टाचारी और बेईमान हो, उसमें कुछ प्रतिशत तो ईमानदारी और सच्चाई का भी होता ही है। इसी कुछ प्रतिशत के आसरे मैं चल रहा हूँ। मैं अगर मेरिट के आधार पर चुना जा सका तो ठीक, वरना मैं घूस देने के लिए खुद को राज़ी नहीं कर सकता। मेरे पास इतने पैसे हैं भी नहीं कि मैं दे सकूँ।"

नरहरि ने उसे अच्छी तरह टटोलना और हिला-डुला कर देखना चाहा, "तुम्हारा यह ड्रीम डेस्टिनेशन है हिचिक। इस तरह का मौका बार-बार नहीं आता। चूक जाने से कहीं तुम्हें अफ़सोस या अवसाद की स्थिति न झेलनी पड़े, इसलिए मेरा तो खयाल है कि इस तन्त्र में बने रहने के लिए अपने उसूलों से ज़रा समझौता भी कर लेना पड़े तो कर लेना चाहिए। हम लग जायेंगे तो पैसे का जुगाड़ तो कर ही लेंगे यार, तुम हाँ तो कहो।"

"मैं जानता हूँ सोन कि तुम अपने लिए कम और दोस्तों के लिए ज़्यादा जीते हो। तुम मेरा मन रखने के लिए कुछ भी कर गुज़रोगे। कितने भी बदबूदार, काँटेदार और उबड़-खाबड़ रास्ते हों, दोस्ती की खातिर तय करने से गुरेज नहीं करोगे। हम इसीलिए फख्र करते हैं और खुद को भाग्यवान समझते हैं कि तुम

हमारे दोस्त हो। घूस देने की कीमत पर लेक्चरर बनकर मैं अपनी ही नज़रों में गिर जाऊँगा, यार। मुझे लगेगा कि ताराकान्त सर का सारा सिखाया-पढ़ाया हमने मिट्टी में मिला दिया। इस टुच्चेपन के रास्ते अपना स्वार्थ साधने के लिए उनकी आत्मा हमें माफ़ नहीं करेगी।''

सोन अपनी कुर्सी से उठकर हिचिक के पास चला गया। अपनी आँखों में ढेर सारा गर्व और खुशी भरकर उसे निहारा और अपनी छाती से लगा लिया। दोनों के नेत्र आँसुओं से डबडबा गये। अगर सचमुच ब्रह्मांड में कहीं आत्मा का अस्तित्व होता होगा तो ताराकान्त सर की आत्मा आज आह्लादित हो उठी होगी।

इंटरव्यू हुआ और परिणाम भी घोषित हो गया। साबित यही हुआ कि ईमानदारी और सच्चाई का प्रतिशत शेयर मार्केट की तरह कुछ और नीचे गिर गया। हिचिक मंडल जैसा तेजस्वी और असाधारण उम्मीदवार छँट गया और मूर्ख की श्रेणी का जातीय दम्भ दिखाने वाला फिसड्डी लड़का बाबू साहब प्रमोद सिंह राणा चयनित हो गया। जबकि आरक्षण की दृष्टि से वरीयता हिचिक को मिलनी चाहिए थी, लेकिन यहाँ उल्टी गंगा बहा दी गयी। कहते हैं कि इस चमत्कार में चढ़ावे का जितना हाथ था उतना ही हाथ उसका बाबू साहब होना भी था।

तथ्य की खुदाई से यह उजागर हुआ कि इंटरव्यू बोर्ड के चेयरमैन भी बाबू साहब नस्ल के एक प्राणी थे। उनकी पूरे भारतीय उपमहाद्वीप में चलती और जय-जयकार व्याप्त थी। वे इस उपमहाद्वीप की राजधानी के एक शीर्ष विश्वविद्यालय के यशस्वी आचार्य के रूप में समादृत थे और उनकी क्या गज़ब की सेटिंग थी कि उपमहाद्वीप के लगभग सभी विश्वविद्यालयों के हिन्दी व्याख्याता चयन इंटरव्यू बोर्ड में पिछले तीस वर्षों से लगातार चेयरमैन की कुर्सी सुशोभित करते आ रहे थे, जिससे पूरे देश के विश्वविद्यालयों में बड़ी संख्या में इनकी कृपादृष्टि के कायल लेक्चररों की फसलें लहलहा रही थीं।

33

नरहरि सोच ही रहा था कि गायवाली बूढ़ी माँ को मुआवज़ा दिलाने के लिए यूनियन नेता मुरारीलाल से बात की जाये। मज़दूर स्थायी हो या अस्थायी, कारखाने में काम करते हुए मरने से मुआवज़ा तो हर हाल में बनता ही है। एक दिन

उसने अपने उस चचेरे भाई पंचाधर से पूछ लिया जो एक ठेकेदार का मुंशी था, "क्या ठेकेदार के अधीन काम करने वाला कोई मज़दूर मर जाये तो उसे मुआवज़ा देने का प्रावधान नहीं है?"

उसने बताया, "प्रावधान है और बिलकुल है, अगर वह साबित कर सके कि काम करते हुए कारखाने में मरा है। चूँकि ठेकेदार ज़्यादातर मज़दूरों का कोई रिकॉर्ड नहीं रखता। उन्हें वह अक्सर बदलता भी रहता है। कुछ नकली नामों का वह रिकॉर्ड रखता है और नये आनेवालों का पेमेंट उन्हीं नामों से बना दिया करता है।"

नरहरि ने गायवाली बूढ़ी माँ के मृत बेटे के बारे में पूछा।

पंचाधर कहने लगा, "जिस बारे में तुम जानना चाहते हो वह मेरे ही अंडर में काम करता था और काफ़ी पुराना वर्कर था। उसे अनुपस्थित दिखाने के लिए मुझ पर उसी दिन से दबाव बनाया जा रहा है। मैं ऐसा करने से लगातार इनकार कर रहा हूँ। ठेकेदार मुझे रोज़ टोक रहा है और कम्पनी के कुछ अधिकारियों से भी डाँट-डपट करवा रहा है। यूनियन की ओर से भी एक ऑफ़िस बियरर आया था। वह कहकर गया कि जब सभी कह रहे हैं तो मान लेने में तेरा क्या जाता है?"

नरहरि की आँखों में एक घृणा उतर आयी—इतने क्षुद्रबुद्धि और जालिम हैं ये लोग! एक गरीब के साथ इससे बड़ा अन्याय और क्या होगा? जिसने अपनी जान गँवा दी, उसके लिए अरबों-खरबों से खेलनेवाले चन्द ठीकरे भी देने को तैयार नहीं। ये ही लोग हैं जो सामाजिक उत्तरदायित्व वहन करने का बड़े ज़ोर-शोर से दम्भ भरते हैं और बड़ी-बड़ी डींगें हाँकते हैं। लोगों के जीवन में बेहतरी लाने के बड़े-बड़े दावे करते हैं और एक गरीब और लाचार आदमी के मर जाने पर उसके हक को भी पचा लेना चाहते हैं।

नरहरि ने कहा, "पंचाधर भाई, किसी भी हाल में आपको झूठ का साथ नहीं देना है, कीमत चाहे जो चुकानी पड़े। नौकरी से हटा देगा, हटा देने दीजिए। 'सबका होटल' में आ जाइए, आपके लिए बहुत काम है। मैं आज ही मुरारीलाल से मिलता हूँ।"

"मुरारीलाल पर भी संकट के बादल छाये हुए हैं।" पंचाधर ने कहा तो नरहरि की उत्सुकता जग गयी।

"क्या हुआ उसे?"

''प्रबन्धन से उसकी पटरी बिगड़ गयी है। वर्करों के वेतन पुनरीक्षण को लेकर तनातनी हो गयी है। इस बार वह यूनियन के अन्य पदाधिकारियों और कमिटी मेम्बरों के कहने पर प्रबन्धन के सामने झुकने के लिए तैयार नहीं है। उसने घोषणा कर दी है कि बहुत हो गयी सुलह-सफ़ाई, अब लड़ाई सीधे आर-पार की होगी।''

''अरे वाह! यह तो मुरारीलाल का एक नया अवतार सामने आ गया।''

''यह अवतार उसके लिए कितना शुभ या अशुभ होगा, यह तो भविष्य ही बतायेगा। पिछले एक सप्ताह में उस पर दो बार हमले हो चुके हैं।''

''मैं आज ही मिलता हूँ उससे।''

34

मुरारीलाल प्रबन्धन के बार-बार कहने पर अन्ततः वेतन पुनरीक्षण (ग्रेड रिवीज़न) के लिए एनजेसीएस (नेशनल ज्वाइंट कमिटी फॉर स्टील) से अपनी यूनियन को अलग करने पर राज़ी हो गया और सहमति पत्र पर हस्ताक्षर कर दिया। इस मुद्दे पर उसके पदाधिकारी और कार्यकारिणी के सदस्यों में दो फाड़ हो गया। आधे हाँ के पक्ष में थे और आधे ना के। मुरारी पर ही जाकर फ़ैसला टिक गया। फिर उसने वही किया जो अब तक करता आ रहा था। यानी प्रबन्धन की हाँ में हाँ। इस विषय पर आम वर्करों में भी रोष व्याप्त हो गया। उसके नाम लोग गालियाँ उच्चारने लगे और कुर्सी छोड़ने का धिक्कार पिलाने लगे। मुरारीलाल ने सफ़ाई पर सफ़ाई दी कि मुझ पर भरोसा कीजिए, मैनेजमेंट ने वादा किया है कि एनजेसीएस में जो समझौता होगा, उससे हर पहलू में हमें ज़्यादा दिया जायेगा। अगर ऐसा नहीं हुआ तो आपलोग जो सज़ा देंगे, मैं मान लूँगा।

बात एकदम सरल और साफ़ थी। अगर प्रबन्धन को एनजेसीएस के साथ हुए समझौते के बराबर या उससे ज़्यादा देना होता तो वह उससे अलग होने के लिए अड़ा हुआ क्यों रहता? ज़ाहिर है कि उसकी मंशा में पहले से ही खोट मौजूद थी, जिसे मुरारीलाल समझ नहीं सका। जब एनजेसीएस का समझौता हो गया तो उसकी कॉपी लेकर मुरारीलाल और उसके साथियों ने बातचीत शुरू की ताकि यहाँ भी जल्दी-से-जल्दी वेतन पुनरीक्षण पर सहमति हो जाये। सबको उम्मीद थी कि

चूँकि एक आधार तैयार हो गया है, इसलिए सौदेबाज़ी में ज़्यादा रगड़ा होने की नौबत नहीं आयेगी और सब कुछ फटाफट सुलट जायेगा।

इन उम्मीदों पर तब पानी पड़ गया जब मैनेजमेंट कम प्रॉफ़िट, कम उत्पादन और वेजबिल पर ज़्यादा खर्च आदि की दुहाई देकर ज़्यादा तो क्या बराबर भी देने से मुकर गया। हर पहलू, वार्षिक वेतन वृद्धि, गारंटेड बेनीफिट, महँगाई भत्ता, मकान भत्ता, वाहन भत्ता, यात्रा भत्ता आदि सभी में अच्छी खासी कटौती का प्रस्ताव देकर उसने इससे टस-से-मस नहीं होने की मुद्रा अपना ली। इस समझौते की मियाद भी एनजेसीएस में 7 साल के प्रावधान को बढ़ाकर इसने 10 साल कर देने पर खूँटा गाड़ दिया। यह प्रावधान तीन दशक पहले 3 साल था, बाद में 5 साल हुआ, फिर 7 साल हुआ और अब 10 साल करने का राग अलापा जाने लगा। अगली बार अब यही कहना बचा था कि जो जिस ग्रेड और भत्ता में आया है, रिटायरमेंट तक उसे उसी में रह जाना पड़ेगा।

मुरारीलाल और उसके समर्थक साथी तो जैसे मुँह के बल गिरे। यह तो सरासर धोखा, वादाखिलाफ़ी और बेईमानी है। मुरारी ने तय कर लिया कि इस बार उसे अपनी हठ से नहीं डिगना है। कम्पनी उसे तोड़-मरोड़, गला-बहला और फुसला कर अब तक अपने मन मर्ज़ी के आकार में ढालती रही। अब वह अपने असली आकार से रंच मात्र भी किसी को पिचका देने या छोटा करने की इजाज़त नहीं देगा। बहुत दिनों तक वह कम्पनी का पिट्ठू, दलाल, चमचा, जीहुज़ूर, भाँड, रासोगायक, कीर्तनिया, बन्धुआ आदि गालियों की बौछारें झेलता रहा, अब वह दिखा देगा कि मज़दूर हितों का रखवाला नेता वास्तव में कैसा होता है। उसने साफ़-साफ़ बता दिया कि धोखा खा जाने और बरगला जाने का युग खत्म हो गया। एनजेसीएस में जो हुआ, उससे कम पर कोई समझौता नहीं होगा।

कम्पनी का यह पैंतरा कोई नया नहीं था। इसका पूरा इतिहास धोखा, झूठ, प्रपंच, जालसाजी और ठगी का रहा था। हाल के दो बड़े कारनामों से दी गयी लंघीमार पटकनियाँ की यादें अभी भी मज़दूरों में टीस जाती थीं। विधाता स्टील कम्पनी में ही पहले नगर सेवा विभाग समाहित था, जिसके ज़रिये से नगर में बिजली, पानी, सड़क, बाग-बागवानी, नदी-पोखर, नाली-निकास, खेलकूद, मनोरंजन, स्कूल-कॉलेज, साफ़-सफ़ाई आदि तमाम नागरिक सेवाएँ उपलब्ध कराई जाती थीं। इस विभाग में काम करने वाले कर्मचारियों को वही पगार और

सुविधाएँ दी जाती थीं जो कारखाने में स्टील बनाने वाले विभागों के कर्मचारियों को मिला करती थीं।

नया तिकड़म और नया जाल बिछाने के मकसद से ऊँची कुर्सियों पर ऊँची पगार देकर बिठाये गये किसी निठल्ले हरामखोर अधिकारी की खोपड़ी में एक ज़हरीली युक्ति उग आयी कि अगर इस विभाग को एक नयी कम्पनी का नाम देकर अलग कर दिया जाये तो मूल कम्पनी को कई तरह के फ़ायदे होने लगेंगे। एक तो इन सेवाओं में कहीं चूक या कमी हो जाने से सीधे मूल कम्पनी का नाम नहीं घसीटा जा सकेगा। अलग होकर नयी कम्पनी को आय-व्यय के मामले में अपने पैरों पर खड़ा होना होगा। प्रति टन स्टील की लागत में कमी आ जायेगी। वह एक सिविल सर्विस प्रोवाइडर कम्पनी के तौर पर स्पेशलाइज़्ड और सक्षम होकर देश के किसी भी कोने में अपने काम का दायरा बढ़ा सकेगी।

इस तरह इस विभाग में काम करने वाले लगभग डेढ़ हज़ार कर्मचारी अलग कर दिये गये, अलग कम्पनी बनाकर, जिसका नाम रखा गया 'वास्को' (विधातानगर एमेनिटीज सर्विसेज कम्पनी)। कर्मचारियों को अपनी मूल कम्पनी विधाता स्टील से किसी भी तरह अलग होना गवारा नहीं था। उन्हें आभास हो उठा था कि ज़रूर इसमें कम्पनी की कोई दूरगामी साजिश है। यूनियन भी इस अलगाव के लिए तैयार नहीं थी। उस वक्त भी यही हथकंडा अपनाया गया कि अलग होने पर भी सभी कर्मचारियों को सारी वे ही सहूलियतें मिलती रहेंगी जो विधाता स्टील में मिल रही हैं। उन्हें किसी भी तरह की कोई कमी महसूस नहीं होगी। इस आशय का यूनियन और प्रबन्धन के बीच एक लिखित समझौता हुआ। अब कर्मचारियों के लिए कोई उपाय न था। उन्हें अलग होना पड़ा।

अलग होने के एक साल पूरा होते-होते ही सारा कुछ पलट गया। कम्पनी ने समझौते से पल्ला झाड़ लिया। वहाँ सब कुछ नये सिरे से तय किया जाने लगा—यूनियन नयी गठित हुई। उसका एमडी अलग से नया बनाया गया। उनका ग्रेड, स्टैंडिंग ऑर्डर तथा नियम व शर्तें परिवर्तित हो गये। पहले वे स्टील सेक्टर में बिग स्केल इंडस्ट्री में गिने जाते थे, अब वे इंजीनियरिंग सेक्टर की स्मॉल स्केल इंडस्ट्री में आ गये। इसी हिसाब से मज़दूरों की सुविधाओं में, पगार में पहले की तुलना में एक बड़ा अन्तर आ गया। कम्पनी की धोखेबाज़ी का यह एक बड़ा और सड़ा नमूना था, जिसे कभी भुलाया नहीं जा सकता।

ठीक इसी तरह का एक और ऐतिहासिक छल सीमेंट डिवीज़न के नाम पर किया गया। ऊँची तनख्वाह लेने वाले ऊँची कुर्सी पर बैठकर पागुर कर रहे किसी उच्च अधिकारी के दिमाग से लीद निकली कि मज़दूरों को बिना कुछ मुआवज़ा दिये हटा देना और सुविधाओं को भी घटा देना एक नया डिवीज़न खोलने के बहाने से हो सकता है। चूँकि सीधे-सीधे वास्को की तरह नयी कम्पनी बनाने से मज़दूर जाने को तैयार नहीं होंगे। वहाँ जो हुआ, उसे वे भूले नहीं हैं। कम्पनी के पास पर्याप्त स्लैग है जो सीमेंट कम्पनियों का रॉ मेटेरियल है। कम्पनी यह स्लैग (ब्लास्ट फर्नेसों से निकलने वाली सिट्ठी) दूसरों को न बेचकर खुद के स्थापित सीमेंट डिवीज़न में लगाये और आगे चलकर लाभप्रद साबित हो तो रखा जाये, अन्यथा बेच दिया जाये। उसमें भेजे गये मज़दूर अपने-आप अलग हो जायेंगे।

ऐसा ही हुआ। स्टील कारखाना से कुछ ही दूरी पर स्थित एक भूखंड पर भारी-भरकम मशीनरी लगाई गयी और उसमें मामूली प्रोमोशन और इन्क्रीमेंट देकर सात सौ मज़दूर विस्थापित कर दिये गये। चूँकि यह स्टील कम्पनी का डिवीज़न था, अलग कम्पनी नहीं, इसलिए इसमें जाने के प्रति न ज़्यादा आशंका उपजी और न विरोध हुआ। जब उत्पादन चालू हुआ तो उसको नाम दिया गया विधाता स्टील सीमेंट। डेढ़-दो साल ही चला होगा कि अचानक से एक विदेशी सीमेंट निर्माता कम्पनी से इसके बेचने का सौदा कर लिया गया। मज़दूर जो कल तक विधाता स्टील कम्पनी के थे, एकाएक विदेशी कम्पनी के हो गये। फिर यहाँ भी नियम व शर्तें, पगार, सुविधाएँ सारी की सारी बदल गयीं।

उच्चस्तरीय दगाबाज़ी की यह दूसरी बड़ी मिसाल थी।

एनजेसीएस से अलग करवाना कम्पनी की धोखाधड़ी किताब का एक नया अध्याय बन गया। इसके एक-एक पन्ने पर मज़दूर यूनियन को धमकाने का, दबाने का, कुचलने का, नीचा दिखाने का, ज़लील करने का शातिर खेल खेले जाने की तैयारी दर्ज कर ली गयी।

हास्यास्पद यह था कि इस कम्पनी के प्रबन्ध निदेशक या उसके नीचे का कोई अधिकारी कम्पनी के किसी कार्यक्रम या समारोह में, जहाँ मज़दूरों की बहुत उपस्थिति रहती थी, अपने भाषण में शान से डींगें हाँकता था कि कर्मचारी हमारी सबसे बड़ी पूँजी हैं, सबसे बड़ी थाती हैं। परले दर्जे के धूलझोंकू और फरेबी वक्तव्य थे ये। ये ही अधिकारी हैं जो वार्षिक बोनस के समय एक-एक पैसा देने

में हज़ार तरह की किच-किच करते रहे थे, जैसे उन्हें अपने बाप के घर से देना पड़ रहा हो। जबकि सिर्फ़ कुर्सी तोड़ने वाले और हुक्म भाँजने वाले अधिकारियों के खाते में वे जून महीने में ही गोपनीयता बरतते हुए उनके बैंक बैलेंस को एक मोटी रकम भेजकर और मोटा कर देते थे। मज़दूरों को बोनस के लिए दुर्गापूजा यानी अक्तूबर-नवम्बर तक इन्तज़ार करवाया जाता था। दो-तीन सप्ताह तक यूनियन के साथ लगातार थूकम-फ़जीहत करने के बाद जब कुछ फ़ैसला हो जाता था तो वे एक पम्फलेट जारी करवाते थे कि बोनस अधिनियम 1961 के अनुसार कार्यरत सारे कर्मचारियों का मूल वेतन वर्णित राशि से ऊपर हो गया है, इसलिए उनकी पात्रता नहीं है, फिर भी कम्पनी कर्मचारियों से लगाव के कारण बोनस का भुगतान कर रही है। मतलब कि एहसान का गट्ठर अपने सिर पर महसूस करो कि बोनस तुम्हें मिलना नहीं चाहिए था, फिर भी हम इतने उदार हैं कि तुम्हें देकर मेहरबानी कर रहे हैं।

नरहरि जब मुरारीलाल से मिलने उसके घर पहुँचा तो देखा कि प्रबन्धन ठेकेदार भेजकर उसके घर का रिनोवेशन और एक्सटेंशन करा रहा है। इसके पहले की यूनियन के पाँच अध्यक्षों को प्राइम लोकेशनों पर बड़ी-बड़ी कोठी बनवाकर लीज कर चुकी थी कि जा बेटा ऐश कर। कम्पनी की जितनी चाटुकारिता की उसका यह इनाम ले ले। मुरारी को भी उसी शृंखला में जोड़ा जा रहा था। हैरत की बात थी कि एक तरफ़ दूध पिलाया जा रहा था और दूसरी तरफ़ पीठ में छुरा भी भोंका जा रहा था। तनातनी भी चल रही थी और पटाने का जुगाड़ भी चल रहा था।

नरहरि ने देखा कि मुरारी के चेहरे पर एक तनाव ठहरा हुआ है और आँखों से एक बेचैनी झाँक रही है। उसकी ऐसी शक्ल पहले कभी नहीं देखी गयी थी।

नरहरि को देखकर उसने खुश होने की कोशिश की और प्रबन्धन से चल रही तनातनी की संक्षिप्त कहानी सुना दी और कहा, "मैंने खुद को बदल लिया है नरहरि। डर को निकाल दिया है मन से। कभी आपके गुरु ताराकान्त सर ने मुझे कहा था कि प्रबन्धन के पिट्ठू और चापलूस होने की छवि से मुझे बाहर निकलना चाहिए, अन्यथा इतिहास में मेरे नाम सिर्फ़ धिक्कार और गालियाँ होंगी। मैंने आर-पार की लड़ाई छेड़ दी है और मुझे अच्छा लग रहा है कि सारे मज़दूर मेरे साथ हैं। जब मैं प्रबन्धन के साथ था तो मज़दूर मेरे साथ नहीं थे और तब मैं बहुत अकेला और डरा हुआ महसूस करता था।"

"मुझे आपसे यह सब सुनकर बहुत अच्छा लग रहा है मुरारीलाल जी। ताराकान्त सर और हम सभी साथी आपको इसी परिचय में देखना चाहते थे। यह तो होता ही है कि जब आप सिर्फ़ अपने स्वार्थ के लिए सार्वजनिक हितों की बलि चढ़ा देते हैं तो आप अकेले हो जाते हैं। लेकिन जब अपने स्वार्थ की परवाह न करके सार्वजनिक हितों के लिए आप डटकर खड़े हो जाते हैं तो सारे लोग आपके साथ हो जाते हैं, आपके मुरीद बन जाते हैं। आपने बिलकुल सही कदम उठाया है। लगातार धोखा देने वाले इस कम्पनी प्रबन्धन के मुँह पर एक ज़ोरदार तमाचा लगाना अनिवार्य हो गया था। मैं और मेरी संस्था 'वरदान पुष्प' अगर आपके कोई काम आ सके तो कहने में संकोच मत कीजिएगा।"

इसी समय यूनियन के तीन पदाधिकारी आ गये। मुरारी ने नरहरि से इन सबका परिचय कराया। वे तीनों नरहरि को पहले से ही जानते थे। उनमें मुरारी का एक सबसे निकटतम सहयोगी था, जिसका नाम ध्रुवदेव था। ध्रुवदेव ने 'सबका होटल,' 'वरदान पुष्प' और उसके द्वारा निष्पादित सामाजिक कार्यों की प्रशंसा की।

नरहरि ने गायवाली बूढ़ी माँ के बेटे का प्रसंग उठाते हुए पूछा, "क्या उसे मुआवज़ा नहीं मिलना चाहिए? पता चला कि यूनियन भी इस मामले को रफ़ा-दफ़ा करने में प्रबन्धन का साथ दे रही है।"

मुरारी ने कहा, "उसे मुआवज़ा बिलकुल मिलेगा नरहरि। यूनियन अब बदल चुकी है। ध्रुवदेव जी, आप ज़रा उस ठेकेदार से मिलिए। उससे पूरा ब्यौरा लीजिए और सुनिश्चित कीजिए कि उस बेसहारा बूढ़ी माँ को जल्दी-से-जल्दी मुआवज़ा मिल जाये।"

"उस बूढ़ी माँ को अगर ऑफ़िस तक लाने की ज़रूरत होगी तो मुझे फ़ोन कर दीजिएगा। जिस मुंशी के अधीन वह लड़का काम कर रहा था, वह मेरा चचेरा भाई है। ठेकेदार उसे धमका रहा था, लेकिन वह धमकी में आनेवाला नहीं है।" नरहरि ने फिर आगे पूछा, "एक बात मुझे समझ में नहीं आयी मुरारी जी कि आप मैनेजमेंट से अदावत ठाने हुए हैं, फिर उसी के द्वारा आपके ठाठ के लिए ज़ोर-शोर से यहाँ काम कराया जा रहा है?"

मुरारी बताने लगा, "यह प्रबन्धन का एक गेम प्लान है। वह मज़दूरों में यह सन्देश देते रहना चाहता है कि मैं अब भी अपने लिए कम्पनी का एहसान ले रहा हूँ और बदला नहीं हूँ। ऐसा करके वह यह भी साबित करना चाहता है कि मेरे लिए

काफ़ी कुछ करने में उसकी दिलचस्पी अब भी बनी हुई है, इसलिए मुझे उसकी नाफरमानी नहीं करनी चाहिए। मैं मना कर रहा हूँ कि मुझे यह सब नहीं चाहिए, फिर भी वह मान नहीं रहा और कह रहा है कि काफ़ी पहले से यह प्रस्ताव पास है और अपनी बारी के इन्तज़ार में था।''

नरहरि प्रबन्धन की इस चाल का निहितार्थ समझकर कुछ देर के लिए ठगा रह गया।

वह जब जाने लगा तो मुरारी ने आने के लिए उसे धन्यवाद दिया और याद करते हुए बताया, ''दुर्घटना के बाद संगतचन्द को बैठा देने का मामला मैं प्रबन्धन के सामने उठानेवाला हूँ। अगर उसे ज्वाइन नहीं करवाने पर प्रबन्धन का अड़ियल रुख कायम रहा तो यूनियन अपने स्तर से इसे लेकर कोर्ट में अपील करेगी। अब ऐसा है नरहरि जी कि टकराव के जितने रास्ते हैं, मैं सब खोल देना चाहता हूँ।''

नरहरि को विश्वास नहीं हो पा रहा था कि जिस मुरारीलाल को वह जानता था, उसी से मिलकर वापस जा रहा है।

35

संझा के पिता महावर शर्मा का फ़ोन आया कि वे उससे मिलना चाहते हैं। नरहरि का माथा ठनका—ज़रूर कोई गम्भीर विषय है, वरना वे तो जल्दी फ़ोन करते नहीं। जब उसे खुद कोई सलाह लेनी होती तो उनसे बात कर लेता था। पुराने वकील थे और ताराकान्त सर के बहुत अच्छे दोस्त रहे थे। अंडर कस्टडी प्रिज़नर केस पर उन्होंने काफ़ी काम किया था। अपने खर्चे से इस विषय पर एक डॉक्यूमेंट्री भी बनाई थी। जो काफ़ी चर्चा में रही और कई शहरों में प्रदर्शित हुई।

संझा ने वकालत करने के बाद अपने पिता के इसी मिशन पर अपना ध्यान केन्द्रित किया। वे विधाता स्टील कम्पनी के कई अमानवीय पक्षों के खिलाफ़ भी आवाज़ उठाते रहे थे और कई जनहित याचिकाएँ दायर कर उसे अदालतों में घसीटते रहे थे। इसीलिए कम्पनी प्रबन्धन उन्हें कोप दृष्टि से देखता था और अपने निशाने पर रखता था। कुछ ही दिन पहले नगर निगम के गठन को लेकर उन्होंने पूरे शहर में एक माहौल बना दिया था। लेकिन कम्पनी ने इसके खिलाफ़ अपनी पूरी ताकत झोंक दी। अपनी उस समय की पिछलग्गू यूनियन, कम्पनी से कई तरह

के लाभ लेने वाले चाटुकारों तथा कम्पनी के टुकड़ों पर पलने वाले बहुत सारे दरबारियों और मस्काबाज़ों की मदद से एक बड़ी रैली निकालकर प्रमाणित कर दिया कि शहर इसके पक्ष में नहीं है।

कई दिनों से संझा की भी कोई खोज़ खबर नहीं थी। कहीं उससे जुड़ा हुआ कोई विषय तो नहीं है। नरहरि अपने मन में कई तरह की आशंकाएँ लेकर संझा के घर चला गया। शाम का धुँधलका उतर आया था। कायदे से संझा को घर पर होना चाहिए था, लेकिन वह नहीं थी। महावर जी ने उसे बड़े सत्कार से बिठाया और कब्रिस्तान, मन्दिर, काँजी हाउस, सबका होटल, कारखाने के लफड़े आदि के बारे में विस्तार से जानकारी ली। नरहरि को अच्छा लगा कि इन्हें सारा कुछ पता है और हर कदम पर इनका सपोर्ट है। नरहरि से वे पहले से ही प्रभावित रहे थे और उसकी सामाजिक प्रतिबद्धता और समर्पण के लिए कायल रहते थे। आज भी उसकी शिष्टता और अभिव्यक्ति कौशल पर वे गद्‌गद्‌ होते रहे। उन्होंने कहा, ''ताराकान्त ने तुम्हारी तेजस्विता और नेतृत्व क्षमता की सही पहचान कर ली थी, सोन। वह जौहरी तो था ही, हीरा तराशने की कला थी उसमें।''

''मुझे अपनी बड़ाई सुनकर बहुत झेंप होती है अंकल। आपने मुझे शायद कुछ खास वजह से बुलाया है?''

''हाँ बेटे, कुछ खास वजह है इसीलिए बुलाया है, यह जानते हुए भी कि तुम्हारे पास वक्त की बहुत मारामारी रहती है। इसके पहले कि मैं असली मकसद पर जाऊँ, कुछ जानकारी मैं तुम्हें सौंपना चाहता हूँ। मैं बहुत दिनों से इस त्रासदी पर काम कर रहा था कि पुलिस कई बार सन्देह के आधार पर बेकसूर लोगों को गिरफ्तार कर लेती है और उसे जेल भिजवा देती है। इनमें कई ऐसे होते हैं जिनकी ज़मानत लेने वाला कोई नहीं होता। उनके परिवारवाले इतने सक्षम नहीं होते कि वे भाग-दौड़ कर सकें और खर्च-वर्च कर सकें। ऐसे अनाथ लोगों के लिए सरकार द्वारा वकील देने का प्रावधान है, प्रोबेशन ऑफ़िसर की सेवा देने का प्रावधान है, लेकिन प्रावधान तो बस कागज़ पर ही सिमटकर रह जाता है, कर्तव्य पालन तक का रास्ता एकाध प्रतिशत ही तय कर पाता है। वर्षों बाद बिना कोई चार्ज फ्रेम हुए या आरोप सिद्ध हुए वह जब कस्टडी से छूटता है तो अपने जीवन का काफ़ी कुछ गँवा चुका होता है।

''ऐसे बदकिस्मत लोगों के लिए क्षतिपूर्ति के बारे में बहुत विचार करने पर

मेरे दिमाग में एक उपाय कौंधा कि जिसे भी पुलिस अरेस्ट करे, उसका सरकार द्वारा स्वत: बीमा हो जाने का प्रावधान हो और बेकसूर सिद्ध हो जाने पर उसके बर्बाद गये साल के हिसाब से उसे मुआवज़े के तौर पर एक सम्मानजनक बीमा राशि दी जाये। इससे अनर्गल गिरफ्तारी पर अंकुश लगेगा और मामले का निपटारा भी जल्दी करने का दबाव बना रहेगा। मैंने इस आशय के पत्र केन्द्रीय कानून मन्त्री, प्रधानमन्त्री, मुख्य न्यायाधीश आदि को लिखे। लेटेस्ट डेवलपमेंट यह है कि प्रधानमन्त्री ने इसका नोटिस लिया है और जीवन बीमा निगम के एमडी को कार्रवाई के लिए अग्रसारित कर दिया है। मैं चाहता हूँ कि अगर तुम्हें ठीक लगे तो 'वरदान पुष्प' के एजेंडे में इसे शामिल करो।''

''अंकल! सुनकर तो लग रहा है कि पुलिस ज़्यादती के कारण अपना बहुत कुछ गँवा देनेवालों के हित में आपने बहुत ही मौलिक रास्ता सुझाया है। हम बेशक इस पर और भी मंथन करेंगे। इसके सम्भव-असम्भव सभी कोणों पर कुछ और कानूनविदों से परामर्श करेंगे। यह विषय तो संसद में उठाने के लायक लगता है। सरकार द्वारा इस आशय का बिल पारित करना चाहिए।''

''नागरिकों को मिलने वाले मौलिक अधिकार की दृष्टि से एक और बड़ा अन्याय हमें कचोटता है। देश के हर नागरिक को त्रिस्तरीय मताधिकार प्राप्त है— संसद के लिए, विधानसभा के लिए और स्थानीय निकाय के लिए। लेकिन इस विधातानगर में विधाता स्टील की अपरोक्ष ज़मींदारी में रहनेवालों को यह अधिकार प्राप्त नहीं है। कम्पनी अपना शासन और मनमानी कायम रखने के लिए नहीं चाहती कि नगर निगम बने और नगर के रख-रखाव और विकास सम्बन्धी फ़ैसले आम जनता के चुने प्रतिनिधियों द्वारा होने लगे। नगर निगम बनने से कम्पनी को बहुत बड़ी राशि टैक्स के तौर पर चुकानी होगी। अभी क्या है कि टैक्स चुकाने की जगह वह पानी-बिजली आदि का टैक्स वसूलती है। मैं काफ़ी अर्से से यह माँग उठाता रहा हूँ लेकिन कम्पनी प्रबन्धन अपने रसूख से इसे दबा देता है। तुम लोग संविधान द्वारा जनता को दिये जाने वाले इस अधिकार के लिए भी आगे आओ।''

''हाँ अंकल, मुझे याद है कि पिछली बार जब नगर निगम बनने के पूरे आसार बन गये थे...अदालत, सरकार, प्रशासन सबकी राय पक्ष में थी, फिर पता नहीं इस कम्पनी प्रबन्धन ने ऐसा क्या जादू कर दिया कि इस विषय पर सबने अपने होंठ सिल लिये। कारण सिर्फ़ इतना ही नहीं हो सकता कि कम्पनी ने अपने

अधिकारियों, चापलूस नागरिकों, दरबारी कर्मचारियों तथा पिट्ठू यूनियनकर्मियों को लेकर जिला मुख्यालय के पास एक रैली निकाल दी और जन भावनाओं का इज़हार करने में कामयाबी पा ली। कारण यह भी है कि कम्पनी जिसे चाहे प्रभावित कर सकती है चाहे वह राज्य सरकार हो या फिर केन्द्र सरकार। कम्पनी खुद भी एक स्टेट की तरह ही तो चल रही है। आप तो समझते हैं अंकल कि इससे लड़ना या जीतना आसान नहीं है, लेकिन तब भी यह सोचकर हमें लड़ना या विरोध करना बन्द नहीं करना है।''

''कुछ साल पहले जब लीज नवीकरण पर समझौता हुआ तो इसने जो-जो सेवाएँ देने पर रजामंदी जताई थी, लीज हो जाने के बाद पलट गयी या फिर चुप्पी ओढ़ ली। इसने हाथी की तरह दिखाने के लिए बहुत सारे चमकीले और लम्बे दाँत रखे हुए हैं। बस उसे दिखा-दिखा कर सरकार को, आम शहरवासियों को, आस-पास के गाँवों में रहने वाले आदिवासियों को, मीडियावालों को रिझाती रहती है कि हमने कुआँ बना दिया, तालाब बना दिया, स्कूल के कमरे बना दिये, बच्चों में छात्रवृत्ति का चूरन बाँट दिया, पम्पसेट लगा दिया, सोलर बल्ब लगा दिये, मछली के जीरे बाँट दिये, खाद और बीज उपलब्ध करा दिये...बस हो गया कारपोरेट सामाजिक उत्तरदायित्व का वहन। इसने कहा था कि विधाता मेन हॉस्पिटल में अपने कर्मचारियों के अलावा नगरवासियों को भी किफायत दरों पर चिकित्सा सुविधा उपलब्ध करायेगी। लीज एरिया के बाहर की बस्तियों में भी पानी और बिजली की आपूर्ति करेगी। आज तक इन पर अमल नहीं हुआ।'' कहकर शर्मा जी ने लम्बी साँस ली।

''अब इसके अमानवीय और प्रपंच वाले पक्ष उजागर होने लगे हैं। खासकर जब से सोशल मीडिया अस्तित्व में आया है। पहले मोटा विज्ञापन देकर अखबार मैनेज कर लिये जाते थे। इस पर नकेल कसने के लिए यूनियन ने भी अपना चेहरा बदल लिया है, हमलोग तो खैर अपने स्तर से मुखौटा हटाने और उन्हें आईना दिखाने में लगे हुए हैं ही।''

''तुम सोच रहे होगे कि मैंने तुम्हें क्या अपनी ये ही घिसी-पिटी कहानियाँ सुनाने के लिए बुलाया?''

''नहीं...नहीं अंकल, मैं ऐसा कुछ भी नहीं सोच रहा। आप जब भी कुछ कहते हैं तो ज़रूर ही उसका कोई बड़ा मतलब होता है। हाँ, यह मैं ज़रूर सोच रहा

था कि इस वक्त संझा घर में क्यों नहीं है?''

''दरअसल संझा के बारे में ही बात करने के लिए मैंने तुम्हें बुलाया है।''

''अच्छा! हाँ बताइए, वह ठीक तो है? कहाँ है इस समय?'' एक चिन्ता झाँक गयी नरहरि की उक्ति में।

''किसी होटल में बैठकर शराब पी रही होगी। थोड़ी देर में घर आ जायेगी। खाने के नाम पर नशे में ही एकाध रोटी गले से नीचे उतार लेगी और सो जायेगी।'' बेहिचक कह दिया महावर जी ने।

नरहरि को ऐसा लगा जैसे महावर जी ने किसी और की बेटी के बारे में ऐसा कह दिया। उसने अचरज से पूछा, ''शराब पीना उसने कब से शुरू कर दिया। पहले तो वह ऐसी नहीं थी?''

''इधर कुछ ही दिनों से, जब मैंने शादी के लिए उस पर ज़ोर डाला और कुछ लोग उसे देखने आ गये। एक लड़केवाले ने तो उसे खूब पसन्द किया और बात भी पक्की हो गयी। लेकिन एक दिन लड़के से फ़ोन पर उसने ऐसी बात कह दी कि लड़का हड़क गया।''

नरहरि के चेहरे पर एक उदासी उतर आयी। पहली बार उसे महसूस हुआ कि उसकी शादी करने का यह उपक्रम उसे असहज बना रहा है। उसे अच्छा लगा कि बात बिगड़ गयी। संझा उससे अक्सर मिलती थी और ज़्यादा-से-ज़्यादा मिलने के लिए बेचैन रहा करती थी। नरहरि को भी उसका मिलना, उससे बतियाना, उसका रौब, गुस्सा, हिदायत सब अच्छा लगता था। जब वह अकेले में कुछ सुहावना सोचने की कोशिश करता तो सबसे पहला चेहरा संझा का ही सामने आ जाता। शादी, गृहस्थी और बच्चे आदि के बारे में सोचकर वह उलझ जाता था। इतने सारे टास्क उसके सामने पड़े थे कि लगता था इनके साथ न्याय करने के लिए निजी जीवन की खुशियाँ कोई मायने नहीं रखतीं।

महावर जी नरहरि के चेहरे पर आ-जा रहे भावों को पढ़ने की कोशिश कर रहे थे। वे बहुत ही बेबाक और खरे आदमी थे। उन्होंने सीधे-सीधे पूछ लिया, ''सोन, क्या तुम मेरी बेटी संझा को प्यार करते हो?''

''यह आप क्यों पूछ रहे हैं अंकल, जब आप उसकी शादी के लिए लड़के ढूँढ़ रहे हैं और वह तैयार हो गयी है?''

''तैयार नहीं हुई है सोन। इसलिए कि वह तुमसे प्यार करती है और कहती है कि अगर उसे माँ बनना है तो सिर्फ़ तुम्हारे बच्चे की माँ बनेगी, अन्यथा वह माँ नहीं बनेगी, भले ही शादी किसी से भी कर लेगी। जिस लड़के से बात तय हुई थी, उससे उसने ऐसा ही कह दिया।''

नरहरि हैरान रह गया सुनकर। यह तो सरासर एक पागलपन है। इस हद तक संझा उसे चाहने लगी? उसकी चाहत को अपेक्षानुरूप उत्तर नहीं मिलने से ही सम्भवत: वह शराब पीने लगी। क्या होगा इस लड़की का? महावर जी से आँखें मिलाने में अब उसे झेंप होने लगी थी। क्या जवाब दे नरहरि, पसोपेश में घिरा ही था कि संझा आ गयी।

उसने पी रखी थी, लेकिन नशे में नहीं थी, बस एक सुरूर भर था। नरहरि को देखकर अचम्भित हुई, ''अरे तुम! कब आये? सॉरी, मैं घर में नहीं थी। पापा, आपने इसे चाय-वाय पिलाई? सोनवारे नरहरि अब एक बड़ा आदमी हो गया है पापा। इसका हमारे घर आना एक बड़ी बात है।''

किसी ने उसकी बातों का कोई जवाब नहीं दिया। नरहरि उसे तरस खाती निगाहों से बस देखता भर रह गया।

''मेरे कमरे में चलो सोन, वहीं बातें करेंगे।''

महावर जी ने उसे इशारा किया तो वह उसके पीछे हो लिया। कमरे में अपने पलंग पर उसे बिठा लिया और खुद उसके बाजू में बैठ गयी।

''आने के पहले तुमने मुझे फ़ोन क्यों नहीं कर दिया? कर देते तो मैं घर ही रहती, तुम्हें इन्तज़ार नहीं करना पड़ता।''

''फिर मैं यह कैसे जान पाता कि तुमने आजकल बहुत बड़ी तरक्की कर ली है। होटल जाकर शराब पीने लगी हो।''

''हाँ सोन, मैं शराब पीने लगी हूँ। तुम्हें अच्छा नहीं लगा न मेरा शराब पीना। कोई बात नहीं। कोई ज़रूरी तो नहीं कि तुम्हें जो अच्छा लगे वही मैं करूँ।''

''सुना कि शादी कर रही हो?''

''तुम्हारी क्या राय है, मुझे शादी नहीं करनी चाहिए?''

"कोई ज़रूरी तो नहीं कि मैं जो कहूँगा, तुम वही करोगी।"

"कह कर देखो। दोस्त हो, अच्छी सलाह दोगे तो शायद मान लूँ।"

"अगर हाँ कहूँ तो कैसे कहूँ, मैं कोई ऋषि-मुनि या संन्यासी नहीं हूँ। तुम बेशक मुझे भी अच्छी लगती हो। टटोल कर देखता हूँ तो तुमसे साहचर्य की कामना अपने भीतर भी कहीं दबी पड़ी पाता हूँ। और अगर न कहूँ तो कैसे कहूँ, निबाहने का भरोसा नहीं है। पता नहीं कल को किधर मुड़ जाऊँ। कई रास्तों से मेरे कानों तक आवाज़ें आती रहती हैं। लगता है वे मुझे बुला रहे हैं।"

"यह ज़रूरी नहीं सोन कि किसी बन्धन में बँधकर ही जिया जाये। निबाहना तो वहाँ होता है जहाँ आप किसी परम्परा, रीति-रिवाज़, विधि-विधान या धारा-अधिनियम में बँधते हैं। प्रेम तो इन संकीर्णताओं की एक मुक्तावस्था है। तुमसे मुझे घर, भोजन, गहने, कपड़े, संरक्षण, परवरिश आदि नहीं चाहिए। तुम मुझे चाहो, मुझ पर निछावर रहो, यह भी नहीं चाहिए। लेकिन मैं तुम्हें चाहूँ, मैं तुम पर निछावर हो जाऊँ, यह आज़ादी मुझे ज़रूर चाहिए। अन्यथा शराब मुझे पी जायेगी।"

"सुझू! तुम्हारी आज़ादी कोई तुमसे छीन नहीं रहा। यह आज़ादी है तुम्हारे पास।"

"नहीं सोन, यह आज़ादी मुझे नहीं है। यह मेरे पास रह सकती है, अगर मैं तुमसे एक चीज़ माँग लूँ और तुम मुझे दे दो। डरो मत, मैं तुम्हें शादी करने के लिए कहकर अपना बोझ उठाने के लिए नहीं कह रही हूँ।"

"मेरे पास अगर ऐसी कोई चीज़ है, जिसे तुम लेना चाहती हो तो उसे माँगने की ज़रूरत नहीं है, सुझू। तुमने ऐसा सोच कैसे लिया कि मैं तुम्हें कुछ भी लेने से मना कर सकता हूँ।"

"तो आज और अभी मैं उसे ले लेना चाहती हूँ, सोन। मैं तुम्हारे बच्चे की माँ बनना चाहती हूँ, बस और कुछ नहीं चाहिए मुझे। उस बच्चे के पिता के तौर पर तुम अपनी पहचान चाहो तो ज़ाहिर कर सकते हो, चाहो तो नहीं भी। यह तुम्हारे ऊपर होगा, मैं इस बारे में कोई फ़ैसला तुम पर कभी थोपूँगी नहीं।"

संझा ने उठकर किवाड़ की सिटकनी चढ़ा दी। नरहरि विस्मय विमुग्ध रह गया। वह खूबसूरत थी, शराब के सुरूर ने उसे और भी मादक बना दिया था। मना करना उसके वश में नहीं रह गया। ज़रूरत भी क्या थी मना करने की। जितना वह

माँग रही थी और जिन शर्तों पर माँग रही थी, उसे मिलना ही चाहिए था। कुन्ती को इच्छित पुत्र पाने के लिए अगर सूर्य ने मना नहीं किया, इन्द्र ने मना नहीं किया तो भला वह किस खेत की मूली है। क्या इसे एक औरत के हक में शामिल नहीं होना चाहिए कि यह उसका चुनाव हो कि वह किसके बच्चे की माँ बनना चाहती है? आखिर अपने गर्भ में नौ माह तो उसे ही रखना है, उसका लालन-पालन उसे ही करना है, फिर यह अधिकार तो उसका बनता ही है कि वह अपने बच्चे के लिए एक मनपसन्द बेहतर डीएनए का चुनाव करे।

36

एक स्थानीय अखबार में यह हेडलाइन थी कि मुरारीलाल जब घर लौट रहा था तो उसकी गाड़ी पर एक बाइक पर सवार दो अपराधी चार राउंड गोली चलाकर फरार हो गये। इसके पहले भी उनके आवास पर दो बार फायरिंग की जा चुकी है। नरहरि ने इसे पढ़कर मुरारी को कॉल कर लिया, "मुरारीलाल जी, आप अच्छे तो हैं? इस हमले को आप ज़रा गम्भीरता से लीजिए। कौन है जो बार-बार इस तरह की हरकत कर रहा है। कहीं कम्पनी प्रबन्धन की चाल तो नहीं है आपको डराकर दबाव बनाने के लिए?"

मुरारीलाल ने कहा, "मैं बिलकुल ठीक हूँ और इस तरह की गीदड़भभकी से डरने वाला नहीं हूँ। प्रबन्धन से इस तरह की घिनौनी और कायराना हरकत की उम्मीद तो नहीं की जाती, लेकिन जिस तरह मैनेजमेंट टीम में गिरावट आती जा रही है, उसमें असम्भव भी नहीं है।"

आगे उसने मोबाइल पर ही सूचना दी, "उस मृत लड़के हिम्मत पटेल (गायवाली बूढ़ी माँ के बेटे) के बारे में बात हो गयी है। ठेकेदार से भी और कम्पनी के आला अधिकारियों से भी। घातक दुर्घटना होने पर 4 लाख रुपये मुआवज़ा देने का समझौता है। इस राशि का 80 प्रतिशत ठेकेदार को 20 प्रतिशत विधाता स्टील को देना है। कल हिम्मत की माँ को अपना पहचान-पत्र लेकर कम्पनी के जेनरल ऑफ़िस के कॉन्ट्रैक्टर सेल में आना होगा, जहाँ सरकार की ओर से श्रम विभाग के अधिकारी, कम्पनी के एचआर अधिकारी तथा ठेकेदार की उपस्थिति में उसे चेक सौंपा जायेगा।"

नरहरि ने इसके लिए मुरारीलाल का आभार जताया। फिर प्रबन्धन से वेतन पुनरीक्षण को लेकर चल रही बातचीत की प्रगति के बारे में पूछ लिया।

मुरारी ने कहा, ''अब तक तो कोई प्रगति नहीं हुई। प्रबन्धन पूरी तरह अड़ा हुआ है। हमलोग भी एनजेसीएस के बराबर से तिल भर भी कम पर आने को तैयार नहीं हैं। उसने प्रतिष्ठा का सवाल बना लिया है तो हमने भी इसे जीने-मरने का मुद्दा बना लिया है।''

''एकदम आप सही ट्रैक पर हैं मुरारीलाल जी। यूनियन का असली मतलब अभी उभर कर सामने आ रहा है। आप में जो बदलाव देखने को मिल रहा है, उससे हम सभी लोग बेहद रोमांचित हैं। इसी तरह की आक्रामक यूनियनबाज़ी से प्रबन्धन के होश ठिकाने पर रहेंगे। मुझे याद आया—आपको अपने एजेंडे में एक और डिमांड जोड़नी चाहिए। असंगठित ठेकेदार मज़दूरों के स्थायीकरण और उसकी मज़दूरी तथा सुविधाओं को बढ़ाने के बारे में। खासकर उन मज़दूरों के लिए जो स्थायी प्रकृति के काम कर रहे हैं और वे अपने ट्रेड में दक्ष हैं।''

''यह एक दूसरी बड़ी लड़ाई है लड़ने के लिए। इसे कई बड़े नेता और आप जैसे समाजसेवी शुरू करने की सलाह दे रहे हैं। लेकिन पहले एक लड़ाई जो ठानी हुई है, उसे जीत लें तब इस पर ध्यान केन्द्रित करेंगे।''

''आपको क्या लगता है मुरारीलाल जी, बदले हुए तेवर से प्रबन्धन पर कुछ असर हो रहा है?'' नरहरि ने पूछा।

''अभी तक तो असर होने का कोई संकेत नहीं मिल रहा है। सुनने में आया कि कुछ कमिटी मेम्बरों को वे नौकरी से हाथ धोने की धमकी देकर तोड़ने की कोशिश कर रहे हैं। हमलोगों ने तय किया है कि हड़ताल तक भी जाना पड़ेगा तो हम जायेंगे। सारे मज़दूर साथी हमारा साथ देने के लिए तैयार हैं। सम्भवत: इस कारखाने के 110 साल के इतिहास में ऐसा पहली बार हुआ है। हमने सबकी सहमति लेने के लिए पिछले सप्ताह एक आम सभा बुलाई थी। सभा में लगभग तीन तिहाई मज़दूरों ने हर परिस्थिति में साथ देने का संकल्प दोहराया।

''सभा में वैसे कुछ साथियों का ऐतराज भी सामने आया जो सुविधाओं में जीने के आदी हो गये हैं। जोखिम उठाने के प्रति उनमें एक डर झाँक रहा था। उनका कहना था कि कारखाने का चलना प्रबन्धन से ज़्यादा वेतनभोगी कर्मचारियों

और किसी न किसी सप्लाई, सर्विस से प्रत्यक्ष या अप्रत्यक्ष जुड़े इस शहरवासियों के लिए ज़्यादा ज़रूरी है। हम भी इस सच्चाई से इनकार नहीं करते हैं नरहरि जी, यह कारखाना ठीक से चल रहा है तभी यह शहर भी ठीक से फल-फूल रहा है। हम अन्तिम क्षण तक चाहेंगे कि हड़ताल की नौबत आये बिना काम हो जाये। एक बात मैं आपको अपने दिल की बताना चाहता हूँ। हड़ताल अगर होगी भी तो सिर्फ़ प्रबन्धन को डराने और अपनी बात मनवाने के लिए, कारखाना बन्द कराने के लिए कतई नहीं।''

''मैं समझता हूँ मुरारीलाल जी, जो लोग नियमित एक बढ़िया तनख्वाह में जीने के आदी हो जाते हैं, उनमें जोखिम उठाने के प्रति एक भीरुता आ जाती है। चलिए ठीक है, आप एक अनुभवी नेता हैं, कब क्या कदम उठाना है, बेहतर जानते हैं। कल भेजता हूँ हिम्मत पटेल की माँ को। नमस्ते।''

37

नरहरि ने बहुत खुश होकर साथियों को गायवाली बूढ़ी माँ की खबर सुनायी। चार लाख रुपये बेचारी अबला और बेसहारा को मिल जायेंगे, तो बड़ी मदद हो जायेगी। उसने चस्का मरांडी को यह जिम्मेदारी सौंपी कि वह उसे लेकर कल 10 बजे विधाता स्टील के जेनरल ऑफ़िस चला जाये।

चस्का सुबह 8 बजे एक ऑटो रिक्शा लेकर उसके घर पहुँच गया। घर क्या था—स्वर्णरेखा नदी के किनारे और राज्य परिवहन बस पड़ाव के पीछे कारखाने से निकलने वाले रसायन और कचड़े के नाले के बगल में सरकारी ज़मीन पर घेरघार कर झोंपड़पट्टी बसी थी, उसी में कुछ ईंट, कुछ मिट्टी, कुछ बाँस, कुछ तारपोलिन (तिरपाल), कुछ प्लास्टिक आदि को मिला-जुलाकर एक झोंपड़ी बना दी गयी थी और उसके बाहर पुराने टीन का शेड बना था, जिसमें चितकबरी गाय और उसकी प्यारी सी बछिया बँधी हुई थी।

उस पूरी बस्ती में सभी लोग उसे गाय वाली माँ के नाम से जानते थे। चस्का ने उसे ढूँढ़ने में खास दिक्कत महसूस नहीं की। वहाँ आठ-दस लोग खड़े थे और आपस में खुसुर-फुसुर कर रहे थे। चस्का ने जब बूढ़ी के बारे में पूछा तो सभी उसका मुँह देखने लगे। उसने अपने बारे में बिना पूछे बता दिया, ''मैं

'वरदान पुष्प' से हूँ। बूढ़ी माँ को अपने साथ ले जाने आया हूँ। आज इन्हें मुआवज़ा का चेक मिलने वाला है।''

एक आदमी सामने आकर बताने लगा, ''हम सुबह-शाम यहाँ गाय दुहने आते थे। आज सुबह आये तो कई बार बुलाने पर भी वह बाहर नहीं निकली। दरवाज़ा खुला था। हम अन्दर चले गये। देखा तो वह मरी पड़ी है।''

चस्का मरांडी सन्न रह गया। उसने भी अन्दर जाकर देख लिया। स्पष्ट था कि रात में किसी ने उसकी हत्या कर दी। कौन हो सकता है हत्यारा? आखिर इसे मारने के पीछे कुछ तो मकसद रहा होगा!

चस्का ने लोगों से पूछा, ''उसका कोई सगा-सम्बन्धी है जो इसका क्रिया-कर्म कर सके?''

सभी एक-दूसरे का मुँह देखने लगे। दूध दुहने वाले ने ही फिर बताया, ''मेरी जानकारी में तो कोई नहीं है।''

''ठीक है। मामला हत्या का है, इसलिए पुलिस को खबर करनी पड़ेगी। शायद पोस्टमार्टम में जाना पड़े। उसके बाद हमलोग ले जाकर दाह संस्कार कर देंगे।''

वहाँ खड़े लोग फिर एक-दूसरे से खुसुर-फुसुर करने लगे। दूध दुहने वाला एक बार फिर सामने आया, ''वो हिन्दू नहीं मुसलमान थी। उसका बेटा हिम्मत पटेल मरा तो उसे कब्रिस्तान में दफ़नाया गया।''

''अच्छा! वह मुसलमान थी?''

''हाँ, अपना नाम नसीरन बताती थी।''

''ठीक है भाइयो, मैं पुलिस को खबर करके अपने साथियों को लेकर आता हूँ।''

चस्का एक गहरी उदासी लेकर वहाँ से चल पड़ा। इस ढलती उम्र में बेचारी खुद ही स्वाभाविक मौत से दो-एक सालों में मर जाती, लेकिन उसे किसी कसाई ने बलि चढ़ा दिया। दुनिया में ऐसे कितने लोग हैं जिसकी मौत पर कोई रोनेवाला नहीं होता, गोया वह कोई पशु-पक्षी या पेड़-पौधा हो। इस बूढ़ी नसीरन की मौत पर भी रोने वाला कोई नहीं था।

38

गायवाली बूढ़ी माँ की हत्या की खबर सुनकर नरहरि अचम्भित रह गया। एक अपराधबोध से भरकर वह रोने-रोने को हो गया। निश्चय ही इस दुखियारी औरत को मारने के पीछे मुआवज़ा के अलावा दूसरा कोई कारण नहीं हो सकता और हत्या करवाने वाला उस ठेकेदार के अलावा भी दूसरा कोई नहीं हो सकता। यहाँ तो पाँच-दस हज़ार में बड़ी-बड़ी मुश्किल हत्याएं हो जाती हैं, नसीरन तो एकदम आसान टार्गेट रही होगी और कुछ सौ में ही ठेकेदार ने निपटवा दिया होगा। कमीने ने सोचा होगा कि क्यों तीन-साढ़े तीन लाख ज़ाया किया जाये, जब कुछ सौ में ही काम निकल जाने वाला हो।

मुआवज़ा दिलाने की बात जब नरहरि ने उससे की थी तो उसने कहा था, ''हमारा बेटा ठेका मज़दूर था। ठेकेदार मज़दूर का कोई बही-खाता कहाँ होता है। जब हमारा सोना बेटा ही नहीं रहा तो पीतल के फेर में हम कहाँ कहाँ भटकते फिरें।'' मतलब उसने सोचा भी नहीं था मुआवज़ा लेने के बारे में। शायद उसे पता था कि उसके जैसे मामूली लोग जब किसी बड़े आदमी से हक माँगेंगे तो उन्हें बर्दाश्त नहीं होगा। नरहरि ने ही उसे ज़ोर देकर लेने के लिए राज़ी किया। अगर ऐसा न किया होता तो आज वह बेचारी जीवित होती। भला चाहने की जगह उसका इतना बड़ा बुरा हो गया, यह मलाल वह सारी उम्र ढोता रहेगा।

जब पुलिस स्टेशन से चस्का ने उसे फ़ोन किया था तो नरहरि के दिमाग में उसका हिन्दू होना ही दर्ज था और वह स्वर्णरेखा घाट ले जाकर दाह-संस्कार आदि के इन्तज़ाम के बारे में सोचने लगा था। उसके बेटे के नाम हिम्मत पटेल से बहुत स्पष्ट नहीं हो पाया था। लेकिन जब चस्का ने आकर बताया कि श्मशान घाट नहीं कब्रिस्तान ले जाना है तो उस मरहूम औरत के बारे में उसकी श्रद्धा और भी गाढ़ी हो गयी। गाय को लेकर प्रेम और घृणा के राष्ट्रीय विवाद से निरपेक्ष वह गाय पालती रही थी, उसकी सेवा करती रही थी, उसके मरहूम बेटे का गाय पालना सबसे पसन्दीदा शौक था।

नरहरि के सामने अचानक यह प्रश्न खड़ा हो गया कि अब उस गाय का क्या होगा? उस गाय की भी क्या नियति है, उसका दोनों चाहने वाला एक-एक कर इस दुनिया से उठ गया, वह भी ऐसे समय में जब वह सेवा लेने के बदले मेवा देने लगी थी। होना तो अब यही है कि उसे एक बार फिर काँजी हाउस में

चला जाना है, लेकिन इस बार कैदी गाय के रूप में नहीं बल्कि वहाँ का स्थायी निवासी होकर।

नरहरि की जानकारी में था कि नया कब्रिस्तान लगभग तैयार हो गया है। उसे शुरू करने को लेकर पिछले दिनों चर्चा चल रही थी। हरफन अंसारी से कहा गया था कि वह आस-पास रहने वाले मुस्लिम भाइयों को बता दे कि किसी के इंतकाल होने पर मिट्टी मज़लूम के लिए यह कब्रिस्तान एक माकूल ठिकाना है। हरफन ने नुमाइन्दगी करने वाले कुछ लोगों से इस बारे में दरयाफ़्त करना शुरू भी कर दिया था। लेकिन उनके मन में जमा संशय का टीला अब भी पिघला नहीं था।

नरहरि ने हरफन को बुलवाया और कहा, ''हरफन, गायवाली बूढ़ी माँ, जिसका नाम नसीरन था, इस कब्रिस्तान में सुपुर्दे खाक होनेवाली पहली मिसाल होगी। तुम तैयारी करो, इसका जनाज़ा पूरे एहतराम और खास बनाकर निकाला जायेगा। मैं शहर के सारे गणमान्य लोगों से सम्पर्क करता हूँ कि वे इस यतीम औरत की आखिरी रस्म में ज़रूर से ज़रूर शरीक हों। चूँकि इसी से नये कब्रिस्तान के आगाज़ की रस्म अदायगी हो जायेगी।''

हरफन और वरदान पुष्प के अन्य साथियों ने इसे एक अच्छा फ़ैसला बताया और नरहरि की सूझबूझ का एक बार फिर लोहा मान लिया।

हरफन ने हर वो इन्तज़ाम किये जो किसी जनाज़े के लिए उसके अपने परिवार द्वारा जुटाये जाते हैं। जब ताबूत में डालकर जनाज़ा जुलूस निकला तो उसमें वरदान पुष्प के साथियों के साथ, बस्ती के लोग, मीडिया के लोग और शहर के कई जाने-माने लोगों का काफ़िला चल पड़ा। कब्रिस्तान में जिन-जिन को बुलाया गया, वे सारे आ जुटे—ज़िलाधिकारी समवेत त्रिवेदी, कम्पनी के उपाध्यक्ष सम्पत मेहरा, यूनियन नेता मुरारीलाल, कृतार्थ कुशवाहा, ऐडवोकेट महावर शर्मा, उद्योगपति गुरमेज भाटिया एवं सुकोमल जैन और इम्तियाज मस्जिद के इमाम मौलाना उस्मानी तुर्रम हयात जाफरी।

अखबारों ने अगले दिन शानदार कवरेज दिया। सबने वरदान पुष्प की इस कार्रवाई को बहुत पसन्द किया कि एक गरीब, बेसहारा और मजलूम औरत को इस तरह पूरे तवज्जह के साथ दफ़्न किया गया और नये कब्रिस्तान की तवारीख की यह पहली बुनियाद बन गयी।

उसकी गाय काँजी हाउस उर्फ़ गौशाला में भेज दी गयी। गुरमेज भाटिया ने गाय की कीमत लगाकर उस पैसे की नसीरन के नाम फ़कीरों में खैरात बँटवा दी, खाना खिलवा दिया और पक्की कब्र बनवा दी और उसके सिरहाने के मेहराब में उर्दू में उसका नाम लिखवा दिया—गायवाली बूढ़ी अम्माँ नसीरन।

39

तीन दिनों से बादलों की झड़ी लगी हुई थी और लगातार बारिश हो रही थी। रोज़ कमाने-खाने वालों के सामने ऐसी बारिशें कई मुसीबतें खड़ी कर देती हैं। खासकर ऐसे लोगों के लिए बूँदों के रूप में भुखमरी का फ़रमान बरस पड़ता है जो खुले आसमान के नीचे बसर करने के लिए अभिशप्त हैं।

'सबका होटल' में ऐसे माँगनेवाले भूखे लोगों की संख्या कई गुणा बढ़ गयी। नरहरि ने अपने साथियों से कहा कि जितना ज़्यादा लोगों को खाना देना सम्भव हो, दिया जाये। कुछ समय पहले तिरिल ने बाँटने के मकसद से अपने घर से अपने खेत का उपजा चार क्विटल चावल भिजवा दिया था। इसी चावल के भात हर दिन दस से पन्द्रह जनों में बाँटने का रिवाज बन गया था। इस आड़े वक्त में यह संख्या बढ़ा दी गयी।

नरहरि ने देखा कि माँगने वालों में गेरुआ कपड़े पहने कई हट्टे-कट्टे किस्म के लोग हैं। वे साधु कहाते थे और दिन भर शहर के विभिन्न टोलों-महल्लों तथा आस-पास के गाँवों-बस्तियों में जाकर भिक्षाटन करते थे। ग्रैजुएट कॉलेज फ़ॉर वीमेंस के बगल में स्थित पम्प हाउस से लगे एक खाली मैदान में शाम को लौटने पर तीन ईंटों के चूल्हे बना लेते थे तथा चुनकर लायी गयी लकड़ियाँ जलाकर खाना बना लेते थे। शाम को वहाँ से गुज़रने पर इस तरह के एक साथ तीस-चालीस चूल्हे जले हुए दिखाई पड़ते थे। पम्प हाउस से लगे एक खाली लावारिस कमरे में तथा बगल के कुछ क्वार्टरों के धार्मिक किस्म के उदार गृहस्थों के बालकनी में उनका झोला-झक्कड़ और लोटा-कमंडल व चिमटा आदि पड़ा रहता था। बारिश होने के समय वे इन्हीं जगहों पर आश्रय ढूँढ़ लेते थे।

पम्प हाउस के पास वाली सड़क से गुज़रते हुए नरहरि की नज़र हर बार अटक कर रह जाती थी कि आखिर ये अच्छे-भले व हट्टे-कट्टे लोग इस तरह

सधुअई क्यों कर रहे हैं? दुनियादारी से अगर इन्हें वितृष्णा रहती तो किसी जंगल, पहाड़, गुफ़ा या कंदरा में निवास कर लेते। लेकिन वे घोर सांसारिक उपक्रमों के बीच रह रहे हैं, मतलब वे मोह-माया से बँधे हैं...कमाने-खाने वाले लगाव से जुड़े हैं। घर-घर जाकर भीख माँगना, खाने और सोने में झमेला मोल लेना...क्यों नहीं ये लोग कुछ काम कर लेते हैं। बड़ी नहीं तो कोई छोटी-मोटी नौकरी-चाकरी या दिहाड़ी मिल ही सकती है। जो चाहता है उसे मिल ही जाती है।

एक दिन नरहरि ने खाना खिला देने के बाद बारह-पन्द्रह साधुओं को वरदान पुष्प के दफ़्तर में बुला लिया। उन्हें मान देते हुए बैठाया और एक शुभचिन्तक की तरह उनसे पूछा, "मैं कुछ अच्छा सोचकर यह जानना चाहता हूँ कि आपलोगों ने क्यों इस तरह के कष्टकर और बेठिकाने जीवन का चुनाव कर लिया है?"

सभी साधु एक-दूसरे के मुँह देखने लगे, जैसे पूछ रहे हों कि क्या इनके सामने अपने निजी जीवन के पन्ने खोले जायें या क्या इन्हें मन के कोनों-अंतरों में झाँकने की छूट दी जाये?

नरहरि ने उनके पसोपेश को पढ़ते हुए फिर कहा, "देखिये, अगर आपलोग इस बदहाली से निकलना चाहते हैं तो मैं कोई रास्ता निकालने की कोशिश कर सकता हूँ। इसलिए ऐसा मत समझिये कि मैं मज़ा लेने या उपहास करने के लिए आपसे कुछ पूछ रहा हूँ।"

कुछ देर के मौन के बाद एक साधु ने कहना शुरू किया, "हमारे घर में बहुत गरीबी थी। हम ऊँची जाति से हैं, इसलिए गाँव में किसी के यहाँ मजूरी भी नहीं कर सकते थे। घर से भागकर हरिद्वार चले गये। कुछ दिन एक बाबा के आश्रम में रहे। फिर उन्होंने ही कह दिया कि किसी सुदूर क्षेत्र में चले जाओ और साधु बनकर माँगो और खाओ।"

दूसरे ने कहा, "हमें अपनी एक चचेरी बहन से प्यार हो गया था। जब घरवालों को पता चला तो हमारे साथ बहुत मारपीट की। हम घर से भाग गये और साधु बन गये।"

तीसरे ने कहा, "हमारी पत्नी ने हमारे साथ बहुत बड़ा छल किया। पड़ोस के एक लड़के से वह फँस गयी। मना करने पर भी वह नहीं सुधरी। उल्टे वह लड़का भी हमें जान से मारने की धमकी देने लगा। घर-परिवार से हमारा मोहभंग हो गया

और हमने घर को हमेशा के लिए छोड़ दिया।''

चौथे ने कहा, ''हम बहुत छोटी जाति से हैं। बड़ी जातिवाले हम पर बहुत ज़ुल्म ढा रहे थे। हमसे गुलामी करवाते थे और इनकार करने पर मारपीट और गाली-गलौज़ करते थे। हमसे सहा नहीं गया। हम भागकर बद्रीनाथ चले गये। वहाँ के एक आश्रम में पनाह मिल गयी। वहाँ से हमें आदेश हुआ कि हम भीख माँगकर नौ मन पुराना कपड़ा और नौ मन अनाज उन्हें सौंप दें तो आगे हम उस आश्रम के स्थायी सदस्य बन जायेंगे। फिर हमें कोई काम नहीं करना पड़ेगा।''

पांचवें ने कहा, ''हमारी सौतेली माँ थी और बाप बहुत बड़ा पियक्कड़ था। सौतेली माँ हमें कई बार ज़हर देकर मारने की कोशिश कर चुकी थी। हम बाल-बाल बच जाते रहे। आखिर में आजिज़ होकर हमें घर छोड़ देना पड़ा।''

छठे ने कहा, ''हम एक बुरी संगत में पड़कर चोरी और सेंधमारी वाले ग्रुप में शामिल हो गये थे। एक बार हम पकड़ लिये गये। बड़ी पिटाई लगी। पुलिस ने हाजत में बन्द कर दिया। अगले दिन हम चकमा देकर भाग निकले और अनेक धामों और तीर्थों से गुज़रते हुए गेरुआ बाना धारण कर लिया।''

सातवें ने कहा, ''जायदाद बँटवारे के झगड़े में हमसे चाचा का खून हो गया। घर से हम उसी वक्त निकल गये तो फिर कभी लौटकर नहीं जा सके।''

आठवें ने कहा, ''एक साधु आया था हमारे गाँव में। उसने हमारे ऊपर ऐसा मोहिनी मन्त्र चला दिया कि हम उसके पीछे-पीछे चल पड़े। काफ़ी दिनों तक उसने हमें अपने साथ रखा। एक दिन वह मर गया और हम अकेले उसी के रास्ते पर चलते चले गये।''

नवें ने कहा, ''तिहाड़ जेल को तोड़कर भागने वाले पचास कैदियों में एक हम भी थे। हमें एक बम धमाके के आरोप में पकड़ा गया था। लेकिन कई साल हो गये, हमारे ऊपर न मुकदमा शुरू हुआ, न हमको सज़ा हुई। कानून से हमारा विश्वास उठ गया और हम भाग निकले। दाढ़ी-बाल बढ़ाकर साधु बन गये।''

दसवें ने कहा, ''हमारी कहानी भी प्रेम से जुड़ी है। एक लड़की से हम बेहद प्यार करते थे। लेकिन उसने हमारे साथ बेवफ़ाई कर दी। किसी और से उसने शादी रचा ली, इसलिए कि वह बहुत अमीर घर का लड़का था। हम आत्महत्या करने के लिए निकल गये थे। फिर मन बदल गया और साधु बन गये।''

ग्यारहवें ने कहा, ''हमारे गाँव में घरवाली है, दो बच्चे हैं। साधु का भेष बनाकर माँगने से ठीक-ठाक मिल जाता है। हम इसी से अपना परिवार चला रहे हैं।''

''आप सबकी कहानी सुनने के बाद यही उजागर होता है कि आप सभी किसी न किसी विषम परिस्थिति के मारे हैं। मेरा मानना है कि इस तरह के भटकाव और अनिश्चय के जीवन से आपलोग अभी भी निकलने की कोशिश कर सकते हैं। आप सबके सामने अभी जीवन का काफ़ी हिस्सा बचा हुआ है। अभी भी कुछ नहीं बिगड़ा है और जो बिगड़ा है उसे सुधारा जा सकता है। अपने में एक इच्छाशक्ति जगाइये और इस भीख और रहमोकरम की भगोड़ा और पलायन वाली ज़िन्दगी से बाहर निकलिये। मैं आप सबकी मदद करना चाहता हूँ।'' नरहरि ने सहानुभूति जताते हुए आत्मीय बनकर कहा।

एक ने पूछा, ''हमें क्या करना होगा?''

''कोई सा भी काम करने का मन बनाइये। मैं ढूँढ़ता हूँ कि कहाँ-कहाँ क्या काम आपको दिया जा सकता है। पहले आप लोग सहमति व्यक्त कीजिए।''

किसी एक ने कहा, ''ठीक है हम तैयार हैं।''

इसी तरह बारी-बारी से सभी ने दोहराया कि ठीक है, हम तैयार हैं।

40

नरहरि उद्योगपति गुरमेज भाटिया को फ़ोन कर उनसे मिलने चला गया। सुकोमल जैन को भी खबर कर दी। वे भी भाटिया के ऑफ़िस में आ गये। साधुओं के दुखड़ों को विस्तार से सुनाते हुए वह निवेदन करने के अन्दाज़ में इस तरह कहने लगा जैसे अपने लिए कुछ माँग रहा हो, ''मैं चाहता हूँ भाटिया जी, जैन साहब कि इन जवान, तगड़े और शारीरिक रूप से चुस्त-दुरुस्त साधुओं के लिए कोई रास्ता निकाला जाये, ताकि भिखमंगी करने से उन्हें निजात मिल जाये। सुझाव दीजिए कि क्या कुछ हो सकता है?''

कुछ पल सोचने के बाद जैन ने कहा, ''आपको लगता है कि कोई काम देने

से ये लोग टिक जायेंगे? मुफ़्तखोरी की आदत छोड़ना क्या उनके लिए मुमकिन होगा?''

''मैंने एक-एक से पूछा है जैन साहब। उनके हाँ कहने पर ही मैंने कदम आगे बढ़ाया है। हमें मानकर चलना चाहिए कि उनमें अब भी पूरी तरह आत्मसम्मान मरा नहीं है। मुझे लगा कि हाथ फैलाने से मुक्त होने की एक तड़प है उनमें।''

''चलिये, आप कहते हैं तो आज़मा लिया जाये। मैं अपने प्लांट का एक्सटेंशन करने जा रहा हूँ। उसमें दस-बारह को मैं समायोजित कर सकता हूँ। पहले सबको एक साल बतौर अप्रेंटिस काम सीखना होगा। इस दौरान हम उन्हें वेतन नहीं एक स्टाइपेंड देंगे, जिसमें वे अच्छी तरह खा-पी लेंगे।''

''बहुत बढ़िया जैन साहब। इससे बेहतर भला उनके लिए और क्या सोचा जा सकता है।''

''आठ-दस को मैं भी बहाल कर लूँगा। लेकिन अभी ठीक-ठीक नहीं बता पाऊँगा कि क्या-क्या काम में उन्हें लगाया जा सकेगा।'' भाटिया ने भी नरहरि की बात रख ली।

''आप लोग मेरा कुछ भी कहा टालते नहीं हैं, मैं कैसे शुक्रिया अदा करूँ। एक बात मैं ज़रूर कहना चाहूँगा कि ऐसा तो नहीं कि मैं कह रहा हूँ तो आप मेरी बात रखने के लिए खामखाह एक बोझ उठाने के लिए तैयार हो गये।''

''ऐसा बिलकुल नहीं है नरहरि जी। हम आपसे एकदम साफ़गोई से बात करते हैं। कोई दिखावा या बनावटीपन या भरमाने वाली भाषा से एकदम दूर रहते हैं, खासकर जब आप जैसे खाटी ईमानदार और नेकदिल इन्सान से कोई डीलिंग हो रही हो।''

''यह आपकी ज़र्रानवाज़ी है भाटिया जी कि आप मुझ खाकसार को इतना तवज्जह देते हैं। ठीक है, मैं दस-दस के ग्रुप में उन्हें भेजता हूँ आपके पास। फ़ोन करके मैं आप दोनों से समय ले लूँगा। फ़िलहाल हम इसे एक प्रयोग मानकर चलें। अगर परिणाम ठीक रहा तो आपके कुछ अन्य लघु उद्योगकर्मी साथियों से बात करके कुछ और गुमराह लोगों को पटरी पर लाने का अभियान चलाया जायेगा।''

41

नया मन्दिर बनकर तैयार हो गया। ज़िलाधिकारी त्रिवेदी ने एक मीटिंग बुलायी, जिसमें पुलिस अधीक्षक डैनियल डुंगडुंग, समाज के कुछ जाने-पहचाने लोग, शान्ति कमेटी के कुछ सदस्य, चौला सिंह, वरदान पुष्प के सोनवारे नरहरि, फुलोदा बेसरा, लघु उद्योगकर्मी गुरमेज भाटिया, इम्तियाज मस्जिद के हाफ़िज़ मौलाना उस्मानी तुर्रम हयात ज़ाफरी मुख्य रूप से उपस्थित थे।

त्रिवेदी ने कहना शुरू किया, "शहर का मानचित्र बदलने में हमलोग लगे हुए हैं। काफ़ी कुछ हो रहा है, जिससे शहर सुन्दर बन सकेगा, सहूलियतें बढ़ेंगी और कुछ मुश्किलें कम होंगी। आप सभी का इसमें सहयोग चाहिए। जो भी बदलाव होने जा रहे हैं उनमें सार्वजनिक हितों को ध्यान में रखा गया है। कोई व्यक्ति, जाति, वर्ग या समाज इसे निजी नफ़ा-नुकसान के तौर पर न देखे। धर्म, मज़हब और आस्था के नाम पर कोई भी काम ऐसा नहीं होना चाहिए जिससे दूसरों को तकलीफ़ हो, परेशानी हो। आप सब इससे सहमत हैं?"

सबने "हाँ हाँ, सहमत हैं" कहकर समर्थन जताया। चौला सिंह सिर्फ़ आँखें तरेर कर देखता रहा।

"हमने कुछ परिपाटियों को बदला है जो कई सालों से चली आ रही थीं और उनसे शहर में एक अराजकता और खीज की स्थिति बन जाती थी। अब किसी भी प्रकार की रैली, जुलूस या शोभायात्रा सड़कों से इस तरह नहीं गुज़रेंगी, जिससे कई-कई घंटे तक यातायात बाधित हो जाये। इन सब निर्वहनों के लिए हम शहर का सबसे बड़ा मैदान उपलब्ध करा देंगे, जहाँ कोई जितना चाहे प्रदर्शन करे। शादी, भोज, यज्ञ, पूजा-पाठ या अन्य समारोह के लिए भी उस जगह पर पंडाल बनाने तथा लाउडस्पीकर बजाने की मनाही होगी, जिससे आने-जाने वालों को किसी भी प्रकार की बाधा पहुँचती हो। हम इस आशय के परिपत्र अखबार में जारी करने जा रहे हैं। इस सम्बन्ध में कोई शंका हो या कोई सुझाव देना चाहें तो बेशक दें।" त्रिवेदी जी ने एक सधे-मँजे सख्त प्रशासक की तरह अपना अभिमत प्रकट किया।

"अब एक मन्दिर के बारे में आपको बताना है। स्टेशन जाने वाली मटकीडीह के मुख्य सड़क से लगे एक खाली भूखंड पर विधायक फंड से एक नया मन्दिर बनकर तैयार है। आप लोग देख ही रहे होंगे। उसका परसों 10 बजे दिन में

विधिवत शुभारम्भ होगा। माननीय विधायक इस अवसर पर मुख्य अतिथि होंगे। आप सभी लोग उस मौके पर आमन्त्रित हैं।''

''मन्दिर में एक स्थायी पुजारी होना चाहिए जो मन्दिर की साफ़-सफ़ाई और रख-रखाव का भी ज़िम्मा सँभाल सके।'' चौला सिंह ने अपनी रौबदार आवाज़ का एक प्रभाव डालने के मकसद से कहा।

''हाँ, उसके लिए हमने एक पंडित राम चरित्तर दुबे को तय कर दिया है। वे कल से उसका पूरा ज़िम्मा सँभाल लेंगे।''

''राम चरित्तर दुबे? नहीं-नहीं सर, ये तो गलत चुनाव है। ये तो वरदान पुष्प से जुड़े हैं। रंगरेज पंडित के बाउजी हैं। इन्हें वहाँ रखने से यह सन्देश जायेगा कि मन्दिर पर वरदान पुष्प का कब्जा है।'' चौला सिंह ने अपने विरोध का चेहरा सामने ला दिया।

''देखिये, आप अपने निजी बैर-भाव को ध्यान में लाकर इस तरह टिप्पणी मत कीजिए। मन्दिर तो सार्वजनिक स्थल होता है, उस पर किसी के कब्जे का सवाल कहाँ पैदा होता है। और जहाँ तक मैं जानता हूँ, वरदान पुष्प तो शहर में अच्छे काम के लिए जानी जाती है। कब्जा, तोड़-फोड़ या कोई असामाजिक कार्य-कलाप में तो इसका नाम कभी लिप्त नहीं पाया गया।''

चौला को सुनकर फुलोदा बेसरा की भृकुटी ज़रा तन गयी। उसने कहा, ''आपने कहा त्रिवेदी सर कि मन्दिर तो सार्वजनिक स्थल होता है। लेकिन जिन चौला सिंह को कब्जे का डर सताने लगा है वे खुद सड़क पर बने दो मन्दिरों को अपनी जागीर समझते हैं।''

''हाँ हाँ फ़ुलोदा बेसरा, जागीर ही है वह मेरी। मेरे दादा ने बनवाया था उसे। मन में कोई भ्रम मत लाना।'' पूरे गुस्से में तमतमा कर चौला सिंह ने कहा।

''देखिये, आप फुटपाथ पर नहीं, कलक्टर साहब के ऑफ़िस में बैठकर बात कर रहे हैं। भद्रता और शिष्टता से बात कीजिए।'' पुलिस अधीक्षक डैनियल डुंगडुंग ने हस्तक्षेप किया, ''मन्दिर को आप अपनी जागीर समझना छोड़ दीजिए। उसे अब हटाया जायेगा वहाँ से। आवागमन पूरी तरह बाधित होता है वहाँ। नया मन्दिर उसी के विकल्प के तौर पर बनाया गया है।''

''माफ़ कीजिए सर, उस मन्दिर से हमारे खानदान की भावना जुड़ी है। उसे

आप वहाँ से नहीं हटा सकते। हम हाईकोर्ट में याचिका दायर करेंगे।''

''आपको जहाँ जाना है, जाइये। वे मन्दिर अब वहाँ नहीं रहेंगे, इसे आप अच्छी तरह समझ लीजिए। आपके खानदान की भावना से ज़्यादा ज़रूरी है हज़ारों लोगों की भावना का खयाल करना, जो हर घड़ी परेशान होते हैं वहाँ से गुज़रते हुए। बहुत दिनों तक आपकी भावना सुरक्षित रही, अब उस भावना को नये मन्दिर में स्थानान्तरित कर दीजिए।'' डुंगडुंग ने बेलाग अपना निर्णय सुना दिया।

त्रिवेदी जी को लगा कि अब इसी मोड़ पर मीटिंग खत्म कर दी जाये। उन्होंने कहा, ''मीटिंग खत्म होती है, आप सभी को धन्यवाद।''

42

मटकीडीह के दर्जनों घरों में घूम-घूमकर मोगरा और संझा ने गृहिणियों और प्रतिदिन पूजा-पाठ की अनिवार्यता को वहन करने वाले श्रद्धालुओं को मन्दिर उद्‌घाटन के अवसर पर होने वाले पूजा-पाठ में भाग लेने का निमन्त्रण बाँट दिया। मकसद यह था कि लोग इस नये मन्दिर से ज़्यादा से ज़्यादा संख्या में तेज़ी से जुड़ें और पुराने की अनुपस्थिति से असहज न बनें।

जनसम्पर्क का परिणाम अच्छा रहा। बड़ी संख्या में स्त्री-पुरुष का जुटान हो गया।

पंडित राम चरित्तर दुबे सुबह से पूजन सामग्रियों के साथ शिवलिंग में प्राण प्रतिष्ठा करने के प्रति कर्मकाण्ड निपटाने में व्यस्त हो गये।

इस क्षेत्र का विधायक, जो जीतने के बाद राजधानी के सरकारी आवास में डेरा जमाये रहता था, समय से पहले भक्ति-भाव से हाज़िर हो गया। वह उस पार्टी का विधायक था जिसके पार्टी-घोषणापत्र में मन्दिर और पूजा-पाठ खास महत्त्व रखता है।

नियत समय पर ज़िलाधिकारी समवेत त्रिवेदी, पुलिस अधीक्षक डैनियल डुंगडुंग, दोनों के कई मातहत अधिकारी एक जीप विशेष पुलिस फ़ोर्स लेकर पहुँच गये। मोगरा और संझा ने उनका स्वागत किया। वरदान पुष्प की ओर से सिर्फ़ इन्हीं दोनों की उपस्थिति थी। त्रिवेदी जी ने नरहरि के बारे में पूछ दिया।

संज्ञा ने कहा, "आज तक कभी देखा नहीं उसे मन्दिर जाते या किसी धाम की यात्रा करते।"

"क्या वे नास्तिक हैं, भगवान को नहीं मानते?"

"आप खुद ही उससे मोबाइल से पूछ लीजिए सर।"

त्रिवेदी ने जिज्ञासावश उसका नम्बर लगा लिया और पूछ दिया, "नरहरि जी, आप आये नहीं? क्या भगवान में आपका विश्वास नहीं है?"

नरहरि ने जवाब दिया, "बिलकुल विश्वास है त्रिवेदी साहब। लेकिन इसमें विश्वास नहीं है कि ईश्वर की भक्ति मन्दिर में जाने से होती है। हमारे गुरु ताराकान्त सर कहा करते थे कि ईश्वर को कहीं खोजने की ज़रूरत नहीं है। वह कई रूपों में हमारे साथ है। उसके बिना तो एक पल भी जिया नहीं जा सकता। धरती, आकाश, पानी, सूर्य, हवा, अग्नि इन्हीं से हम बने हैं, इन्हीं की वजह से हमारा अस्तित्व है। ये हैं तो हम हैं। ये ही ईश्वर हैं, उनके प्रतिरूप हैं और इन्हें बचाना, इनका आदर करना ही हमारा सबसे बड़ा धर्म है, हमारी सबसे श्रेष्ठ भक्ति है।"

"वाह नरहरि जी। आपसे मुझे कई बार बहुत ईर्ष्या होती है। आज लग रहा है कि काश ताराकान्त जी से मैं भी कभी मिला होता। आपने तीन-चार पंक्तियों में जैसे सृष्टि दर्शन का निचोड़कर रख दिया। चलिये, ठीक है आज इस मौके पर मैं आपको पूजा करने नहीं बुला रहा। बस आ जाइये इसलिए कि इस शहर के कपाल पर एक नया अध्याय लिखा जा रहा है।"

"आ जाता मैं त्रिवेदी सर। लेकिन होटल से कई साथी किसी न किसी काम से निकले हुए हैं। रात के बहुत सारे जूठे बर्तन पड़े हुए हैं। फ़र्श की साफ़-सफ़ाई भी नहीं हुई है। थोड़ी ही देर बाद ग्राहक आने लगेंगे। मुझे अभी के लिए माफ़ कर दीजिए।"

"मतलब अभी आप होटल के जूठे बर्तन धोयेंगे और फ़र्श की साफ़-सफ़ाई करेंगे?"

"जी, मैं बिलकुल करूँगा। अपना काम है त्रिवेदी साहब।"

"चलिये, कोई बात नहीं। मिलते हैं बाद में।"

मोबाइल जेब में रखकर संज्ञा से कहा त्रिवेदी ने, "नरहरि नहीं आ सकेंगे।

कह रहे हैं कि उन्हें होटल के जूठे बर्तन और फ़र्श की सफ़ाई करनी है। यह काम क्या उन्हें ही करना पड़ता है?''

''इतना ही नहीं सर, होटल के आधा दर्जन यूरिनल और टॉयलेट की सफ़ाई भी रोज़ वही करता है।'' संझा ने बताया।

त्रिवेदी की गर्दन हिलने लगी।

उनका ध्यान नरहरि के संवाद पर अटक कर रह गया। कितना सच कहा उसने कि हमारा पालन-पोषण हर पल ईश्वर ही तो कर रहा है। दुनिया की सारी चीज़ें इसी धरती से निकलती हैं या इसी से उपजती हैं, हम इसी पर टिके हैं। ये न हों तो हम कहाँ होंगे। इसी तरह पानी और हवा है जीवन का आधार। पानी को देखना, उसे महसूस करना कितना नैसर्गिक सुख देता है। आकाश, सूर्य, अग्नि, समुद्र, पहाड़, नदी किसने रचा इन्हें? ईश्वर दिखाई नहीं पड़ता। पता नहीं वह होता है भी या नहीं लेकिन इन तत्वों को देखकर, इनके बारे में सोचकर ईश्वरत्व को महसूसा जा सकता है। नरहरि ने आज बहुत पते की बात कह दी।

विधायक जी को यजमान बनाकर दुबे जी ने पूजा सम्पन्न कराई। सारे उपस्थित लोगों में मिठाइयाँ बाँटी गयीं और घोषणा कर दी गयी कि कल से मन्दिर के द्वार सभी श्रद्धालुओं के लिए खुले रहेंगे।

एसपी डुंगडुंग को सीआईडी रिपोर्ट के अनुसार कुछ गड़बड़ी की आशंका थी। चौला सिंह कहीं दिखाई नहीं पड़ रहा था। किसी ने बताया कि पुराने मन्दिरों को हटाये जाने के खिलाफ़ वह हाईकोर्ट में याचिका दायर करने चला गया है।

43

नये मन्दिर के उद्घाटन के बाद की अगली सुबह सबने देखा कि स्टेशन रोड से दोनों मन्दिर गायब हैं। रातोरात लगता है पोकलेन से तोड़कर मलबा तक वहाँ से हटा दिया गया। मन्दिर छोटे आकार का था, इसलिए मलबा ज़्यादा नहीं रहा होगा। कानोकान चारों ओर यह खबर फैल गयी। त्रिवेदी और डुंगडुंग हैरान रह गये। किसका काम हो सकता है यह? जो काम ज़िला प्रशासन को करना था, उसे करके किसने पहले ही खैरख्वाही दिखा दी। कहीं वरदान पुष्प ने तो नहीं करवा दिया? बिलकुल, वरदान पुष्प का ही काम हो सकता है।

इधर नरहरि और उसके सभी साथी भी सुनकर दंग रह गये। एक रात में इतनी सफ़ाई से काम निपटा दिया गया। ज़रूर ज़िला प्रशासन ने ही कराया होगा। हाईकोर्ट की धमकी दे रहा था न चौला सिंह! डुंगडुंग साहब ने सोचा होगा कि हाईकोर्ट में मामला पहुँचने से पहले इस नासूर का इलाज कर दिया जाये।

डुंगडुंग ने फ़ोन किया नरहरि को, ''रातोरात सड़क को चौड़ा करवा दिया और हमें भनक तक लगने नहीं दी?''

''डुंगडुंग साहब! मतलब कि आप समझ रहे हैं हमलोगों ने किया है यह काम?''

''हाँ बिलकुल! आपके अलावा भला और किसमें इतना दम हो सकता है?''

''आप गलत समझ रहे हैं डुंगडुंग साहब। हम लोग तो समझ रहे थे कि सारा कुछ आपने कराया है। चूँकि इतना बड़ा काम करा लेना किसी साधारण व्यक्ति या संस्था के बूते की कार्रवाई नहीं हो सकती। इसे रातोरात निपटाने के लिए कम-से-कम चार पोकलेन और एक दर्जन मज़दूर लगाये गये होंगे। एक बहुत चालू सड़क पर इसे घटित होते हुए बहुत लोगों ने देखा भी होगा। चौला सिंह के पास तुरन्त सूचना भी चली गयी होगी।''

''तो कहीं चौला सिंह ने ही तो यह काम नहीं करवा दिया?''

''शक की सूई जाती तो है इस तरफ़, फिर लगता है कि उसे ऐसा करने की ज़रूरत ही क्या है? ऐसा करने में उसकी क्या चाल हो सकती है? शराफ़त तो यह कर नहीं सकता। अगर कर सकता तो सालों पहले यह हटा दिया गया होता।''

''खैर जाने दीजिए। इसे हटना था, हट गया, चाहे कोई हटाये। मुझे लगता है कि अब इस विषय पर बहुत मगजमारी करने की ज़रूरत नहीं है।''

44

यूनियन अपनी माँग पर डटी हुई थी। प्रबन्धन के लिए एक आन की बात हो चली थी। उसने एनजेसीएस स्तर से काफ़ी कम देने का जो एक प्रस्ताव बना रखा था, उसमें एक-दो बिन्दुओं पर वह सरकने के लिए तैयार था, लेकिन

न्यूनतम गारंटेड बेनिफ़िट और पे-स्केल पर वह अडिग था। मुरारीलाल ने विरोध के हलके उपाय आज़माने शुरू कर दिये थे—बातचीत के बुलावे का बहिष्कार, एमडी के बंगले का घेराव, मेनगेट पर धरना, एक घंटे की कामबन्दी और जेनरल ऑफ़िस लॉन में मज़दूरों को जुटाकर नारेबाजी।

इन सबका कोई असर न होता देख एक कदम उसने और आगे बढ़ाया। लिखकर नोटिस दे दिया कि अगले सप्ताह एक दिवसीय हड़ताल होगी।

प्रबन्धन को महसूस करने पर बाध्य होना पड़ा कि अब मामला सचमुच बिगड़ता जा रहा है। दुनिया भर में इस दावे का दम्भ भरा जाता था कि 110 वर्षों के कार्यकाल में यूनियन और मज़दूरों से उसके सम्बन्ध बहुत गाढ़े रहे और आज तक बड़े पैमाने पर औद्योगिक विवाद की कभी नौबत नहीं आयी। अब उसकी यह छवि खंडित होने के कगार पर खड़ी थी। प्रबन्धन के कुछ अधिकारी चाहते थे कि इस उदार और श्रमिक मैत्री छवि को बचाया जाये। इससे कम्पनी की साख को एक नयी चमक मिलती है और व्यावसायिक लाभ पहुँचता है।

वहीं कुछ अधिकारियों की राय थी कि एक बार अगर यूनियन के सामने झुकना पड़ गया या उसकी ज़िद पूरी करनी पड़ गयी तो फिर ऐसी नौबत बार-बार आती रहेगी। जो यूनियन अब तक जेब में रहती थी वह अब सिर पर चढ़ बैठेगी। प्रबन्धन ने यह भी भाँप लिया था कि इस मसले पर इस दफ़ा यूनियन के साथ तमाम मज़दूरों का जबर्दस्त समर्थन है, जबकि पूर्व में यूनियन के साथ मज़दूर अक्सर विभाजित रहते थे और यूनियन कम्पनी के एक विभाग की तरह काम करती थी एवं अनुचर की तरह हर कहा मानती थी।

एक दिवसीय हड़ताल की तारीख आने से पहले प्रबन्धन की उच्च स्तरीय मीटिंग में तय हो गया और यूनियन को सूचना भेज दी गयी कि इस बार एनजेसीएस के बराबर ग्रेड देना मान लिया जाता है, लेकिन अगली बार एनजेसीएस हमारा मानदंड बिलकुल नहीं रहेगा और हम इसे बिना देखे, कम या ज़्यादा खुद ही सब कुछ तय करेंगे।

मुरारीलाल ने अपनी कार्यकारिणी से परामर्श किया और वर्तमान को महत्त्व देते हुए भविष्य का फ़ैसला भविष्य पर छोड़ दिया। सबने इस बात से ही संतुष्टि जतायी कि प्रबन्धन को अपना रुख नरम करना पड़ गया। यह एक ऐतिहासिक

घटना के रूप में दर्ज होने लायक है, अन्यथा अब तक तो यही होता रहा था कि प्रबन्धन ने जो कह दिया, वह पत्थर की लकीर हो गया।

महीनों की छायी अनिश्चितता और पसोपेश पर आज हर्ष और उत्साह का संचार हो गया। सब आश्वस्त हो गये कि कल समझौता हो जायेगा और मज़दूरों में जीत की एक लहर दौड़ जायेगी।

पिछले दिनों पूरे शहर में इसे लेकर चर्चा का बाज़ार गर्म था। यूनियन को शहरवाले इस तरह तनते हुए, डटते हुए पहली बार देख रहे थे। उन्हें जब पता चलेगा तो यकीन करना मुश्किल होगा कि प्रबन्धन पर कभी यूनियन भी भारी पड़ सकती है। आज तक तो सबने यही देखा था कि प्रबन्धन ने किसी ताकतवर सरकार की तरह जो फ़ैसला कर लिया वह लागू हो गया। मज़ाल नहीं कि किसी के हलक से आह भी निकल जाये।

मुरारीलाल के नीचे का पदाधिकारी ध्रुवदेव ने अपनी जेब से पैसे देकर मिठाई मंगवा ली और सबको आमन्त्रित करते हुए कहा, "आइये, जी भरकर खाइये। इस मिठाई में आपको एक विशेष तरह का स्वाद मिलेगा—जीत का स्वाद।"

सब लोग आज की रात चैन की नींद सोने का मन बनाकर अपने-अपने घर को वापस हो गये।

काश! चैन की निर्विघ्न नींद लेने की उनकी मुराद पूरी हो पाती। लेकिन ऐसा नहीं हुआ। सुबह होने के पहले ही सबको जागना पड़ा। मुरारीलाल के घर में घुसकर कुछ अपराधियों ने गोलियों से उसे भून डाला। तड़पने का भी मौका नहीं मिला और वह ढेर हो गया। बगल के कमरे से उसके परिवार वालों को भी आने का मौका नहीं मिला।

पूरे शहर में जंगल की आग की तरह यह खबर फैल गयी। नरहरि सुनकर जैसे मूर्च्छा की स्थिति में आ गया। यह हत्या सिर्फ़ एक आदमी की हत्या नहीं थी। यह हज़ारों मज़दूरों के हौसलों और स्वाभिमान की हत्या थी। एक मुरारीलाल के बनने में कई बरस लग जाते हैं। इस हत्या से उन्हें कई बरस पीछे ढकेल दिया गया था।

अपराधियों से चेतावनी उसे लगातार मिल रही थी, जिसकी वह कतई

परवाह नहीं कर रहा था। शायद उसे पता था कि पर्दे के पीछे से यह खेल कौन खेल रहा है। यह जानते हुए भी उसने तय कर लिया था कि अपने माथे पर लगे कलंक को वह मिटाकर रहेगा, इसकी कीमत चाहे जितनी बड़ी चुकानी पड़े।

मज़दूर हितों के लिए उसके पक्ष में चट्टान की तरह उसका खड़ा होना एक इतिहास तो ज़रूर रच गया है, लेकिन इसे आगे ले जाने के लिए क्या कोई सामने आने की हिम्मत करेगा?

नरहरि अपने कुछ साथियों के साथ उसके घर गया। पार्थिव शरीर पोस्टमार्टम के लिए भेजा जा चुका था। पुलिस अधीक्षक डुंगडुंग और उनके कुछ मातहत अधिकारी वहाँ पहुँचकर तहकीकात कर रहे थे। प्रबन्धन के भी कुछ शीर्ष अधिकारी गहरी उदासी ओढ़े हुए उसकी पत्नी तथा बेटी-बेटा से संवेदना जता रहे थे। घर के बाहर यूनियन के कई साथी और सैकड़ों मायूस मज़दूर खड़े हुए आपस में कानाफूसी कर रहे थे।

ध्रुवदेव नरहरि के पास आ गया। नरहरि ने सान्त्वना देते हुए उसकी पीठ पर हाथ फेरा। उसकी पलकें भीग गयीं। कहने लगा, ''सब कुछ खत्म हो गया नरहरि जी। आज फिर एक बार साबित हो गया कि प्रबन्धन से हम लड़कर जीत नहीं सकते।''

नरहरि ने असहमत होते हुए कहा, ''मुरारीलाल जीत तो गये ही थे, हारे कहाँ थे वे। हमला हमेशा जीतने वाले पर ही होता है हारने वाले की तरफ़ से खिसियाकर व चिढ़कर।''

''जिसे आप जीत कह रहे हैं, वह तो अब भी हवा में है। मुझे नहीं लगता कि वह जीत अब ज़मीन पर उतर सकेगी।'' ध्रुवदेव की आँखों में भय के डोरे कँपकँपा रहे थे।

''ऐसा नहीं है ध्रुवदेव जी, मुरारीलाल जी ने जो लड़ाई शुरू की है, उसे अब आपको आगे ले जाना है।''

''नहीं-नहीं, यह सलाह तो आप मुझे मत ही दीजिये, मेरे बाल-बच्चे छोटे-छोटे हैं। नरहरि जी को भी आपने ही सलाह दी थी।'' कहकर ध्रुव नरहरि को छोड़कर अपने साथियों के झुंड की तरफ चला गया।

डुंगडुंग जी वहाँ आये हुए एक कम्पनी अधिकारी एचआर के वाइस प्रेसिडेंट

कीर्तन चौहान से पूछताछ करने लगे थे। नरहरि ने दूर से देखा कि चौहान के चेहरे पर एक घबराहट और परेशानी के रंग आ जा रहे हैं। शायद डुंगडुंग कुछ मुश्किल और घेरने वाले सवाल पूछ रहे होंगे।

नरहरि ने मुरारी की पत्नी और बेटी को पास जाकर ढाढ़स बँधाया। उसने महसूस किया कि चूँकि उसकी बेटी कम्पनी के ही अस्पताल में डॉक्टर है तथा उसके दो बेटे और एक दामाद कम्पनी में अधिकारी हैं, इसलिए परिवार का कोई सदस्य अन्दर का आक्रोश या नाराज़गी खुलकर प्रकट नहीं कर रहा।

45

नरहरि को डुंगडुंग ने अपने कार्यालय में बुलाया।

एक सवाल से बातचीत शुरू की डुंगडुंग ने, ''नरहरि जी, आप अपनी सुरक्षा का खयाल कैसे रखते हैं? क्या कभी सोचा है कि आपके दुश्मन भी हो सकते हैं और उनसे आपकी जान को खतरा हो सकता है?''

नरहरि कुछ पल सोचता रह गया। एक पुलिस अधीक्षक सुरक्षा और खतरे के बारे में पूछ रहा है, ज़रूर कोई गम्भीर अभिप्राय है। उसने कहा, ''मैंने अपनी ओर से तो सुरक्षा का कोई इन्तज़ाम नहीं किया है। दुश्मन तो होंगे, ज़रूर होंगे। जब महात्मा गाँधी के दुश्मन हो सकते हैं तो मैं किस खेत की मूली हूँ। मेरे कुछ साथियों ने पिछले दिनों मुझे आगाह किया था कि मुझे चेत कर रहना चाहिए। कुछ लोग हैं जिनकी आँखों में मेरा होना खटक रहा है। मेरे मोबाइल पर कभी-कभी धमकियाँ भी आती रहती हैं।''

''आपने कभी मुझे बताया नहीं इस बारे में। विजिलेंस रिपोर्ट के अनुसार आपको ज़रा ज़्यादा सतर्क रहने की ज़रूरत है। आप अगर आवेदन करें तो प्रशासन की तरफ से आपको सुरक्षा गार्ड दिया जा सकता है।'' डुंगडुंग ने बचते हुए इस तरह कहा, जिससे सामने वाला सुनकर घबरा न जाये।

नरहरि ने चिन्तारहित स्वाभाविक मुद्रा में कहा, ''सच बताऊँ मैं आपको, मेरे मन में ज़रा सा भी डर का भाव नहीं है।''

''अब एक दूसरी बात पूछ रहा हूँ। इस विधाता स्टील कम्पनी के बारे में

आपका क्या इम्प्रेशन है?''

''किस सन्दर्भ में?''

''जो कम्पनी का विरोध करते हैं, उसकी नीतियों से असहमति दर्ज़ कराते हैं, उसे धमकी देते हैं, उसके खिलाफ़ आन्दोलन चलाते हैं, उसे बदनाम करते हैं...ऐसे तत्वों से कम्पनी के निपटने का क्या तरीका होता है? सॉफ़्ट लाइनर या हार्ड लाइनर? चूँकि आपने इस कम्पनी में काम किया है और इसे एक अर्से से जानते रहे हैं, इसलिए पूछ रहा हूँ।''

''देखिये डुंगडुंग साहब, इस कम्पनी के जो संस्थापक थे, उन्होंने बड़े मानवीय और उदार दृष्टिकोण अपनाकर नीतियाँ बनायी थीं। लेकिन शीर्ष प्रबन्धन में जो नये-नये लोग आते गये, बाज़ार में टिके रहने और प्रॉफ़िट के हाशिए को अधिक-से-अधिक चौड़ा करने के नाम पर उनका मूल सिद्धान्तों से भटकाव होता गया। ऊपर से वे दिखाते हैं कि बहुत नैतिकता, पारदर्शिता, ईमानदारी और आचारसंहिता पर चलने वाली कम्पनी है और इसका एक यूनीफ़ार्म कोड ऑफ़ कंडक्ट है। लेकिन यह सब एक ढकोसला है। एक से बढ़कर एक बड़ी-बड़ी चोरी, घूसखोरी, बेईमानी और भेदभाव के उदाहरण आप उनसे सुन सकते हैं जो कारखाने के अन्दर काम करते हैं। कर्मचारियों से उनकी डीलिंग मैन टु मैन वैरी करती है। अपने रास्ते में बाधा बनकर आने वालों को दबाने-कुचलने में वे किसी भी हद तक जाने में गुरेज़ नहीं करते हैं। अपने लीज़ एरिया में अतिक्रमण हटाने और दुकानों से भाड़ा वसूलने के लिए उन्होंने एक सुरक्षा बल बनाकर रखा है, जिसे शहर वाले कम्पनी की गुंडा पार्टी के नाम से जानते हैं और उससे डरते भी हैं। तात्पर्य यह कि इनका शासन एक समानान्तर सरकार की तरह चलता है। कई बार देखने में आया है कि सरकारी फ़ैसले भी वे अपने हिसाब से करवा लेते हैं। इस शहर में मनपसन्द सरकारी अधिकारियों के ट्रांसफ़र और पोस्टिंग तक करवा लेने पर वे अपना दखल रखते हैं।''

डुंगडुंग बहुत देर तक नरहरि की आँखों में झाँकते रहे और उसके बेबाकपन को तौलते रहे। लम्बी साँस लेकर कहा उन्होंने, ''मैं दरअसल यही जानना चाहता था कि इसका जो चेहरा दिखता है वही असली है या वह महज़ मुखौटा है। आपको मैं अपने बहुत करीब महसूस करने लगा हूँ नरहरि जी, इसीलिए बता रहा हूँ कि अब तक जो तहकीकात में तथ्य सामने आये हैं, उससे हम इसी निष्कर्ष पर पहुँच

पा रहे हैं कि मुरारीलाल की हत्या में कम्पनी का हाथ है। उन्होंने जान-समझ कर उसके घर का नवीकरण करना शुरू कर दिया, फिर उसके मन मुताबिक समझौते पर रज़ामंद होने का सन्देश देने की कोशिश की ताकि यह समझा जाये कि प्रबन्धन के साथ उसका सब कुछ ठीक-ठाक था।''

''इसे क्या साबित किया जा सकेगा और जो अधिकारी इसमें शामिल है उसे सज़ा दिलायी जा सकेगी?''

''कुछ नहीं होगा, न साबित, न सज़ा। इसलिए कि उसके बेटे, बेटी और दामाद कम्पनी के खिलाफ़ एफआईआर तक करने के लिए तैयार नहीं हैं। चूँकि इन्हें अपना कैरियर दिखाई पड़ रहा है। जोखिम उठाने का इनमें साहस नहीं है। कम्पनी की मलाईदार नौकरी में वे बने हैं, बाप गया तो गया।''

''अब आप क्या सोच रहे हैं?'' नरहरि ने पूछा।

''कुछ नहीं, मुझे क्या सोचना है। जहाँ कोई गवाह न हो, पब्लिक सपोर्ट न हो, वहाँ पुलिस क्या कर सकती है। मुरारीलाल की मर्डर मिस्ट्री सुलझाने में किसी की मदद नहीं मिलने वाली, न उसके परिवार की, न यूनियन के किसी नेता की और ना ही कम्पनी के किसी मज़दूर की।''

नरहरि के निरुत्तर चेहरे पर एक बेचारेपन का भाव उभर आया।

डुंगडुंग ने आगे कहा, ''दो जानकारी मैं आपको और दे रहा हूँ। मन्दिर जो टूटा रातोरात, उसे अन्जाम दिया कम्पनी प्रबन्धन ने।''

ताज्जुब से नरहरि एकटक डुंगडुंग का मुँह देखता रह गया।

''दूसरी जानकारी खास आपके लिए है, नरहरि। प्रबन्धन ने आपको भी निशाने पर ले रखा है और वह आपकी भी हत्या करवा सकता है।''

नरहरि को लगा कि आज शहर के सबसे बड़े और असली खलनायक का पता मिल गया है। उस खलनायक की तरह जो खस्सी-बकरी या मुर्गे-मुर्गियों को पालता भी है और कटवाता भी है।

डुंगडुंग ने कहना जारी रखा, ''प्रबन्धन ऐसा समझ रहा है कि आप उसके रास्ते में ज़्यादा ही काँटा बिछा रहे हैं। मुरारीलाल में आये बदलाव में भी वह आपकी भूमिका देख रहा है। कब्रिस्तान हटाने की शर्त भी उस पर बहुत नागवार

गुज़री है। एक मामूली आदमी के द्वारा एक बड़ी कम्पनी के एक ताकतवर प्रबन्धन को झुका देना उन्हें पच नहीं रहा है।''

''एक बड़ी कम्पनी का एक ताकतवर प्रबन्धन मुझ जैसे छोटे आदमी से घबरा रहा है। समझ सकते हैं डुंगडुंग साहब कि यह कथित ताकतवर प्रबन्धन वस्तुत: कितना कमज़ोर और नालायक है। यह ऐसा अखंड राजपाट चाहता है जिसमें जो चाहे करे, कोई रोकने-टोकने वाला नहीं हो अर्थात विपक्ष हो ही नहीं।''

''आप चिन्ता मत करो नरहरि जी, मैं जब तक यहाँ हूँ, आपका कोई कुछ बिगाड़ नहीं सकता।''

''चिन्तित मैं कहाँ हूँ डुंगडुंग साहब। चिन्तित वो लोग हैं कि कहीं किसी दिन मैं नया तूफ़ान खड़ा न कर दूँ।''

46

कृतार्थ कुशवाहा पंखे से लटक कर मरने जा रहा था। मोगरा स्कूल से बेटे को लाने गयी हुई थी। लौटी तो देखा कि वह पंखे में रस्सी बाँध रहा है। उसने नरहरि को फ़ोन किया तो वह संझा को लेकर उसके घर पहुँच गया।

कृतार्थ शून्य में ताकता हुआ गुमसुम-सा बैठा था। मोगरा आँसू बहाकर आँखें लाल किये उसे निहारे जा रही थी। उसका छ: वर्षीय बेटा विपुल स्मार्ट मोबाइल पर गेम खेल रहा था।

नरहरि ने उसकी पीठ सहलाई और पूछा, ''कृतार्थ, क्या हुआ मेरे भाई? इतनी खूबसूरत बीवी, इतना प्यारा बच्चा, इतनी सुन्दर दुनिया, तुम्हें प्यार करने वाले हम दर्जनों दोस्त। हम सबसे क्या भूल हो गयी यार कि तुम हमें इतनी बड़ी सज़ा देने पर उतारू हो गये?''

कृतार्थ फफक कर रो पड़ा और नरहरि की छाती से लिपट गया।

मोगरा बताने लगी, ''तीन दिन पहले इसके विभाग में ऑफ़िसर पद के लिए रिटेन टेस्ट पास करने के बाद इंटरव्यू था। बहुत तैयारी की थी इसने। इसके बॉस ने इसे आश्वासन दिया था कि टच वुड यार, इस बार तुम्हें ज़रूर दूँगा। लेकिन

इसे फिर छाँट दिया गया और कम्पनी के किसी विभाग के चीफ़ के साले को ले लिया गया। यह धोखा इसके साथ चौथी बार हुआ। इसे इसका गहरा शॉक लगा। एक सप्ताह से डिप्रेशन में है। मनोचिकित्सक से दिखाया था, मुझे लग रहा था कि ठीक हो रहा है। आज खुद को अकेला पाकर इसने यह करना शुरू कर दिया।''

संझा ने कृतार्थ को पुकारा, ''लेखक जी, तुम खुद अपने लेखनों से सही-गलत की चीर-फाड़ करते हो। पढ़ने वालों को एक नया नज़रिया और विवेक देते हो, फिर तुम खुद ही भटक रहे हो।''

कृतार्थ यों कहने लगा जैसे भीतर जमा पीड़ा का बाँध टूट गया हो, ''हाँ संझा, मैं खुद ही भटक गया हूँ। विभाग में बार-बार अपमानित होते हुए भी मुझे इस जॉब में बने रहने की मजबूरी है, इसकी बहुत कचोट होती है मुझे। ऑफ़िसर और नॉन-ऑफ़िसर के बीच इतना सारा फ़र्क और भेदभाव बनाकर रखा जाता है कि बार-बार आत्मसम्मान चोटिल होता रहता है। विभाग में सिर्फ़ 20 लोग हैं। इनमें सात सुपरवाइज़र है और तेरह ऑफ़िसर। कोई भी सुपरवाइज़र किसी भी ऑफ़िसर से ज़्यादा काम करता है और काबिलियत में भी उन्नीस नहीं है, फिर भी उसे हेय दृष्टि से देखा जाता है, उसे कमतर आँका जाता है।

''लगभग हर पखवारा कहीं डिनर या लंच पार्टी होती है जिसमें सिर्फ़ ऑफ़िसर ही बुलाये जाते हैं। भले ही वह बच्चा ऑफ़िसर दो सप्ताह पहले ही ज्वाइन किया हो। उसके सामने पच्चीस-तीस साल से काम करने वाले को भी कोई तरजीह नहीं, बस इसलिए कि वह ऑफ़िसर नहीं है। डिनर और लंच का उल्लेख बहुत सस्ती सी शिकायत लगती है, लेकिन जज़्बात और ज़मीर को छेद देने वाली घटना यह तब बन जाती है जब आपके सामने तर माल लपेटा जा रहा हो और आप मुँह देख रहे हों। कल के आये लौंडे-लौंडियां महत्त्व पा रहे हों और आप सालों पुराने होकर दुरदुराये जा रहे हों।

''मैं अकेला कम्पनी की इनहाउस हिन्दी की साप्ताहिक पत्रिका निकालता हूँ। जबकि उसी के समकक्ष अंग्रेज़ी पत्रिका पाक्षिक निकाली जाती है और वह भी तीन सीनियर ऑफ़िसरों द्वारा मिलकर। काम बराबर, लेकिन ओहदे में फ़र्क आसमान-ज़मीन का। पत्रिका में प्रबन्धन की नीतियों, निर्णयों, उपलब्धियों और गतिविधियों का ही बखान रहता है, फिर भी मुझे न परामर्श मीटिंग में बुलाया जाता है और न कम्पनी के अन्य आउट डिवीज़नों में विज़िट के लिए भेजा जाता है।

अगर एकाध बार कभी जाने का मौका भी मिलता है तो यात्रा-टिकट एवं ठहरने की आवासीय सुविधा हमें खुद से एक सीमित खर्च में करने को कहा जाता है। जबकि ऑफ़िसरों को ट्रैवेल विभाग यहीं टिकट दे देता है तथा पंचसितारा होटल या कम्पनी के गेस्ट हाउस में बुकिंग करा देता है।

''हर साल पन्द्रह दिन के लिए देश के किसी भी पंचसितारा होटल में सपरिवार ऐश करने की सुविधा इन्हें उपलब्ध करायी जाती है, जैसे ऑफ़िसर बनते ही ये कम्पनी के वारिस बन गये हों और कम्पनी को लूटने का इन्हें लाइसेंस मिल गया हो।

''हर साल रेकार्ड प्रोडक्शन और प्रॉफ़िट होने के उपलक्ष्य में नया वित्तीय वर्ष शुरू होने पर कम्पनी के एमडी द्वारा अघाकर खाने और पीने के लिए महाभोज दिया जाता है, जिसमें सभी ऑफ़िसर सपरिवार आमन्त्रित किये जाते हैं। कई करोड़ इसमें फूँक दिया जाता है, लेकिन किसी भी नॉन-ऑफ़िसर को इसमें शामिल नहीं किया जाता, जबकि विभाग से हरेक को निमन्त्रण भेजना और सारा इन्तज़ाम निपटाना, सुपरवाइज़र के जिम्मे होता है। मतलब जो आपको परोस कर दे, उसे चखने तक की इजाज़त नहीं। ऐसा व्यवहार तो कोई मध्यवर्गीय परिवार घर के नौकर के साथ भी नहीं करता। घर वाले जो खाते हैं, वही नौकर भी खाता है।

''ऐसा लगता है जैसे प्रॉफ़िट और प्रोडक्शन में नॉन-ऑफ़िसरों का कोई योगदान नहीं रहता और कम्पनी को सिर्फ़ और सिर्फ़ ऑफ़िसर ही चलाता है।'' बात खत्म करते-करते कृतार्थ का चेहरा बहुत कातर और दयनीय बन गया।

नरहरि ने उसे बहुत प्यार और सहमत होने वाली मुद्रा में निहारा और उसके दरकते भरोसे को अवलम्ब देते हुए कहा, ''ताराकान्त सर कहा करते थे कि मेरी बड़ी इच्छा है कि कई-कई कारखाने हैं यहाँ...इनमें कोई एक ऐसा उदाहरण बनता कि एक मज़दूर तरक्की करते हुए सबसे ऊँची कुर्सी पर पहुँच जाता। ज़ाहिर है ऐसा नहीं हुआ, मतलब जो मज़दूर है, चाहे वह कितना भी योग्य हो, उसे एक हद से ऊपर उठने न देना हर प्रबन्धन का एक अघोषित विधान है। तुम्हारी इस विधाता स्टील में तो अगर किसी की इंट्री निचले पद पर हो गयी तो बस आप उसी घेरे में तकदीर पीटते रहो। यहाँ तरक्की का कोई सिस्टम नहीं है...प्रतिभा को पहचानने का या उसे विकसित करने की कोई पहल नहीं है।

''निश्चय ही कोई एक बड़ी फाँक है जिसके कारण जीवन भर कम्पनी में

काम करके अपने और अपने परिवार का भरण-पोषण करने वाले जब रिटायर होते हैं तो उनके मन में कम्पनी के प्रति चुटकी भर प्रशंसा रहती है लेकिन कठौत भर शिकायत और घृणा रहती है। यह सब घिनौनी सच्चाई है यहाँ, लेकिन कृतार्थ, किसी के जीवन में सिर्फ़ उसकी नौकरी और तरक्की ही सारतत्व नहीं है। मेरे हिसाब से रंग भरने की दृष्टि से नौकरी और वहाँ का परिवेश किसी के जीवन के कैनवस का एक बहुत छोटा और तुच्छ कोना है। इसे छोड़कर कई गुणा बड़ा हिस्सा बचा हुआ है जिसमें मनचाहा रंग भरा जा सकता है। तुम एक ज़हीन और होनहार लेखक हो यार। नहीं करनी है यह नौकरी तो लात मारो इसे। मेरे जैसे तुम्हारे कितने दोस्त हैं, जो नौकरी नहीं करते, फिर तुम क्यों ऐसा समझते हो कि नौकरी के बिना जिया ही नहीं जा सकता।''

''लेखक बहुत भावुक और नाज़ुक मिज़ाज होता है सोन। उनका मर्म छोटे दिखने वाले प्रकरण से भी आहत और अवसादग्रस्त हो सकता है। बेचारा कृतार्थ नाइन्साफ़ियों को सहते-सहते थक सा गया है। अब बस, जो हो गया सो हो गया, अपनी महत्वाकांक्षा को विराम दे दो कृत। वादा करो कि यह बुज़दिली अब आगे नहीं करोगे। मोगरा, अभी इसे अकेला मत छोड़ो, यार।''

''नहीं छोड़ती हूँ सुझू। विपुल को लाने गयी थी स्कूल से।''

''तुम्हारे न रहने से भी इस बेरहम प्रबन्धन को कोई फ़र्क पड़ने वाला नहीं है कृत। इससे कोई न्याय या सहानुभूति की उम्मीद कभी करो ही नहीं। अब यह कारखाना दिल से नहीं, शातिर दिमाग से चलने लगा है। चन्द रोज़ ही तो हुए हैं मुरारीलाल की हत्या हुए। मैं टोका-टाकी करता रहता हूँ, क्या पता किसी दिन मेरी भी बारी आ जाये। मेरा कहने का तात्पर्य यह है कि जहाँ जान पर इतनी बाहरी आफ़तें हैं, वहाँ खुद से आफ़त को क्यों बुलाना।'' नरहरि ने कहा।

''तुमलोग माफ़ी दे दो मुझे। वादा करता हूँ कि आइंदा ये गलती मैं फिर कभी नहीं दोहराऊँगा।'' कृतार्थ ने कहा तो संझा ने ताली बजाकर उसका स्वागत किया।

''अब चलता हूँ गोग। अरे कृतार्थ, खाली समय में 'सबका होटल' आ जाया करो, यार।''

जाते-जाते मोगरा ने संझा से धीरे से पूछ दिया, ''सुझू, मुझे तुममें कुछ

गड़बड़ दिखाई दे रही है। कहीं मेरी आँखों का भ्रम तो नहीं है यह?''

''कोई गड़बड़ नहीं है। जो तुम देख रही हो, वो सच है मोग। मैं माँ बनने वाली हूँ।''

बड़े ताज्जुब से मोगरा और कृतार्थ दोनों उसे देखते रह गये।

47

'सबका होटल' के पास चौला सिंह और उसके गुर्गों की दो बड़ी गाड़ियाँ इनोवा और स्कॉर्पियो आकर रुकीं। चौला सिंह सहित दस जन नीचे उतरे। 'सबका होटल' के सदस्यों के कान खड़े हो गये। नीचे से लेकर ऊपर तल्ले तक खबर फैल गयी। होटल में मौजूद 10-12 सदस्य दरवाज़े पर खड़े हो गये। चौला सिंह उनका मतलब समझ गया। संयमित स्वर में पूछा, ''क्यों भाई, रास्ता रोक कर क्यों खड़े हो गये? क्या हमलोग इस होटल में खाने का लुत्फ़ नहीं उठा सकते?''

पीछे से नरहरि की आवाज़ आयी, ''आने दो उन्हें अन्दर।''

अन्दर आकर वे बैठने की जगह देखने लगे। किसी ने उनकी दस की संख्या को देखते हुए तीन मेज़ों को खिसका कर एक लाइन में जोड़ दिया। वे कुर्सियों पर आसीन हो गये। मौज ठाकुर, रंगरेज दुबे, सुफल शर्मा उन्हें पानी देकर ईद-गिर्द खड़े हो गये उनकी आगे की मंशा जानने के लिए।

चौला ने कहा, ''बहुत दिनों से हम सुनते आ रहे हैं कि इस होटल में काफ़ी किफ़ायती दर में बहुत लज़ीज़ खाना मिलता है और सर्व करने वाले सारे बैरा ऊँची पढ़ाई पास हैं और अपने शिष्टाचार से दिल जीत लेते हैं।''

''आज़मा कर देख लीजिए। कहिये क्या पेश किया जाये?'' मौज ठाकुर ने मेन्यु चार्ट मेज़ पर रखते हुए कहा।

नरहरि ने भी अपना चेहरा दिखाते हुए कहा, ''आपका हमारे होटल में स्वागत है चौला सिंह।''

''बहुत नाम सुना है इस होटल का, आज आ गये खाना खाने। ज़हर तो नहीं मिला दोगे खाने में?'' चौला ने अपने मिज़ाज में घुली हुई कड़वाहट छलका दी।

इस सवाल पर कुछ पल के लिए नरहरि सन्नाटे में आ गया। फिर कहा, "हैं तो आप लोग जहर खिलाने लायक ही, लेकिन हमारे होटल में आये हैं, हमारे सम्मानित ग्राहक बनकर। ऐसे में दस आदमी को इकट्ठे मारकर हम अपने होटल को बदनाम नहीं कर सकते।"

"जवाब अच्छा है, अब देखें खाना कैसा होता है।"

चौला के एक आदमी ने ऑर्डर दिया। कुछ ही देर में सारी सामग्री मेज पर परोस दी गयी। सर्व करने में नरहरि भी साथ देने लगा। चौला सिंह और उसके आदमी हैरत से देखते रहे। खाते-खाते चौला ने पूछा, "मेरे मन्दिर तोड़वाकर तो तुम बहुत खुश होगे।"

"मैं ही क्यों, सारी जनता खुश है। अब उस सड़क पर ज़रा सा भी जाम नहीं लगता।"

"इन्तज़ार तो कर रहे होगे मेरे कोसने, गरियाने और दहाड़ने का?"

"मैं इन्तज़ार हमेशा अच्छी चीज़ों का करता हूँ, गन्दी, भद्दी, अशुभ, अपशगुन का नहीं।"

"तुम्हारे इस होटल पर किसी दिन मैं भी बुलडोज़र चलवा दूँ तो?"

"तो आप जेल की चक्की पीसेंगे और हम आपके घर को खाली करवाकर उसमें होटल खोल देंगे।"

चौला सिंह को ज़ोर की खाँसी आ गयी, शायद खाते-खाते गले में अन्न से ज़्यादा नरहरि का जवाब अटक गया।

खाना ख़त्म करने के बाद उसने नरहरि तथा उसके अन्य साथियों को घूरकर देखा। फिर उसने कहा, "बहुत खराब खाना था। इससे घटिया होटल मैंने आज तक नहीं देखा।"

नरहरि ने इसका कोई जवाब नहीं दिया। नरहरि को चुप देख सुफल शर्मा कह उठा, "जाकी रही भावना जैसी...।"

मौज ठाकुर ने बिल लाकर उसके सामने रख दिया। बिल देखकर उसने कहा, "अगर मैं बिल न चुकाऊँ तो?"

कुछ पल के लिए नरहरि फिर मुश्किल में फँसा रहा फिर जवाब सूझ गया, ''इस होटल से प्रतिदिन हम 15-20 गरीबों को मुफ़्त में भोजन देते हैं। आज हम यह समझ लेंगे कि उन्हीं माँगनेवालों में आप लोग भी शामिल हैं।''

निरुत्तर चौला सिंह गुस्से से तमतमा उठा और बिल की तश्तरी दूर फेंक दी। जेब से पैसे निकाले और मेज़ पर पटक कर बाहर निकल गया। जाते-जाते खिसियानी बिल्ली की तरह खम्भा नोचता गया।

''मेरा जवाब तुम्हें मिलेगा सोनवारे नरहरि, यह मत समझना कि मैंने भुला दिया है।''

48

विधाता स्टील कम्पनी के मज़दूर यूनियन की बैठक हुई। अध्यक्ष का कार्यभार कायदे से ध्रुवदेव को सँभालना था, लेकिन उसने साफ़ इनकार कर दिया और यूनियन कार्यकारिणी से ही रिज़ाइन कर दिया। उसके नीचे जो पदाधिकारी था, उसने भी कार्यभार लेने से मना कर दिया। हालत यह हो गयी कि कार्यकारिणी का कोई भी सदस्य यह ज़िम्मेदारी लेने को तैयार नहीं हुआ।

एक अजीब सा नेतृत्व संकट का माहौल खड़ा हो गया। इस पद पर काबिज़ होने के लिए सदस्यों में होड़ मची रहती थी और ज़बर्दस्त रस्साकशी चलती थी। अध्यक्ष की कुर्सी पर आसीन हो जाने वाला मज़दूर शीर्ष प्रबन्धन के सीधे सम्पर्क वृत में आ जाता था और उसे साधारण से अतिविशिष्ट की श्रेणी मिल जाती थी। कम्पनी की ओर से उसे कई बड़ी सुविधाएं और अधिकार हस्तगत हो जाते थे। ऑफ़िस, कार, ड्राइवर, अंगरक्षक, बड़ा घर, समारोहों में मंच की कुर्सी। इसके अलावा कई तरह के अन्य व्यक्तिगत और पारिवारिक लाभ। कारखाने के साथ-साथ पूरे नगर में इस पद को प्रतिष्ठा मिलती थी। उसका एक स्टार वैल्यू बन जाता था। हर किसी को इस पद की लालसा रहती थी। आज सारे के सारे इतने भयाक्रान्त हो गये कि कुर्सी उन्हें एक विषधर करैत की तरह दिखने लगी।

वेतन पुनरीक्षण समझौता होना था। अब यह मुद्दा भी सवालों के घेरे में फँस गया कि क्या प्रबन्धन अब भी उस प्रस्ताव पर कायम रहेगा जिसके लिए बहुत रगड़ा के बाद मुरारीलाल से वह हाँ कर चुका है? एनजेसीएस समझौते के बराबर

के पे–स्केल और गारंटेड बेनिफ़िट देने के लिए। अगर नहीं तो फिर सौदेबाजी वाले टकराव का रास्ता अपनाने की जोखिम कौन उठायेगा ? जोखिम उठाकर कौन गोली खायेगा ? जैसा इसका पुराना रेकार्ड रहा है, ज़्यादा उम्मीद तो मुकर जाने की ही है। जब वह सूँघ लेगा कि आँख मिलाकर बात करने की औकात अब किसी में नहीं है, तो कदम पीछे हटा लेने में उसे तिल भर देर नहीं लगेगी। एक ना में करोड़ों की बचत।

यूनियन की इस त्रिशंकु स्थिति से प्रबन्धन को अपने पक्ष में चाल चलने का सुनहरा मौका मिल गया। चूँकि यूनियन की उसे भी ज़रूरत थी। कई बार यूनियन से जितना फ़ायदा मज़दूरों को मिलता था, उससे ज़्यादा प्रबन्धन उठा लेता था। यूनियन का अर्थ अब मज़दूरों के पक्ष में प्रबन्धन से लड़ना, भिड़ना, अकड़ना और सौदेबाजी करना भर नहीं रह गया था। खासकर भूमंडलीकरण और उदारीकरण के पश्चात यूनियन प्रबन्धन का एक पार्ट होकर रह गयी और उद्योग किसी भी तरह बन्द न हो, इस चिन्ता में भागीदार बन गयी।

पहले मज़दूरों द्वारा यूनियन बनाने को लेकर प्रबन्धन का बड़ा ऐतराज रहा करता था। उसे लगता था कि यूनियन महज़ उसके रास्ते में अड़ंगा डालने और काँटा बिछाने वाला एक अवरोधक मंच है।

अब अपने वर्चस्व के लिए अप्रत्यक्ष तौर पर चोर रास्ते से प्रबन्धन यूनियन को गतिशील और जीवन्त बनाये रखने में कई तरह की मदद भी करने लगा था। कार्यकारिणी और कमेटी मेम्बरों के चुनाव कारखाना परिसर में कराने की वह अनुमति देने लगा था, जहाँ सारी आधारभूत सुविधाएं उपलब्ध थीं। चुनाव का विचित्र खेल सिर्फ़ उसी पार्टी की यूनियन में आन्तरिक हुआ करता था, जिसे प्रबन्धन की मान्यता प्राप्त रहती थी। कम्पनी ने मान्यता उसी पार्टी को दे रखी थी, जिससे उसकी शीर्ष स्तर तक मिलीभगत बनी रहती। यह बड़ा हास्यास्पद था कि चुनाव एक ही मान्यता प्राप्त पार्टी के सदस्य अपने में ही करते थे। दूसरी पार्टियों को प्रवेश का मौका ही नहीं था। समझा जा सकता है कि देश में एक ही पार्टी हो और चुनाव के नाम पर सिर्फ़ उसी पार्टी के सदस्यों को उम्मीदवार बनने की पात्रता हो, तो वह कैसा लोकतन्त्र होगा ?

बदले हुए परिवेश में प्रबन्धन द्वारा यूनियन को प्रतिपक्ष समझने की धारणा बदल गयी और यूनियन प्रबन्धन का एक रक्षा कवच बन गयी। कोई भी विवाद,

कोई भी अनुशासनात्मक कार्रवाई, कोई भी फ़ैसला, कोई भी बदलाव, कोई भी विस्तारीकरण हो, यूनियन को साथ कर लिया, बस सबकी बोलती बन्द। किसी मज़दूर का प्रोमोशन हो, क्वार्टर देना हो, किसी भी दुराचार, भूल–चूक या गुनाह पर दी गयी सजा को कम करना हो, प्रबन्धन का सीधा जवाब—यूनियन से मिलिये। तो इस यूनियन का बना रहना प्रबन्धन के लिए मज़दूरों से कहीं ज़्यादा ज़रूरी हो गया।

प्रबन्धन ने जब देख लिया कि अध्यक्ष का पदभार सँभालने का साहस किसी में नहीं रहा तो उसने खुद से पहल कर अपने एक चाटुकार जुगल किशोर सिंह को कुछ प्रलोभन के टुकड़े डालकर और अभयदान देकर कुर्सी थमा दी। स्पष्ट हो गया कि यूनियन फिर उसी तरह चलेगी, जिस तरह प्रबन्धन चाहेगा। समझौता उन्हीं शर्तों पर होगा जो प्रबन्धन के लिए अनुकूल होगा।

49

नरहरि ने अपने मोबाइल पर सुकोमल जैन का नम्बर मिलाया, ''जैन साहब, साधुओं को तो मैंने भेज दिया था आपके पास। उसके बाद पता नहीं चला कि कौन कहाँ है और क्या कर रहा है। कुछ कर भी रहा है या उन्हें बैरंग लौटा दिया गया कि तुमलोग किसी काम के नहीं हो सिवा भीख माँगने के।''

सुकोमल ने कहा, ''नरहरि जी, मैं जानता हूँ कि आप बहुत व्यस्त रहते हैं और कई तरह की ज़िम्मेदारियों को ढोते रहते हैं। इसीलिए इस बारे में मैंने आपको इन्वॉल्व करना उचित नहीं समझा। आप ज़रा समय निकाल कर आइये मेरी फ़ैक्ट्री और खुद देख लीजिए कि वे क्या कर रहे हैं।''

''दरअसल मैं आज उस तरफ़ से निकल रहा था तो अचानक मेरा ध्यान गया और मैंने देखा कि कुछ साधु अभी भी वहाँ खिचड़ी पका रहे हैं।''

''आप चाहें तो जो बचे हुए साधु हैं, उन्हें भी मेरे पास भेज दीजिए। अपने पड़ोस की किसी फ़ैक्ट्री में मैं उन्हें लगवा दूँगा। आप, लेकिन आइये ज़रूर उन्हें देखने जो लगाये जा चुके हैं।''

''ठीक है जैन साहब, आपने मेरी उत्सुकता बढ़ा दी है। मैं आज ही आता हूँ।''

नरहरि वरदान ज्योति के दफ़्तर से बात कर रहा था। सामने फुलोदा बेसरा, तिरिल, सुफल शर्मा और हरफन अंसारी भी बैठे थे। नरहरि ने उन्हें बताया, ''भिक्षाटन करने वाले साधुओं को काम मिल गया है। देखते हैं चलकर, वे क्या कर रहे हैं।''

''मैं भी चलूँगी तुम्हारे साथ।'' तिरिल ने उत्साहित होते हुए कहा।

''तिरिल, तुम जाओगी इस अवस्था में? तुम्हारा अभी ज़्यादा घूमना अच्छा नहीं है यार।'' सुफल शर्मा ने उसे टोका।

तिरिल का आठवाँ महीना चल रहा था। वह आवधिक जाँच के लिए आयी हुई थी।

''कोई बात नहीं, जाने दो न यार। थोड़ा घूमना-फिरना अच्छा ही माना जाता है। चलो, तुमलोग भी चलो।''

होटल की जीप में सवार होकर सभी पहुँच गये जैन बॉडी बिल्डिंग कम्पनी। सुकोमल उन्हें वर्क्स फ़्लोर पर ले गये।

बड़ी और मँझोली गाड़ियों की चेसिस में यहाँ बॉडी बनायी जाती थी। आठ साधु यहाँ काम में लगाये गये थे। उन्हें काम करते हुए दिखाया गया। कारखाने के यूनिफ़ॉर्म में वे पहचाने ही नहीं जा रहे थे। एक साधु हैंड टैपिंग से पाइप में थ्रेड बना रहा था। दूसरा साधु एक वेल्डर के निर्देशन में एक बस की चेसिस में वेल्डिंग करके पाइप जोड़ रहा था। तीसरा फ़ोरक्लिप्स चलाकर एक बड़ा सा प्लेट का टुकड़ा कहीं ले जा रहा था। चौथा वाइस में पाइप के टुकड़े को बाँधकर उसके शार्प एज में फ़ाइल मार रहा था। इसी तरह सबने देखा कि कोई लेथ मशीन में काम सीख रहा है, कोई गैस कटिंग होल्डर से प्लेट काट रहा है। गली-गली भीख माँगने वाले साधुओं को इस रूप में देखकर सभी बहुत खुश हुए।

सुकोमल ने उन सभी को बुलाया। सबके चेहरे पर एक आत्मसन्तोष था। नरहरि को सबने अभिवादन किया और हाथ मिलाया। नरहरि ने कहा, ''इस तरह काम करते हुए और सीखते हुए आप लोग कितने अच्छे लग रहे हैं। कुछ ही दिनों में आपलोग एक अच्छा कारीगर बन जायेंगे। काम करना और आत्मनिर्भर बनना ही सबसे बड़ा मुक्ति का मार्ग है न कि दूसरों के आगे हाथ फैलाना। आपके जो अन्य साथी भाटिया जी के कारखाने में हैं, हम उनसे भी मिलेंगे। कभी भी कोई परेशानी

हो तो आप हमें बताने में संकोच मत करना।''

साधुओं के चेहरे पर एक कृतज्ञता का भाव था। तिरिल हसरत से कभी साधुओं को कभी नरहरि को देख रही थी। उसे यकीन नहीं हो रहा था कि फटीचर की तरह गेरुआ तहमद और चोंगा या मिर्जई पहनकर भटकते रहने वाले बेकाम किस्म के आदमी इस तरह काम के बन जायेंगे। तिरिल को लगा कि नरहरि का जादू एक बार फिर उसे गहरे छू गया है।

50

अलग राज्य बनने के बाद खंडित जनादेश वाली विधानसभा में जोड़-तोड़कर जो पहली सरकार बनी, वह दो साल भी पूरा नहीं कर पायी। भ्रष्टाचार के अनेक मामले एक-एक कर उजागर होने लगे थे। आय से अधिक सम्पति के लिए सात-आठ मन्त्रियों के खिलाफ़ जनहित याचिका दायर कर दी गयी थी। कई तारीखों में सुनवाई होने के बाद उच्च न्यायालय ने आरोपों को सच पाया और एक-एक कर सबको जेल भेज दिया। मन्त्री बनते ही सबने भुक्खड़ गिद्ध की तरह दोनों हाथों से राज्य की तिजोरी को नोच-नोच कर कंकाल में बदल डाला।

लूट का एक बहुत बड़ा ठौर चांडिल डैम परियोजना थी। 35 साल से बन रहा यह डैम प्रशासनिक अकर्मण्यता, अराजकता और निरंकुश लूट-खसोट के कारण आज तक अधर में लटका रह गया। इसे 358 करोड़ रुपये में पूरा हो जाना था। इस लागत को पाँच बार पुनरीक्षित किया गया, जो अब 5000 करोड़ रुपये पर पहुँच गया। फिर भी इससे निकलने वाली 8 नहरों में एक भी पूरी नहीं हो सकी। इस कारण नहरों में कभी पानी छोड़ा जाना मुमकिन नहीं हुआ, जबकि 30 साल पहले से डैम में पानी जमा होना शुरू हो गया था।

'कुछ काम बढ़ा है' ऐसी प्रोग्रेस रिपोर्ट दिखाकर विश्वबैंक से फिर माल खींचने की नीयत से भ्रष्टशिरोमणि मुख्यमंत्री ने नहर में पानी विमुक्ति का एक भव्य धूलझोंकू आयोजन करने की घोषणा की। अखबारों में विज्ञापन छपवाया— 'चांडिल बाँध एवं बायीं मुख्य नहर (प्रथम चरण) जनता को समर्पित।' साथ में कहा गया कि फ़िलहाल एक नहर में 15 किलोमीटर तक पानी छोड़ा जायेगा, जिससे 29 गाँवों की 1500 हेक्टेयर भूमि की सिंचाई हो सकेगी। पानी छोड़ने के

उपरान्त मुख्यमंत्री एग्रो इंडस्ट्री, टूरिज्म सर्किट, परियोजना तकनीकी प्रशिक्षण केन्द्र आदि का उद्घाटन भी करेंगे। इन नवनिर्मित केन्द्रों से यहाँ के विस्थापितों को बड़ी मात्रा में रोज़गार के अवसर मिल सकेंगे।

इन घोषणाओं से विस्थापितों और आस-पास के गाँववालों के कान खड़े हो गये कि यह तो सरासर जनता को उल्लू बनाकर सस्ती लोकप्रियता हासिल करने और अपना उल्लू सीधा करने का हथकंडा भर है। जब नहर पूरी बनी ही नहीं तो फिर पानी जायेगा कहाँ? कुछ तेज़-तर्रार लोगों ने वरदान पुष्प कार्यालय आकर पखावज और नरहरि से परामर्श किया। फ़ैसला हुआ कि इस सुपर नौटंकी का पुरज़ोर विरोध किया जाये।

विरोध किये जाने की खबर लग जाने के बाद प्रशासन ने काफ़ी सख्त रुख अपना लिया और सिक्यूरिटी का बहुत चाक-चौबन्द इन्तज़ाम कर लिया। इसलिए विरोध बहुत कारगर सिद्ध नहीं हुआ और काले झंडे दिखाने तक ही महदूद रह गया। फिर भी सारा कुछ अपने आप ही फ़्लॉप साबित हो गया। उद्घाटन के बाद इन केन्द्रों का कहीं अता-पता नहीं रहा। पानी छोड़ने की भव्य रस्म अदायगी के आधे घंटे बाद फ़ाटक बन्द कर दिया गया, जो आज 12 वर्ष बीत जाने के दरमियान फिर कभी नहीं खोला गया।

नवगठित राज्य के 15 वर्ष की आयु तक जनता की आँखों में सरेआम मिर्ची झोंकने का इससे बड़ा छलावा दूसरा देखने को नहीं मिला। इस क्षेत्र की जनता जब उस महाप्रपंच को याद करती थी तो उसके रोम-रोम से जैसे चिनगारी निकलने लगती थी और जिह्वा से बद्दुआओं और गालियों का परनाला फूट पड़ता था।

51

समर्थन दे रही एलायंस पार्टियाँ मन्त्रियों के रोज़-रोज़ की सेंधमारी और चोरी-चकारी से आजिज़ होकर अलग-अलग हो गयीं तो सरकार चारों खाने चित हो गयी। दोबारा चुनाव कराने की नौबत आ गयी। राजनीतिक पार्टियाँ आपसी तालमेल की जुगत लगाने में भिड़ गयीं।

फुलोदा बेसरा ने तय किया कि इस बार उसे भी अखाड़े में उतर जाना है। जो कथित तौर पर अच्छे लोग हैं वे राजनीति में आना नहीं चाहते। या आना भी चाहते

हैं तो उनके पास उतना अकूत धन और किसी भी हद तक जाकर किये जाने वाले तिकड़म से निपटने के अस्त्र नहीं होते। लिहाज़ा वे कीचड़ में पाँव रखने की हिम्मत नहीं करते। अगर ऐसा ही रहा तब तो हमेशा चोरों-बेईमानों की ही चाँदी कटती रहेगी और अगली सरकार फिर ऐसे ही गन्धाये लोगों की बन जायेगी। फुलोदा अन्दर-ही-अन्दर पिछले दो साल से सूबे में घूम-घूमकर जन-सम्पर्क अभियान चला रहा था। नरहरि राजनीति में उसकी दिलचस्पी को देखते हुए प्रोत्साहित करता रहा। हिचिक मंडल, चस्का मरांडी और पखावज महतो हर कदम पर उसके साथ खड़े थे।

सबने मिलकर तय किया कि अपने विचारों से मेल खाते किसी राष्ट्रीय दल से गठबन्धन करके चुनाव लड़ा जाये, ताकि चुनाव की बारहखड़ी का प्रशिक्षण मिल जाये। केन्द्र में जिस पार्टी की सरकार थी, उसके पार्टी अध्यक्ष से दिल्ली कार्यालय में मिलने का समय निर्धारित कराया गया।

इस आशय की खबर से अवगत होकर मुकाबले की दूसरी कई पार्टियों ने अपनी रणनीति पर पुनर्विचार शुरू कर दिया। चूँकि वे सभी फुलोदा बेसरा की लोकप्रिय छवि और उसकी संस्था वरदान पुष्प के जनपक्षधर कद से परिचित थे। मुक्ति संग्राम के कालू मुंडा तो बुरी तरह हिल गया। ऐसे मौकों पर उसका शातिर दिमाग बहुत तेज़ दौड़ने लगता था। उसने अपने चिलमचियों और दरबारियों से मशविरा करके एक मास्टर प्लान बनाया। इसके तहत उसने फुलोदा से मिलने का संदेशा भिजवाया। कहते हैं न कि राजनीति में जहाँ बात बनती हो वहाँ थूक कर भी चाट लेने में कोई हर्ज नहीं माना जाता।

वरदान पुष्प के साथियों के कान खड़े हो गये। उसका इस तरह नरम पड़ जाने का राज़ उसकी भलमनसाहत में नहीं ढूँढ़ा जा सकता। बहुस्तरीय चरित्र के इस आदमी से बहुत सावधानी से पेश आने की ज़रूरत है। नरहरि ने फुलोदा से कहा, ''मिलने में कोई हर्ज नहीं है, मिल लो। वह क्या चाहता है, यह तो मालूम हो। इतना तो तय है कि उससे हमलोगों का जुड़ना किसी भी हाल में मुमकिन नहीं है। उससे हमें सीधे-सीधे दुश्मनी भी नहीं करनी है। बस उसे एक गोल-मटोल जवाब थमा देना।''

ऐसा ही हुआ। उसने प्रस्ताव दिया, ''हमलोगुन को मिल-जुल के चुनाव लड़ना है। आपस में टकराना नहीं है, नहीं तो इसका फ़ायदा बाहरी लोगुन उठा

लेगा। हमलोगुन उलगुलान किया, राज्य का बँटवारा कराया, अब अपना सरकार नहीं बनाने सकेगा तो बहुत शरम का बात है। तुम्हारा तरफ़ से जो बन्धु चुनाव में खड़ा होना माँगता है, उसको हम टिकिस दे देगा। चुनाव में जो खरचा-वरचा होगा, उसका जुगाड़ हम करेगा। बोलो का बोलता है?''

फुलोदा ने कहा, ''ठीक है, विचार करके हम आपको खबर कर देंगे।''

अगले दिन फुलोदा अपने तीनों साथियों को लेकर दिल्ली के लिए रवाना हो गया। वहाँ राष्ट्रीय समाजवादी कांग्रेस के अध्यक्ष से मुलाकात कर ली। उस पार्टी को भी स्थानीय जन समर्थन वाली एक साफ़-सुथरी पार्टी से तालमेल की ज़रूरत थी। इसलिए आपस में सहमति बन गयी और टिकट बँटवारे का भी फ़ार्मूला तय हो गया। फुलोदा ने अपनी पार्टी का नाम लोकतान्त्रिक वरदान पार्टी रख दिया। दस सीटें इसके लिए छोड़ने पर वे राजी हो गये।

फुलोदा और उसकी टीम के विधातानगर लौटकर आने पर चुनाव लड़ने की तैयारी शुरू हो गयी। जिन दस सीटों पर उम्मीदवार खड़े करने थे, उनमें पाँच अनुसूचित जनजाति के लिए आरक्षित थीं। दफ़्तर में चुनाव लड़ने की रणनीति पर मन्थन किया जाने लगा।

पार्टी अध्यक्ष के नाम पर विचार रखते हुए फुलोदा ने कहा, ''इस बारे में तो हम सबकी राय पहले से ही बनी हुई है। हमारे पास एक ही ऐसा नाम है जो हम सबका प्यारा है, जो ताराकान्त सर का सबसे प्यारा था, जो हम सबको रास्ता दिखाता है, जो अपने लिए कम और हम सभी साथियों के लिए और दुनिया भर की बुराइयों और कठिनाइयों के समाधान के लिए ज़्यादा जीता है।''

सबने इशारे से समझ लिया और करतल ध्वनि से समर्थन कर दिया।

नरहरि ने असहमति व्यक्त करते हुए कहा, ''नहीं-नहीं दोस्त, मेरा नाम कतई इस पद के लिए उपयुक्त नहीं है। हम एक राजनीतिक पार्टी बना रहे हैं, इसके लिए एक ऐसा नाम और चेहरा चाहिए जो इस शहर में ही नहीं बाहर भी अपनी पहचान रखता हो, जिसके चेहरे से पार्टी का चेहरा और पार्टी के भविष्य का एक बिम्ब उभर सके। फुलोदा बेसरा इस पद के लिए सबसे सही नाम है।''

फुलोदा ज़रा सा नाराज हो गया, ''मुझे क्यों ऐसा लग रहा है सोन, कि आज तुम मुझे अपने से अलग देख रहे हो। हम सबके नाम तो तुम्हारे नाम में समाहित

रहे हैं यार। जहाँ तुम्हारा नाम होता है, वहाँ हममें से कोई अपने को अनुपस्थित नहीं पाता। हम मानते रहे हैं कि हम सभी के नाम तुम्हारे एक नाम के पर्यायवाची नाम हैं। तुम्हारे अध्यक्ष बनने से तुम अकेले नहीं, थोड़ा-थोड़ा अध्यक्ष तो हम सभी बन जायेंगे।''

''फुलू! आज तुम इतनी ऊँचाई पर चढ़कर मुझे क्यों निहार रहे हो भाई। यह सच है फुलू, न मैं अकेला कुछ हूँ, न तुममें से कोई अकेला कुछ है। हम सब एक-दूसरे में मिले हुए हैं। ताराकान्त सर ने यही तो किया है। हम सभी जब मिलते हैं तो वरदान पुष्प बनता है...'सबका होटल' बनता है। तुम आन्दोलन में लम्बे समय तक साथ रहे हो, पिछले चुनाव में कई चुनाव क्षेत्रों का तुमने दौरा किया है, राजनीति में तुम्हारी गहरी दिलचस्पी रही है। इसलिए लोकतान्त्रिक वरदान पार्टी का चेहरा तुम्हारा चेहरा होगा।''

''मुझे भी यही ठीक लगता है फुलू। अलग राज्य बनने में विकास की धारा से कटे जिन उपेक्षितों व दीन-दुखियों को ध्यान में रखा गया, उसका वास्तविक प्रतिबिम्ब तुम्हारे नाम और तुम्हारे चेहरे में निहित है। ऐसे चेहरों द्वारा तुम्हारा प्रतिनिधित्व ज़्यादा स्वीकार्य होगा। तुममें जो आग है, उस आग में वे अपना ताप महसूस करेंगे।'' सुफल शर्मा ने अपनी समझदारी के बटुए से यह संवाद निकाला।

सबने एक बार फिर ताली बजायी और फुलोदा बेसरा के नाम पर मुहर लग गयी।

प्रसंग बदला। कुछ हल्की-फुल्की बातें हुईं। चाय पी गयी। फुलोदा ने 10 उम्मीदवारों के नाम पर चर्चा शुरू करते हुए कहा, ''विधातानगर की एक प्रमुख अनारक्षित सीट अपने खाते में है। इस पर हमें एक तगड़ा उम्मीदवार देना है। चूँकि इस नगर में हम बहुत कुछ बदलना चाहते हैं तथा इस राज्य की तस्वीर को प्रभावित करने में इस नगर की तस्वीर की अहम भूमिका रहती है। राज्य के पाँच बड़े शहरों में राजधानी के बाद सबकी खबरों और नज़रों में रहने वाला यह दूसरा सबसे बड़ा शहर है।''

हरफन अंसारी ने एक शे'र से अपनी राय रखी, ''बारहा तुझे देखता भी हूँ और छूता भी हूँ, तू मेरे सामने मौजूद है खुदा की तरह। ऐसा एक ही शख्स है हमारे बीच या इस शहर में जिससे बढ़कर अच्छा उम्मीदवार दूसरा कोई नहीं हो सकता। मेरी मुराद किससे है, तुमलोग समझ गये होगे।''

''अब तुम उम्मीदवार बनने से तो इनकार मत ही करना सोन। इनकार करोगे तो हम लोग उससे राज़ी नहीं होंगे। इस बार वीटो लगा देंगे।'' हिचिक मंडल ने अंगद की तरह अपना पाँव रोप दिया।

''मैं सुझाता हूँ तुम लोगों को सबसे बढ़िया उम्मीदवार का नाम। अरे मैं तो हूँ ही हर गली-कूचे और खेत-खलिहान में तुमलोगों के साथ चलने के लिए। हमें वैसे लोगों को अपने साथ लाना चाहिए, जिनमें रोशनी फैलाने की असीम ऊर्जा भरी हुई है, लेकिन वह दबी पड़ी है, काम में नहीं आ रही। मैं महावर शर्मा की बात कर रहा हूँ। उन्होंने इस शहर के लिए बहुत कुछ करना चाहा, कई लड़ाइयाँ अकेले लड़ीं, लेकिन कामयाब नहीं हुए। हम विधातानगर पश्चिम का उम्मीदवार उन्हें बनायेंगे। वे अगर विधायक बन जायें तो कम्पनी प्रबन्धन के बहुत सारे तानाशाह रवैये को उलटने और बदलने पर मजबूर कर देंगे। मुझे उम्मीद है कि मैं उन्हें इसके लिए मना लूँगा।'' नरहरि ने इस अन्दाज़ में अपने नाम को खारिज किया कि किसी में काटने की कोई युक्ति नहीं रह गयी।

सभी जानते थे कि यह आदमी जब भी कोई पद या श्रेय लेने का वक्त आता है तो संकोच में घिरते हुए ना कर देता है। ऐसे ही थे ताराकान्त सर, हमेशा नेपथ्य में रहने वाले। राजनीति सिखाते थे और किसी भी मँजे हुए नेता से कहीं ज़्यादा राजनीति जानते थे। उनकी जो साख थी, बड़े-बड़े लोगों में उन्हें जो आदर प्राप्त था, उनके शिष्यत्व से जितने लड़के गुज़र चुके थे, विधायक या सांसद बनना उनके लिए साधारण बात थी।

महावर शर्मा के नाम की पुष्टि हो गयी। कालू मुंडा के खिलाफ़ लड़ने के लिए खुद फुलोदा ने अपना नाम आगे कर दिया। अन्य उम्मीदवारों में इसके अपने चार स्थायी साथी हिचिक मंडल, चरका मरांडी, पखावज महतो, चकरेला उरांव तो पहले से तय थे ही। चार और उम्मीदवारों का नाम तय करना था।

कालू मुंडा से फुलोदा का टक्कर लेना मौज ठाकुर को जमा नहीं। उसने कहा, ''यार फुलू, कलुआ बड़ा ही शातिर और खतरनाक नेता है। आदिवासियों में उसकी गहरी पैठ है। उसका निर्वाचन क्षेत्र भी बहुत दूर है। क्या ज़रूरत है उस क्षेत्र से लड़ने का। आस-पास के किसी सुरक्षित क्षेत्र से लड़ना ज़्यादा सुविधाजनक और पक्का निशाना रहेगा।''

''नहीं मौज, मुझे तो कालू मुंडा से ही लड़ना है। आदिवासियों को एक अर्से

से वह ठगता आ रहा है। अलग राज्य आन्दोलन में भी उसने हमलोगों को कई बार पीछे ढकेला और हमले करवाये। उसे मैं नहीं बख्श सकता।''

फुलू का निर्णयात्मक उत्तर सुनकर अब यह विषय चर्चा से बाहर हो गया।

अब आर्थिक मोर्चे को साधने का सवाल था। सबने अपनी-अपनी तरह से रास्ता सुझाया।

52

सब कुछ तय हो जाने के बाद एक प्रेस कॉन्फ्रेंस किया गया। इसमें नवगठित पार्टी का नाम और उसकी कार्यकारिणी, पार्टी की मूल कार्य-योजना, क्षेत्रवार उम्मीदवारों के नाम, गठबन्धन की शर्तें आदि घोषित कर दी गयीं।

अगले दिन अखबारों से सभी अवगत हो गये कि वरदान पुष्प एक नये कार्य क्षेत्र में प्रवेश कर रही है और शहर तथा आस-पास की दस सीटों पर उम्मीदवार उतारने जा रही है। झुमका विधानसभा क्षेत्र से कालू मुंडा के खिलाफ़ फुलोदा बेसरा का नाम सुनकर मुक्ति संग्राम पार्टी में और विधातानगर पश्चिम से महावर शर्मा का नाम सुनकर विधाता स्टील प्रबन्धन में खलबली मच गयी।

कालू मुंडा ने फुलोदा को फ़ोन किया, ''जोहार फुलू, हम का सुन रहे हैं भाय, अलग पार्टी बनाके तू हमरे खिलाफ़ चुनाव लड़ने जा रहा है। ये ही खातिर अलग राज्य बनवाये हैं कि हमलोगुन आपसे में सिर फुटौवल करें? तू इतना पढ़ल-लिखल हो, फेर बुड़बक जैसन काम काहे कर रहे हो?''

''यह बात तो आपको उस बखत सोचनी चाहिए थी कालू दा, जब मुक्ति संग्राम से हम लोगों को धक्का मारकर बाहर कर दिये थे और कहे थे कि मेरे जैसे आदमी की ज़रूरत नहीं है आन्दोलन को। तब आपकी चालाकी कहाँ चली गयी थी?''

''अरे भाय उ बात के पकड़ के काहे बैठे हो। हमसे भूल हो गया, चलो हमको माफ़ कर दो।''

''अब बहुत देर हो चुकी है, इस माफ़ी से कोई फ़ायदा नहीं। आप बड़े नेता हैं, कई बार चुनाव जीत चुके हैं। मेरे जैसे नवसिखुआ से क्यों डर रहे हैं, लड़िये।''

"बड़े नेता हैं, ये ही खातिर तुमको समझा रहे हैं फुलू। तुमको अपना पार्टी बनाने और चुनाव लड़ने का एतना ही सनक सवार हो गया है तो अलग क्षेत्र से लड़ो, हमरे क्षेत्र में टँगरी काहे घुसा रहे हो।"

"अब कुछ नहीं हो सकता। फ़ैसला हो चुका है।"

"हमरा बात मान लो फुलू, नहीं तो हमको भी कुछ फ़ैसला करना पड़ेगा। पंगा मत लो हमसे।"

"इस तरह की धमकी आप मुझे कई बार दे चुके हैं। हमें यही तो देखना है चुनाव में कि आप कितने बड़े तीसमारखाँ और आदिवासी समाज के भला चाहने वाले हैं।"

"तुम हमको ललकार रहे हो फुलुआ?"

"आपको जो समझना है, समझ लीजिए।"

53

चांडिल डैम में पानी के एकमुश्त जमाव और निकास रहित होने के कारण हर साल बाढ़ की स्थिति उत्पन्न हो जाने लगी और वैसे गाँव भी डूबने लगे जो सर्वे के समय डूब से बाहर समझे गये थे। प्रायः हर साल वरदान पुष्प के कार्यकर्ताओं को गाँव में पानी घुस जाने के बाद वहाँ जाकर राहत कार्य चलाना पड़ता था। अभी चुनाव लड़ने की तैयारी चल रही थी, तभी एक गाँव से फ़ोन आया कि पूरा गाँव पानी में घिर गया है। नरहरि और पखावज इस आपदा को चुनाव से ज़्यादा ज़रूरी बताकर पूरे लाव-लश्कर के साथ राहत कार्य में जाकर भिड़ गये।

13000 हेक्टेयर भूमि छेंककर बन रहे इस डैम से हज़ारों किसानों के प्यासे खेत पता नहीं कभी सिंचित होंगे भी या नहीं, लेकिन फ़िलहाल तो 116 मौजा के 15000 परिवारों से लगभग 75000 लोगों का जीवन हाल-बेहाल और खानाबदोश जैसा हो गया। एकत्रित पानी से अगर किसी को फ़ायदा होना शुरू हो गया था तो वे थीं आस-पास की औद्योगिक कम्पनियाँ। इन कम्पनियों में सबसे ज़्यादा मजा विधाता स्टील उठाने लगी थी, चूँकि उसके 8 ब्लास्ट फर्नेसों को सबसे ज़्यादा पानी

की ज़रूरत थी। मतलब खेतिहरों-मज़दूरों की बलि लेकर चैन की बंशी दे दी गयी कारपोरेट घरानों को।

परियोजना को अन्तिम रूप देते समय कल्पना की गयी थी कि इससे तीन राज्यों के ढाई लाख हेक्टेयर खेतों में सिंचाई सुविधा उपलब्ध हो सकेगी। अब तक यह दिवा स्वप्न बनकर कहीं अँधेरे में टँगा हुआ है। कई चरणों में काम शुरू हुआ और फंड खत्म हो जाने पर ठिठक जाना पड़ा। विश्व बैंक और नाबार्ड से अनुदानित कोष के अधिकांश भाग को नेता, अफ़सर, कर्मचारी और ठेकेदार अपने सुरसाई जबड़े में भकोसते चले गये।

विस्थापितों के लिए 31 पुनर्वास स्थल बनाये जाने थे, जिनमें सिर्फ़ 13 पर ही आधा-अधूरा काम हो सका। जबकि 116 मौजा में से ऊपर के ही कुछ गाँव बचे हुए थे, बाकी सारे डूब गये। डूबे हुए गाँव के लोग इधर-उधर भटकने के लिए मजबूर हो गये। बहुत सारे परिवार उड़ीसा चले गये, कुछ पश्चिम बंगाल चले गये। औने-पौने मुआवजा की जो राशि मिली उससे बहुत सारे परिवार आस-पास के गाँवों में झाड़-झंखाड़ व टाँड़-टिकुल वाली किनारे की उपेक्षित ज़मीन खरीद कर पनाह ढूँढने पर बाध्य हो गये। इस जतन में पीढ़ियों से जो पड़ोसी थे, वे तो कोई इस गाँव, कोई उस गाँव छिटक ही गये, यहाँ तक कि एक परिवार के चार भाई भी अलग-अलग जगहों पर बसने के लिए अभिशप्त हो गये।

पुनर्वास स्थल से विस्थापन पर अन्तिम मुहर लगाते वक्त ग्रामीणों को बहुत सारे सब्ज़बाग दिखाये गये थे। कहा गया था कि हर घर के एक युवक को नौकरी दी जायेगी। पुनर्वास स्थलों पर स्वास्थ्य केन्द्र, पेयजल सुविधा, तालाब, पंचायत भवन, सामुदायिक भवन, सड़क, बिजली, सुलभ शौचालय आदि बनाये जायेंगे। बच्चों को पढ़ाने की व्यवस्था की जायेगी। खेती के लिए ज़मीन दी जायेगी। विस्थापित कार्ड पर हरेक को डैम में काम करने के लिए 50 हज़ार का ठेका दिया जायेगा। ये सारी सुविधाएँ मुट्ठी भर वैसे लोगों में ही सिमट कर रह गयीं जो तेज़-तर्रार, अड़ियल, अक्खड़ और पैरवी-पहुँच भिड़ाने में माहिर थे। इस कला में निष्णात कुछ वैसे लोगों ने भी विस्थापित कार्ड बनवाकर नौकरी ले ली जो स्थानीय नहीं थे और उनकी कोई ज़मीन भी इसमें नहीं गयी थी। इस जुगाड़ू श्रेणी में आने वाले ज़्यादातर कलाकार माल महराज के मिर्ज़ा खेलें होली की कहावत को चरितार्थ करते हुए भूअर्जन पदाधिकारी, पुनर्वास पदाधिकारी, इंजीनियर, दलाल, कॉन्ट्रैक्टर आदि के जीजा-साला व बेटा-भतीजा की तरह के लोग थे।

डैम का डंका बजने से पहले जब अपना गाँव, घर और खेती सलामत थी तो आराम से इनकी ज़िन्दगी चल जाती थी। हर ग्रामीण के पास औसतन पलास के 50 पेड़ और बेर के 50 पेड़ होते थे। एक पलास पेड़ में हर वर्ष 40 किलो लाह मिल जाती थी, जो 90 रुपये प्रति किलो की दर से बिक जाती थी। एक बेर गाछ से डेढ़ मन बेर निकलता था। इसी तरह अमरूद, बेल, केला, बाँस, सहजन, पपीता, शरीफा, केंदू आदि के बहुतायत पेड़ हर परिवार के खेतों में मौजूद रहते थे। इन्हें खाने को भी मिल जाता था और बेचने को भी। इसके अलावा हर घर में बकरी, मुर्गी, कबूतर, गाय, भैंस अपने कुनबे के साथ अनायास पलते-फलते रहते थे। इनसे उन्हें आमदनी भी मिलती थी और अपना ज़ायका बदलने का मनपसन्द अवसर भी।

अब सब कुछ खत्म हो गया। सब कुछ खरीदने पड़ रहा था—चावल, दाल और सब्ज़ियों से लेकर दतवन तक। कब तक चलेगा मुआवज़ा में मिले पैसों से संसार! जो खेती-बाड़ी, गाँव-घर पुरखों द्वारा आनेवाली पीढ़ियों को जनमते ही उपहार में मिल जाते थे, वे अब डैम की गहराई में अन्तिम रूप से दफ़न हो गये। आने वाली पीढ़ी के हाथ बस ठन-ठन गोपाल। जो जन्म से ही अपने खेत-घर और ज़मीन-जायदाद के मालिक बने रहते थे, उन्हें अब दिहाड़ी मज़दूर बनकर रहना होगा।

मुआवज़ा जो मिला उसकी लीला तो अन्तहीन थी। कुछ किसानों के मामले तो इतने उलझे हुए थे या उलझा दिये गये थे कि लगता ही नहीं था कि उन्हें कुछ मिल पायेगा, जबकि उन बेचारों का सब कुछ डैम के हवाले हो गया। पखावज ने ऐसे लोगों के पक्ष में कड़ी मेहनत की। एड़ी-चोटी लगाकर और वरदान पुष्प के आक्रामक आन्दोलन की पृष्ठभूमि का सहारा लेकर उसने उन्हें मुआवज़ा दिलाया। पखावज न होता तो कई किसान डैम में ही पूरे परिवार सहित जल समाधि लेने को मजबूर हो जाते।

डैम-स्थल की नाप-जोख और हवाई सर्वेक्षण जब हो गया तो मुआवज़ा बाँटने के पहले सर्वे होने लगा कि कौन सी और कितनी ज़मीन किस-किस की हैं। इसमें अमीनों ने भारी गोलमाल कर दिया। जिसने अमीनों की आवभगत ठीक-ठाक की, उनकी तो बल्ले-बल्ले रही, लेकिन जिसने ज़्यादा ध्यान नहीं दिया और अमीनों से हेलमेल बनाकर नहीं रखा, उसकी तो मानो हजामत ही बना दी गयी। इन्हीं में

मोइसड़ा का एक अधीरा माझी था। अधीरा की सारी ज़मीनें बिहार सरकार के नाम चढ़ा दी गयीं। नतीजा हुआ कि मुआवज़े की सूची से उसका नाम गायब हो गया। पखावज ने पूरा दस्तावेज खँगलवाया और कई बड़े अधिकारियों से लिखा-पढ़ी और मुलाकातें कीं, तब जाकर उसका खतियान दुरुस्त हुआ और मुआवज़ा मिला।

पोखरिया के राखाल गोप को भी मुआवज़ा लेने में खूब नाकों चने चबाना पड़ा। उसकी चार एकड़ ज़मीन, जो दोन एक में आती थी, उसे भूअर्जन पदाधिकारी ने दोन तीन और दोन चार में चढ़ा दिया। दोन एक और दोन चार की ज़मीन के मुआवज़े में छह गुणा का अन्तर था। दोन एक में जहाँ 22000 रुपये प्रति एकड़ मुआवज़े की दर थी वहीं दोन चार में साढ़े तीन हज़ार के आस-पास। पखावज को भूअर्जन पदाधिकारी के साथ काफ़ी तू-तू मैं-मैं करनी पड़ी। अन्त में उस पर मुकदमा ठोकना पड़ा, तब जाकर फ़ैसला हुआ।

जब डैम का बनना तय हो गया और सरकारी गजट में इसकी घोषणा कर दी गयी, तो कुछ सयाने दलाल किस्म के ठगबाज उस इलाके में सक्रिय हो गये ज़मीन खरीदने के फेर में। डिमूडीह का कुठरा सांडिल भोला-भाला किसान था। वह पूरी तरह बेखबर था कि इस जगह पर डैम बनने वाला है और खेती की एक नम्बर ज़मीन का तगड़ा मुआवज़ा मिलने वाला है। पिछले तीन साल से सूखे के चलते उसकी फ़सल मारी जा रही थी और वह कुढ़ा हुआ था। उसने ठगबाज के बहकावे में आकर अपनी आधी ज़मीन 18 बिगहा औने-पौने दाम में बेच दी। जब मुआवज़ा मिलने लगा तो ठगबाज मालामाल हो गया और कुठरा छाती पीटने लगा।

पखावज को जब पता चला तो नरहरि से उसने परामर्श किया। नरहरि ने उस ठगबाज को वरदान पुष्प के ऑफ़िस में बुलाया और प्यार से समझाया भी तथा धमकाया भी। कहा कि एक गरीब और निश्छल आदमी से इस तरह छल-कपट करना ऐसा गुनाह है जिसकी सज़ा वही है जो किसी की कत्ल करने की सज़ा होती है। अपना दाम काटकर बाकी पूरा पैसा उसे लौटा दो, नहीं तो वरदान पुष्प तुम्हारे ऊपर 50 मुकदमे ठोकेगा और तबाह कर देगा। इस संस्था का प्रभाव वह जानता था। पैसे उसने लौटा दिये।

वहाँ पुनर्वास पदाधिकारी बेताज बादशाह बनकर चमड़े का सिक्का चलाने लगा था। वह अपनी मरज़ी से घर के लिए आवंटित ज़मीन का रकबा कम कर दिया करता था। गांगूडीह के होरो मुखी को पुनर्वास स्थल चिलगू में घर बनाने के

लिए 25 डिसमिल के स्थान पर 12 डिसमिल ही दिया। बाकी बचे 13 डिसमिल के बदले तीन हज़ार रुपया देकर निपटा दिया।

केश्टोपुर की पुट्टी ग्वालिन मुआवज़ा लेने से पहले घबराकर स्वर्ग सिधार गयी। उसका कोई वारिस नहीं था। पुनर्वास पदाधिकारी ने गाँव के एक दलाल के ज़रिये एक बोगस औरत को पुट्टी ग्वालिन के नाम से खड़ा करवा दिया और चेक दे दिया। चेक भी फ़र्जी एकाउंट खुलवाकर भँजवा लिया गया। इसके एवज में आधा पैसा अपने खुद की जेब में डाल लिया।

जिन चन्द खुशकिस्मतों को मुआवज़े की रकम के चेक पहले-दूसरे चरण में मिल गये, उनके चेक बनने और चेक में दर्ज नाम से बैंक में खाता खुलवाने की माया भी अति चमत्कारिक थी।

कई-कई बैंक वाले प्रोजेक्ट ऑफ़िस के चेक निर्गत-स्थल के पास कैम्प लगाकर चेक जमा लेने के लिए होड़ मचाये रहते थे। गाँववालों को पटाने-पोटने में वे कई तरह के नुस्खे इस्तेमाल कर लिया करते। चाय-नाश्ता कराना तो आम बात थी, उन्हें अपने बैंक के वाहन से गाँव तक छोड़ आते थे, ले आते थे। उनके मुँह में बीड़ी या सिगरेट डालकर लाइटर से सुलगा तक देते थे।

जब एकाउंट खुलवाने बैंक में बुलाये जाते तो उन्हें होटल में कमरा बुक करवा करके पूरे आवभगत के साथ ठहराया जाता। मतलब भोले-भाले लोगों को बुड़बक बनाने की कोई जुगत बाकी नहीं रहने दी जाती। पखावज के सम्पर्क में जो गाँववाले आ जाते, उन्हें ठगे जाने से वरदान पुष्प के लोग बचा लेते। बहुत सारे ग्रामीण सीधे 'सबका होटल' में ठहरा लिये जाते और उनके खान-पान की निःशुल्क व्यवस्था कर दी जाती।

एक-एक चेक में कभी कभी दस दस लोगों के नाम दर्ज हुए रहते थे। चूँकि मौरूसी ज़मीन के कई-कई पटीदार हो जाते थे। वे बँटवारे में ज़मीन बाँट तो लेते थे लेकिन नाम का स्थानान्तरण नहीं करवाते थे। कुछ लोग जो खेती करने की सुविधा के लिए किसी समय में अपनी ज़मीन की किसी अन्य किसान से अदला-बदली कर चुके रहते थे, उनका चेक दो अलग-अलग जाति के नाम से बन जाता था। अब उनमें खूब खींचतान होती थी। एक की पसन्द यह बैंक तो दूसरे की पसन्द वह बैंक। बीच बचाव करके फिर पखावज को उन्हें समझाना-बुझाना पड़ता था।

मुआवज़े की रकम ने विचित्रताओं से भरे बहुत तरह के दृश्य दिखाये। कुछ लोग इस रकम से बन गये लेकिन ज़्यादा लोग बर्बाद हो गये। कुछ पढ़े-लिखे बेरोज़गार युवाओं ने पिकअप वैन, कुछ ने मिनीबस, कुछ ने ट्रक खरीद लिया और रोड पर उतार दिया। इनमें कुछ उग गये, कुछ अनुभवहीनता के कारण डूब गये। कुछ लोगों ने शहर में घर बना लिया और दुकान खोल ली। कुछ लड़कों ने पैसे की चकाचौंध से चुँधिया कर बाइक खरीद ली, यहाँ से वहाँ सैर-सपाटा और आवारागर्दी तथा बुरी संगति में जाकर पीने-पिलाने में लग गये। पढ़ाई-लिखाई भी छोड़ दी।

पखावज महतो ने चस्का मरांडी, हिचिक मंडल और फुलोदा बेसरा के साथ विस्थापित गाँवों में जा-जाकर जागरूकता लाने का सघन अभियान चलाया कि मिली हुई रकम धीरे-धीरे खर्च हो जायेगी और एक दिन ऐसा आयेगा कि आप निकौड़िया हो जाओगे। आपके पास ज़मीन-जोत तो बची नहीं, जिसके बूते कम-से-कम दो रोटी के मामले में आप निश्चिंत रह लेते थे। इसलिए होशियारी से काम लो और इस पैसे को ऐसे मद में लगाओ, जिससे आपको नियमित उपार्जन हो सके। इसका काफ़ी असर हुआ। लोग बसने की जगह पर खेती की ज़मीन खरीदने लगे। कुछ लोग पूँजी लगाकर पेटी ठेकेदारी करने लगे। कुछ ने ढाबा खोल लिया। कुछ ने पोस्टऑफ़िस में सावधि जमा कर दिया।

54

कम्पनी प्रबन्धन की जनविरोधी नीतियों के खिलाफ़ महावर शर्मा खुल्लमखुल्ला आवाज़ बुलन्द कर चुके थे। कम्पनी ने उस समय तो किसी तरह मैनेज कर लिया था और आवाज़ को दबा देने में सफल हो गयी थी, लेकिन शर्मा जी अगर विधायक बन गये तब प्रबन्धन उन्हें कैसे रोक पायेगा? खासकर नगर निगम बनाने को लेकर, गैर लीज़ एरिया में पानी और बिजली की आपूर्ति को लेकर तथा गैर कर्मचारियों को भी वीएमएच (विधाता मेन अस्पताल) में चिकित्सा सुविधा उपलब्ध कराने को लेकर उनकी चिन्ता का ग्राफ़ अभी भी जस का तस है।

शायद इन्हीं चिन्ताओं का बोझ उतारने की उम्मीद जग गयी महावर शर्मा के भीतर, जब उम्मीदवार होने का प्रस्ताव रखा गया उनके सामने। एक बार भी

उनके मन में संशय नहीं उपजा। बल्कि वे खिल उठे और चहकते हुए कहा, ''यह मौका भी मेरी सत्तर साल की आयु में आ सकता है, ऐसा तो कभी मैंने सपनों में नहीं सोचा था।''

आगे उन्होंने नरहरि को धन्यवाद देते हुए कहा, ''बस मेरी एक आदत रही है कि छोटा-बड़ा जो भी काम करता हूँ, पूरी तैयारी और संजीदगी से करता हूँ। आजकल चुनाव लड़ने के जो तरीके हो गये हैं, उनमें बहुत पैसे लगते हैं। ये पैसे मुझे जुटाने होंगे। देखते हैं, वर्षों पहले हमने जो भी किया था उसका असर अब भी बचा है या नहीं।''

संझा इन्हें उम्मीदवार बनाये जाने पर जहाँ खुश हो गयी थी, वहीं एक डर भी दस्तक दे गया था। स्टील कम्पनी प्रबन्धन की दादागिरी का घातक डंक वह देख चुकी थी। पैसे जुटाने के प्रति भी वह बहुत आश्वस्त नहीं थी।

दो दिन बाद ही बड़े उत्साह से महावर जी ने नरहरि को फ़ोन किया, ''सोन बेटे, अपनी उम्मीदवारी पर मैं मुहर लगा रहा हूँ। यह कहावत आज चरितार्थ हुई कि चाह कर लेने से राह मिल ही जाती है। एक दैत्य कारपोरेट हाउस अगर मुझे कच्चा चबा जाना चाहता है तो एक देवता कारपोरेट हाउस ऐसा भी है जो मुझे संजीवनी देकर अमर कर देना चाहता है। कुछ समय के लिए आ सकते हो तो आना, तुम्हें मैं अपना एक किस्सा सुनाना चाहता हूँ, जो आज मेरे ज़ेहन में बार-बार उभर रहा है।''

नरहरि जब उनके घर पहुँचा तो वे बहुत तरोताज़ा और प्रसन्नचित्त दिख रहे थे। उन्होंने जो किस्सा सुनाया, उसके बारे में संझा ने कई बार हल्के-फुल्के ज़िक्र कर रखे थे। किस्सा यों था -

जब वे पैंतालिस की उम्र के आस-पास थे तो ताराकान्त सर के गहरे सम्पर्क में थे। उन्हीं के साथ रहते हुए उन्होंने मार्क्स, लेनिन और स्टालिन को समझने का प्रयास किया था। वकालत करते थे और अक्सर उसकी लड़ाई लड़ते थे जो फर्जी केस में नाहक फँसा दिया जाता था। धीरे-धीरे वाम दलों के कार्यक्रमों में वे दिलचस्पी लेने लगे। जहाँ कहीं भी संगोष्ठी, सम्मेलन, सभा होती, वहाँ वे मौजूद होते, सवाल करते, भाषण सुनते, भाषण देते। मज़दूर नगरी के मज़दूरों को पढ़ते-गुनते उन्होंने दुनिया में मौजूद बराबरी और गैरबराबरी का गणित समझा तथा उसके समाधान के तमाम सिद्धान्तों का गहन अध्ययन किया।

जो रास्ता उन्हें ज़्यादा से ज़्यादा जनोन्मुख, कारगर और तार्किक लगा, वे उसके समर्थक दलों और कार्यकर्ताओं से गहरे जुड़ते चले गये। कभी कुलियों-मजूरों की बस्ती उजाड़ने के खिलाफ़ भूख हड़ताल। कभी कारखाना लगाने के लिए किसानों से ज़मीन छीनने के खिलाफ़ धरना-प्रदर्शन। कभी ठेकेदार मज़दूरों के शोषण के खिलाफ़ संघर्ष। कभी आम आदमी पर रंगदारी और गुंडागर्दी करने के खिलाफ़ मुहिम।

संघर्ष करते हुए और अधिकांश प्रयत्नों में हारते हुए तथा प्रशासन और विधाता स्टील प्रबन्धन के जानलेवा हमले झेलते हुए वे एक दिन जंगल की तरफ़ निषिद्ध रास्ते पर चल पड़े। प्रत्यक्ष दुनिया से निकलकर वे भूमिगत दुनिया में रहने लगे। शादी कर ली थी और यह व्रत ले रखा था कि वे पिता नहीं बनेंगे।

पत्नी तपस्विनी की तरह गुमनाम सी जीती रही। छुप-छुपाकर कभी एकाध रात आ जाते तो प्रतीक्षा में टकटकी बाँधे उसकी आँखों को थोड़ा सा सुकून मिल जाता।

उम्र अधेड़ होने को चली तो वह माँ बन गयी और बेटी का जन्म हो गया। नि:सन्तान रहने का अघोषित संकल्प टूट गया। इसके बाद वे बहुत दिनों तक पारिवारिक लगाव से मुँह फेरकर नहीं रह सके। बेटी ज्यों-ज्यों बड़ी होती गयी, उनका मोह उससे जुड़ता चला गया। अन्ततः उन्होंने तय कर लिया कि अब रास्ता बदल लेना है। उम्र हो गयी थी, अब भागना, छिपना और मुश्किलों में रहना भारी पड़ने लगा था। और फिर वे धीरे-धीरे भूमिगत जीवन से बाहर आकर प्रत्यक्ष दुनिया में दोबारा दाख़िल हो गये।

लेकिन उस रास्ते पर चलते हुए पैरों में जो छाले पड़े थे, उसके दाग जीवन भर के लिए ठहर गये थे और उस रास्ते पर चलने के झेले हुए खतरों के निशान उनकी पेशानी पर स्थायी रूप से चस्पाँ हो गये थे। ये दाग और ये निशान उनके उस रास्ते के वांछित (वांटेड) पथिक रहने की चुगली कर दिया करते थे। अतएव हर कोई उन्हें पहचान लेता था।

बेटी संझा बड़ी हो रही थी और उनकी सारी दिनचर्या उसके इर्द-गिर्द ही घूमती रहती थी। उसे स्कूल छोड़ना, ट्यूशन के लिए ले जाना, पार्क में घुमाने ले जाना, कभी बाज़ार ले जाना, कभी सिनेमा दिखाने ले जाना। कभी किसी संगोष्ठी, परिचर्चा या विचार-विमर्श में ले जाना। इंटर पास कर गयी तो आई. आई. टी. में

नामांकन के लिए प्रवेश परीक्षा की तैयारी करवाने लगे। कई बार असफल रही, फिर भी उसे प्रेरित करते रहे, पुस्तकों में खुद गोता लगाकर सवालों के गुर और गोत्र समझाते रहे। देर रात तक वह पढ़ती और वे देर रात तक उसके साथ जागते। कोचिंग के लिए उसे कक्षा में छोड़कर वे बाहर उसके लौटने का इन्तज़ार करते। इसी तरह ज़ोर लगाते-लगाते आखिरकार प्रवेश परीक्षा में उसने सफलता हासिल कर ली। आई.आई.टी. मुम्बई में उसका केमिस्ट्री ब्रांच में एडमिशन होना तय हो गया।

जंगल के निषिद्ध रास्ते उनसे छूट तो गये थे, लेकिन कभी तेज़ हवा या आँधी चलती तो कुछ हरे पत्ते, ताज़े फूल, फल या फिर कोई अच्छी सी सुगन्ध उनके पास तक आ जाती। वे रास्ते कभी ठिठके होने के आभास देते तो कभी सरगर्मी के केन्द्र में आ जाते। इन रास्तों का शायद यही गणित है कि जब जन साधारण में कराह, चीत्कार और बेबसी का आलम बढ़ जाता है तो वहाँ ढेर सारी वारदातें होने की खबरें अक्सर साया होने लगती हैं। इन्हीं खबरों में एक खबर अचानक सुर्खियाँ बन गयी कि उस निषिद्ध रास्ते के राहगीरों ने एक सुधा मार्टिन लिमिटेड कम्पनी के प्रसिद्ध उद्योगपति विपुल काबरा के बेटे का अपहरण कर लिया।

पुलिस ने दौड़ लगा दी उनके घर की। नरहरि ने समझाने की कोशिश की, ''मैं अब भूल चुका हूँ उस रास्ते के भूगोल को और उसके राहगीरों को। इस मामले में मुझसे किसी मदद की उम्मीद करना मेरे साथ नाइन्साफ़ी होगी।''

पुलिस अड़ी रही अन्तिम समय तक, ''हमें पता है कि आपने खुद को बदल लिया है। फिर भी हमें विश्वास है कि आप ही इस मामले को सुलझा सकते हैं। एक पुराने साथी होने की आपकी पृष्ठभूमि से उस रास्ते के सभी नये-पुराने पथिक वाकिफ़ हैं, अतः आपको वहाँ तक पहुँचने में कोई जोखिम नहीं है। आप उनलोगों के लिए सन्देह से परे हैं। काबरा जी कितने बड़े आदमी हैं और उनकी कितनी ऊँची पहुँच है, आप भलीभाँति जानते हैं। हम पर बहुत ऊपर से भारी दबाव है इस मामले के हानिरहित हल निकालने का।''

महावर ने फिर अपनी सफ़ाई पेश की, ''मैं ईमानदारी से अपनी स्थिति बता रहा हूँ, आपलोग यकीन कीजिए। मेरा आज के नये चेहरों से अब कोई सम्पर्क नहीं है। अतः इस प्रकरण में मुझे घसीटना या इस्तेमाल करने के बारे में सोचना उचित नहीं है।''

पुलिस थक-हार कर चली गयी तो नरहरि ने राहत की साँस ली। मगर अगले दिन सुबह ही सुबह विपुल काबरा की पत्नी उनके पैरों पर आकर लोट गयी, ''महाराज, हमें अब कोई उपाय नहीं मिल रहा। पुलिस भी पस्त होकर बैठ गयी है। मेरा वह इकलौता बेटा है। मैं नहीं जी पाऊँगी उसके बिना। मेरा पूरा परिवार और कारोबार बर्बाद हो जायेगा। हमारी सारी उम्मीद अब आप ही पर टिक कर रह गयी है।''

महावर सन्न रह गये। इतने बड़े उद्योगपति की बेगम कितनी लाचारहाल उसके पैरों पर बिछ गयी है। सभी पैसेवाले हृदयहीन होते हैं, उनकी यह धारणा बदलने में इस काबरा लेडी की बड़ी भूमिका रही थी। अपरम्पार दौलत की मालकिन होने के बावजूद वह सदा सबके लिए सुलभ और विनीत बनी रही। अभावग्रस्त और ज़रूरतमन्द लोगों की इमदाद के लिए उसके दरवाज़े हमेशा खुले रहते रहे। कई बार महावर की अनुशंसाओं की कद्र करते हुए उसने कई-कई लोगों की विपदा पर अपनी उदारता की छतरी तान दी थी। महावर को लगा कि ऐसी उदात व कृपालु महिला के लिए सक्षम न होते हुए भी तटस्थ और निश्चेष्ट रह जाना उनके लिए बेईमानी होगी। समाज की इस एक अति ताकतवर मानी जाने वाली स्वनामधन्य महिला की बेबस तड़प पर न चाहते हुए भी उन्हें कुछ जोखिम उठाये बिना चैन नहीं मिल सकता।

उन्होंने उसके आँसुओं को अपने गमछे से पोंछते हुए कहा, ''मैडम, मैं इतना कठोर नहीं कि आपकी इस हालत पर बर्फ़ की तरह जमा रह जाऊँ। अन्जाम चाहे जो हो, मैं आपके लिए हर मुमकिन जोखिम उठाऊँगा। पुलिस को तो मैंने ना कर दिया था, लेकिन एक ममतामयी माँ से और उससे भी बढ़कर दीन-दुखियों की कष्टहर्ता से मैं ना कैसे करूँ! जाइए, मैं आज रात को ही सारंडा जंगल के बीहड़ में उतर जाऊँगा।''

''मैं ताउम्र आपकी एहसानमन्द रहूँगी। काबरा साहब तो फिरौती के रूप में एक भी पैसा देने के लिए तैयार नहीं हैं, लेकिन मैं अपने निजी फंड से बड़ी से बड़ी रकम भी देने में झिझक महसूस नहीं करूँगी। सारा कुछ आप पर निर्भर होगा कि आप जिस भी शर्त पर मेरे बेटे को रिहा करा दें।''

निषिद्ध रास्ते से होते हुए घंटों भटकने के बाद वे अति गुप्त अड्डे पर पहुँच गये। पुलिस ने ठीक ही कहा था—रास्ते में किसी भी आगन्तुक पर कड़ी नज़र

रखने के लिए तैनात पथिक परिचय देते ही किसी अधिकृत प्रधान से मोबाइल पर बात करके आगे बढ़ने का सिग्नल दे देता। वहाँ पहुँचने पर बाइज़्ज़त उन्हें बैठाया गया। जब काबरा के बेटे की रिहाई के लिए आने का अपना मकसद उन्होंने बताया तो सबसे ऊँचे आसन पर बैठा पथिक चौंक पड़ा। उसका लहज़ा थोड़ा सख्त हो गया। उसने पूछा, "आप जानते हैं कि हमारी लड़ाई इन्हीं पूँजीपतियों और धनकुबेरों से है, जिनके पास पूँजी के बेइन्तहा जमाव के कारण गरीबों की संख्या का विस्तार बेकाबू होता जा रहा है। फिर भी आप इनकी पैरवी करने आ गये हैं? कहीं ऐसा तो नहीं कि अपने परिवार के मोह में पड़कर आपने खुद को बदल लिया है और अब इनकी दलाली करके बेजा उगाही शुरू कर दी है?"

महावर भीतर से हिल गये, फिर भी खुद को सँभालते हुए कहा, "काबरा पूँजीपति ज़रूर है, लेकिन अपनी पूँजी का उपयोग वह शोषण, दमन और उत्पीड़न करने में नहीं करता। जहाँ तक मैं जानता हूँ गरीबों की भलाई और समाजसेवा उसका प्राथमिक सरोकार है। कोई अमीर है तो वह सिर्फ़ बुरा और क्रूर ही होगा, ऐसा मानना कुछ भले लोगों पर ज़्यादती हो जायेगी। दलाली करके उगाही करने की बात मेरे लिए एक गन्दी गाली की तरह है। अगर सम्भव हो तो मुझे रोक कर यहीं रखा जाये और अपने विश्वस्त सूत्रों से पता करवा लिया जाये इस बारे में। अगर इसमें कुछ भी सच्चाई हो तो फिर मेरे लिए यहाँ एक कड़ी सज़ा मुकर्रर की जाये।

"हाँ, कुछ वैसे लोगों की सिफ़ारिश करना, जो मोहताज हैं, अगर दलाली है तो मैं बेशक दलाली करता हूँ। मुझे नहीं मालूम कि मैं जो कहता हूँ, उसे वे क्यों मान लेते हैं। बस उनका यही बर्ताव मुझे यहाँ तक खींचकर ले आया कि मेरी कितनी-कितनी बातें उन्होंने मानी है तो एक बात उनकी भी तो मुझे माननी चाहिए। पूरे जीवन मैंने जो किया है, उनमें अगर कुछ भी अच्छा है तो आज मैं उसका पुरस्कार बस यही चाहता हूँ कि उसके बेटे को बिना कुछ लिये-दिये रिहा कर दिया जाये।"

"आप पूछेंगे नहीं कि हमने उसके बेटे का अपहरण क्यों किया?"

"वसूली करने के सिवा और क्या उद्देश्य हो सकता है।"

"नहीं दादा, वसूली करने के लिए हम अपहरण नहीं करते। आप जैसे अग्रज बुजुर्गों ने जो पदचिह्न बनाया है, उसे मिटाया नहीं है हमने। हमारे नाम पर कुछ

असामाजिक व शरारती गिरोह भले ऐसा कर लेते हैं। हमने उसके बेटे को इसलिए उठवा लिया कि उसने हमारे दस साथियों को फुसलाकर सरेंडर करवा दिया और उन सबको अपने कारखाने में नौकरी दे दी। ऐसा करके उसने हमें कमज़ोर करने की चुनौती दे दी है।'' प्रधान पथिक ने कहा।

''अगर ये बात है, तो फिर इसका गुनहगार मैं हूँ। काबरा से कहकर दसों को नौकरी दिलाने का काम मैंने ही किया है।'' महावर बेझिझक कह गये।

''आपने ? मगर क्यों ?'' उच्च आसन पर बैठे प्रधान पथिक की आँखें फैल गयीं।

''इसलिए कि वे लड़के ग्रुप में ज़बर्दस्ती शामिल किये गये थे और पहले ही दिन से भागने की फ़िराक में थे। उन लड़कों के न रहने से उनका पूरा परिवार बर्बादी के कगार पर पहुँचने की स्थिति में आ गया था। मेरा मानना है कि ज़ोर-ज़बर्दस्ती से किसी को लाकर आप एक बड़े लक्ष्य के लिए मुहिम नहीं चला सकते। यह काम स्वेच्छा से आये साहसी और जुझारू लोगों से ही सम्भव हो सकता है। डरा-धमकाकर लाने का काम तो आतंकवादी और देशद्रोही करते हैं। आपलोग भी यही करेंगे तो उनमें और आपमें फ़र्क क्या रह जायेगा ? वे लड़के छुप-छुपाकर कई बार मेरे घर आये, अपना दुखड़ा रोया। मुझे लगा कि ये बेचारे लड़के बस अपना बोझ उठा लें, यही बहुत है। इनमें वो दम, दृष्टि और जीवटता नहीं है जो एक बड़े मकसद के लिए होना चाहिए। इनके जैसे निरीह और कातरहृदय लड़कों के रहने से मुहिम को फ़ायदा होने की जगह नुकसान होने का खतरा ज़्यादा बना रहता है।''

ऊँचे आसन पर बैठा हुआ पथिक मुग्ध भाव से महावर को देखता रह गया। उनके बेबाकीपन और वैचारिक गहराई का मानो कायल हो उठा हो। आँखों में ढेर सारा आदर भाव लाते हुए उसने कहा, ''दादा, पहली बार आपके समक्ष नपकर अपना कद मैं बौना महसूस कर रहा हूँ। बहुत सुना था आपके बारे में, आज उसका थाह भी मिल गया। आप जाइए, काबरा का बेटा सकुशल घर पहुँच जायेगा। काबरा जी से कहिएगा हमसे गलती हो गयी।''

''मुझे अच्छा लगा यहाँ आकर। आप सबने मुझे जो मान दिया, मैं भुला नहीं पाऊँगा। आप सबमें जिस योग्यता और प्रतिबद्धता की चमक मैं देख रहा हूँ, मुझे विश्वास है कि आपलोग सामाजिक बदलाव की अपनी मुहिम को ज़रूर बहुत

आगे ले जायेंगे। अपने निर्वासित जीवन में मैंने पहली बार किसी में भूल स्वीकार करने का बड़प्पन पाया। अच्छा लगा, बहुत-बहुत अच्छा लगा। अब मैं जाऊँ?''

''नहीं दादा, आप इस उम्र में मीलों पैदल चलकर आये हैं। थक गये होंगे। कुछ खा-पीकर ज़रा आराम कर लीजिए।''

''आपलोगों से बेहतर भला कौन जानता होगा कि जब कोई धुन सवार हो जाती है तो न थकान होती है और न भूख-प्यास लगती है।''

''एक निवेदन मैं आपके सामने रखना चाहता हूँ।''

''बेहिचक कहिए।''

एक लम्बी साँस लेकर प्रधान पथिक ने कहना शुरू किया, ''आपने कुछ देर पहले वसूली की बात कही थी। हम सचमुच वसूली करने के लिए एक बड़ा कदम उठाने जा रहे हैं। सिद्धान्ततः इस काम के लिए हम वैसे लोगों को कभी शिकार नहीं बनाते जिसने सच्चाई और ईमानदारी से धन कमाया है। लेकिन हम वैसे लोगों को बख्शना भी नहीं चाहते जो चोरी, बेईमानी, भ्रष्टाचार और घोटाला करके अकूत सम्पत्ति का मालिक बन बैठा है। इसी कोटि का एक कुख्यात आदमी है इस सूबे का पूर्व मुख्यमंत्री। पूरा सरकारी खज़ाना लूटकर मालामाल हो गया है कमीना। ऐसे लोगों को सज़ा के नाम पर कुछ दिनों की जेल होती है, फिर वह ज़मानत पर छूट जाता है और राजनीतिक हैसियत व प्रभामंडल अर्जित करने में जुट जाता है। हमने तय किया है कि जिस कठोर सज़ा का वह हकदार है, उसे हम यहाँ लाकर देंगे। दो-चार दिनों में वह पूर्व सीएम यहाँ लाया जाने वाला है। आप पर चारों ओर से फिर दबाव होगा पहल करने का, मध्यस्थ बनने का। आपसे निवेदन है कि आप हमें आश्वासन दें कि वैसी स्थिति में आप सीधी इनकार की मुद्रा बनाये रखेंगे और किसी भी शर्त पर नहीं पिघलेंगे। चूँकि आप जब सामने आ जायेंगे तो हमारे सामने फिर साँप-छूछूंदर की स्थिति उत्पन्न हो जायेगी, न उगलते बनेगा, न निगलते।''

''आप बेफ़िकर रहो। ऐरो लोगों से भला मैं क्या कम नफ़रत करता हूँ कि इन्हें बचाने का पाप करने आऊँगा? देश के ऐसे लुटेरों और आम आदमी की प्रगति के इन दुश्मनों को कड़ी से कड़ी सज़ा मिले, यह इच्छा तो लाखों-करोड़ों नागरिकों की है। मैं ऐसे ही अजेय अपराधियों को तो सज़ा देने की मुहिम लेकर निषिद्ध

रास्ते पर कभी चल पड़ा था। जानता हूँ कि वह काम आगे भी जारी रहना चाहिए। मैं वादा करता हूँ और वचन देता हूँ कि ऐसे किसी दुष्ट के बचाव की सिफ़ारिश मैं कभी नहीं करूँगा। और अगर करूँ तो मेरी बात न मानी जाये और मुझे भी अपराधी समझा जाये। वह मेरा सैद्धान्तिक पतन होगा। लेकिन इतना मैं ज़रूर कहना चाहूँगा कि इनसे वसूली गयी मोटी रकम का एक बड़ा हिस्सा लाचार और मोहताज लोगों के काम में लगना चाहिए।''

''हम जो कसमें खाकर इस निषिद्ध रास्ते पर चले हैं, वे हमें याद हैं दादा। हमारा सारा उपक्रम आम आदमी का हितैषी होना और उनका भला करना ही तो है। सिर्फ़ अपने बारे में सोचना तो हमने कब का छोड़ दिया है।''

काबरा का बेटा सकुशल घर लौट आया। मैडम इस तरह अभिभूत और श्रद्धासिक्त हो उठी जैसे महावर के पैरों को धोकर पी लेगी। महावर ने श्रेय देने और एहसान मानने की ज़रूरत को नकारते हुए उसे इसका ज़िक्र अखबार में या अन्यत्र करने से मना कर दिया। मगर पुलिस को तो पता चलना ही था कि इस जटिल मामले को हल करने में क्या-क्या रणनीति अपनायी गयी।

वे एडमिशन के लिए बेटी को लेकर मुम्बई जाने की तैयारी कर रहे थे। तभी खबर आयी कि पूर्व सीएम, जो केन्द्र में सत्तारूढ़ पार्टी से जुड़ा था, का अपहरण हो गया। पुलिस उनके घर पहुँच गयी।

''महावर जी, अब तो आप यह बहाना नहीं कर सकते कि आपका निषिद्ध रास्ते के नये चेहरों से कोई सम्पर्क नहीं है। देखिए, यह मामला काबरा जी के बेटे से भी कई गुणा ज़्यादा सीरियस है। पूरे महकमे में हड़कम्प मचा हुआ है। सीधे गृह मन्त्रालय से हमें हिदायत है कि इसका हर हाल में जल्दी से जल्दी अनुकूल निराकरण किया जाये। आपको हमारी मदद करनी ही होगी।''

''मैं किसी भी कीमत पर इन लफ़ड़ों में अब नहीं पड़ने वाला। जिस रास्ते को मैं छोड़ चुका, आप बार-बार मुझे वहीं ठेल रहे हैं। साफ़-साफ़ कह देता हूँ कि आप मुझे किसी भी तरह राज़ी नहीं कर सकते। मुझसे उन लोगों ने कसम ले ली है कि दोबारा मैं उनकी किसी कार्रवाई में हस्तक्षेप न करूँ।''

''महावर जी, कानून तोड़ने वाले उन अपराधियों के कहे को आप महत्त्व दे रहे हैं, जबकि हम कानून के रखवाले हैं, फिर भी हमारे आग्रह का आप पर कोई

असर नहीं। इतना तो आपको पता होगा कि पुलिस प्रशासन का सहयोग न करना भी एक जुर्म की श्रेणी में आता है। इसलिए हमें सख्त होने के लिए बाध्य मत कीजिए। काबरा के केस की तरह इसे भी आपको सुलझाना होगा। आपको जो भी सपोर्ट चाहिए, हमें बताइए।''

''मैंने आपको अपना फ़ैसला बता दिया। अब आपकी मर्ज़ी, जो चाहे कदम उठा लें। लेकिन एक निवेदन मैं करना चाहूँगा कि काबरा के निर्दोष-निष्कलंक बेटे के साथ इस भ्रष्ट, कलंकित और घोटालेबाज़ नेता की तुलना मत कीजिए।''

''मतलब आपकी सहमति है कि नेताजी के साथ जो हो रहा है वह ठीक है? कहीं इसी कारण तो आप कन्नी नहीं काट रहे?

''आप अपने अनुसार कुछ भी समझने के लिए स्वतन्त्र हैं। बस मैं असमर्थ हूँ, मुझे इस बारे में कुछ नहीं कहना, कुछ नहीं सुनना।''

''ठीक है, आप हमें उनके अड्डे तक पहुँचने का रास्ता बता दीजिए, यह तो कर सकते हैं।''

''उनके अड्डे का न कोई स्थायी पड़ाव है और न कोई मानचित्र। कोई चल पड़े उस रास्ते पर तो आगे ले जाने वाला या फिर रोक देने वाला जगह-जगह पर तैनात है।''

''मतलब मार्ग में रोड़े बिछा दिये गये हैं जो हमें आगे बढ़ने नहीं देंगे। कहीं आप रास्ता बताने की जगह हमें डरा तो नहीं रहे?''

''मैं क्या डराऊँगा। आप लोग तो पहले से ही डरे हुए लग रहे हैं। वरना एक बूढ़े आदमी को आगे करके किला फ़तह करने का खयाल मन में न लाते। आप सरकार हैं, प्रशासन हैं, आपके पास फ़ोर्स है, अस्त्र-शस्त्र है, क्यों खुद निपट नहीं लेते?''

''मतलब आपने ठान लिया है कि हमारी एक नहीं सुनेंगे। देखिए, अब हमें आपसे पुलिसिया तेवर में बर्ताव करना होगा। तैयार रहिए। इस वक्त चलते हैं।''

अगले दिन संझा को लेकर उन्हें मुम्बई के लिए प्रस्थान कर जाना था। उनके ध्यान में आया कि चलो अच्छा ही संयोग है कि वे यहाँ के झंझटों से दूर निकल लेंगे। यहाँ रहने से तो अन्तिम समय तक वे पुलिसिया थेथरई करने और दबाव

बनाने का कोई अन्य सुराग या मीनार ढूँढ़ ही लेंगे, अभी भले ही चले गये।

अपनी बेटी से वे अपने हर फ़ैसले के भले-बुरे पहलू की मीमांसा करते। उसकी निर्मिति में उनके जुझारूपन और जीवटता ने एक उर्वरक की भूमिका निभायी थी। पिता की तरह निर्भीकता और संघर्षशीलता को उसने भी अपने व्यक्तित्व का आभूषण बना लिया था। पुलिस के एक वरीय अधिकारी को खरी-खरी सुना देने की भंगिमा पर उसने अपनी खुशी जतायी और कहा, ''तुमने एकदम उचित व्यवहार किया पापा। एक गलत, गलीज़ और घपलेबाज आदमी को बचाने का मतलब होता, पूरी ज़िन्दगी के कमाये पराग को मटियामेट कर देना। ऐसे लोगों के खिलाफ़ ही तो तुम्हारी लड़ाई रही है। पुलिस को असहयोग करके एक तरह से बुराई को तुमने आज फिर ललकारा है और उसे चुनौती दी है। और फिर तुम निषिद्ध रास्ते के प्रधान पथिक को वचन भी तो दे आये हो, उसे तोड़ना तुम्हारे चट्टानी इरादे की बहुत बड़ी हार होती तथा उनकी नज़रों में तुम्हारा कद भी छोटा हो जाता।''

बेटी में अपने विचारों और मनोभावों की प्रतिध्वनि सुनकर उन्हें तसल्ली हुई कि गलत के खिलाफ़ शुरू की गयी लड़ाई की विरासत आगे भी जारी रहेगी।

अगले दिन वे स्टेशन के लिए निकलने वाले थे कि एक पुलिस जीप आयी और उनके विरोध और इनकार के बावजूद लगभग बलपूर्वक ज़बर्दस्ती उठाकर हेडक्वार्टर लेकर चली गयी। बेटी के कई बार पूछने पर बस इतना ही बताया कि डीजीपी मिलना चाहते हैं।

कई घंटों के रगड़ा के बाद भी अपने स्टैंड पर डटे रहने का फख्र लेकर जब वे छूटकर घर आये तो ट्रेन के छूटने का समय तो काफ़ी पहले पार हो ही गया था, बेटी भी घर से गायब थी। पत्नी, जिसे अब आँखों से कम ही दिखता था और ज़्यादातर बीमार रहती थी, ने बताया कि दोबारा पुलिस की जीप ही आकर उसे यह कहकर ले गयी कि तुम्हारे पिता तुम्हें बुला रहे हैं। महावर समझ गये कि एक बड़ी आफ़त ने उन्हें अपनी गिरफ़्त में ले लिया है। वे बेचैन और परेशान हो उठे।

कुछ ही देर बाद उन्हें एक फ़ोन आया कि तुम्हारी बेटी को हमने बन्धक बना लिया है। यह तभी मुक्त हो सकेगी जब तुम जाकर पूर्व मुख्यमंत्री को छुड़ा लाओगे। अगर तुम इनकार करोगे तो बेटी का मुँह नहीं देख पाओगे। निर्णय करने के लिए तुम्हारे पास सिर्फ़ चार घंटे का समय है।

वे हैरान रह गये कि आज पूरा तन्त्र उसके पक्ष में खड़ा है जो गुनहगार और पापी है और सज़ा उसे देना चाह रहा है जो सच्चाई और ईमानदारी को अपना मिशन बनाकर जीता आ रहा है। कोई ज़्यादती या जुल्म करे तो उसकी शिकायत पुलिस में की जाती है, लेकिन जब पुलिस ही कहर बरपाये तो उसकी शिकायत कहाँ की जाये!

जुझारू, लड़ाकू और चट्टानी इरादों वाली देह के भीतर बैठा एक कोमल और स्नेही पिता का हृदय बेजार हो उठा। असमंजस का एक टीला खड़ा हो गया उनके सामने—क्या करें...क्या न करें। बेटी तो संजीवनी शक्ति रही है उनके जिये जाने की। इस उम्र में उसके बिना फिर कहाँ रोशनी, कहाँ उम्मीद, कहाँ अवलम्ब! ऊहापोह में घड़ी की सूइयाँ टिक-टिक कर जैसे उनके प्राण निचोड़ने लगी हो।

पत्नी के सब्र का बाँध जैसे टूट गया। जीवन भर वह सहती ही तो रही...कीमत ही तो चुकाती रही। उसने बड़े आज़िज़ी से जैसे धिक्कारते हुए कहा, "भाड़ में जाये तुम्हारी नैतिकता और तुम्हारे उसूल। पुलिस जैसा कहती है वैसा करो। मुझे हर हाल में बेटी चाहिए। उसके बिना मैं एक पल नहीं जी सकती। मुझमें अब और ताकत नहीं है कि एक और कड़े इम्तहान का सामना कर सकूँ।"

महावर के पास जैसे कोई जवाब नहीं। उनके पैर डगमग-डगमग करने लगे। बेटी के बिना वे भी भला कहाँ जी सकेंगे। तो क्या वे हार मान लें? चार घंटे पूरे होने में चन्द मिनट ही बचे हैं।

अचानक घर के बाहर एक बाइक रुकी और एक हवलदार उतरकर उनके पास आ गया। उसने एक चिट्ठी दी, जिसे संझा ने लिखा था—

"पापा, तुम मेरी चिन्ता करके कमज़ोर मत बनना। तुम्हें अपने उसूलों और मूल्यों पर अडिग रहना है। तुम्हारे लिए इनके बहुत मायने रहे हैं। सारी उम्र तुमने इन्हें बचाये रखने के लिए काफ़ी कुछ गँवाया है, अनेक कष्ट उठाये हैं। मेरी जान की कीमत इन उसूलों और मूल्यों से ज़्यादा कतई नहीं है। अतः तुम्हें मेरे मोह में पड़कर पूरी उम्र की अर्जित साख में बट्टा लगा देने की एकदम ज़रूरत नहीं है। तुम्हारे लिए यह एक बड़ी परीक्षा है कि जिसे तुम सबसे ज़्यादा प्यार करते हो, जिसे तुम अपने कलेजे का टुकड़ा कहते रहे हो, यानी मैं, उसे भी अपने आदर्शों के लिए दाँव पर लगा देने का माद्दा तुम रखते हो। राजा हरिश्चन्द्र और मोरध्वज इसी धरती पर तो पैदा हुए हैं। मेरे लिए यह फख्र का विषय होगा कि तुमने मेरी आहुति

देने में संकोच नहीं किया। तुम्हारे यज्ञ की समिधा बन जाने से बड़ी सार्थकता भला मेरे जीवन की और क्या हो सकती है। तुम्हारे हारे हुए, झुके हुए, गिरे हुए शर्मसार चेहरे के समक्ष मैं जीकर भी क्या करूँगी? तुम्हें इनकी बात हरगिज़ नहीं माननी है, हरगिज़-हरगिज़ नहीं।''

महावर शर्मा की आँखों से धाराधर आँसू फूट पड़े। जैसे यह चिट्ठी नहीं किसी टॉर्च की तेज़ रोशनी हो जो उनके सारे अँधेरे कोने को रौशन कर गयी हो। संझा को तो वे बेइन्तहा प्यार करते ही रहे, आज तो उसे प्यार देते हुए मर ही जाने का मन करने लगा।

सामने खड़े हवलदार पर उनका ध्यान गया तो वे उसका मुँह देखते रह गये। पुलिस उसे कब्जे में लेकर खुद चिट्ठी लेकर आयी?

हवलदार उनका मतलब समझकर खुद ही बोल पड़ा, ''आपकी बेटी जहाँ रखी गयी है, उस पर नज़र रखने के लिए कई अन्य सिपाहियों के साथ मेरी भी ड्यूटी लगायी गयी है। सर, आपके बारे में मैं सब कुछ जान रहा हूँ। आपके साथ जो हो रहा है, वो सरासर नाजायज़ है और ज़्यादती है। जो न्याय का पहरुआ है उसका ऐसा दोगला चरित्र! मैं शर्मिंदा हूँ। मेरी भी यह दिली ख्वाहिश है कि उस बेईमान और घोटालेबाज नेता से सारे लुटे हुए सरकारी पैसे वापस कराये जायें और उसके इस अपराध के लिए उसे कठोर दंड भोगने के लिए बाध्य किया जाये। आपकी बेटी बहुत बहादुर लड़की है सर। उसने ठीक कहा है—आप उस दुर्दान्त डाकू को छुड़ाने हरगिज़ न जायें।''

नरहरि को लगा कि टॉर्च की रोशनी अब किसी ऊँचे मीनार की रोशनी में तब्दील हो गयी है। वे मुग्ध भाव से देखते रह गये—पुलिस का एक यह चेहरा भी होता है।

इस सारे घटनाक्रम की जानकारी विपुल काबरा और उसकी पत्नी को हो गयी। वे बड़े बेचैन हो उठे। उन्हीं के कारण महावर जी के साथ यह त्रासदी घटित हो रही है। उन्होंने अगर उनके बेटे को नहीं छुड़ाया होता तो आज दोबारा उन्हें जंगल में जाने के लिए इस तरह परेशान नहीं किया जाता। काबरा और श्रीमती काबरा दोनों संझा को मुक्त कराने के लिए दौड़ पड़े। एस.पी. से लेकर गृह मन्त्रालय तक जितनी कुर्सियाँ थीं, सब तक उन्होंने अपनी गुहार पहुँचा दी। अगले दिन संझा छूटकर घर आ गयी। एक वह दिन था जब काबरा दम्पति के बेटे को महावर शर्मा

ने छुड़ाया था और आज एक दिन है जब इनकी बेटी को काबरा दम्पति छुड़ा रहे हैं।

अब संझा ने इंजीनियर बनने की जगह वकील बनने का निर्णय कर लिया ताकि इस तरह की नाइन्साफ़ियों से लड़ा जा सके।

किस्सा खत्म हुआ।

सुधा मार्टिन लिमिटेड के उन्हीं काबरा और उनकी धर्मपत्नी को जब पता चला कि महावर शर्मा चुनाव में खड़े हो रहे हैं तो फ़ोन करके खुशी जतायी और कहा, "आज तक आपके ऋण से हम उऋण नहीं हुए। इस बार हमें मौका दीजिए, चुनाव का सारा खर्च हम वहन करना चाहते हैं, आप कृपापूर्वक स्वीकार कीजिए। इसे हमारा एहसान नहीं कर्तव्य समझिये। आपके जैसे ईमानदार आदमी का विधायक बनना इस शहर के लोगों के लिए एक वरदान की तरह होगा।"

नरहरि अभिभूत सा होते हुए कहने लगा, "यह सच है अंकल, आपकी जीत के बाद यह विधातानगर एक नया चेहरा धारण करेगा। आपकी कहानी से जहाँ आपके जीवन का एक जुझारू और जीवट पक्ष सामने आया, वहीं संझा की निडरता और बहादुरी का एक नया परिचय हमें मिला। बहुत खूब...बहुत बहुत खूब।"

55

तीन चरणों में चुनाव होना था। विधातानगर की बारी पहले ही चरण में थी और झुमका क्षेत्र की तीसरे चरण में। लोकवरपा (लोकतान्त्रिक वरदान पार्टी का बनाया गया छोटा नाम) के नौ उम्मीदवार पहले ही चरण के प्रत्याशी थे। अन्तिम चरण में सिर्फ़ एक फुलोदा ही था। पहले चरण के नामांकन करने की तारीख पास आती जा रही थी। प्रचार कार्य जोर-शोर से शुरू हो गया था।

विधाता स्टील प्रबन्धन की एक उच्चस्तरीय बैठक हुई, जिसमें तय किया गया कि किसी भी कीमत पर महावर शर्मा को जीतने न दिया जाये। एक मज़बूत उम्मीदवार खड़ा कराया जाये, जिसे जिताने में हर तरह की मदद की जाये। इस सम्बन्ध में आगे की कार्रवाई करने के लिए कम्पनी के एच.आर. के वाइस प्रेसिडेंट कीर्तन चौहान को प्रोसेस ऑनर बनाकर दायित्व सौंपा गया। कहा गया—शर्मा पहले ही कम्पनी को गिराने के लिए गड्ढे खोदता रहा है, जिसे पाटने में अच्छी-

खासी कसरत की ज़रूरत पड़ती रही है। अब अगर उसे वैधानिक अधिकार मिल गया तो वह पेशाब से चिराग जलाना शुरू कर देगा। कम्पनी पर शामत आ जायेगी। बहुत सारे अनर्गल प्रलाप करता रहा है, उसे मनवाना शुरू कर देगा। कम्पनी को खामखां करोड़ों की चपत लग जायेगी।

चौहान ने शहर में फैले कम्पनी के शुभचिन्तक कहे जाने वाले चिलमचियों, चापलूसों, चाटुकारों, चारणों और चमचों का एक मिलन समारोह (गेट टुगेदर) आयोजित किया और उनसे एक दमदार आदमी का नाम पूछा, जिसे उम्मीदवार बनाया जा सके। महावर शर्मा, वरदान पुष्प और कम्पनी के समीकरणों को ध्यान में रखकर एक-दो लोगों ने घुन्ना कर्माकर का नाम लिया, लेकिन ज़्यादातर ने चौला सिंह के नाम की वजनदार सिफ़ारिश की। चौहान को अन्दर से ताज्जुब हुआ, चूँकि वह जानता था कि चौला एक आततायी और असामाजिक चरित्र का आदमी है। फिर खयाल आया कि आजकल तो ज़्यादा ऐसे ही लोग चुनाव जीतते हैं।

चौला सिंह को तो जैसे गड़ा हुआ अकूत खजाना मिल गया। वह भारत निर्माण पार्टी से पहले से ही जुड़ा हुआ था, जो धर्म-कर्म, पूजा-पाठ और मन्दिर-तीर्थ को तरजीह देने वाली पार्टी मानी जाती थी। वह पार्टी में सबसे निचले दर्जे का कार्यकर्ता था, कम्पनी ने उसे रातोरात शीर्ष स्तर की मान्यता और पहचान पर स्थापित कर दिया।

कीर्तन चौहान ने पार्टी के स्थानीय ओहदेधारियों को ओवरटेक करके चौला सिंह को पार्टी अध्यक्ष से टिकट माँगने के लिए सीधे दिल्ली भेज दिया। फ़ोन से कम्पनी के बिहाफ़ में खुद भी बात कर ली, ''विधाता स्टील का विधातानगर पश्चिम सीट पर खास ध्यान है और वह चाहती है कि आपकी पार्टी का ही उम्मीदवार उस पर विजयी हो। चूँकि सैद्धान्तिक रूप से आपकी पार्टी से कम्पनी की काफ़ी नज़दीकी है। आपकी पार्टी कम्पनी की प्रगति की हमेशा शुभचिन्तक रही है। पार्टी फंड में कम्पनी को जो डोनेशन देना है, हमें बता दीजिएगा। चौला सिंह हमारी पहली पसन्द हैं, इन्हें अगर आप टिकट दे देंगे तो इनके जीतने के भी अच्छे आसार दिखाई पड़ रहे हैं। इन्हें जिताने में कम्पनी हर तरह की मदद करेगी।''

चौला सिंह को भारत निर्माण पार्टी का टिकट मिल गया। वरदान पुष्प के

सारे साथी अचम्भित रह गये। भारत निर्माण करने वाली पार्टी का अपराधी निर्माण ही भारत निर्माण था। न सिर्फ़ वरदान पुष्प के बल्कि इस पार्टी के पुराने व अग्रणी ध्वजवाहकों, प्रवक्ताओं, समर्थकों तथा जय-जयकार करने वालों की भी आँखें फटी की फटी रह गयीं यह खबर सुनकर। महावर शर्मा भी यह मानने से इनकार नहीं कर सके कि कम्पनी ने ज़बर्दस्त चाल चल दी है।

भारत निर्माण पार्टी की ओर से चौला सिंह और लोकवरपा की ओर से महावर शर्मा ने नामांकन करा लिया।

कम्पनी ने पानी की तरह पैसा बहाना शुरू कर दिया। एक छुटभैया, हेहर और मवाली किस्म की छवि रखने वाला चौला सिंह, सभ्य, सुसंस्कृत और शालीन चेहरा बनाकर वोट के लिए लोगों के सामने पेश होने लगा। कीर्तन चौहान ने इसके प्रचार में भाड़े के सैकड़ों सड़क छाप छोकरों को गली-गली में दौड़ा दिया। पोस्टर, बैनर, होर्डिंग और पम्फलेट से शहर का चप्पा-चप्पा पाट दिया गया। जहाँ नज़र डालिये वहीं चौला सिंह का करबद्ध फोटो और उसका नाम तैरता हुआ इस तरह मिल जाता जैसे वह सर्वव्यापी हो गया हो।

चौला सिंह ने अपने भाषण में मुस्लिम वोटरों की दुखती रग पर उँगली रखने शुरू कर दिये। उसने कब्रिस्तान का मुद्दा पकड़ लिया और कहने लगा, "आपके पुराने कब्रिस्तान को अगर बचाना है तो आप मुझे वोट दीजिये। मैं किसी भी हाल में इसे बन्द करने नहीं दूँगा। अगर लोकवरपा का उम्मीदवार महावर शर्मा चुनाव जीत गया तो तय मानिये कि इस जगह से कब्रिस्तान का वजूद शर्तिया मिटा दिया जायेगा। चूँकि आप सभी जानते हैं कि यह लोकवरपा से जुड़े वरदान पुष्प के आलाकमान सोनवारे नरहरि के शैतानी दिमाग का फ़ितूर है। उसकी विनाशकारी खोपड़ी में सिर्फ़ बर्बादी की योजनाएं बनती हैं। कभी मन्दिर तोड़वा देना है, कभी कम्पनी के बंगले गिरवा देना है, कभी कब्रिस्तान हटवा देना है, कभी धार्मिक जुलूसों को सड़कों से हटवा देना है। इसकी पार्टी की अगर जीत हो गयी तो आगे वह मस्जिद और बचे हुए मन्दिरों को भी शहर से गायब करवा देगा। हमारी पार्टी सभी धर्मों का सम्मान करती है। इसलिए यह हमारा वादा है कि आपका कब्रिस्तान जहाँ है वहीं रहेगा। आप हमें वोट दीजिये।"

लोकवरपा के सदस्यों ने भी अपनी सक्रियता बढ़ा दी। आस-पास के ही जिलों में उसके नौ उम्मीदवार थे। इनमें सबसे ज़्यादा ध्यान महावर शर्मा पर दिया

जा रहा था। नेपथ्य से विधाता स्टील के मैदान में उतरने से यह एक हाई प्रोफ़ाइल सीट बन गयी। जगह-जगह पर रैली, सभा, पदयात्रा और द्वार-द्वार सम्पर्क के कार्यक्रम चलाये जाने लगे। वरदान पुष्प के सभी साथी इस काम में भिड़ गये। शर्मा जी के अतीत की पृष्ठभूमि में सामाजिक सेवा की दृष्टि से काफ़ी कुछ था बताने के लिए। बुद्धिजीवी किस्म के जागरूक लोग इनके बारे में पहले से भी जानते रहे थे। उनकी नज़र में महावर शर्मा अब तक के सर्वथा योग्य उम्मीदवार मैदान में उतरे थे। इनका बोलना, इनका भाषण करना, समस्याओं की तरफ़ ध्यान खींचना, किये जाने वाले कामों की सूची बताना खूब आकर्षण पैदा कर रहा था। वे पूछ रहे थे कि पूरे देश में ज़मींदारी खत्म हो गयी, लेकिन विधाता स्टील की ज़मींदारी आज भी क्यों कायम है? क्यों यहाँ की जनता को नगर निगम बनाने और उसके लिए तीसरा वोट देने का अधिकार प्राप्त नहीं है? जहाँ भी वे जाते थे भीड़ जुट जाती थी। सत्तर साल के एक बूढ़े आदमी का सड़कों पर निकल पड़ना और बिना थके, बिना रुके लोकतन्त्र और मताधिकार का मतलब समझाना सबको विस्मित कर दे रहा था।

सोनवारे नरहरि ने अपनी पूरी ताकत झोंक दी थी। वह चौला सिंह के बारे में भी पूरा तफ़सील से बता रहा था और उसके उछाले गये फ़िकरों का करारा जवाब दे रहा था, "इसके परिवार द्वारा कई पीढ़ियों से आतंक की खेती की जा रही है। गरीब और कमज़ोर लोगों पर अत्याचार की चक्की चलाकर इसने अपना महल खड़ा कर लिया है और आज भी लोगों से रंगदारी वसूलता है।

"कब्रिस्तान बचाने की बात कहकर वह मुस्लिम भाइयों को धोखा दे रहा है। कब्रिस्तान किसी धार्मिक विद्वेष या घृणा के कारण नहीं हटाया जा रहा है। इसके चारों ओर की आबादी और मुख्य बाज़ार के मुहाने पर इसका होना हटाने की मुख्य वजह है। इसे हटाने में सबसे ज़्यादा रुचि उस कम्पनी की है जिसने अपनी पूरी ताकत लगाकर चौला सिंह को उम्मीदवारी का तोहफ़ा दिया है। धार्मिक भेदभाव तथा साम्प्रदायिकता का ज़हर बोना तो इसकी ही पार्टी की असली पहचान रही है।

"सड़क पर मन्दिर बनाकर इसके परिवार ने कई सालों तक आने-जाने वालों को परेशान किया। इसके जीतने का अर्थ होगा फिर से गुंडा राज का आगमन। आज वक्त है यह समझने का कि कौन है वो ताकत जो अपना पूरा दम लगाकर इसे जिताना चाह रही है और इसके पीछे उसकी मंशा क्या है? आप जान लीजिए कि वह ताकत है विधाता स्टील प्रबन्धन जो इस शहर का भाग्य विधाता

बना बैठा है। वह अपनी मनमानी चलाये रखने और मज़दूरों की आवाज़ को कुन्द किये रखने के लिए एक ऐसे निखट्टू आदमी को विधायक बनवाना चाहता है जो कठपुतली की तरह उसके इशारों पर नाच सके।''

तमाम अनुमानों, सर्वेक्षणों और जनता के खिंचावों को देखते हुए आसार बड़े अच्छे लग रहे थे। इससे लोकवरपा के उत्साह में और भी सरगर्मी समा गयी थी। फुलोदा बेसरा उन इलाकों में ज़्यादा जोर लगा रहा था जो पड़ोस के दूसरे ज़िलों में स्थित थे। उसे बीच-बीच में झुमका क्षेत्र का भी दौरा करना पड़ जाता था।

नरहरि और महावर दोनों के लिए सुरक्षा के लिहाज़ से विजिलेंस रिपोर्ट चिन्ताजनक थी। आरक्षी अधीक्षक डैनियल डुंगडुंग ने फ़ोन करके सावधान करते हुए कहा, ''आप दोनों के लिए दो-दो कान्स्टेबल को बॉडीगार्ड के तौर पर डिप्यूट कर दिया गया है। आपलोग इसे गम्भीरता से लेकर इन्हें परिवार के सदस्य की तरह अपने साथ कर लें।''

वे एक विशाल नंगे पहाड़ और एक टूटी हुई नोकदार लावारिस चट्टान से टकरा रहे थे, ज़ाहिर है खतरा तो होना ही था। दोनों ने डुंगडुंग के प्रति आभार जताया।

पहले चरण का मतदान सम्पन्न हो गया। महावर शर्मा ने चैन की साँस ली। संझा ने भी बहुत राहत महसूस किया। वह डरी हुई थी कि इस उम्र में रात-दिन की हरारत मोल ले रहे हैं, कहीं कुछ हो न जाये। वह स्वयं गर्भ के उभार के कारण फ़ील्ड जाकर मदद नहीं कर पायी। ऑफ़िस में पोस्टर, पम्पलेट, बैनर और कार्यकर्ताओं की देखरेख सँभालने तक ही खुद को सीमित रखा।

56

दूसरे चरण के चुनाव की प्रक्रिया शुरू हो गयी। दूसरे में लोकवरपा का कोई उम्मीदवार नहीं था। सारे उम्मीदवार उसके एलायन्स राष्ट्रीय समाजवादी कांग्रेस के थे। इनके पक्ष में प्रचार के लिए जाना गठबन्धन धर्म था। उनके कई राष्ट्रीय नेता लोकवरपा उम्मीदवारों के पक्ष में प्रचार के लिए आ चुके थे और अच्छी-खासी हवा को और भी प्रभावशाली बनाने में सहायक सिद्ध हुए थे। फुलोदा बेसरा अपने कुछ साथियों के साथ वहाँ कैम्प कर गया।

घर में तिरिल का नवाँ महीना चल रहा था और कभी भी उसकी घंटी बज सकती थी। वह इन दिनों अपने बाबा के शहर वाले घर में आ गयी थी। यहाँ मदद के लिए गाँव-देहात से आकर पढ़ने वाले पन्द्रह-बीस लड़के मौजूद थे। इसके अलावा वह आश्वस्त थी कि 'सबका होटल' पास में ही है। एक हाँक लगाने से पूरा पलटन हाज़िर। नरहरि तो चौबीस घंटे सतर्क मुद्रा में था ही।

फुलोदा एक महती ज़िम्मेदारी से बँधा था। ऐसे समय में वह चाहकर भी खुद को रोक नहीं सकता था। रुकने की बहुत ज़्यादा ज़रूरत भी वह नहीं समझता था, चूँकि वह जानता था कि वरदान परिवार के लोग एक-दूसरे से गुँथे हुए हैं और किसी के मामूली दुख-दर्द के समय भी हाँक लगाते ही लाइन लगा कर खड़े हो जाते हैं।

फुलोदा जिस रात बज़ारीबाग के लिए निकला, उसी रात तिरिल दर्द से छटपटाने लगी। फुलोदा ने नरहरि से कह रखा था कि तिरिल को कुछ भी हो तो मुझे कॉल कर देना या व्हाट्सएप पर मैसेज कर दिया करना।

तिरिल जब नर्सिंग होम के लेबर रूम में भर्ती कर दी गयी तो नरहरि ने उसे कॉल कर दिया। पूरा रिंग होकर कॉल बन्द हो गयी। उसने दोबारा कोशिश की... फिर वही हाल। इस तरह थोड़ी-थोड़ी देर में नरहरि कॉल करता रहा। व्हाट्सएप पर भी उसने मैसेज कर दिया। उधर से कोई रेस्पांस नहीं। इधर लेबर रूम से नर्स ने खबर दी कि तिरिल ने फ़ीमेल चाइल्ड को जन्म दिया है और सारा कुछ नॉर्मल है।

नरहरि ने नर्स के ही ज़रिये तिरिल को बधाई भेजी और फुलोदा को फिर से कॉल करना शुरू किया। अब उधर से स्विच ऑफ़ की खबर आने लगी। नरहरि को याद आया कि उसके साथ हिचिक, पखावज और चस्का भी तो गये हैं। यह याद देर से आने के लिए उसने खुद को कोसा और बारी-बारी से इन्हें कॉल करना शुरू किया। आश्चर्यजनक रूप से तीनों के मोबाइल में लम्बे-लम्बे रिंग होने के बावजूद कॉल रिसीव नहीं किया जा रहा था। अब तो उसका चिन्तित होना लाज़िमी हो गया। उसने राष्ट्रीय समाजवादी कांग्रेस के एक नेता को फ़ोन किया, जो प्रचार में यहाँ सहयोग करने आ चुका था और अभी बज़ारीबाग का चुनाव प्रभारी था। उससे सम्पर्क हो गया और उसने जो सूचना दी, उसे सुनकर नरहरि मानो बुत सा बन गया।

जिस गाड़ी से चारों जा रहे थे, उस पर घात लगाकर अपराधियों ने अनगिनत गोलियाँ बरसा दीं। फुलोदा ड्राइविंग सीट पर था। सनसनाती हुई कई गोलियाँ उसके सीने और सिर में आ घुसीं, उसे सँभलने का भी मौका नहीं मिला। मौके पर ही उसने दम तोड़ दिया। बगल में बैठे चस्का मरांडी को भी गोली लगी, वह अस्पताल में है और खतरे से बाहर है। पीछे बैठे पखावज और हिचिक बाल-बाल बच गये।

इस खबर ने पूरे वरदान परिवार में मानो कोहराम मचा दिया। नरहरि को समझ में नहीं आ रहा था कि कैसे इस मुसीबत का सामना किया जाये। उसकी आँखों से ज़ार-ज़ार आँसू बहने लगे थे। तिरिल को यह खबर कैसे सुनायी जा सकेगी? कौन सँभालेगा उसे? वह अपनी बच्ची का मुँह भी नहीं देख सका। बाप बनने के हज़ार सपने समाये थे उसकी आँखों में। उत्साह से भरा हुआ था। जाते हुए कहा था कि एक-एक पल की मुझे खबर देना।

किस कमीने को चैन मिला होगा उसे मरवाकर? किसका क्या बिगाड़ा था उसने? उसके बारे में तो विजिलेंस रिपोर्ट भी ठीक-ठाक थी। अब कौन सँभालेगा लोकवरपा को? राजनीति में पैर जमाने की उसकी मेहनत अद्‌भुत थी। स्थानीय लोगों के पिछड़ेपन और बेचारगी पर वह दुखी रहा करता था और कहता था कि इनके लिए ईमानदारी और निष्ठा से काम करने वाला नेता एक भी दिखाई नहीं पड़ता।

कालू मुंडा से वह दुखी था और उसका मानना था कि ऐसे दोगले चरित्र के नेताओं ने सहोदर, समवर्णी और समधर्मी बनकर आदिवासियों को और भी पीछे ठेल दिया है। कालू मुंडा को अब कौन औकात बतायेगा? कहीं इसी कालू ने तो महाजाल बिछाकर उसे लपेटे में नहीं ले लिया? इसे अपने रास्ते का रोड़ा तो वह समझ ही रहा था। धमकी भी दी थी उसने फ़ोन पर। कई बार पहले भी उसे हटाने की हिंसक चालें उसने चली थीं।

तो सन्देह पूरी तरह कालू मुंडा पर जाकर ठहर गया। नरहरि ने डुंगडुंग को फ़ोन लगाया और पूरा वाकया बयान करके बताया कि हम उसके खिलाफ़ एफ़आईआर लेकर आते हैं। उसे गिरफ़्तार करने की तैयारी रखिये।

डुंगडुंग ने कहा, ''यह पॉलिटकली मोटिवेटेड मर्डर है। इसका संज्ञान हम ले चुके हैं। जाँच शुरू हो गयी है। बिना किसी पुख्ता आधार के हम उसे गिरफ़्तार नहीं

कर सकते। चूँकि वह कोई कॉमन आदमी नहीं है। विधायक रह चुका है, सांसद रह चुका है। उसके हाई लेवल कॉन्टैक्ट्स हैं। कहीं से फ़ोन करवा देगा या फिर अपने कार्यकर्ताओं से एसपी ऑफ़िस का घेराव करवा देगा। ऐसे में पुलिस की फ़जीहत हो जायेगी। दूसरी एक बड़ी बात है कि मर्डर हमारे एरिया में नहीं हुआ है। फिर भी हमने अपने इंट्रेस्ट से इसे अपने अधीन कर लिया है, यह बताकर कि फुलोदा बेसरा और उसके साथी हमारे इस शहर के बड़े समाजसेवकों में रहे हैं। पूरा शहर कार्रवाई की माँग कर रहा है, इसलिए हमें पहल करनी पड़ रही है।''

डुंगडुंग ने सम्भवतः नरहरि की बेज़ारी को कम करने के लिए वैसी बातें भी बता दीं जो पुलिस वाले नहीं बताते। दरअसल डुंगडुंग से नरहरि का सम्बन्ध पुलिस से ज़्यादा एक दोस्त का हो गया था। डुंगडुंग स्वयं फुलोदा की हत्या से बहुत आहत था।

57

स्वर्णरेखा घाट पर फुलोदा की अन्त्येष्टि कर दी गयी। लगा कि वहाँ आधा शहर उमड़कर आ गया। डीएम समवेत त्रिवेदी, विधाता स्टील के वाइस प्रेसिडेंट सम्पत मेहरा, कीर्तन चौहान, उद्योगपति गुरमेज भाटिया, सुकोमल जैन, विपुल काबरा, एडवोकेट गनीमत खान, महावर शर्मा, टीचर मो. नईम, पूर्व विधायक घुन्ना कर्माकर, इमाम उस्मानी, तुर्रम हयात जाफरी, चौला सिंह, होटल के सैकड़ों ग्राहक। इन सबकी खास उपस्थिति से यह कोई भी समझ सकता था कि फुलोदा बेसरा ने कितने लोगों के दिलों में जगह बना ली थी। वरदान परिवार के सारे शोक सन्तप्त सदस्य तो अपने जिगरी साथी को अन्तिम विदाई देते हुए बहुत मुश्किल से खुद को सँभाल पा रहे थे। सभी थे वहाँ, लेकिन यह अजीब विडम्बना थी कि उसकी पत्नी तिरिल नहीं बुलायी जा सकी थी और वह उसके आखिरी दर्शन तक से महरूम रह गयी थी। प्रसूति गृह में अभी भी वह तकलीफ़ से उबर नहीं सकी थी और डॉक्टरों ने जाने से मना कर दिया था। इस हालत में उसे एक बड़े सदमे से सामना करना एक नयी विपत्ति खड़ा कर सकता था। नरहरि समझ नहीं पा रहा था कि तिरिल से कैसे वह सामना करेगा और मुसीबत के इस पहाड़ की सूचना वह कैसे दे पायेगा?

58

अस्पताल से छूटकर तिरिल जब घर आ गयी तो इस मनहूस और दिल दहला देने वाली खबर से उसे अवगत कराना ज़रूरी हो गया। पूरा वरदान परिवार वहाँ जुट गया। मोगरा और संझा खास तौर पर बुलायी गयीं ताकि उसे ठीक से नारी सुलभ सांत्वना और ढाढ़स दे सकें। यों इस मौत ने सबको हिला दिया था। फुलोदा बहुत जीवंत, जीवट और साहसी व्यक्ति था। चौला सिंह के गुर्गों ने जब एक बार सबका होटल के पास गोलीबारी की थी तो उसका करारा जवाब इधर से भी फायरिंग करके फुलोदा ने ही दिया था। तब से चौला की दोबारा हिम्मत नहीं हुई खुचटी करने (उकसाने) की। उसने बहुत पहले आत्म रक्षार्थ लाइसेंसी रिवॉल्वर रख लिया था। आज ऐसा लग रहा था कि मौत अकेले सिर्फ़ उसकी नहीं हुई थी, बल्कि थोड़ी-थोड़ी मौत वरदान पुष्प के सभी साथियों की हुई थी। इस संस्था का एक मज़बूत स्तम्भ ढह गया था, जिससे उसकी ताकत थोड़ी कम हो गयी थी।

सबको एक साथ आया देख तिरिल सोच रही थी कि सभी उसके बच्चे को देखने और बधाई देने आये हैं। लेकिन यह विचित्र स्थिति थी कि सबके चेहरे पर एक उदासी पसरी थी और सभी गुमसुम बने उससे आँखें चुरा रहे थे, गोया सभी कोई गुनाह करके आये हों। तिरिल ने नरहरि की तरफ़ देखा। उसकी आँखें भी झुकी हुई थीं। उसने ज़रा तल्ख होकर पूछा, ''सोन! तुमलोग इस तरह मुँह क्यों बनाये हुए हो? कोई कुछ बोल क्यों नहीं रहा?''

नरहरि ने जब उससे नज़रें मिलायी तो खुद पर काबू न कर सका और बिलख-बिलख कर रो पड़ा। तिरिल उसे अर्से से जानती थी, कभी उसे इस तरह रोते हुए नहीं देखा था, परिवार में हुई कई मौतों के वक्त भी।

तिरिल की आँखें भी डबडबा गयीं, ''मेरे फुलू को क्या हुआ सोन?''

''कायरों ने उस बहादुर की हत्या कर दी तिरिल।'' कहते हुए नरहरि और भी अधीर हो उठा।

तिरिल समझ गयी कि जो खो गया है वह जितना तिरिल का था उससे कम नरहरि का भी नहीं था। तिरिल के साथ जितना समय उसका गुज़रता था, उससे ज़्यादा नरहरि के साथ गुज़रता था। साये की तरह दोनों एक-दूसरे से चिपके रहते थे।

पास में ही लेटी हुई टुकुर-टुकुर छत को देखती दुधमुँही को तिरिल ने देखा, "तू कैसी किस्मत लेकर जन्मी मेरी बच्ची कि अपने बाप का मुँह तक नहीं देख सकी और ना ही वह तुम्हें देख सका।" फफक पड़ी तिरिल।

मोगरा ने उसे हिम्मत बँधाने की कोशिश की, "अब तुम्हीं पिता भी हो। तिरिल और हम सभी हर घड़ी तुम्हारे साथ हैं।"

"तो आखिरकार कालू मुंडा ने मेरा सुहाग उजाड़कर अपना रास्ता साफ़ कर लिया सोन? फुलू हर वक्त कहा करता था कि आदिवासियों का सबसे बड़ा दुश्मन कोई है तो वह कालू है। उसे अगर धूल चटाने का काम कोई कर सकता है तो सिर्फ़ मैं कर सकता हूँ। अब उसके इस संकल्प का क्या होगा सोन?"

पैरों में गोली खाकर डरे हुए चस्का ने कहा, "यह सब भूल जाओ तिरिल। राजनीति अब शरीफ़ों और भले लोगों का क्षेत्र नहीं रह गयी है। अब इसमें उसी की चलती है जो हत्यारे, लुटेरे, क्रूर, कसाई, कमीने और भ्रष्ट हैं।"

"नहीं चुसू, फुलू कहा करता था कि अच्छे लोग ऐसा ही सोचकर इससे दूर होते चले जायेंगे तो यह बुरे लोगों का ही क्षेत्र बनकर रह जायेगा।" तनिक रुक कर उसने अपने चेहरे पर एक कसावट और दृढ़ता लाने का प्रयास किया, "मैं लड़ूँगी कालू मुंडा के खिलाफ़...मैं लड़ूँगी। अपने फुलू के लिए मेरी यही श्रद्धांजलि होगी।" तिरिल के मुँह से शब्द निकलते रहे और आँखों से आँसू झरते रहे।

सबने उसे ताज्जुब से निहारा। नरहरि की पनीली आँखों में तिरिल के लिए गर्व का भाव उभर आया। उसने अपनी बाँहें फैला दी। तिरिल उसके गले से लिपट गयी और कहती रही, "मैं लड़ूँगी सोन...मैं लड़ूँगी। तुम सब मेरी हिम्मत बढ़ाओ...मैं लड़ूँगी। बाबा नहीं रहे, फुलू नहीं रहा, लड़ते हुए मैं भी न रही तो आगे की लड़ाई यह नन्हीं लड़ेगी। मेरे न रहने पर तुम इस मासूम को पाल लेना सोन...आगे की लड़ाई लड़ने के लिए।"

चकरेला उराँव को आज बार-बार वह घटना याद आ रही थी जब फुलोदा ने अन्तिम समय में ट्रेन को दुर्घटनाग्रस्त होने से बचा लिया था। हज़ारों ज़िन्दगियाँ तबाह होने से बच गयी थीं। इनमें कई ज़िन्दगियाँ चकरेला उराँव परिवार की भी थीं। उस समय चकरेला कालू मुंडा का वफ़ादार और खासमखास था। कालू के इशारे पर उसने कई बार फुलोदा को आँखें दिखायी थीं और उसके कोई सी भी

हानि पहुँचाने की फ़िराक में लगा रहता था। लेकिन रेल वाली घटना ने उसे पूरी तरह बदल दिया और फुलोदा के करीब पहुँचा दिया। फुलोदा ने भी बिना राग-द्वेष के उसे अपना लिया। अतीत में की गयी उसकी सारी दुष्टता और ऐंठन को उसने भुला दिया और ऐसा स्नेह देने लगा जैसे कभी कुछ हुआ ही नहीं हो। अपनी नवगठित पार्टी का उम्मीदवार भी उसने बना दिया और प्रचार करने में पूरी ताकत झोंक दी।

आज तिरिल की हालत देखकर चकरेला का अन्तस पूरी तरह पसीज गया। अभी-अभी उसका प्रसव हुआ है, ठीक से स्वास्थ्य लाभ करने की ज़रूरत है। नवजात बच्चे को भी माँ का हर पल का साथ चाहिए। एक महीने में तीसरे चरण के चुनाव की तिथि घोषित है। ऐसे में उसका चुनाव लड़ना खुद पर अत्याचार बन जायेगा। उसका मकसद कालू को कड़ी चुनौती देना है तो यह काम कोई दूसरा भी कर सकता है। कालू बर्बर है, दबंग है, ढीठ है और पुलिस प्रशासन को धमका कर रखता है, क्या पता तिरिल को भी निशाना बना ले।

मन-ही-मन इस तरह से सोचते हुए चकरेला अपना मन्तव्य रखने से खुद को रोक न सका, ''तिरिल, फुलू दा ने हमरे पूरे परिवार को नया जीवन दिया रहा, आज वो करज़ चुकाने का मौका आया है। अपनी और अपनी छेली की सेहत के खातिर तुम्हारा चुनाव लड़ना ठीक नहीं है। ई काम हमको करने दो। कालू को हम बढ़िया से जानता है, उसका हरेक पैंतरा हमको मालूम है। हम तुमको भरोसा दिलाता है तिरिल कि कालू को हम हरा सकता है। फुलू दा जो चाहता था, उसको पूरा करने का काम हमारे वास्ते छोड़ दो।''

तिरिल ने चकरेला को आत्मीय भाव से निहारा, फिर कहा, ''नहीं चाको दा, यह चुनाव तो मैं ही लड़ूँगी। फुलू की तरफ़ से जवाब तो मुझे ही देना है। दुश्मन को मैं बता देना चाहती हूँ कि मैं डरी नहीं हूँ। मेरी और मेरे इस बच्चे की सेहत की चिन्ता करने के लिए शुक्रिया। यही तो चुनौती है मेरे सामने कि इस हालत में भी उसका मुकाबला कर सकती हूँ, वो इस मुगालते में न रहे कि एक फुलू के चले जाने से उसका रास्ता साफ़ हो गया और लोकवरपा खत्म हो गयी।''

सभी लोगों ने तिरिल का समर्थन किया। नरहरि तथा कुछ अन्य साथियों को लगा कि भीतर का हिला हुआ आत्मविश्वास फिर से सुदृढ़ हो गया है और साहस की कमज़ोर पड़ रही बैटरी फिर से चार्ज हो गयी है। सबने बारी-बारी से बच्ची

को अपनी गोद में ले-लेकर प्यार किया, जैसे कह रहे हों कि सिर से बाप का साया उठ जाने के बावजूद वह अनाथ नहीं है।

59

तिरिल के चुनाव लड़ने के विषय पर रणनीति बनायी गयी। वरदान पुष्प के कुछ साथियों को लेकर एक टीम गठित की गयी। चकरेला उराँव को उसका प्रभार सौंपा गया। पूरी टीम एक महीने के लिए झुमका में डेरा डालकर रहेगी। तिरिल के साथ उसके गाँव वाले घर की सेविका गीतो भी रहेगी ताकि उसकी बच्ची की देखभाल में कोई कोताही न हो। मोगरा से भी कहा गया कि तिरिल की ताकत और हौसले को बनाये रखने के लिए चुनाव होने तक साथ रहे, ताकि वह अकेलापन महसूस न करे। नरहरि सहित बाकी साथी भी क्रम से आना-जाना जारी रखेंगे।

नरहरि ने आरक्षी अधीक्षक डैनियल डुंगडुंग से उसके ऑफ़िस में जाकर मुलाकात की और तिरिल के चुनाव लड़ने की जानकारी देते हुए अंगरक्षक मुहैया कराने का आवेदन सौंपा। उसने यह भी पूछा कि अपराधियों के बढ़ते जा रहे हौसले के सन्दर्भ में पुलिस कोई कार्रवाई करेगी या यों ही मूकदर्शक बनी रहेगी। डुंगडुंग ने बताया कि गहन तहकीकात हो रही है और जल्दी ही एक बड़ा खुलासा सामने आने वाला है। अपराधी बख्शे नहीं जायेंगे, उन्हें सज़ा मिलेगी और ज़रूर मिलेगी।

डुंगडुंग ने पुराने कब्रिस्तान के हटाने पर भी राय ज़ाहिर करते हुए कहा, ''नये को बने हुए काफ़ी दिन हो गये। पता चला है कि आस-पास के रहनेवाले लोग अपने मरहूमों को दफ़नाने के लिए वहाँ जाने भी लगे हैं। पुराने को पूरी तरह बन्द करने के पहले खास-खास और मोतबर लोगों से सम्पर्क करके उन्हें समझाने और उन्हें रज़ामन्द करने की एक मुहिम चलायी जाये ताकि वे इसको अन्यथा लेकर कोई नकारात्मक माने न निकालें और इसे वक्त का तकाज़ा की तरह लें। यह काम आपके उन साथियों के हवाले से हो सकता है जो उस विरादरी से ताल्लुक रखते हैं। पिछले दिनों त्रिवेदी साहब से बात हो रही थी, तो उन्होंने इस तरफ़ मेरा ध्यान दिलाया।''

''मैंने इसे भुलाया नहीं डुंगडुंग साहब। वह ऐसे मुहाने पर है कि प्राय: रोज़ ही गुज़रना होता है वहाँ से। दिमाग में एक घंटी बज जाती है। मैं जान-बूझ कर

वक्त ले रहा था ताकि नये कब्रिस्तान से सभी आगाह हो जायें। साथ ही उनके सामने कुछ ऐसी मिसालें भी नमूदार हो जायें जिनसे वे समझ सकें कि ऐसा सिर्फ़ उन्हीं के साथ नहीं हो रहा है, बल्कि सबके साथ हो रहा है। यह धारणा अब स्थापित भी हो चुकी है—सड़क से मन्दिर हटाये गये, सड़क से किसी भी धर्म के जुलूस का निकलना बन्द किया गया, संकीर्ण जगहों पर किसी भी प्रकार के पंडाल बनाने पर रोक लगायी गयी, कम्पनी ने खामखा जगह छेंकने वाली कई कोठियों को ध्वस्त कर दिया। इन मिसालों को देखते हुए इसे एक रचनात्मक कदम के रूप में लिया जायेगा, ऐसा मेरा विश्वास है। जैसा आप कह रहे हैं, मैं अपने साथी हरफन अंसारी को इस मुहिम में लगाता हूँ।''

60

हरफन अंसारी ने तय किया कि शहर में जो प्रमुख मस्जिदें हैं बारह-पन्द्रह, उनमें नमाज़ शुरू होने या फिर खत्म होने के समय जाकर ज़्यादा से ज़्यादा लोगों तक गुज़ारिश पहुँचा दी जाये।

सबसे पहले वह इम्तियाज़ मस्जिद चला गया, जहाँ उस्मानी तुर्रम हयात जाफरी इमाम थे। जाफरी पहले कब्रिस्तान से किसी भी तरह की छेड़-छाड़ करने के बिलकुल खिलाफ़ थे। बाद में जब वे वरदान पुष्प की साफ़गोई और निष्पक्ष नीयत से पूरी तरह अवगत हुए तो कब्रिस्तान हटाने के अभिप्राय से सहमत हो गये। जब गाय वाली बूढ़ी अम्मा नसीरन का इंतकाल हुआ तो उसे नये कब्रिस्तान में दफ़नाने के वक्त जाफरी मौजूद थे। कब्रिस्तान का रकबा, तमाम सहूलियतों की मौजूदगी और ऊँची चारदीवारी उन्हें खासतौर पर पसन्द आयी।

हरफन को आया देख जाफरी ने पास बुलाकर कहा, ''नमाज़ जब खत्म होगी तो मैं सबको रुकने के लिए कह दूँगा। आप अपनी तकरीर शुरू कर देना।''

जब नमाज़ के लिए सब खड़े होने लगे तो हरफन भी खड़ा हो गया। हालाँकि ताराकान्त सर की शार्गिदी में जाने के बाद उसने आज तक न कभी रोज़ा रखा, न नमाज़ पढ़ी। आज चूँकि उसे दिखाना था कि वह उन्हीं लोगों के कौम में उन्हीं लोगों की तरह है ताकि लोग उसकी बात ध्यान से सुनें और भरोसा करें, वह लाइन में खड़ा हो गया। नमाज़ जब खत्म हुई तो जाफरी ने सबको एक ज़रूरी पैगाम के

लिए रुकने की दरख्वास्त कर दी। हरफन झट लाइन से निकलकर सामने खड़ा हो गया और कहने लगा-

''इस शहर विधातानगर को बदला जा रहा है। जो चीज़ें दिक्कत पैदा कर रही हैं और शहर की खूबसूरती पर असर डाल रही हैं, जिस जगह पर वे हैं, उनका वहाँ होना अब लाज़िमी नहीं रह गया है और शहर की बढ़ती आबादी के मद्देनज़र ज़रूरी सहूलियतों को जगह देने के लिए जगह की किल्लत हो रही है, उन्हें हटाया जा रहा है। थोड़ा ही वक्त कबल मुख्य सड़क पर बने दो मन्दिरों को ज़मींदोज़ कर दिया गया। कम्पनी ने अपने कई बंगले तोड़वा दिये। आप सब मोहतरम हाजरीन से इल्तिजा है कि आप भी बड़ा दिल दिखाइये और मुख्य बाज़ार के नज़दीक मुख्य सड़क पर बने कब्रिस्तान को छोड़ दीजिये और इसके एवज में जो नया बनाया गया है उसका इस्तेमाल शुरू कीजिये। यहाँ अब मरहूमों की जगह ज़िन्दगी को बसाने के मसौदे तैयार किये जा रहे हैं।''

सुनने वालों में कुछ देर एक खामोशी छायी रही। फिर खुसुर-फुसुर शुरू हो गयी।

एक लड़का अपनी आवाज़ में तुर्शी भरकर बहुत बदतमीजी से कहने लगा, ''कुछ रोज़ बाद यह भी कहा जायेगा कि हम मोमिनों के रहने से यहाँ के निवासियों को बहुत दिक्कत आ रही है, तो क्या हमलोग बड़ा दिल करके शहर छोड़ देंगे?''

हरफन जवाब देना ही चाह रहा था कि एक दूसरा लड़का पहले वाले से ज़्यादा अकड़ और तैश के साथ शुरू हो गया, ''इस तरह की दलाली करने और बरगलाने के एवज में आपकी कितनी कीमत लगायी गयी है? बताइये, उतना हमलोग आपको चन्दा करके दे देते हैं।''

''देखिये, मैं जो कह रहा हूँ, उसे आप अपने मज़हब से ऊपर उठकर एक इन्सान के जानिब से...।''

''बस...बस, बहुत हो गया, अब आगे एक लफ़्ज़ हम सुनना नहीं चाहते। जाफरी साहब! किस-किस सिरफिरे को इजाज़त देकर यहाँ बकवास करने के लिए बुला लेते हैं।''

हरफन ने भाँप लिया कि यहाँ कुछ शोहदे किस्म के बेदिमाग लौंडे मौजूद हैं। इन्हें कुछ भी कहना बेकार है। वह अल्ला हाफ़िज़ कहकर वहाँ से निकल गया।

हरफन जानता था कि लोगों को समझाकर राज़ी कर लेना आसान काम नहीं है। आदमी की यह फ़ितरत होती है कि वह बनी-बनायी रवायत से जल्दी डिगना नहीं चाहता। लड़कों की बेअदबी का उसने अपने ऊपर असर पड़ने नहीं दिया। अगले दिन एक और मस्जिद में वह हाज़िर हो गया। इम्तियाज मस्जिद में जो बातें उसने कही थीं, उन्हें तो दोहराया ही, यहाँ कुछ और बातें जोड़ीं, ''हमें भी दूसरे मज़हब वालों की तरह ब्रॉड माइंड और ऐडजस्टेबल होना चाहिए। हमें इस हकीकत को कबूल करने से गुरेज नहीं करना चाहिए कि यह जगह अब मुर्दों, कब्रों, मैयतों और जनाज़ों के लिए बिलकुल मुफ़ीद नहीं है। चारदीवारी के बाहर चारों ओर ज़िन्दगी के तमाम कारोबार चल रहे हैं, तमाम घरों के बावर्चीखाने से तेल, मसाले की खुशबुएँ फैली हैं और उनके ठीक तीन-चार गज़ के फ़ासले पर ज़मीन के अन्दर मुर्दे सड़ रहे हैं। इसे इस तरह देखना वाजिब नहीं है कि इसका यहाँ से हटाया जाना हमारे साथ नाइंसाफ़ी है। हमें स्पोर्ट्समैन स्पिरिट दिखाना चाहिए और खुद ही आगे आकर कहना चाहिए कि अगर ऐसा करने से इस शहर को नया चेहरा मिलता है और शहरवासियों को फ़ायदा पहुँचता है तो हमें ऐसा होने देने से कोई एतराज नहीं है। जो नयी जगह मुकर्रर की गयी है, हम उसके लिए तैयार हैं।''

पूरी बात सुनकर एक आदमी ने सवाल किया, ''हमारे पुरखों की उन कब्रों का फिर क्या होगा, जिन पर सालों से हम फ़ातिहा पढ़ते रहे हैं, उनकी याद में लोबान और अगरबत्ती जलाते रहे हैं। क्या नये कब्रिस्तान में उनकी कब्रों को शिफ़्ट करना मुमकिन है?''

''कब्रें जितना ज़मीन पर होती हैं उससे ज़्यादा हमारे दिलों में होती हैं, हमारे तसव्वुर में होती हैं। दिलों में खुदी हुई यादों को न बाढ़ बहा सकती है, न जलजला मिटा सकता है और न कयामत कुछ बिगाड़ सकती है। ज़मीनी कब्रें सिर्फ़ एक निशानदेही और हमारा एक वहम हैं। अन्यथा जिस्म तो कब की मिट्टी में तब्दील हो गयी रहती हैं। तो लोबान और अगरबत्ती जलाने व फ़ातिहा पढ़ने के लिए आप यादों को कहीं भी जगा लीजिए।''

एक दूसरे आदमी ने कहा, ''बातों में आप हमें नहीं जीतने देंगे। आप एक शायर हैं, हमें पता है। चलिये ठीक है, अपना अंजुमन और तंजीम जो राय बना ले, हम उसी में राज़ी हैं।''

इसी तरह कई मस्जिदों में भ्रमण के बाद हरफन अंसारी ने फारूक मदरसा

के प्रिंसिपल मो. नईम से मुलाकात की। नईम कई अंजुमन कमेटियों और तंजीमों में सक्रिय था और वह लोगों में खासा मकबूल था। हरफन की दलीलें सुनकर वह बुरी तरह झुँझला गया और कहने लगा, ''तुम एक फ़ालतू संस्था 'वरदान पुष्प' के मेम्बर हो और सोनवारे नरहरि नामक खुदमुख्तार समाज सेवक, समाज सुधारक और अपने आपको बहुत बड़ा युगपुरुष समझने वाला घटिया आदमी का भोंपू बने हुए घूम रहे हो। तुम्हें शर्म आनी चाहिए कि वह चतुर शेखचिल्ली तुम्हें अपने ही कौम और बिरादरी के खिलाफ़ इस्तेमाल कर रहा है और तुम घूम-घूम कर अपने ही लोगों के दिमाग में ज़हर भर रहे हो। अपने को शायर कहते हों लेकिन अक्ल के बिलकुल अन्धे हो।''

''नईम मियाँ, गुस्से का इज़हार करने का भी एक सलीका होता है। आप तो खामखां मवालियों और शोहदों की ज़बान बोलने लग गये। वरदान पुष्प और सोनवारे नरहरि पर उँगली उठाने के पहले आपको अपनी औकात का खयाल कर लेना चाहिए। आप जो फिरकावराना ज़बान बोल रहे हैं उससे कभी मुस्लिमों का भला नहीं हो सकता। आप जैसे कठमुल्लों के कारण ही मुसलमान सन्देह की नज़र से देखे जाते हैं।''

''तुम्हारा लेक्चर मुझे नहीं सुनना है हरफन अंसारी। जाओ, वरदान पुष्प और 'सबका होटल' में जाकर गुलामी करो। कब्रिस्तान जहाँ है, वहीं रहेगा। कोई माई का लाल इसे हटा नहीं सकता। पहले भी इस बारे में तुम्हारे आका नरहरि को मैं अपना इरादा बता चुका हूँ। पूछ लेना उससे।''

नईम के कुछ चट्टे-बट्टे भी वहाँ मौजूद थे। उनमें एक खूंखार चेहरे वाला टेढ़ा सा आदमी नईम की हाँ में हाँ मिलाते हुए कहने लगा, ''नईम साहब, माँ कसम, अगर कब्रिस्तान को कुछ हुआ तो आप सिर्फ़ इशारा कर देना, साले खून की नदी बहा दूँगा।''

''चलता हूँ नईम मियाँ। सोच कर आया था कि एक सुलझे हुए दानिस्वर से गुफ़्तगू होगी, लेकिन बहुत अफ़सोस लेकर जा रहा हूँ कि यहाँ जो मनसूबा बना हुआ है, उसमें इन्सानियत और भाईचारे की कोई जगह नहीं है।''

बिना धैर्य खोये हरफन ने और भी कई तरह के लोगों से मिलने का सिलसिला जारी रखा। काफ़ी ऐसे भले और खुले दिल वाले लोग मिले जिन्हें इस कार्रवाई में किसी प्रकार का कोई नुकसान या दुर्भावना या जज़्बात को ठेस पहुँचाने

जैसा पेच नज़र नहीं आया। उन्होंने इसे सहर्ष स्वीकार करते हुए कहा कि ऐसा करने से शहर का भला होने वाला हो तो ज़रूर किया जाना चाहिए। कब्र का क्या है? जब आदमी मर गया तो उसे कहीं भी दफ़ना दो, क्या फ़र्क पड़ता है।

कुछ ने तो यह भी माना कि जिस तरह इसके आस-पास आबादी फैल गयी है और मेन मार्केट इसके मुहाने पर है, इसका यहाँ होना कहीं से भी उचित नहीं है। कब्रिस्तान तो ऐसी जगह होना चाहिए जहाँ एकान्त हो, जहाँ मातम मातम की तरह लगे, जहाँ मायूसी और उदासी को महसूस करने का स्पेस मिल सके। यहाँ तो आप किसी सगे को गमज़दा हालत में दफ़ना रहे हैं और बाहर से लाउडस्पीकर से गाने बज रहे हैं—'मेरे फोटो को सीने से यार, चिपका ले सैंया फेविकोल से।' आप अन्दर मज़ार पर फ़ातिहाखानी कर रहे हैं, बाहर बस की कानफाड़ू हॉर्न की आवाज़ आ रही है और चारदीवारी से सटे घर से रेडियो बज रहा है—'गोरी तेरा झुमका बड़ा फंकी-फंकी टाइप का।'

जहाँ ऐसे आला खयाल और सेक्यूलर मिज़ाज लोग मिले, वहीं कुछ बेहद तंगखयाल के दुराग्रही, चुगद और दहशतगर्द किस्म के लोगों से भी टकराना पड़ा। उनके पास दिमाग के नाम पर एक ही शैतानी हथियार है—मरेंगे या तो मार देंगे लेकिन कब्रिस्तान को एक इंच कहीं खिसकने नहीं देंगे। इसे बचाने के लिए हमें जिस हद तक जाना होगा, जायेंगे। अगर ज़ोर-ज़बर्दस्ती की गयी तो हम उसे किसी हाल में नहीं बख्शेंगे जिसके खुराफ़ाती दिमाग की यह उपज है। इतने सालों से चले आ रहे कब्रिस्तान की बुनियाद को कल के एक मामूली लौंडे ने हिलाकर रख दिया। उसे इस जुर्रत और हिमाकत के लिए सज़ा तो मिलनी ही चाहिये।

हरफन अंसारी ने अपना सिर पीट लिया। वह बुरी तरह उलझन में घिर गया। उसे समझ में नहीं आ रहा था कि इतने इतने लोगों से मिलने के बाद निष्कर्ष क्या निकाला जाये। हाँ, इतना ज़रूर समझ में आया कि अच्छे, उदार और रचनात्मक विचार रखने वाले लोग ज़्यादा मिले और दुष्ट, नकारात्मक और क्रिमिनल किस्म के लोग कम मिले...बहुत कम। लेकिन ये जो बहुत कम होते हैं, भले ही चन्द होते हैं, ताहम जन-जीवन को असन्तुलित और अस्थिर बनाने के लिए काफ़ी होते हैं।

सारा वृत्तान्त सुनकर नरहरि ने कहा, "हम उम्मीद का दामन कभी नहीं छोड़ते हरफन। गालियों और धमकियों की परवाह मत करो। दुनिया में कोई ऐसा काम नहीं हुआ, जिसकी सिर्फ़ प्रशंसा ही प्रशंसा हुई। नदी पर पुल बनता है तो

उससे रोज़ पार करने वाले भी किसी दिन पैर और जूते के बीच कंकड़ के आ जाने से पुल के एक हज़ार नुक्स निकाल देते हैं। कहते हैं कि बालू में ठीक से सीमेंट नहीं मिलाया ठेकेदार ने, इसलिए सीमेंट से मुक्त होकर कंकड़-पत्थर सतह पर आ गया है।'' नरहरि ने एक लम्बी साँस ली और निस्पृह भाव से कहा, ''हरफन भाई, तुमने बहुत मेहनत की, लोगों के बहुत गुस्से झेले। अब इस प्रकरण को अपने हाल पर फ़िलहाल हमें छोड़ देना है। विधानसभा चुनाव सम्पन्न हो जाने के बाद, फिर इसे देखा जायेगा।''

61

दूसरे चरण का चुनाव निपट गया तो तीसरे चरण पर ध्यान केन्द्रित हो गया। झुमका विधानसभा क्षेत्र में चुनाव प्रचार शुरू हो गया। चकरेला पूरी टीम को लेकर वहाँ जम गया। तिरिल की सुरक्षा के लिए डुंगडुंग साहब ने तीन कान्स्टेबल बहाल कर दिये।

तिरिल बदले की आग में तपकर पूरे जोश में आ गयी थी। अपने भाषण में वह कालू को हत्यारा, माफ़िया और तानाशाह घोषित करते हुए उसे प्रदेश का और खासकर आदिवासियों का नम्बर एक दुश्मन साबित करने लगी। वह जनता से सवाल पूछ रही थी, ''कई-कई चुनाव जीतने के बाद उसने क्या किया? जब अब तक उसने कुछ नहीं किया तो आगे उससे कुछ करने की उम्मीद कैसे की जा सकती है? उसने सिर्फ़ और सिर्फ़ अपना भला किया। कभी विधानसभा में, कभी लोकसभा में, रिश्वत में मोटी रकम लेकर सरकार बनाने-बचाने का खेल खेला। जनता के भरोसे का सौदा कर करोड़ों की सम्पति बना ली। अब इसकी नज़र इस नव गठित राज्य के मुख्यमंत्री की कुर्सी पर है। इसका उस कुर्सी पर पहुँचने का अर्थ होगा राज्य का सम्पूंर्ण बंटाधार।

''कुर्सी पर काबिज़ होकर इसका एक सूत्री एजेंडा होगा अपने विरोधियों को बारी-बारी से खत्म कर देना। बिना पद पर रहते हुए जब हत्या कर देना, करा देना इसके लिए मामूली बात है तो जब पावर में आ जायेगा तब तो किसी को भी गाजर-मूली की तरह चबा लेने में इसे कोई वक्त नहीं लगेगा। इसने मेरे पति की हत्या करवायी है, वह इसके खिलाफ़ चुनाव लड़ने वाला था। मैदान से हट जाने के

लिए इसने उसे मनाने और फुसलाने की कोशिशें कीं। उसने साफ़ मना कर दिया। इसकी काहिली और कामचोरी के लम्बे रेकॉर्ड को देखते हुए उसने इसे हराने का फ़ैसला कर लिया था। फुलोदा बेसरा ने आदिवासियों के कल्याण के लिए कुछ ठोस कार्यक्रम बनाये हुए थे, उन्हें अब मैं पूरा करूँगी। आप मुझे जिताइये।''

चकरेला उराँव ने भी कालू के खिलाफ़ हवा बनाने में पूरा दमखम लगा दिया। उसने संथाली में दिये गये अपने भाषणों में कहा, ''इसके साथ मैंने लम्बे समय तक काम किया है, इसलिए मैं इसके सारे पेच-पैंतरा जानता हूँ। अलग राज्य आन्दोलन में जितनी हिंसक वारदातें हुईं, सारा इसी ने करवाईं। फुलू दा उस समय से ही इसका विरोधी था। विरोध इसे बिलकुल बर्दाश्त नहीं है। फुलू को उसी समय से मरवाने की फ़िराक में था। राजधानी ट्रेन को भी इसने उड़ाने की योजना बनायी थी। फुलू ने उसे बचा लिया। उद्योगपतियों, व्यापारियों और गैर स्थानीय आम जनता को इसने अलग राज्य आन्दोलन के समय बहुत परेशान किया और उनसे खूब उगाही की।

''राज्य बँटने के बहुत पहले से आप लोग इसे जिताते आ रहे हैं और अपना तारणहार मान लिया है, लेकिन इसने आपलोगों का इस्तेमाल सिर्फ़ भीड़ के रूप में अपनी ताकत दिखाने के लिए किया। काम इसने कुछ भी नहीं किया। न इसने कहीं एक अस्पताल खुलवाया, न स्कूल, न तालाब खुदवाया, न ट्यूबवेल लगवाया, न किसी गाँव में बिजली पहुँचवायी, न बेघर लोगों को घर दिलवाया, न बेरोज़गार युवकों को काम दिलवाया, न किसी को राशन दिलवाया, न सड़क बनवायी। पहले की तरह आज भी आदिवासी समाज उसी तरह फटेहाल और मोहताज है।

''इसे आप लोगों ने बहुत आज़मा लिया, अब मौका दीजिये लोकवरपा की तिरिल बेसरा को। तिरिल के पिता ताराकान्त सर ने ही अलग राज्य बनाने का मन्त्र सबको दिया था। उन्होंने सैकड़ों बच्चों को अपने घर में जगह देकर पढ़ने-लिखने और आगे बढ़ने में मदद पहुँचायी। दर्जनों लड़कों को सच्चा समाज सेवक बनने की राह दिखायी। आज भी विधातानगर का उनका घर इसी काम के लिए खुला हुआ है। अपने पिता के रास्ते पर चलते हुए तिरिल भी एक अर्से से गाँव में रहकर समाज सेवा कर रही है। इसका पति फुलोदा बेसरा भी ताराकान्त सर का अनुयायी रहा है। वह भी अलग राज्य के आन्दोलन में जी जान से लगा हुआ था।

''हम लोगों की संस्था वरदान पुष्प कई वर्षों से समाज को बदलने और

अन्याय व जुर्म से लड़ने में जुटी हुई है। तिरिल की जीत वरदान पुष्प की जीत होगी। विकास के काम को आगे बढ़ाने की जवाबदेही पूरी टीम की हो जायेगी। अपनी बदहाली से मुक्ति चाहते हैं तो तिरिल को जिताइये और एक बूढ़े मदारी के फरेबी जाल से बाहर निकलिये।''

कालू मुंडा सीधे-सीधे हत्या के आरोप लगाये जाने और दहाड़-दहाड़ कर उसकी निष्क्रियता व निर्दयता के पोल खोलने को लेकर बैक फुट पर आता दिखने लगा था। उसे यह भी लगने लगा था कि सहानुभूति के आधार पर लोग इसके पक्ष में चले जायेंगे। अक्सर ऐसा होता भी रहा है कि पति के मारे जाने से पत्नी खड़ी हो जाती है और भारी मतों से विजयी हो जाती है। उसने फ़ैसला किया कि बिना किसी प्रमाण के हत्या कराने के आरोप लगाने का मुँहतोड़ जवाब देना है और नामांकन एक दूसरे क्षेत्र से भी करा लेना है, ताकि एक में अगर हार गये तो दूसरे में जीत मिल जाये। यहाँ से लगातार जीतता आ रहा है तो कोई ठीक नहीं कि इस बार लोग बदलाव का मन बना लें।

उसने पड़ोस के जिला चाकुड़ के रोटीपाड़ा से भी नामांकन करा लिया। तिरिल को जब जानकारी हुई तो झुमका के अलावा उसने भी रोटीपाड़ा विधानसभा क्षेत्र से नामांकन करा लिया। उसका मकसद किसी भी तरह उसे विधानसभा पहुँचने देना नहीं था।

कालू मुंडा हैरान रह गया। यह लड़की उसका इस तरह पीछा करेगी, उसने सोचा नहीं था। खैर, अब तो उसे मुकाबला करना ही था। उसने अपने भाषण में कहना शुरू किया, ''बिना किसी सबूत और साक्ष्य के मुझे हत्यारा ठहराना सरासर एक शरारत और आचारसंहिता का उल्लंघन है। मेरे ऊपर न कोई एफआईआर है और न मेरे खिलाफ़ ऐसा कोई पहले का रेकॉर्ड है। यह लड़की बौखलाहट में अनाप-शनाप बक रही है और मेरे बारे में जो भी कह रही है वह झूठ व निराधार है। यह गुस्से में आकर बदले की भावना से यहाँ खड़ी हो गयी है। मुझे इसके प्रति पूरी सहानुभूति है। इसके पति फुलोदा को जिसने मारा, उसे पकड़ना पुलिस का काम है। मैं भी इस हत्या की निन्दा करता हूँ और माँग करता हूँ कि अपराधियों की जल्द से जल्द पहचान हो और सज़ा मिले।

''मैंने आदिवासियों का स्वाभिमान जगाया है और अपने हक के लिए आगे आकर लड़ना सिखाया है। इसका बाप ताराकान्त, जिसको एक महान दूरद्रष्टा

बताया जा रहा है, एक मामूली मास्टर था। वह दूसरों के कन्धों पर बन्दूक रखकर चलाना जानता था। समाज में बदलाव की क्रान्ति लाने के नाम पर उसने बहुत सारे लड़के-लड़कियों को महान बनने की सनक देकर थोथा आदर्शवादी बना दिया। ऐसे ही कुछ लड़कों की जमात है वरदान पुष्प और इनकी पार्टी लोकवरपा। ये सभी भटके हुए और खुशफ़हमी के शिकार कूढ़मगज़ लोग हैं। इन्हें एक ही काम आता है—होटल में पोंछा मारना, बर्तन माँजना और बैरागिरी करना।

''इसे वोट देकर अपना भविष्य खराब मत कीजिए। मैं आपके हर दुख-दर्द का साथी हूँ। मेरी मुक्ति संग्राम पार्टी इस बार सरकार बनाने जा रही है। सरकार बनाकर हम इस इलाके का कायाकल्प कर देंगे। बिजली, रोज़गार, अस्पताल, घर आदि सब कुछ मिलेगा आपको। राज्य जब बँटा नहीं था तो हमारी बात ऊपर सुनी नहीं जाती थी। इसीलिए हम चाहकर भी बहुत कुछ नहीं कर सके। अब हमारी सरकार बनेगी तो अपनी तकदीर लिखने के हम खुद मालिक हो जायेंगे। आपलोग हमें वोट देकर भारी मतों से जिताइये।''

जगह-जगह पर मुकाबले में अग्रणी दोनों मुख्य दलों द्वारा इसी तरह के भाषणों और वक्तव्यों को उच्चारते-सुनाते मतदान की तिथि आ गयी और वोट ईवीएम में बन्द हो गये। कालू पुराना खिलाड़ी था। चुनाव जीतने के नुस्खे उसे मालूम थे। उसने पूरा ज़ोर लगाया और लुभाने-पटाने के जितने हथकंडे हो सकते थे, सबको दाँव पर लगा दिया। दर्जनों गाँवों में उसने अपने समर्थक पिट्ठुओं के माध्यम से खस्सी के माँस और भात के लंगर लगवा दिये तथा हड़िया (एक प्रकार का देसी ठर्रा) के ड्रम खोल दिये। खास-खास वाले पिट्ठुओं-पिछलग्गुओं में होंडा बाइक उपहार में बाँट दी। सभी पोलिंग एजेंटों में दस-दस हज़ार रुपये वितरित कर दिये।

लोकवरपो के पास न इतना साधन था और ना ही वे इस तरह की गलत परिपाटी से गुज़रने में विश्वास रखते थे। यह ताज्जुब करने का मसला था कि इस तरह के कारनामों पर चुनाव आयोग नामक पहरेदार की भी नज़र नहीं पड़ पा रही थी। लोकवरपा के कार्यकर्ताओं ने शिकायतें दर्ज भी करायीं पर इसे कोई प्रमाणित कैसे करे।

कालू को पूरा विश्वास था कि मांस-भात और हड़िया का भोज उड़ाकर लोग बेवफ़ाई नहीं करेंगे।

62

एक दिन नरहरि अपने चाचा संगतचन्द के मामले में वैधानिक मशविरा लेने के लिए महावर शर्मा के घर आ गया। दुर्घटना के बाद चाचा लगातार घर में बैठा हुआ था। मुरारीलाल की हत्या के कारण यह मामला लटका रह गया। वह रहता तो शायद कुछ समाधान हो जाता। उसके बाद कम्पनी ने अपने जिस मनपसन्द आदमी जुगल किशोर सिंह को अध्यक्ष की कुर्सी पर बैठाया, वह पूरी तरह प्रबन्धन का भोंपू और पालतू अल्सेशियन था।

आखिरकार प्रबन्धन ने इससे वेतन पुनरीक्षण के उसी प्रस्तावित समझौते पर अँगूठा लगवा लिया जिसे मुरारीलाल ने मानने से इनकार कर दिया था और उसके खिलाफ़ कितना कुछ संघर्ष करना पड़ा था। सम्भवत: इसी के कारण उसे जान भी गँवानी पड़ी। कम्पनी ने कहकर भी एनजेसीएस के बराबर ग्रेड नहीं दिया और इसे अगले दस साल तक के लिए मान्य करवा लिया। जुगल किशोर की अपनी चाँदी हो गयी थी, वह इसी में खुश था। कीचड़ से उठकर सिंहासन पर आसीन हो जाना उसके लिए एक नामुमकिन सपने के सच हो जाने जैसा था।

ऐसे केंचुए से संगतचन्द के लिए कुछ कहना बेकार था। मुरारीलाल के आश्वासन पर टिकी उम्मीद के कारण वालंटियरी रिटायरमेंट भी नहीं लिया जा सका। अब कम्पनी ने जले पर नमक छिड़कते हुए उस पर लम्बी अनुपस्थिति का आरोप मढ़कर बर्खास्तगी की चिट्ठी भेज दी। अजीब बात है कि एक तो दुर्घटना के बाद हुई आंशिक विकलांगता का कोई मुआवज़ा नहीं दिया गया। ज्वाइन करने गये तो ज्वाइन भी करने नहीं दिया और ज्वाइन नहीं कराने पर जब घर बैठ गये तो लम्बी अनुपस्थिति का दोषारोपण करके बर्खास्तगी की चिट्ठी थमायी जा रही है।

महावर जी ने कहा, ''यह बड़ा ही रोचक और कम्पनी को घेरने वाला केस है। श्रम न्यायालय में मुकदमा कर दो।''

नरहरि ने पूछा, ''क्या श्रम न्यायालय तक से ही मामला सुलट जायेगा?''

''यह तो बताना मुश्किल है। कम्पनी के निपटने का तरीका यह रहा है कि हार कर भी वह उम्मीद नहीं छोड़ती। वह मामले को उच्चतम न्यायालय तक पहुँचाकर ही फ़ाइल बन्द करती है। इस बीच इतना समय ज़ाया हो जाता है कि मुकदमा करने वाले का धैर्य और खर्च उठाने का साधन जवाब दे देता है। खासकर

अगर मुकदमा करने वाला जुल्म और ज़्यादती का शिकार बना कोई अदना मज़दूर हो। कम्पनी जान-बूझ कर लम्बा से लम्बा खींच देती है ताकि अगला ऊब कर खुद ही पस्त हो जाये। उसे खुद कोई फ़र्क नहीं पड़ता, चूँकि उसका बजाब्ता एक लीगल डिपार्टमेंट है, जिसमें कई-कई वकील नियुक्त हैं। उनका काम ही है लोअर कोर्ट से लेकर सुप्रीम कोर्ट तक केस लड़ना। इतनी बड़ी कम्पनी है तो हमेशा कम्पनी की ओर से या कम्पनी के ऊपर अनेक मुकदमे चलते रहते हैं।''

''तो आपकी क्या राय है कि कुछ दूर जाकर पस्त होने से अच्छा है कि अभी ही पस्त हो जाया जाये।''

''नहीं सोन, संगतचन्द भले ही एक मज़दूर है, लेकिन वह सोनवारे नरहरि का चाचा है। यह केस जहाँ तक जाता है, जाने दो। कम्पनी की एक सरकार वाली हैसियत को जानते हुए भी मैंने उसे अनेक बार ललकारा है सोन। सुप्रीम कोर्ट तक जाना होगा तो हम भी जायेंगे। यह मुकदमा मैं लड़ूँगा, तुम चिन्ता मत करो।''

संझा पास ही बैठी हुई सुन रही थी। कम्पनी के खिलाफ़ अपने पिता की चिरलम्बित चिढ़ और खार को निकालने का एक नये जरिया का हाथ लग जाना, उसे गुदगुदा गया। वह मुस्करा उठी यह कहते हुए, ''सोन, अब तुम निश्‍चिंत हो जाओ। संगत चाचा को कह दो कि एक-एक पाई जोड़कर कम्पनी उनके घर पहुँचा देगी।''

महावर जी ने संझा को निहारा, उसे खुश देखकर खुद भी थोड़े खुश हो गये। कहा, ''अच्छा हुआ तुमने बोलकर याद दिला दिया कि तुम यहीं हो। दरअसल मुझे तुम दोनों के सामने अपनी कुछ चिन्ताएं रखकर तुमलोगों की राय जाननी है।''

''हाँ बोलिये अंकल, ऐसी क्या चिन्ता आकर खड़ी हो गयी आपके सामने? चुनाव परिणाम को लेकर तो आप परेशान नहीं हैं? जो होना होगा अगले हफ़्ते तो हो ही जायेगा।''

''नहीं-नहीं, चुनाव परिणाम की परवाह मैं नहीं कर रहा। मतदान पूरा होते ही मैंने अपने दिमाग में वो फ़ाइल बन्द कर दी। अब अगर जीतूंगा तो वह फ़ाइल फिर खुलेगी अन्यथा वह यों ही बन्द रह जायेगी। मेरी चिन्ता संझा को लेकर है।''

उन्होने संझा को अपादमस्तक निहारा। उसका गर्भ छठे महीने में चल रहा था और उभार पूरी तरह दिखने लगा था। उन्होंने आगे कहा, ''संझा को अब माँ बनने

में सिर्फ़ तीन महीने रह गये हैं। लोग जानने लगे हैं कि वह माँ बनने जा रही है। आस-पास के वे हित-मित्र और पड़ोसी, जो जानते हैं कि संझा ने अब तक शादी नहीं की है, के मन में क्या खयाल आता होगा?''

संझा को बड़ा अटपटा लगा उनका पूछना, ''जो भी अच्छा या बुरा खयाल आता होगा, यह उनकी समस्या है पापा। हम किसी के खयाल और लोकलाज से बँधे हुए नहीं हैं।''

''अगर कोई बहुत करीबी मुँहलगा मुझसे पूछ ले तो क्या जवाब होना चाहिए मेरा?''

''आपका जवाब वही होना चाहिए जो सच्चाई है। आप बेबाक होकर बता दो कि मेरी बेटी अपनी इच्छा से अपनी पसन्द के पुरुष के बच्चे की माँ बनने जा रही है।''

''पुरुष का नाम भी वह जानना चाहे तो?''

''आप कह सकते हो कि वह नाम तब तक नहीं बताया जा सकता, जब तक कि वह पुरुष बताने के लिए न कहे। चूँकि पुरुष की मर्ज़ी से ज़्यादा बेटी ने अपनी मर्ज़ी से उसका चुनाव किया है। इसी शर्त पर कि उसके न चाहने तक उसका नाम गोपनीय रहेगा। इसी के साथ मैं यह कहना चाहती हूँ कि कोई क्यों पूछेगा मेरे बारे में? किसी को भी मेरी निजी ज़िन्दगी में ताक-झाँक करने का क्या हक है?'' ज़रा सा झुँझला गयी संझा।

''तुम इससे सहमत हो सोन, जैसा कह रही है संझा?''

''सहमत हूँ भी और नहीं भी। मैंने ऐसा कभी नहीं कहा अंकल कि मेरा नाम छिपाकर रखा जाये। जब संझा मेरे बच्चे की माँ बन रही है तो मैं उसके पिता होने से इनकार कैसे कर सकता हूँ। नाम छिपाकर रखने या मेरे इनकार करने का अर्थ होगा कि मैं कहीं किसी चीज़ से डर रहा हूँ, या कोई पाप या प्रपंच है मेरे मन में। सारा वरदान परिवार देख रहा है और सच्चाई जान रहा है। हरेक को यह भी पता है कि संझा और मैं एक-दूसरे को प्यार करते हैं। मैं अपने किसी भी काम पर पर्दा नहीं डालता अंकल। खुली किताब की तरह रहना चाहता हूँ, जिसे जब जो चाहे, पढ़ ले।''

''तो तुम दोनों शादी क्यों नहीं कर लेते?''

''पापा, आप भी उसी की तरह बात कर रहे हैं जैसी हर वो बाप बात करता है, जो बोलने में और दिखने में तो बड़ा प्रगतिशील, बोल्ड और मॉड्रेट होता है, लेकिन जब अपने बच्चे की शादी-वादी और लालन-पालन का वक्त आता है तो परले दर्जे का दकियानूस बन जाता है। क्या ज़रूरी है कि पारम्परिक लीक को ही पीटते हुए हम शादी करके ही बच्चे पैदा करें। बच्चे पैदा करके भी हम शादी कर सकते हैं और मर्ज़ी न मिले तो नहीं भी कर सकते हैं।''

नरहरि अपनी तरफ़ से भी जोड़ने लगा, ''शादी परस्पर एक-दूसरे को बाँधने की संस्था है। बैंडबाजा लेकर बारात निकालना, फेरे लेना, माँग में सिन्दूर भरना, भोज खिलाना आदि क्रियायें सामाजिक मान्यता प्राप्त करने के चोंचले हैं। लेकिन क्या इन चोंचलों के निष्ठापूर्वक निर्वाह के बावजूद शादियाँ नहीं टूटतीं, तलाक नहीं होते? अगर टूटती हैं और तलाक होते हैं तो फिर इन ढकोसलों का औचित्य क्या है? हम इनके बिना भी एक-दूसरे से कहीं ज़्यादा घनिष्ठ बने रह सकते हैं, बने रहेंगे, आप देखियेगा। अंकल, आप जगहँसाई और लोकनिन्दा जैसे विचारों को मन से निकाल दीजिए।''

''पापा, मुझे ताज्जुब हो रहा है कि हम लोग आपको समझा रहे हैं। आप तो स्वयं उन प्रथाओं, परम्पराओं और प्रचलनों को नकारते रहे हैं, जिनका कोई तार्किक आधार नहीं है। आपने ऐसा ही संस्कार मुझे दिया है।''

''तुम लोग जो कह रहे हो, उससे असहमति नहीं है मेरी। मेरा तात्पर्य उस राह पर टॉर्च मारना था जिस पर एक अनुशासित, सुरक्षित और मर्यादित जीवन-यात्रा के लिए साथ-साथ चलना सुविधाजनक होता है और उसमें एक नैसर्गिक खुशी का संचार होता रहता है। चलो, कोई बात नहीं, तुमलोग नाबालिग नहीं हो कि मैं दखल दूँ तुम्हारे फ़ैसलों में।'' उन्होंने प्रसंग बदलते हुए कहा, ''अब तिरिल के बारे में मुझे कुछ जानना है। कैसी है वो? कालू मुंडा जैसे बाहुबली और धाकड़ सरगना को चुनौती देकर उसने इतिहास रच दिया है। उसने साबित कर दिया कि वह दिलेर ताराकान्त की बहादुर बेटी है।''

''आप ठीक कह रहे हैं अंकल, तिरिल की हिम्मत ने हमलोगों को भी बहुत चौंकाया। जीत मिले या हार, कालू के लिए उसने खतरे की घंटी तो बजा ही दी। इस बार नहीं तो अगली बार। देखियेगा अंकल, वह इस प्रदेश की एक बहुत बड़ी राजनेत्री बनने वाली है।''

''बशर्ते कि लोकवरपा की जो टीम बनी है, वह इसी तरह कायम रहे।'' फिर से प्रसंग बदलते हुए पूछा महावर जी ने, ''चौला सिंह की कोई खबर?''

''वह बहुत घबराया हुआ है। अखबारों में छप रहे उसके बयान से ऐसा लगता है कि उसने मान लिया है, उसकी हार होने वाली है। एक बहुत बड़े संस्थान के तमाम इन्फ्रास्ट्रक्चर सपोर्ट के बावजूद हमारी टीम ने जिस तरह उसे कड़ी टक्कर दी और उसके काले इतिहास को जनता के सामने उजागर किया, आप जिस तरह पूरे जोश में कम्पनी पर करारा प्रहार करते रहे, काबरा जी सिर पर छतरी तानकर खड़े रहे, वह बुरी तरह निरुत्तर होकर छटपटा कर रह गया। खार खाया हुआ है। बदले की आग में जल-भुन कर रिज़ल्ट के पहले कभी भी कुछ कर सकता है। बाद में तो शायद वह कुछ करने के लायक रह ही न जाये। डुंगडुंग साहब और त्रिवेदी साहब ने हमें चेताया है। आप भी थोड़ा सावधान रहियेगा। सुझू, तुम भी ज़रा चेत कर रहना और अपना पूरा खयाल रखना।''

''मुझे तो कहते हो, लेकिन अपना खयाल क्या तुम्हें रहता है? हरफन बता रहा था कि तुम्हारे दर्जनों दुश्मन खड़े हो गये हैं, मुआ चौला सिंह तो एक पहले से था ही।'' कहकर संझा ने अपने पापा को सम्बोधित किया, ''आप जानते हो पापा, कब्रिस्तान हटाने को लेकर जनमत बनाने और टटोलने के लिए हरफन अंसारी अपनी बिरादरी के कई लोगों से मिला। पता चला कि अधिकांश लोगों ने सोनवारे नरहरि का नाम अपनी हिट लिस्ट में दर्ज कर रखा है। उनका मानना है कि यह सब किया-धरा इन्हीं महाशय का है।''

''लकीर के फ़कीर लोगों का कोई इलाज नहीं हो सकता। इनका चले तो ये दुनिया को लालटेन और बैलगाड़ी युग से तिल भर भी आगे न बढ़ने दें। ये लोग खतरनाक हैं, लेकिन जोखिम तो उठानी ही पड़ती है।'' महावर जी ने अपनी मंशा प्रकट की।

''प्रशासन ने दो-दो बॉडीगार्ड दिये हैं, दर्जनों यार-दोस्तों के बीच रहता हूँ, और मैं क्या करूँ अपनी सुरक्षा में। मरने की घंटी बज जाती है तो भारी सुरक्षा में रहने वाले अमेरिका के राष्ट्रपति या फिर अपने देश के प्रधानमन्त्री भी खुद को कहाँ बचा पाते हैं। मैं भाग्यवादी नहीं हूँ फिर भी यह मानने से खुद को रोक नहीं पाता कि हरेक की एक आयु तय है। मेरी आयु जितनी तय है उतना तो मैं जिऊँगा ही, तुम चिन्ता न करो। मैं चलता हूँ।''

"तुम्हारे कुछ धुले हुए कपड़े रखे हैं। लेते जाओ। विदित हो कि जिसे तुमने पहन रखा है, वह भी साफ़ नहीं रह गया है।"

संझा ने एक थैला लाकर दिया। नरहरि ने हँसते हुए ले लिया और दरवाज़े की तरफ़ बढ़ गया।

बाहर खड़ी वैन तक संझा छोड़ने आ गयी। दोनों ने एक-दूसरे को गले लगाया और कपोलों का स्पर्श कराया।

63

सुबह के सात बजे थे। नरहरि अपने साथी रंगरेज दुबे और मौज ठाकुर के साथ होटल की साफ़-सफ़ाई में लगा था। तभी बाहर से नारेबाज़ी की आवाज़ें आने लगीं—सोनवारे नरहरि मुर्दाबाद...वरदान पुष्प मुर्दाबाद...सोनवारे नरहरि मुर्दाबाद...वरदान पुष्प मुर्दाबाद...। नरहरि देखने के लिए बाहर जाने लगा। रंगरेज दुबे ने उसे रोक दिया और कहा, "तुम डुंगडुंग साहब को फ़ोन करो। इन्हें मैं जाकर देखता हूँ।"

बाहर लफाड़ी किस्म के दस-बारह लौंडे और साथ में तीन-चार लम्बी दाढ़ी वाले अधेड़ खड़े थे। वे बहुत आक्रामक मुद्रा में थे और नरहरि को चेताने या फिर उससे मारपीट करने आये थे। रात में बुलडोज़र चला कर कब्रिस्तान के मेनगेट को तोड़ दिया गया था और भीतर की सैकड़ों कब्रों को भी ध्वस्त कर दिया गया था। वे यह मानकर चल रहे थे कि यह काम नरहरि और उसकी संस्था वरदान पुष्प ने ही कराया है।

रंगरेज दुबे ने उनसे पूछा, "क्या आप लोगों ने अपनी आँखों से देखा है कि नरहरि ने या हमारी संस्था वरदान पुष्प ने ऐसा कराया है?"

किसी ने गुस्से से चीखते हुए कहा, "देखना क्या है? शुरू से इसी आदमी ने पलीता लगाया और आग भड़काई है। हमारी जान के दुश्मन तो जगह-जगह पर बैठे हैं ही, यह हमारे मरहूमों को भी नहीं बख्शना चाहता। उन्हें भी दो गज ज़मीन देने से इसे एतराज है। जब देखा कि ऐसे बात नहीं बन रही है तो इसने रात के अँधेरे में बुलडोज़र चलवा दिया। हम भी इसे छोड़ेंगे नहीं।"

''आप लोग खामखाह मनगढ़ंत इल्ज़ाम मढ़ रहे हैं। हमलोग इस तरह की ज़ोर-ज़बर्दस्ती करने में बिलकुल यकीन नहीं करते।''

आँखों से शोले बरसाते एक और बन्दे ने दलील पेश की, ''चन्द रोज़ पहले इसी का भेजा एक एजेंट, जो बदकिस्मती से मुसलमान कहता है खुद को, हमारे तंज़ीम के कुछ खास-खास लोगों को समझाने और राज़ी करने के बहाने धमकाने, ललकारने और चेताने में लग गया था। जब सबने पलटकर उसे दुत्कार-फटकार दिया और बता दिया कि यह कतई मुमकिन नहीं है तो इस तरह की सीनाजोरी से कब्रों को कुचलने-मिटाने का तरीका अपना लिया गया। ज़िन्दा अकल्लीयतों पर तो जुर्म होता ही है, अब उनकी कब्रों पर भी सितम ढाया जाने लगा।''

रंगरेज ने समझाने की कोशिश जारी रखी, ''देखिये, आप लोग नेकनीयत को बदनीयत के तौर पर तजबीज रहे हैं। हमारा दोस्त हरफन अंसारी बहुत नेक इरादे से अपनी बात कहने और आपकी राय जानने गया था। किसी के दिल को ठेस न लगे, इसका शुरू से पूरा खयाल रखा गया है। एक नया कब्रिस्तान बनाया गया ताकि आपके मरहूमों को भीड़-भाड़ और शोरगुल से दूर सुकून की जगह मिले। बावजूद इसके, पुराने को हटाने में दादागिरी और ज़बर्दस्ती करने के पक्ष में हम कभी नहीं रहे। आपलोग यकीन कीजिये, इस बर्बर कार्रवाई पर हम खुद हैरान हैं। आपलोगों से गुज़ारिश है कि मेहरबानी करके कानून अपने हाथ में मत लीजिये। आपको लगता है कि हम झूठ कह रहे हैं तो आप जाकर थाने में रिपोर्ट लिखाइये।''

''तुम लोगों के सिवा किसी और को गर्ज क्या पड़ा है ऐसे गैर-ज़रूरी मुद्दे की जड़ खोदने की। कब्रिस्तान के भूत तुम लोगों की गर्दनें तो नहीं दबा रहे थे? तुम्हीं लोग क्यों इस शहर के हातिमताई और रॉबिन हुड बनने चले हो? कभी मन्दिर ढहवाते हो, कभी गाय पकड़वाते हो, कभी कम्पनी के पीछे लग जाते हो।''

''यही तो हमें भी जानना है,'' रंगरेज ने अपना संयम बनाये रखा, ''कि यह तीसरा कौन है जो अपनी टाँग घुसेड़ कर आपको भी भरमा दिया है और हमलोगों को भी कठघरे में खड़ा कर दिया है। रही बात हातिमताई बनने की तो आपलोग नहीं समझ पायेंगे कि समाज सेवा और जन कल्याण के क्या मायने और मकसद होते हैं। आज आपको हमारी अच्छाई और भलाई की मंशा में भी खोट दिखाई पड़ रही है, इसलिए कि खुदगर्ज़ी के चश्मे को आप उतारना नहीं चाहते।

सड़कें चौड़ी हों, सुरक्षित हों, कोई भेदभाव और ज़्यादती न करे...यह सब आपको अच्छा नहीं लग रहा?''

कुछ भी न समझने और न मानने की ज़िद लिये इस गुस्सैल समूह की थेथरई यहीं रुक गयी। एक दर्जन सशस्त्र पुलिसकर्मियों को लेकर पुलिस जीप आ गयी। इंस्पेक्टर ने वहाँ से उन्हें हटाया और थाने जाकर रिपोर्ट करने को कहा। भनभनाये हुए से वे देख लेने की धमकी देकर वापस हो गये।

डुंगडुंग ने नरहरि को फ़ोन किया, ''जानता हूँ कि बहुत हैरान मनःस्थिति से गुज़र रहे होगे। मैंने यह पूछने के लिए कॉल नहीं किया कि बुलडोज़र किसने चलाया, बल्कि यह कहने के लिए किया कि आज रात से हमारा एक विशेष सर्च ऑपरेशन चलने वाला है। आप 11 बजे तक होटल बन्द कर दिया करो और अपने दो-तीन आदमियों को जगा कर रख लिया करो। आप जहाँ सोते हो, वहाँ न सोकर जगह बदल लेना। मेरी इन हिदायतों से घबराने की ज़रूरत नहीं है, बस एक एहतियात बरतने के खयाल से कह रहा हूँ। अभी इतना ही। मैं ज़रा जल्दी में हूँ। गुडनाइट।''

नरहरि को बिना कुछ पूछने-बोलने का मौका दिये, फ़ोन डिस्कनेक्ट कर दिया गया।

अगले दिन सभी अखबारों के पहले पन्ने की पहली खबर –

पुराने कब्रिस्तान पर बुलडोज़र चलाया गया।

चलाने वाले की खोज कर ली गयी।

जल्दी ही नाम उजागर होगा—पुलिस का दावा।

'सबका होटल' को बम से उड़ाने की साजिश नाकाम।

सादे लिबास में आस-पास छिपे पुलिसकर्मियों ने भाग रहे अपराधियों में दो को धर दबोचा। इनके खुलासे से शहर में घटित कई अपराधों से पर्दा उठने की उम्मीद।

पढ़कर पूरा वरदान परिवार स्तब्ध रह गया। इतना बड़ा कांड होने जा रहा था और उनसे किसी की इस हद तक दुश्मनी थी, इसकी उन्हें भनक तक नहीं लगी। भनक होती भी कैसे, उन्होंने तो अब तक किसी का कुछ बिगाड़ा ही नहीं था।

किसी का भी भला करना ही उनका मिशन था। डुंगडुंग साहब ने अगर व्यक्तिगत रुचि लेकर अपने असाधारण विवेक और अनहोनी को पहले ही भाँप लेने के विलक्षण चातुर्य का इस्तेमाल नहीं किया होता तो आज यह 'सबका होटल' मलबे में और पूरा वरदान परिवार लाशों में तब्दील हो गया होता। कब्रिस्तान हटवाने वालों को आज खुद भी श्मशान की ज़रूरत पड़ जाती।

शहर भर के मित्रों, शुभचिन्तकों और वरदान पुष्प से उपकृत-प्रभावित लोगों के फ़ोन पर फ़ोन आने लगे। सबने ईश्वर का लाख-लाख शुक्र कहा कि एक बहुत बड़े सर्वनाश से वे बच गये।

अब सबकी जिज्ञासा पुलिस द्वारा किये जाने वाले रहस्योद्घाटनों पर टिक गयी।

संझा फ़ोन कर नरहरि को लाड़ जताने वाली डाँट पिलाने लगी, ''मैंने तुम्हें अपने एक एडवोकेट साथी गनीमत खान के हवाले से आगाह किया था, पता नहीं तुम्हें याद है भी या नहीं, कि एक दहशतगर्द तंजीम ने तुम्हें अपनी नज़रों में चढ़ाकर रखा हुआ है, कभी भी वह अपने नापाक इरादे को अंजाम दे सकता है। तुमने ध्यान नहीं दिया ज़रा भी।''

''हाँ सुझ्झू, मुझे याद है तुमने कहा था। तो मैं क्या करता? क्या किसी बिल में या गुफ़ा में छुप जाता? फ़र्ज़ करो मैं छुप भी जाता लेकिन इस होटल और सारे साथियों को कहाँ छुपाता, कब तक छुपाता? किसी भी हाल में होटल तो बन्द नहीं कर सकते। हम सबकी आजीविका चलती है इससे।'' नरहरि ने प्यार से समझाया।

''ठीक है होटल चलेगा, लेकिन तुम्हारा वहाँ रात में रहना आज से बन्द। तुम मेरे घर में आकर रहोगे। कितने-कितने तो कमरे हैं यहाँ खाली पड़े हुए। चाहो तो अपने कुछ साथियों को भी यहीं सुलाने का इन्तज़ाम कर लो।''

''ठीक है, तुम इतना घबरा क्यों रही हो? अभी नाम तो सामने आने दो कि किस गिरोह ने यह षड्यन्त्र रचा है और आगे उससे कितना खतरा हो सकता है हमें!''

''सब कुछ तो स्पष्ट हो गया है, अब जानने के लिए रह क्या गया है। कब्रिस्तान का हटाया जाना जिन्हें हजम नहीं हो रहा, उनके सिवा भला और किसका हाथ हो सकता है? उन्होंने तो कल ही अपना कुत्सित चेहरा दिखा दिया था। जब

दिन के उजाले में दाल नहीं गली पुलिस के आ जाने से तो कमीने रात के अँधेरे में अपने जलील मनसूबे को अंजाम देने आ गये। उन्होंने तो बिना देखे बस मान लिया है और ठान लिया है कि बुलडोज़र तुम्हीं ने चलवाया है, सज़ा तुम्हें ही देनी है।"

"चलो ठीक है, तुम परेशान मत होओ...सब ठीक हो जायेगा।"

संझा ने जो कहा, वही राय अन्य साथियों की भी थी। यहाँ तक कि हरफन अंसारी का भी यही मानना था। उसे नईम के और उसके खतरनाक गुर्गे के कहे जुमले याद आ गये थे। कहा था—'नईम साहब, माँ कसम, अगर कब्रिस्तान को कुछ हुआ तो आप सिर्फ़ इशारा कर देना, साले खून की नदी बहा दूँगा।' पुलिस के बिछाये जाल में फंसकर अगर पकड़ा नहीं जाता तो खून की नदी बहाने की तैयारी तो उसने कर ही ली थी। अब पकड़े गये दो मुजरिमों के बयान से ही यह पता चलेगा कि उसी खूंखार दहशतगर्द का हाथ है या किसी और का।

नरहरि ने डुंगडुंग को फ़ोन किया, "हाँ डुंगडुंग सर, मेरा ध्यान लगा है, क्या कुछ निकल कर आया सामने?"

डुंगडुंग ने कहा, "अभी कार्रवाई चल रही है। आपको कल अखबार से जानकारी मिलेगी। अभी बहुत कुछ निकल कर सामने आना बाकी है। आप आज की रात अपनी जगह सो सकते हो, बस इतना ही बता सकता हूँ इस समय। फ़ोन रखता हूँ।"

इशारे से डुंगडुंग ने बता दिया कि अब नरहरि और 'सबका होटल' के लिए कोई चिन्ता का सबब नहीं है।

64

अगली सुबह पुनः हरेक अखबार के पहले पन्ने की पहली खबर –

चौला सिंह और कीर्तन चौहान पुलिस हिरासत में।

कब्रिस्तान पर बुलडोज़र चौला सिंह ने चलवाया।

'सबका होटल' को बम से उड़ाने की साजिश भी उसी ने रची।

यूनियन नेता मुरारीलाल की हत्या में कीर्तन चौहान का हाथ।

फुलोदा बेसरा की हत्या भी चौला सिंह द्वारा भाड़े के इन्हीं हत्यारों द्वारा।

आरक्षी अधीक्षक डुंगडुंग द्वारा प्रेस कॉन्फ्रेंस करके दी गयी जानकारी के अनुसार नरहरि और वरदान पुष्प को घसीटने और बदनाम करने के लिए कब्रिस्तान पर बुलडोज़र चौला सिंह ने चलवाया।

रात में 'सबका होटल' को बम से उड़ाने की साजिश भी उसने ही रची ताकि शक की सूई किसी मुस्लिम संगठन पर चली जाये।

दो पकड़े गये मुजरिमों ने पूछताछ में पुलिस को बताया कि विधाता वर्कर्स यूनियन के अध्यक्ष मुरारीलाल की हत्या विधाता स्टील के वाइस प्रेसिडेंट कीर्तन चौहान ने चौला सिंह को 10 लाख रुपये देकर भाड़े के इन्हीं मुज़रिमों से करवायी है।

स्टेशन जाने वाली मुख्य सड़क पर स्थित दो छोटे मन्दिरों पर भी बुलडोज़र चौला सिंह ने खुद ही चलवा दिया। चूँकि उसे यह लग गया था कि इसे अब हटना ही है। इसके पीछे भी उसकी मंशा नरहरि को हिन्दू धर्मावलम्बियों की नज़रों में कसूरवार ठहराकर उस पर सामूहिक हमला करवाने की थी, लेकिन उसके बहकाने का कोई खास असर नहीं हुआ। चूँकि उसकी दबंगई से लोग अक्सर परेशानी में घिरे रहते थे और मन-ही-मन सारे लोग उससे चिढ़े हुए थे। इसलिए किसी ने उसकी बात नहीं मानी।

चौला सिंह ने जो भी किया गलत नीयत से किया। लेकिन उससे प्रशासन को एक तरह से मदद हो गयी। जो काम रुका हुआ था वह पूरा हो गया। सड़क से मन्दिर आराम से हट गया बिना किसी विरोध के। अब पुराना कब्रिस्तान भी बुलडोज़र द्वारा रौंद दिये जाने से समतल मैदान बन गया। उसके गेट और चारदीवारी भी ज़्यादातर ज़मींदोज हो गयी। पुलिस ने वहाँ धारा 144 लगा दिया। अब वहाँ किसी का भी आवागमन नहीं हो सकता। आगे से किसी की भी अगली सुपुर्देखाक रस्म नये कब्रिस्तान में ही करनी होगी।

फुलोदा की हत्या करवाने में चौला का मकसद वरदान पुष्प को कमज़ोर करना था। उसे लगा कि यह फुलोदा ही है जिसकी वजह से राजनीति में पैर पसारने का इन्हें आसान मौका मिलने जा रहा है। राजनीति में कहीं इनका दबदबा बन गया तो इनकी ताकत और बढ़ जायेगी, तब चौला सिंह की गर्दन पर उनका पंजा और

भी कस जायेगा। चौला के हर डेग पर वे रोड़ा बिछाकर हतोत्साहित करने में और भी सुर्खरू हो जायेंगे। चौला यह भी जानता था कि फुलोदा के बल पर ही नरहरि और वरदान पुष्प को लड़ने, भिड़ने और टकरा जाने में कोई सकपकाहट नहीं होती है। फुलोदा लाइसेंसी रिवॉल्वर से हमेशा लैस रहता था। इस रिवॉल्वर की आड़ में उसने किसी भी आपदा से टकराने का पूरा इन्तज़ाम रख लिया था।

जब एक बार होटल पर चौला के आदमी ने महज इनकी ताकत टटोलने के लिए चार राउंड फ़ायरिंग कर दी थी तो फुलोदा ने उसका मुँहतोड़ जवाब देत हुए आठ राउंड गोलियाँ लहरा दीं। उसके आदमियों को सिर पर पैर रखकर नौ दो ग्यारह होना पड़ा। चौला ने तय किया कि फुलोदा को रास्ते से हटा देने से पूरी टीम लड़खड़ा जायेगी। इल्ज़ाम भी उसके सिर नहीं आयेगा, चूँकि उसे इसकी जानकारी थी कि कालू मुंडा से इसकी अदावत चल रही है तो शक कालू मुंडा पर चला जायेगा।

अखबार ने लिखा कि हैरत है कि इसी चौला सिंह चुनाव प्रचार के दौरान मुस्लिमों का वोट लेने के लिए कब्रिस्तान को बचाने की बात कर रहा था और लोकवरपा को मुस्लिम विरोधी बता रहा था। चूँकि उस पार्टी से नरहरि का जुड़ाव है जिसने सबसे पहले कब्रिस्तान हटाने की आवाज़ उठायी। राजनीति कितनी दोगली हो गयी है कि जो नेता जिसे बचाने का सब्ज़बाग दिखाता है, उसे वह खुद ही ध्वस्त कर देता है। अचरज तो उसके इस कथन से उस वक्त भी था, चूँकि सभी जानते थे कि कब्रिस्तान हटवाने में कम्पनी प्रबन्धन शुरू से ही नेपथ्य में रहकर मदद कर रहा है और इसी प्रबन्धन ने चौला सिंह को महावर शर्मा को हरवाने के लिए अपनी ओर से उम्मीदवार बनवाया है। तो वक्तव्य में छिपा हुआ फ़रेब तो उसके कहने में उसी समय से झाँक रहा था। जीत जाने के बाद भी वह कब्रिस्तान को बचाने की जगह अपने आका कम्पनी प्रबन्धन के इशारे पर हटवाने का ही धर्म निभाता। चलो, अच्छा है, यह काम उसने चुनाव परिणाम आने के पहले ही निपटा दिया। इसी एक चाल से नरहरि और उसकी पूरी टीम को भी निपटा देने का उसने कार्यक्रम बना लिया था, लेकिन गोटी फ़िट बैठ नहीं सकी। कम्पनी के लिए भी एक पंथ दो काज का हिसाब-किताब था। एक अर्से से नरहरि उसकी आँखों की किरकिरी बना हुआ था।

तिरिल, नरहरि और उसके साथी सन्न रह गये। वे लोग तो मानकर चल

रहे थे कि कालू मुंडा ने फुलोदा की हत्या करवायी है। एक तिल उनमें संशय नहीं था कि कालू को छोड़कर किसी दूसरे का भी इसमें हाथ हो सकता है। कालू से उनकी हुई बातचीत, मुलाकात और पुरानी तनातनी पर विचार करते हुए शक की सूई कालू पर जाकर पूरी तरह अटक जाती थी। इस साजिश का सूत्रधार चौला हो सकता है, उसी तरह नहीं सोचा जा सकता था जैसे मुम्बई जाने वाली ट्रेन में बैठकर कोई यह नहीं सोच सकता कि मुगलसराय पहुँच जायेगा। चौला की विध्वंसकारी लेकिन पैदल खोपड़ी में इतनी दूर तक की चाल समा सकती है, अभी भी यकीन करना मुश्किल हो रहा था। लेकिन जब मुज़रिमों का बयान आ गया और उसने चौला को मास्टर माइंड बता दिया तो इस पर सवाल उठाने की कोई जगह नहीं रह गयी।

डैनियल डुंगडुंग द्वारा की गयी साहसिक और तेज़ कार्रवाई पर पूरा मीडिया विस्मय-विमुग्ध रह गया। कम्पनी के इतने बड़े अधिकारी और चौला सिंह जैसे ऊँचे-ऊँचे ठेक रखने वाले दबंग को गिरफ़्तार कर लेना एक सख्त, निडर और कड़ियल अधिकारी होने का सबूत था।

कम्पनी प्रबन्धन में सनसनी फैल गयी थी। प्रबन्धन द्वारा यूनियन नेता का कत्ल करवा देने का इल्ज़ाम उसकी साख पर बहुत बड़ा बट्टा था। शहर के पूरे मजदूर समाज के होंठों से प्रबन्धन के लिए भद्दी-भद्दी गालियाँ और बद्दुआयें झरने लगी थीं। प्रबन्धन अपनी गर्दन और नाक बचाने के लिए यह वक्तव्य जारी करने लगा कि कीर्तन चौहान ने जो कुछ किया है, अपने मन से किया है। कम्पनी के शीर्ष प्रबन्धन समिति और निदेशक मंडल का न कोई इससे लेना-देना है और ना ही इससे सहमति है। उसने उसे बर्खास्त करने की घोषणा कर दी, जबकि अन्दर-ही-अन्दर उसे बचाने के उपक्रम भी किये जा रहे थे।

पुलिस ने अगले दिन ज़िला अदालत में दोनों की पेशी करायी और गहन पूछताछ के लिए दो दिनों के पुलिस रिमाँड पर ले लिया। चौला ने एक भी आरोप को सही नहीं बताया और दृढ़ता से अड़ा रहा कि मेरे खिलाफ़ साजिश हो रही है। मुझे फँसाने में किसी बड़े खिलाड़ी ने दाँव चलाया है। इन पकड़े गये लुमेड़ों को मैंने कभी देखा तक नहीं है और ना ही इनसे कभी फ़ोन पर मेरी बात हुई है।

कीर्तन चौहान ने भी अपना बचाव करते हुए कहा कि सरासर बेबुनियाद इल्ज़ाम लगाकर मुझे और मेरी कम्पनी को बदनाम करने का षड्यंत्र हो रहा है।

हमारे किसी प्रतिद्वन्द्वी का यह काम हो सकता है। पुलिस अच्छी तरह तहकीकात करे और सबूत जुटाये।

65

वह दिन आ गया, जिसका सब बेसब्री से इन्तज़ार कर रहे थे। आज पूरे प्रदेश में वोटों की गिनती हो रही थी। लोकवरपा की सबसे ज़्यादा उम्मीद छह उम्मीदवारों पर टिकी थी। वे थे महावर शर्मा, तिरिल, हिचिक मंडल, चस्का मरांडफ, पखावज महतो और चकरेला हाँसदा। सबसे पहला परिणाम घोषित हुआ नीचागढ़ का, जहाँ से पखावज महतो खड़ा था। राजनीति में लोकवरपा का खाता खुल गया। पखावज जीत गया। 'सबका होटल' और वरदान पुष्प ऑफ़िस में खुशी की लहर दौड़ गयी। पखावज के लिए ज़्यादा मेहनत नहीं की गयी थी, बस जैसे-तैसे लड़ लिया गया था। पखावज ने उस क्षेत्र में अपनी अर्जित छवि के बल पर यह कमाल कर दिखाया। कहा जा सकता है कि जीत का श्रेय पार्टी से ज़्यादा उसका खुद का था। स्वर्ण रेखा बाँध उसी क्षेत्र में स्थित था। इस बाँध के विस्थापितों को वाजिब मुआवजा दिलाने और अफ़सरों की ज़्यादतियों से लड़ने में उसने पूरी ईमानदारी से भूमिका अदा की थी और इस समय भी कर रहा था।

नरहरि ने पखावज को गले से लगा लिया और कहा, "तुम्हारी सेवा और निष्ठा के एवज में नीचागढ़ वासियों का यह अमूल्य उपहार है मेरे भाई। बहुत-बहुत बधाई। तुमने लोकवरपा को और वरदान पुष्प को गर्व करने का जो अवसर दिया है, यह इतिहास में दर्ज होने वाला है। देखो साथियो, मैं आज वरदान पुष्प के एक साधारण सदस्य से नहीं मिल रहा, जो इस होटल में बैरा रहा, वाश ब्वॉय रहा, कुक रहा, बल्कि सूबे की तकदीर लिखने जा रहे एक विधायक से मिल रहा हूँ। पखावज ने प्रमाणित किया है कि चुनाव सिर्फ़ धन से ही नहीं, लोगों की निस्वार्थ सेवा से भी जीता जा सकता है।"

पखावज की आँखें भर आयीं। भरे गले से नरहरि के गालों को चूमते हुए कहा, "मैं अकेले कुछ भी नहीं हूँ सोन। ताराकान्त सर ने जो पौधे रोपे हैं, उन्हीं के कुछ फल मिल रहे हैं हमें। फुलोदा का संघर्ष भी इसमें शामिल है। तुम नहीं होते, वरदान पुष्प नहीं होता, 'सबका होटल' नहीं होता, तो तिनके की तरह पता नहीं हम

कहाँ उड़कर खो गये होते। मैं जो भी बन जाऊँ लेकिन इस होटल का बैरा, वाश ब्वॉय, कुक हमेशा बना रहूँगा। ये काम हमें छोटा नहीं बड़ा बनाता है सोन। कालू मुंडा भले इसे छोटा बताकर हमारा मज़ाक उड़ाता है। मुझे खुद से अलग मत करो सोन। मुझे राजनीति बिलकुल नहीं आती। तुम साथियों से ही मुझे सीखनी है और आगे मुझे कुछ करना है तो तुम लोगों की ही ताकत के बूते मुमकिन है।''

उसके इस उद्‌गार पर वहाँ मौजूद सारी आँखें भीग गयीं और सबकी तालियाँ बज उठीं।

मौज ठाकुर, रंगरेज दुबे और सुफल शर्मा ने सबको चाय सर्व की। तिरिल अपनी बेबी को गोद में लिये सामने चल रहे टेलीविजन पर नज़रें टिकाये थी। वोटों की गिनती का बयान लगातार आ रहा था। झुमका क्षेत्र में वह कालू मुंडा से कभी आगे, कभी पीछे हो रही थी। रोटीपाड़ा में भारत निर्माण पार्टी के उम्मीदवार ने बढ़त बना ली थी। फोकटा क्षेत्र से चकरेला भी टक्कर में बना हुआ था। विधातानगर पश्चिम से शुरुआती रुझान महावर शर्मा के पक्ष में दिख रहा था, लेकिन सोबराती पाड़ा और नुरानी मोहल्ला की इलेक्ट्रॉनिक वोटिंग मशीनें जब खुलीं तो स्थिति एकदम पलट गयी और चौला सिंह लगातार लीड बनाने लगा और अन्त तक यह लीड कायम रह गया।

महावर शर्मा, जिनसे सबसे ज़्यादा उम्मीद थी और जिनके लिए इस क्षेत्र में सबसे ज़्यादा पसीना बहाया गया था, चुनाव हार गये। शर्मा जी से योग्य और तपा हुआ उम्मीदवार पूरे प्रदेश में शायद ही कोई होगा। इसके साथ ही चौला सिंह जैसा घटिया और खूंखार उम्मीदवार भी दूसरा कोई नहीं होगा। पर हाय रे लोकतन्त्र की जाति, धर्म व टुच्चे सब्जबागों पर फिसल जाने वाली भेड़ियाधसान जनता! महावर शर्मा जैसे कर्मठ, जुझारू और जनहित के लिए लगातार लड़ने वाले प्रबुद्ध आदमी को हार जाना पड़ा एक ऐसे आदमी से जो समाज का खानदानी शत्रु रहा है।

जेल में बन्द चौला सिंह की अब ज़मानत हो जायेगी और अब वह वैधानिक अधिकार प्राप्त हस्ती बनकर चमड़े का सिक्का चलायेगा। विधाता स्टील प्रबन्धन अपनी उँगलियों के इशारे से उसे नचायेगा और शहर की बागडोर को अपने अधीन कर लेगा। मज़दूरों की दबी-सहमी ज़बान पर अब पूरी तरह ताले लग जायेंगे।

एक गहरी निराशा छा गयी वरदान पुष्प के सभी साथियों पर। पखावज की जीत की खुशी पर महावर शर्मा की हार ने जैसे एक मातम बिछा दिया। हार से भी

कई गुणा अधिक कष्ट चौला की जीत का था। शर्मा जी हार जाते और उनकी जगह कोई और जीत जाता तो धक्का इतना नहीं पहुँचता, जितना चौला जैसे बेईमान, बर्बर और जालिम के जीतने से पहुँच रहा था।

पूरा वरदान परिवार सदमे से गुज़र रहा था और टीवी पर फोकटा तथा झुमका के वोटों की गिनती अन्तिम दौर से गुज़र रही थी। दुख के बादल पर सुख की एक छतरी तन जाने की तरह दोनों ही सीटों पर बढ़त पक्ष में मिल रही थी और अब लग रहा था कि अन्तर को कम करना नामुमकिन है। ऐसा ही हुआ—तिरिल ने कालू मुंडा को पछाड़ दिया और 50 हज़ार वोटों के अन्तर से जीत गयी। रोटीपाड़ा से भानिपा का उम्मीदवार विजयी हुआ। कालू मुंडा वहाँ भी मुकाबले में नहीं था। तिरिल ही दूसरे नम्बर पर रही और कालू तीसरे पर फेंका गया। चकरेला उरांव डार्क हॉर्स साबित हुआ। उसने भी विजय हासिल कर ली। इसके अलावा पार्टी का कोई और उम्मीदवार सफलता प्राप्त नहीं कर सका।

कालू जैसे घाघ को हराकर तिरिल का जीतना दस उम्मीदवारों के जीतने के बराबर था। एक बार फिर वरदान परिवार पर खुशियों का रंग चढ़ गया। सबने तिरिल को गर्मजोशी से बधाई दी। तिरिल मुस्कुराने की जगह गुमसुम हो गयी। शायद उसे फुलोदा की याद आ गयी। मन-ही-मन वह खुद से बतियाने लगी थी कि तुम्हारे सपने को मैंने व्यर्थ जाने नहीं दिया फुलू। जिसे तुम हराना चाहते थे उसे मैंने कहीं का नहीं छोड़ा। मुख्यमंत्री बनने के उसके दावे को धूल में मिला दिया। दूसरे क्षेत्र में भी मैंने उसे आगे बढ़ने नहीं दिया। आदिवासियों और ग्रामीणों के लिए जो रोडमैप तुमने तैयार किये थे, उसे मैं साकार करूंगी। अब कालू की ठगबाजी नहीं चलेगी और उसे हम कदम-कदम पर बेनकाब करेंगे। अब वह या तो राजनीति से संन्यास ले ले या फिर फन्दा लगाकर उस पर झूल जाये।

नरहरि ने तिरिल के मनोभाव को समझते हुए प्यार से पुकारा, ''तिरिल, अतीत में लौटने का आज वक्त नहीं है। देखो, सभी साथी तुम्हें आज चहकते हुए और प्रसन्नचित्त देखना चाहते हैं। फुलोदा को आज हम सभी याद कर रहे हैं, चूँकि पार्टी बनाने की और समाज सेवा को राजनीति के राजपथ तक ले जाने की परिकल्पना उसी की थी। तुमने एक अभूतपूर्व सफलता अर्जित की है तिरिल, आज हम सब मिलकर उसका जश्न मनायेंगे।'' आगे उसने हाँक लगाते हुए कहा, ''मौज भाई, किचेन में क्या कुछ स्पेशल बन सकता है? बन सकता है तो बनवाइये।

हम लोग इन्तज़ार कर रहे हैं।''

''कुछ देर पहले पखावज ने बहुत ठीक कहा था सोन कि हम अकेले कुछ भी नहीं हैं। टीम साथ थी, इसलिए हमने एक बड़ी लड़ाई लड़ने की हिम्मत कर ली। जीत के बाद आगे हमें इस टीम की और भी ज़्यादा ज़रूरत है। पति के मरने तथा प्रसव होने के पाँचवें दिन ही चुनाव मैदान में हमेशा फॉल खेलनेवाले एक हैवीवेट खिलाड़ी के खिलाफ़ पूरे दमखम से उतरना किसी भी एक अकेली गृहिणी टाइप लड़की से मुमकिन नहीं हो सकता। मैं तो फुलोदा के चले जाने का ठीक से न तो शोक मना सकी और ना ही इस बच्चे के जन्म की खुशी मना सकी। पाँच दिन की इस फूल की पंखुरी को एक सगी बहन से भी बढ़कर यशोदा की तरह मोगरा ने सँभाल न लिया होता, गीतो ने मेरी प्रसूति देह को थाम न लिया होता तो क्या मज़ाल कि कोई तिरिल भाषण देने और दिन भर यहाँ से वहाँ दौड़ लगाने में सक्षम हो जाती। इसलिए बधाई सिर्फ़ मुझे नहीं हर साथी को बधाई।'' तिरिल कुछ पल रुकी, फिर ध्यान आया, ''तुम लोग मेरी ही जीत पर अटक कर मत रह जाओ। चाको भी बधाई का पात्र है, उसने खुद की सीट भी निकाल ली और मेरे क्षेत्र में भी जाकर कालू की ऐसी-तैसी करके उसे नानी याद दिला दी।''

''बधाई चाको, बधाई यार!'' नरहरि ने कहा, ''तुमने हम सभी का मान बढ़ाया दोस्त। तुमने अपनी जीत हासिल की तो लगभग अपने ही बलबूते, तिरिल को भी जिताने में तुम्हारे योगदान को भुलाया नहीं जा सकता।''

''नहीं सोन दा, हमरा कौनो योगदान नहीं है। सब कुछ फुलू दा का देन है। हम लोगुन बहुत गड्ढा खोदा उनका वास्ते, तब भी हमको ऊ अपना साथी बनाये रखे। वो हमको टिकट नहीं देते तो हम कभी चुनाव नहीं लड़ पाते। कालू मुंडा के साथ रहते तो हम खाली उसका शूटर बनके रह जाते। अपना पार्टी का टिकट वो खाली अपना बेटा, भतीजा, बहू और रिश्तेदार लोगों को देता है।''

''तुम लोग चकरेला को शायद बहुत ज़्यादा नहीं जानते हो।'' हिचिक मंडल ने बातचीत में खुद को प्रविष्ट करते हुए कहा, ''विधाता स्टील का ब्लास्ट फर्नेस इसी की पुश्तैनी ज़मीन पर खड़ा है। इस क्षेत्र के किंवदन्ती बन जाने वाले चुमनू उराँव का यह पोता है।''

सभी अचरज और प्रशंसा भरी नज़रों से निहारने लगे चकरेला को।

"अरे ज़रा विस्तार से बताओ हिचिक। चुमनू का नाम तो लगता है सुना हुआ है।" सुफल शर्मा की जिज्ञासा बढ़ गयी। वह अपने नाटक के लिए अक्सर स्थानीय पृष्ठभूमि का कोई ऐतिहासिक चरित्र ढूँढ़ता रहता था।

हिचिक ने बताना शुरू कर दिया, "किचेन में तैयारी हो रही है, गरमागरम आने के पहले मैं चुमनू दादू का एक छोटा किस्सा सुना देता हूँ।"

चकरेला ने थोड़ी सी झेंप खाते हुए कहा, "अरे रहे दो हिचिक दा। अब उस किस्सा में कौची रखल है। हसुआ के बियाह में खुरपी के गीत काहे गाते हो।"

"अबे विधायक, तू चुप रह। तुझे अपने दादू के बारे में सुनना अच्छा नहीं लगता है तो कान बन्द कर ले। चलो हिचिक सुनाओ भाई।" सुफल ने उसे बरज दिया।

"इस शहर में बहकर जो दो नदियाँ खरकाई और स्वर्णरिखा आती हैं और वे मिलकर एक हो जाती हैं, यह तो तुम सबको पता है। बगल में जो अपना एक बड़ा-सा पहाड़ है दलमा और उसकी तराई में बड़ा-सा अभयारण्य है, जहाँ बड़ी संख्या में हाथियों का निवास है। तुम लोगों ने देखे ही होंगे। जंगल रोज़-रोज़ कट और उजड़ रहे हैं। इधर कुछ दिनों से जंगली हाथी अक्सर भटक कर गाँवों की तरफ़ निकल आते हैं और ग्रामीणों की जान के दुश्मन बन जाते हैं। गाँव वाले कहते हैं कि हाथियों का उत्पात जंगल के एक पहरेदार व्यक्ति चुमनू उराँव के मरने के बाद शुरू हुआ है। जब तक चुमनू दादू रहा जंगल को उजड़ने से बचाता रहा। उसके तीर-धनुष का निशाना अचूक था। मज़ाल नहीं कि उसके रहते कोई जंगल में शिकार कर ले या किसी पेड़ की टहनी काट ले। हाथी या हिरण उसके बुलाने पर दौड़े चले आते थे और उसे सूँघने-चाटने लगते थे। चुमनू दादू पैंतीस साल पहले 100 साल की उम्र जी कर परलोक सिधार गया। वह दलमा की चोटी पर एक झोंपड़ी बनाकर रहता था। आजकल वहाँ एक मन्दिर भी बन गया है और एक बाबा सहित उनके कई चेले-चपाटी और उनकी पाली हुई गायें रहती हैं। कम्पनी ने वहाँ एक हिल स्टेशन भी बना लिया है। सप्ताहान्त मनाने या पिकनिक करने लोग वहाँ अक्सर जाने लगे हैं।

"चुमनू दादू कहा करता था कि कारखाने की अधिकांश ज़मीनें उसी की हैं। जहाँ ब्लास्ट फर्नेस नं. 1 बैठा है, वहाँ एक पीपल के नीचे उसके कुलदेवता का निवास था और उसी के पार्श्व में स्थित अपने मिट्टी के घर में उसका जन्म हुआ

था। चुमनू को कई लोगों ने देखा था कि रात में वह कम्पनी की चिमनियों की ओर मुँह करके कुछ बड़बड़ाया करता है। कहते हैं कुलदेवता कारखाने की चिमनी के शीर्ष पर उसे नज़र आते थे और उन्हीं से वह बातें करता था। लोग जब पूछते थे कि वह क्या बातें करता है तो चुमनू कहता था कि वह नहीं दलमा पहाड़ बातें करता है खरकाई नदी से। वह एक अर्से से घोषित करता रहा था कि दलमा खरकाई से बेइन्तहा मोहब्बत करता है। लोगों को सुनकर ताज्जुब नहीं होता था। एक किंवदन्ती में ढल चुके चुमनू दादू को जानने वाले यकीन करने लगे थे कि वह आदमियों से ज़्यादा पशु-पक्षियों, पेड़-पहाड़ों और नदी-नालों की भाषा ज़्यादा सुनने-गुनने और जानने-समझने लगा है।

''कम्पनी के अधिकारी शहर में एक अच्छा घर देकर चुमनू को बसाने के लिए वर्षों मनाते रहे, लेकिन वह राज़ी नहीं हुआ। जब उसके छोटे-छोटे तीन बेटे बड़े हो गये तो वे अपने बाप को छोड़कर कम्पनी के दिये घर में शिफ़्ट हो गये और कारखाने में बहाली ले ली। चुमनू दादू के साथ उसकी बूढ़ी पत्नी रह गयी, जिसके गुज़र जाने के बाद वह अकेला होकर भी उसी जगह पर कायम रहा।

''कहते हैं जब चुमनू उराँव मरा तो कारखाने का पोंगा (सायरन) ज़ोर-ज़ोर से बज उठा। पूरा इलाका यह आकस्मिक पोंगा सुनकर किसी अनहोनी की आशंका से भयभीत हो उठा। पोंगा कैसे बजा, किसी को पता नहीं चल सका। इन्क्वायरी करायी गयी फिर भी कोई सुराग नहीं मिल पाया।

''सुबह खबर आयी कि चुमनू उराँव स्वर्ग सिधार गया। कम्पनी-प्रबन्धन ने एक बड़ी तैयारी के साथ उसका अन्तिम संस्कार करवाया। हज़ारों लोग उसकी शवयात्रा में उमड़ पड़े। लोक-जीवन में उससे जुड़े इतने किस्से प्रचलित हो चुके थे कि हर कोई एक बार उसकी झलक पा लेना चाहता था।

''पहाड़ की तलहटी में बसे कुछ गाँवों के लोग आज भी बताते हैं कि किसी-किसी रात ऊपर से बड़बड़ाने की आवाज़ें उभरने लगती हैं। यह बताना मुश्किल है कि चुमनू अपने कुलदेवता से बातें करता है या फिर दलमा पहाड़ खरकाई नदी से प्रेमालाप करता है।

''तो उसी चुमनू दादू के बड़े बेटे का बेटा है यह चकरेला उराँव। चकरेला का बाबा (पिता) 30 वर्षों तक कारखाने में मज़दूर रहा। एक दिन उसकी किसी छोटी गलती पर एक ऑफ़िसर ने उसे 'साला जंगली, तुमलोग नहीं सुधरोगे' कह

कर गन्दी सी गाली दे दी। बाबा ने उसकी नाक पर एक ज़ोर का घूँसा जड़ दिया। उसकी नाक टूट गयी। इन्क्वायरी हुई, बाबा को नौकरी से बर्खास्त कर दिया गया और क्वार्टर आदि की सारी सुविधाएँ छीन ली गयीं। तब से वह परिवार मुश्किलों में घिर गया। चाको ठीक से पढ़-लिख भी नहीं सका। जवानी आयी तो कालू मुंडा के साथ लग गया।''

चाको के चेहरे पर खुद पर ही तरस खाती हुई एक फीकी मुस्कान थी। नरहरि ने उसकी पीठ पर अपना हाथ फेरते हुए कहा, ''तुम्हारी विरासत बहुत तगड़ी है चाको, जानना ज़रूरी था हमलोगों को।''

हरफन अंसारी ने इस सत्र के अवसान का संकेत देते हुए कहा, ''चलो, अब तुम तीनों अपने-अपने क्षेत्र के जिला ऑफ़िस में जाकर प्रमाणपत्र लेने की तैयारी करो।''

मौज ठाकुर ने गर्म-गर्म जलेबियाँ और पकौड़े लाकर रख दिये। विजेताओं को नरहरि अपने हाथ से जलेबी खिलाने लगा। सबसे पहली जलेबी उसने तिरिल के मुँह में डाली। तिरिल ने उसकी उँगली को अपने दाँतों से हल्के से दबा दिया।

66

चौला सिंह और कीर्तन चौहान को ज़मानत मिल गयी। पुलिस के पास पकड़े गये उन दो मुजरिमों के बयान के अलावा अब तक कोई सबूत हाथ नहीं लगा था। वकील की यह दलील गौरतलब हो गयी कि ये लड़के मक्कार और झूठे हैं। इनके कहने पर दो प्रतिष्ठित व्यक्ति को इस तरह ज़लील नहीं किया जा सकता।

चौला सिंह की जय-जयकार करने वालों की बड़ी तादाद गुड़ की ढेली में लटक जाने वाली असंख्य चीटियों की तरह अचानक उग आयी।

उसने कम्पनी की मदद लेकर शहर की मुख्य सड़कों पर गाजे-बाजे के साथ विशाल विजय जुलूस निकाला, जिसमें दर्जनों ट्रक, दर्जनों कारें, वैन, बाइक और पैदल लोगों की कतारें शामिल की गयीं। चौला सिंह ज़िन्दाबाद और भारत निर्माण पार्टी ज़िन्दाबाद के नारे से पूरा शहर गुंजायमान हो उठा। ऐसा लग रहा था जैसे उसने एक चुनाव नहीं कोई बड़ी सल्तनत जीत ली हो। साफ़ ज़ाहिर हो रहा

था कि उसका मकसद अपनी खुशी मनाने से ज़्यादा वरदान पुष्प और महावर शर्मा को चिढ़ाने का था। मतलब जुलूस की आक्रामकता ने यह सन्देश दे दिया कि आने वाले दिनों में चौला सिंह वरदान पुष्प से अपनी मुठभेड़ तेज़ करने वाला है। उसे शायद यह गुमान नहीं हो रहा कि बदले की भावना से अगर उसने खुराफ़ात की तो उसका जवाब देने के लिए इसके पास भी तीन विधायक हैं। एक बड़ा कारपोरेट हाउस अगर उसके दम पर खड़ा है तो कई छोटे व मँझोले उद्योगों का ठेका उसे भी हासिल है।

67

विधानसभा में सरकार बनाने लायक जनादेश किसी भी पार्टी को नहीं मिला। जाहिर है ऐसे खंडित जनादेश में जोड़-तोड़ करके एक लंगड़ी, कमज़ोर और दब्बू सरकार के ही बनने की सम्भावना थी।

लेकिन काश! ऐसी सरकार भी बन पाती। बड़ी पार्टियाँ अपनी प्रतिद्वन्द्वी पार्टी को समर्थन देकर सरकार बनाने के सीधे खिलाफ़ थीं। विधानसभा भंग भी नहीं हो सकती थी, चूँकि जीते हुए विधायक अपना बहुत कुछ दाँव पर लगाकर या कहें एक तरह से भारी पूँजी निवेश कर चुनाव जीते थे। वे तुरन्त दोबारा चुनाव में जाने की जोखिम नहीं उठा सकते। चूँकि इसकी कोई गारंटी नहीं थी कि दोबारा भी वे चुनाव जीत जायेंगे।

रास्ता यह निकाला कि न तेरा न मेरा, फ़ायदा किसी और का। एक ऐसे मुर्गे से सरकार बनाने को कहा जाये जो सबसे कमज़ोर तथा सबसे कमअक्ल हो और कठपुतली की तरह समर्थन देने वाली पार्टियों के इशारे पर बाँग दे और नृत्य करे। मिल गया ऐसा ही एक मुर्गा निर्दलीय विधायक लादू मुर्मू। उसे कई पार्टियों ने समर्थन दे दिया और वह टाइम पास अर्दली मुख्यमंत्री बन गया। शायद संसदीय इतिहास में ऐसा पहली बार हुआ कि अपने दड़बे का एक अकेले निर्दलीय निरीह प्राणी को मुख्यमंत्री की कुर्सी मिल गयी। अब जब कोई ऐसा रीढ़रहित व्यक्ति मुख्यमंत्री बन जायेगा तो उसकी एकाग्रता किसी तरह अपनी कुर्सी पर ज़्यादा से ज़्यादा चिपके रहने की होगी, न कि सूबे के विकास करने या कानून-व्यवस्था बनाये रखने के बारे में कदम उठाने की।

उसने समर्थन देने वाली पार्टियों के घाघ, चंट और बड़बड़िया किस्म के विधायकों को चुनकर मन्त्री बना दिया, चेयरमैन बना दिया, ताकि अपना मुँह बंद रखें और सरकार चलती रहे। इसी समीकरण में चौला सिंह भी मन्त्री बन गया। उसे मन्त्री बनवाने में विधाता स्टील प्रबन्धन ने अपना पूरा ज़ोर लगा दिया। भानिपा के अध्यक्ष को पटा लिया, अध्यक्ष ने धागा खींचकर मुर्मू को सिग्नल दे दिया। एवज में अध्यक्ष के दो-चार रिश्तेदारों को कम्पनी में बहाली मिल गयी। चौला सिंह मन्त्री बन गया। कम्पनी को एक भोंपू और बैताल चाहिए था, वह मिल गया। एक बार फिर भानिपा के जीते हुए कुछ वरिष्ठ और अनुभवी नेता मुँह बाये रह गये।

वरदान परिवार ने अपना माथा पीट लिया। एक तो पेट में भाला, ऊपर से गर्दन पर तलवार।

मन्त्री बनने के अगले महीने ही उसका पहला तुगलकी फ़रमान आ गया— डीएम समवेत त्रिवेदी और आरक्षी अधीक्षक डैनियल डुंगडुंग का तबादला और उनकी जगह पर अपनी जाति और रिश्तेदारी आदि के हिसाब से फ़िट बैठने वाले मनपसंद अधिकारी का आगमन। अब उस पर हत्या और बर्बरता की हो रही सारी इन्क्वायरी ठंडे बस्ते के हवाले हो जायेगी।

नरहरि ने दोनों अधिकारियों को निजी और अपने लोगों तक ही सीमित रहने वाली विदाई के लिए अपने वरदान पुष्प कार्यालय में आमन्त्रित किया। दोनों सपरिवार आये। सारे साथी बहुत उदास थे। सबको लग रहा था कि अपने ऊपर तनी हुई एक सुरक्षा छतरी और सदैव उत्प्रेरक व मददगार शक्ति-केन्द्र से वे वंचित होने जा रहे हैं।

नरहरि का अन्तर्मन आर्द्र हो गया। उसके उद्‌गार में एक गहरी मायूसी बहने लगी, "मुझे आज ऐसा लग रहा है कि हमारी सक्रियता को जहाँ से ईंधन मिल रहा था, उसे हम खोने जा रहे हैं। ज़िले के दो बड़े अधिकारी होने के बावजूद इन्होंने कभी हमलोगों से दूरी रखकर बात नहीं की। हमलोग कई बार आम आदमी के पक्ष में कुछ वैसे सरोकारों और सहूलियतों के लिए अति उत्साह दिखाते हुए निदान में जुट गये जो वस्तुतः प्रशासन के अधिकार क्षेत्र में आता था। ये चाहते तो हमें धमकाते हुए रोक देते। लेकिन इन्होंने रोकने की बजाय मदद देकर आगे बढ़ाने में हमारा रास्ता और भी सुगम बना दिया। कई बार गुप्त रूप से हमें मिटाने की साजिशें हुईं, इन्होंने हमें पता भी लगने नहीं दिया और सुरक्षा का चन्दोवा तान दिया। हमसे

डाह करने वालों और शत्रुता के भाव रखने वालों को बार-बार मुँह की खानी पड़ी इनकी ही वजह से।

''इन्हें यहाँ से जाना पड़ रहा है, तबादले की रुटीनी प्रक्रिया से ज़्यादा हमलोगों से निकटता और नरम व गहरे लगाव के कारण। वे डर गये हैं और अपने ही बिछाये जाल में बुरी तरह फँस गये हैं। डुंगडुंग साहब के महकमा ने पुख्ता साक्ष्य जुटाने में अपनी सक्रियता तेज़ कर दी है। उन्हें लगा कि इस प्रक्रिया को शिथिल करने के लिए सबसे पहले ये अधिकारी यहाँ से स्थानान्तरित कर दिये जायें।

''हमें नहीं मालूम कि इनके नहीं रहने पर हमारे आगे का सफ़र कैसे तय होगा और किस हद तक हम निश्चिंत होकर काम कर सकेंगे। त्रिवेदी साहब और डुंगडुंग साहब! हम साथियों को आप दोनों की कमी बहुत खलेगी।

''हमारी चिन्ता इस कारण है कि हम अपराध का जवाब अपराध से नहीं देना चाहते। चूँकि अपराध का जवाब अपराध से देना अपराधी बनना है। और हम अपराधी नहीं बनना चाहते। जबकि हमसे जो नाहक टकरा रहा है, वह पूरी तरह बर्बरता, खून-खराबा और कानून की ऐसी की तैसी करने में विश्वास करता है। डुंगडुंग साहब और त्रिवेदी साहब के रहते हमें इत्मीनान था कि हमारे साथ होने वाली ज़्यादती का एनकाउंटर करने के लिए पुलिस और प्रशासन निष्पक्षता से पूरी तरह मुस्तैद व सतर्क है। अब जो व्यवस्था होने जा रही है उसमें पुलिस भी हमारे साथ नहीं होगी और प्रशासन भी नहीं। कानून की रक्षा करने वाले ये विभाग उसी का साथ देंगे जो कानून की धज्जी उड़ाने में संलग्न होगा।

''इन विपरीत परिस्थितियों से मुकाबला करने में जो हमारे साथ एक सक्षम साथी था फुलोदा बेसरा, उसे उसने पहले ही रास्ते से हटा दिया। बहरहाल, अन्तिम दम तक हमारी कोशिश होगी कि वह नौबत न आये कि हमें हथियार उठाकर जीना पड़े। हथियार उठाने वाला अन्दर से बहुत कमज़ोर हुआ करता है। अपनी कमज़ोरी को पाटने के लिए वह हथियार का सहारा लेता है। हम कभी कमज़ोर नहीं रहे, डरे हुए नहीं रहे, इसलिए हथियार की ज़रूरत नहीं पड़ी। हम आगे भी इसी तरह मज़बूत बने रहना चाहते हैं, लेकिन यह निर्भर करेगा कि विधि-व्यवस्था का रुख क्या है। देखें—नियति हमसे क्या कराती है।

''आप दोनों की याद हमेशा आती रहेगी सर। आपलोग मूल्यों के स्खलन के इस दौर में भी न्यायप्रियता के साथ हैं, इसे भुलाया नहीं जा सकता। हमारी दुआ है कि आप जहाँ रहें इसी तरह इन्साफ़पसन्द बने रहें। धन्यवाद।''

सोनवारे नरहरि के भावुक लम्बे वक्तव्य के बाद डैनियल डुंगडुंग ने प्रशंसाभाव व स्नेहसिक्त नेत्रों से उसे निहारा और कहा, "आप अपनी निडरता कायम रखिये सोन। आप और आपकी संस्था जिस तरह इस शहर को सेवा दे रही है, जिला पुलिस और जिला प्रशासन का काम बहुत आसान हो गया है। हम दरअसल आपको मदद करके खुद की ही मदद कर रहे थे। आपकी जो कार्यशैली है उसे बनाये रखिये। हमारी जगह पर जो भी आयेगा, देखियेगा वह भी आपलोगों का प्रशंसक और मददगार बन जायेगा। चूँकि वह विशेष सिफ़ारिश के आधार पर लाया जा रहा है, तो अभी ऐसा ज़रूर लग रहा होगा कि वह आपके विरोध के रास्ते को आसान करेगा या उसका पक्ष लेगा। लेकिन ऐसा कुछ नहीं होगा। इस तरह के ज़िम्मेदार पदों पर होने की जो न्यूनतम ईमानदारी चाहिए होती है, उसका निर्वाह तो करना ही होता है। जो इन्क्वायरी इस समय शुरू की गयी है, वह ऐसा नहीं कि मेरे स्थानान्तरित हो जाने के बाद ठंडे बस्ते में चली जायेगी। हाँ, उसमें थोड़ी सुस्ती लायी जा सकती है लेकिन फ़ैक्ट को बदला नहीं जा सकता। आप इत्मीनान रखो।"

जिला दंडाधिकारी समवेत त्रिवेदी ने अपने सम्बोधन में कहा, "अमूमन तीन साल में हम लोगों का स्थानान्तरण तय माना जाता है। लेकिन मैं नौ साल इस ज़िले में रह गया, उसकी कई वजहें हैं। उन वजहों में कब्रिस्तान की शिफ़्टिंग, मुख्य सड़क से मन्दिर की शिफ़्टिंग और काँजी हाउस व गौशाला की स्थापना मुख्य हैं। शहर को बदलने के दृष्टिकोण से ये सारे काम ऐतिहासिक महत्त्व वाले थे, जिनका निष्पादन सिर्फ़ प्रशासनिक आदेश के बूते सम्भव नहीं था। इसके लिए एक माहौल तैयार करते हुए आम लोगों की भावनाओं को अनुकूल बनाये रखना सबसे बड़ी चुनौती थी। यह चुनौती आपकी संस्था ने स्वीकार की। इन सारी बड़ी योजनाओं के प्रस्तावक भी आप ही थे नरहरि। लेकिन इन सबका श्रेय आया मेरे हिस्से में। मुख्य सचिव इन नायाब योजनाओं के पूरे होने तक मुझे यहाँ बने रहने की अनुशंसा करते रहे और मेरी तारीफ़ में पीठ ठोकते रहे। डुंगडुंग साहब ने ठीक कहा कि हम दरअसल आपकी मदद करके खुद की ही मदद कर रहे थे। नरहरि, आप चिन्तामुक्त होकर अपने मिशन में लगे रहिये। तीन विधायक की ताकत तो आपके पास भी है। अपराध की ज़मीन बहुत भुरभुरी और दलदली होती है। देर होती है, लेकिन कोई बच नहीं सकता। आपने देखा ही होगा कि कई केन्द्रीय मन्त्री और कई मुख्यमंत्री तक जेल के सीखचों के अन्दर ढकेले जाते रहे हैं। मैं सचिव के पद पर प्रोन्नत होकर इसी राज्य में हूँ, हमारा सम्पर्क आपसे बना रहेगा नरहरि। चलिये,

अब विछोह वाणी को विराम दीजिये, माहौल में काफ़ी नमी उतर आयी है।''

सबने होटल के हॉल में इकट्ठे भोजन किया।

68

मन्त्री बनने के बाद चौला सिंह से मिलने मुस्लिमों का एक प्रतिनिधि मंडल आ पहुँचा। इसका नेतृत्व फारुक मदरसा का मौलवी नईम कर रहा था। उसने सबसे पहले तो मन्त्री बनाये जाने पर अपनी खुशी ज़ाहिर करते हुए मुबारकबाद दी। फिर कहा, ''हमारी पूरी बिरादरी ने आपका साथ दिया चौला बाबू। आपके मन्त्री बन जाने से हमलोग बहुत खुश हैं। आपने हम सबको भरोसा दिलाया था कि पुराने कब्रिस्तान को आप ज़रा सा भी खिसकने नहीं देंगे। वहाँ इस समय जाने की मनाही कर दी गयी है। उसे आप चालू करवा दीजिए, ताकि हमें अपने मरहूमों को दफ़नाने के लिए कहीं दूर जाना न पड़े। यह जगह हमारी जज़्बात से जुड़ी हुई है।''

''ठीक है नईम जी, मैं समझ रहा हूँ आपकी बात। मन्त्री बन जाने के बाद बहुत सारी ज़िम्मेवारी आ गयी है मेरे ऊपर। ज़रा मुझे काम के बोझ को हल्का कर लेने दीजिये। मुझे थोड़ा समय दीजिये। पुराने कब्रिस्तान के अलावा 15 और कब्रिस्तान हैं इस शहर में। आप फ़िलहाल उनसे काम चलाइये। नये ज़िलाधिकारी ने अभी-अभी पद भार सँभाला है। उनका ज़रा शहर से ठीक से तअर्रुफ हो जाये फिर मैं उनसे दरयाफ़्त करके आपको इत्तिला करता हूँ।''

कीर्तन चौहान ने फिर से अपनी कुर्सी सँभाल ली थी। उसे बर्खास्त करना एक ड्रामा था, जिसका पटाक्षेप हो चुका था। चौला सिंह ने कीर्तन चौहान और सम्पत मेहरा से कब्रिस्तान के बारे में मशविरा किया। उसने पूछा, ''मुसलमानों का एक ग्रुप कब्रिस्तान के बारे में मुझे याद दिलाने आया था कि मैं इसे फिर से चालू करा दूँ।''

कीर्तन चौहान मालिक वाले रौब में बात करने लगा जैसे सामने उसका टहलुआ खड़ा हो, ''चौला सिंह, हमने आपको मन्त्री बनवा दिया, अब छोटी-छोटी बात भी आप नहीं समझोगे तो बदनामी आपकी नहीं हमारी होगी। अरे चुनाव प्रचार में कौन ऐसा नेता है जो लम्बी-चौड़ी बात करके जनता को उल्लू नहीं बनाता है। वोट लेने के लिए बहुत कुछ कहना पड़ता है, असम्भव से

असम्भव वादे करने पड़ते हैं। वे सब सिर्फ़ कहने के लिए होते हैं, पूरे करने के लिए नहीं। मेरे गाँव का एक आदमी यह झाँसा देकर विधायक बन गया था कि बगल के एक पूर्व ज़मींदार के पास पाँच सौ बीघा ज़मीन है, उनसे लेकर पाँच-पाँच बीघा सभी किसानों में बँटवा देगा। सत्ता की शीर्ष कुर्सी पर पहुँचने वाले के इतिहास में भी झाँक लो कि वे कितने झूठे और अनर्गल प्रलाप करके यहाँ तक पहुँचे हैं। मसल मशहूर है कि नेता चुनाव जीतने के बाद फिर अगले चुनाव में ही अपने क्षेत्र में वापस होता है। इसलिए चौला सिंह, जब तक उन्हें बरगला सकते हो, बरगलाते रहो।''

नसीहत का अगला सिरा सम्पत मेहरा ने थाम लिया, ''आप बोलो उनसे कि पुराने से कई गुना बढ़िया और नया कब्रिस्तान बना दिया गया है। उसमें वे जाना शुरू करें और अपनी आदत बदलें। विधाता स्टील कम्पनी एक मुद्दत से इसे हटाना चाहती रही है। इसके पीछे प्रबन्धन को काफ़ी कुछ से समझौता करना पड़ा है। उस जगह कम्पनी मॉल्स बनाने पर विचार कर रही है। इसलिए आप अपने मन में बैठा लो कि कब्रिस्तान की वहाँ पुनर्बहाली किसी हाल में नहीं हो सकती।''

चौला सिंह एक फ़रियादी की तरह कहने लगा, ''मैंने तो ताल ठोककर कह दिया था कि इस कब्रिस्तान को मैं यहाँ से एक इंच खिसकने नहीं दूँगा।''

''यह बात तो आप अभी भी कहते रहो। जितनी बार वे आयें, उतनी बार इसे दोहराओ। फिर वे खुद ही आना बन्द कर देंगे। इस बीच मरने वालों को उन्हें नये वाले में ही जाकर दफ़नाना पड़ेगा। इस तरह उनकी आदत स्वतः ही यहाँ से शिफ़्ट होकर वहाँ से जुड़ जायेगी।'' मेहरा ने पाठ की तरह पढ़ाया उसे।

चौला ऐसा ही करने लगा। नईम मियाँ आता रहा—एक बार...दो बार...पाँच बार। छठी बार वह उखड़ गया, ''आप हमारे साथ सरासर लफ़्फ़ाज़ी कर रहे हैं जनाब। आप कब तक हमें इस तरह बेवकूफ़ बनाते रहेंगे?''

''देखो नईम मियाँ, ज़रा मेरे साथ ढंग से बात करो, वरना विधायक बनने के पहले वाला चौला सिंह बन जाने में मुझे देर नहीं लगेगी। कब्रिस्तान...कब्रिस्तान करके तुमलोगों ने मेरा दिमाग खराब कर दिया है। शहर में पन्द्रह-बीस कब्रिस्तान हैं, साले रात-दिन क्या तुम्हारे आदमी मरते ही रहते हैं दफ़न होने के लिए। अबे ज़िन्दा लोगों के बारे में भी ज़रा चिन्ता कर लिया करो...रात-दिन मुर्दा की चिन्ता किये जा रहा है।'' चौला सिंह अपने पुराने और असली रंग में आ गया।

नईम पहले तो हक्का-बक्का रह गया। फिर उसने भी अपना तेवर सख्त कर लिया। मौलवी था लेकिन कट्टर और निर्दयी मिज़ाज उसकी पहचान थी। चिड़चिड़ा कर कह उठा, "मुझे ढंग सिखा रहे हैं और अपने ढंग का होशोहवास है आपको? हम कोई चींटी नहीं हैं कि पुराने चौला सिंह बनकर फूँक से उड़ा दोगे। पुराना ही चौला सिंह बनकर रहना था तो फिर ज़रूरत क्या थी आपको विधायक और मन्त्री बनने की? कब्रिस्तान का शगूफ़ा छोड़कर वोट लेने के समय आपके खयाल में नहीं आया कि आप मुर्दा की बात करके वोट माँग रहे हैं।"

चौला सिंह आपे से बाहर हो गया, "देख बे नईम, अब तू दफ़ा हो जा यहाँ से। ऐसे ही मेरे ऊपर मर्डर के कई केस चल रहे हैं, क्यों उसमें एक और का इज़ाफ़ा करवा रहा है। आइंदा मत मिलना तू हमसे। भाड़ में जा तू और तेरा कब्रिस्तान।"

नईम खखुआकर लाल आँखों से घूरता हुआ वहाँ से चला गया।

69

संझा ने बेटी को जन्म दिया। जब अस्पताल से घर आ गयी तो महावर बाबू ने नरहरि को फ़ोन किया। नरहरि शिकायती लहजे में पूछने लगा, "आपने इतनी देर से मुझे क्यों बताया? अस्पताल जाने वक्त खबर नहीं की?"

उन्होंने कहा, "अरे मैं तो था न! व्यर्थ ही तुम परेशान होते। चलो, सब कुछ ठीक-ठाक हो गया। जच्चा-बच्चा दोनों स्वस्थ हैं।"

"मैं मिलने आ सकता हूँ?"

"हद हो गयी, तुम्हें क्या इसकी इजाज़त लेनी होगी? बाप को कोई रोक सकता है क्या उसका अपना बच्चा देखने से?"

नरहरि ने पहुँचकर देखा—दो बित्ते की जैसे मक्खन की बनी अबोध व मासूम आकृति संझा के पार्श्व में लेटी टुकुर-टुकुर ताकती हुई छत को निहार रही थी। कितना रहस्यमय है प्रकृति का विधान। हरेक का अवतरण इसी तरह होता है—बेदाग, पवित्र, निष्पाप, निष्कलंक, निश्छल और समय के चक्र के साथ वह बन जाता है बृहद-विशाल तथा तमाम दुनियावी विकृतियों का पुतला।

संझा नरहरि को पढ़ने की कोशिश कर रही थी और नरहरि संझा को। कुछ देर तक दोनों एक-दूसरे को देखते रहे। नरहरि ने पहल की, ''तुम्हारा माँ बनना मुबारक हो सुझू।''

''धन्यवाद। मैं तो तुम्हारी स्वीकृति के बिना तुम्हें बाप बनने का मुबारकबाद नहीं दे सकती।''

''जो सच्चाई सामने है, उसके लिए स्वीकृति-अस्वीकृति का कोई मायने नहीं रह जाता सुझू।''

''बहुत थके-थके से लग रहे हो। पापा कह रहे थे कि तुम बहुत परेशानी में चल रहे हो इन दिनों। मैं तो निकल ही नहीं पायी घर से। दिन ज्यों-ज्यों नज़दीक आता जा रहा था, मन में डर बढ़ता जा रहा था।''

''हाँ, हालात अचानक से काफ़ी बदल गये। तुम्हारे पापा का हार जाना, कब्रिस्तान पर पोकलेन का चल जाना, चौला का जीत जाना, न सिर्फ़ जीत जाना, उसका मन्त्री बन जाना, त्रिवेदी और डुंगडुंग का तबादला हो जाना। एक के बाद एक कई अशुभ सामने आते गये।''

''शुभ भी तो हुआ—तिरिल, चकरेला और पखावज की जीत हो गयी। लोकवरपा को एक राजनीतिक पार्टी के तौर पर मान्यता मिल गयी।''

''हाँ, इसी एक शुभ ने हमें थामे रखा।''

''तिरिल की जीत से तो तुम्हें बहुत खुशी मिली होगी?''

''मुझे ही क्यों सबको खुशी हुई। तुम्हें क्या नहीं हुई? तिरिल में संघर्ष करने का अदम्य साहस है। देखना, राजनीति में वह बहुत आगे जायेगी। अपने समाज के लिए बहुत कुछ करने की उसने योजना बना रखी है। सबसे पहले वह अपने गाँव के एक बड़े प्लॉट पर स्कूल बनवाने जा रही है। बच्ची के आ जाने की वजह से उसे सामंजस्य बिठाने में थोड़ी दिक्कत आ रही है, लेकिन वह जीवट लड़की है।''

''मोगरा के साथ आयी थी मुझे देखने। खुश थी। बारबार तुम्हारा नाम ले रही थी। कह रही थी कि जो कुछ भी अच्छा हो रहा है, सोन के कारण हो रहा है। वह पीठ पर न होता तो कहाँ नॉमिनेशन, कहाँ भाषण, कहाँ एलेक्शन और कहाँ जीत।''

"अरे रहने भी दो। शुरू से जुनूनी है, मन में जो बैठ गया तो बस उसी का टेक अलापती रहेगी।" बात बदलते हुए नरहरि ने कहा,"तुम्हारे या इस टुकटुकी के लिए कोई दवा या टॉनिक वगैरह कुछ चाहिए तो मुझे बता दो, ले आऊँ।"

"अरे वाह! बड़े ज़िम्मेदार गृहस्थ की तरह बात कर रहे हो। अच्छा लगा तुम्हारा ऐसा पूछना। मोगरा बहुत कुछ ले आयी है और बहुत सारी हिदायतें थमा गयी है।"

"मोगरा अनुभवी है और साथ ही बहुत सुघड़ भी। जो कहा है उसने, उसका पालन करना। चलता हूँ। विधानसभा सत्र चल रहा है। तिरिल राजधानी गयी हुई है। उसकी बेटी को गीतो सँभालती है। एक बार उसे भी देख लेना होता है जाकर। कुछ भी ज़रूरत हो तो मुझे फ़ोन कर दिया करो। अंकल को इस उम्र में क्यों बाज़ार दौड़ाते रहती हो।"

संझा और बेबी दोनों के गालों पर थपकी लगाकर वह हाथ हिलाते हुए निकल गया।

70

हम सभी सवार हैं अनिश्चितता की नाव पर। अगले पल क्या होने जा रहा है कोई नहीं जानता। हमारे पास जो आज है, कल भी रहेगा इसकी कोई गारंटी नहीं। चाहे वह हुस्न हो, जायदाद हो, सपने हों, साख हो, हैसियत हो। अनिश्चितता की नाव किसी भी क्षण इन्हें डुबो सकती है।

विधानसभा सत्र के भोजनावकाश के समय पखावज ने बहुत हुलसते हुए फ़ोन किया, "सोन, बहुत मजा आ रहा है यार। ऐसा लग रहा है जैसे कुछ भी करने और बदलने की ताकत हमारी मुट्ठी में आ गयी हो। अतिविशिष्ट होने के गौरव से भरे इस सभागार में बैठकर लगता है जैसे ज़मीन पर नहीं हवा में तैर रहा हूँ। तिरिल को सभी ललक और हैरत से देख रहे हैं कि यही है वह लड़की जिसने कालू मुंडा जैसी कद्दावर हस्ती को धूल चटा दिया। लम्बी, छरहरी, गौरवर्णी तिरिल सुन्दर तो है ही सोन, आज और भी सुन्दर लग रही है।"

पखावज को क्या पता था कि उसकी नज़र लग जायेगी तिरिल को। पांच

घंटे बाद ही शाम को पखावज ने दोबारा फ़ोन किया, ''सोन, आप जल्दी राजधानी पहुँचो। तिरिल के चेहरे पर किसी ने तेजाब फेंक दिया है। वह अस्पताल में भर्ती है।''

नरहरि की साँसें जैसे रुक सी गयीं कुछ पल के लिए। क्या-क्या दुर्गति झेलनी होगी इस लड़की को। दैत्यों, राक्षसों, शैतानों और पिशाचों का ऐसा बोलबाला! जहाँ चाहते हैं तांडव मचा देते हैं। दो-दो अंगरक्षक के रहते हुए ऐसा वहशियाना ज़ुल्म। पखावज ने बताया कि शाम को विधानसभा भवन से निकलकर कार से विधायक हॉस्टल पहुँची। अपने कमरे में चली गयी तो दोनों अंगरक्षक हवलदार चाय पीने नीचे चले गये। इसी बीच कमरे की कॉलबेल दबायी गयी। तिरिल को लगा कि बैरा होगा या फिर अपना कोई साथी। ज्योंही उसने दरवाज़ा खोला हेलमेट पहना हुआ एक उचक्का उसके चेहरे पर तेजाब फेंक दिया और भागता हुआ कॉरीडोर से चारदीवारी के बाहर कूदकर फिरंट हो गया।

नरहरि कृतार्थ और मोगरा को लेकर राजधानी पहुँच गया। अस्पताल में उसकी वीभत्स हालत देखकर कलेजा काँप गया। बहुत मुश्किल से अपने आँसू रोक पाया। मोगरा तो सहन नहीं कर पायी और कमरे से निकलकर फूट-फूट कर रोने लगी। चश्मा पहने रहने की वजह से आँखें बच गयी थीं लेकिन चेहरा एकदम विकृत हो गया था। गर्दन और छाती पर भी गहरे घाव हो गये थे। पखावज ने कहा था कि तिरिल सुन्दर तो है ही, आज और भी सुन्दर लग रही है। उसके कहने के पाँच घंटे बाद ही तिरिल अतिसुन्दर से अतिकुरूप हो गयी।

पखावज और चकरेला खुद को कोसते हुए पास ही खड़े थे कि उनके रहते हुए यह नृशंस कांड हो गया। तिरिल को नींद का इन्जेक्शन दे दिया गया था ताकि असह्य जलन से थोड़ी राहत मिल सके। इसके पति की गोली मारकर हत्या कर देने के बाद भी किस कमीने का कसर अब भी अधूरा रह गया था। उसूलों वाले बाप की बेटी और फौलादी इरादों वाले मर्द की बीवी होने की क्या-क्या कीमत चुकानी होगी इस लड़की को। फुलू की हत्या में तो कालू की जगह चौला का हाथ होना सामने आया। तो इस बार क्या कालू ने भी अपनी भड़ास निकाल ली ? अगर कालू की यह दरिन्दगी नहीं है तो फिर चौला सिंह का अब कौन-सा कसर बाकी रह गया था ? यह दुष्ट विधायक बन गया, फिर मन्त्री बन गया, तिरिल तो इसके रास्ते में कहीं भी अवरोध नहीं थी। माथा चकरा गया नरहरि का।

तिरिल की नींद खुली तो नरहरि, मोगरा, कृतार्थ और चकरेला को अपने पास पाया। वह कठुआ सी गयी थी और कुछ बोल नहीं पा रही थी। आँखों में आँसू भर आये थे।

औपचारिक विजिट में तिरिल को देखने मुख्यमंत्री लादू मुर्मू, दो-तीन और मन्त्री तथा साथ में चौला सिंह आ गये थे। सबने इस घटना की भर्त्सना की और भरोसा दिलाया कि अपराधी बख्शे नहीं जायेंगे। पुलिस को कड़ी हिदायत दी गयी है कि अपराधी 24 घंटे के भीतर गिरफ़्तार किये जायें। विधायक हॉस्टल में इस तरह की वारदात कतई बर्दाश्त नहीं की जायेगी।

हाँकने को तो साले लम्बी-लम्बी हाँकेंगे, लेकिन होगा कुछ नहीं। सिर्फ़ राजनीतिक बयानबाजी, जो आगे चलकर या तो जुमला सिद्ध हो जाती है या मुहावरा। नरहरि और अन्य साथियों ने उन्हें ज़रा सा भी भाव नहीं दिया। विशेषकर चौला सिंह को देखकर तो सबके मुँह का स्वाद बिगड़ गया।

71

अप्रत्याशित रूप से अपने कुछ गुर्गों के साथ कालू मुंडा 'सबका होटल' में आ धमका। दोपहर का भोजन शुरू होने वाला था। पखावज महतो, चकरेला उराँव, सुफल शर्मा, हिचिक मंडल, हरफन अंसारी, सोनवारे नरहरि और कुछ अन्य सहयोगी तैयारी में लगे हुए थे। हरफन ने उन्हें बड़े अदब से एक विशिष्ट कोने में बिठा दिया। कालू कुछ थका हुआ और ढीला-ढाला सा नज़र आ रहा था। उसकी लम्बी दाढ़ी और बाल की सफ़ेदी मटमैली सी हो गयी थी।

नरहरि ने उसके पास आकर कहा, ''मेरा नाम सोनवारे नरहरि है। सबका होटल में आपका स्वागत है। कहिये आपकी क्या खिदमत की जाये?''

कालू ने उसे भर नज़र देखा फिर कहा, ''तुम्हारा नाम सुना है भाय। ताराकान्त मास्टर के यहाँ एक-दो बार देखे भी हैं तुमको। उस समय छोटे थे, अब बड़का आदमी हो गये हो। सुना है मास्टर का फोटूकोपी हो तुम।''

''काम की बात हो तो ज़्यादा अच्छा रहेगा। यह हमारे होटल का पीक टाइम है। ढाई घंटे तक हम बिलकुल फ़ुर्सत में नहीं होते।''

''तीन काम से हम आये हैं। एक तो दाल-भात और कोई तरकारी खिला दो। तिरिल से हमरी मुलाकात करा दो और हमरी पाँच ठो बूढ़ी गाय हैं, उनको गौशाला में रखवा दो। कहोगे तो झुमका से हम भेजवा देंगे टरक पर लदवा के।''

''खाना तो हम आप लोगों को ज़रूर खिला देंगे मुंडा जी। तिरिल का जख्म अभी भरा नहीं है। वह घर में आराम कर रही है। डॉक्टर ने उसे किसी से भी मिलने से मना किया है। गाय के बारे में आप गुरमेज भाटिया जी से बात कर लीजिए। ऐसे मैं इतना जानता हूँ कि उस गौशाला में ज़्यादातर दूध देने वाली गायें हैं। अपवाद स्वरूप कुछ वैसे जानवर हैं जो लावारिस हैं और सड़कों पर सुरक्षा को चुनौती देते हुए आवारा पड़े रहते हैं। आप खुद एक सक्षम व्यक्ति हैं। वर्षों तक जिन गायों का दूध पिया जाये, उन्हें अनाथ बनाकर उनसे मुक्त होना क्या न्यायोचित है?''

''ठीक है हम समझ गये। अब उपाय यही है कि गाय को लाके यहाँ के रोड पर छोड़ देना है। जो जिनिस बेकाम हो जाता है उसको हम नहीं रखते हैं। तिरिल को हम बोलने आये हैं कि उसका साथ जो हुआ, उसका हमको बहुत दुख है। वो हमको अपना दुश्मन बोलती है, हम उसका दुश्मन नहीं हैं। देखा न, उसका मरद को मरवाने में किसका हाथ निकला। आज वो मन्त्री बन गया। देखना तेजाब फेंकवाने में भी उसी का हाथ मालूम पड़ेगा।''

पखावज और चकरेला 'जोहार मुंडा जी' कहते हुए दाल-भात और सब्ज़ी की प्लेटें ला-लाकर रखने लगा। कालू उन्हें विस्फारित आँखों से देखने लगा फिर अनायास कह उठा, ''यार चकरेला, पखावज, तुम लोग विधायक बन गये हो, तब भी बैरागिरी कर रहे हो?''

''बैरागिरी करके ही तो विधायक बने हैं मुंडा जी, तो इसे कैसे छोड़ दें। आप इसे बहुत छोटा काम समझते हैं, लेकिन हमारी पहचान यही है। हम तो विधायकी को भी एक प्रकार की बैरागिरी ही मानते हैं।'' पखावज महतो ने मानो मिठास भरकर उसे कसैला पिलाने की कोशिश की।

''अरे का बुड़बक जैसन बात करते हो। विधायक का एक इज़्ज़त होता है भाय। आम आदमी उसको हीरो जैसन मानता है। राजपाट चलाने का जिम्मा होता है उसके माथा पर और बोलता है कि एक प्रकार का बैरागिरी है। ये ही करना

था तो काहे के लिए चुनाव लड़ा। का रे चकरेला, तू तो साला हमसे भी आगू निकल गया रे।''

''आगू कहाँ निकले हैं दादू, देखिये आप कुर्सी पर बैठके खा रहे हैं और हम आपको खिला रहे हैं। आप हमारे गिराहक और हम आपके बैरा।''

''वाह नरहर्री, तुम तो भाय सबको अपन बाड़े का चूहा-बिल्ली बनाके रख दिये हो।''

''खाना खाइये मुंडा जी, हमारे ग्राहक आने लगे हैं। अब फालतू बतकही का टाइम नहीं है हमारे पास।''

''अच्छा, एक ठो काम की बात कर लेते हैं। एक मदरसा का मौलवी नईम मियाँ है। वो हमरे पास आया रहा। कह रहा था कि तुम अगर चाहो तो जौन कबुरगाह हटावल जा रहा है, ओकरा रोकल जा सकता है।''

इसका जवाब आगे आकर हरफन अंसारी देने लगा, ''जिस पुराने कब्रिस्तान की रट नईम मियाँ अबतक लगाये हुए है वह खत्म हो चुका है। जाकर देख लीजिए। चौला सिंह के जीतने के कुछ दिन बाद ही वहाँ पुलिस के संरक्षण में विधाता स्टील द्वारा अब मल्टीप्लेक्स बनवाने का काम शुरू हो गया है। नईम की बात में मत आइये, वह बहुत खूंखार फ़ितरत का सतही आदमी है। हमेशा लड़ने-भिड़ने का बहाना ढूँढ़ता रहता है।''

''चलो ठीक है भाय। जब तुम मुसलमान होके ऐसन कह रहे हो, तो ठीके होगा। अब हमलोगुन खाना खतम कर लेते हैं। तिरिल को बोल देना भाय कि हमरा बारे में वो मन में मैल मत रखे। उसके ऊपर जो जुलुम हुआ है, उसका हमको बहुते तकलीफ है।''

खाना खाकर कालू बाहर निकल गया। उसका एक आदमी इस अन्दाज़ में पैसा चुकाने लगा कि कोई उसे मना करेगा कि रहने दो इसकी ज़रूरत नहीं है। लेकिन किसी ने उसे मना नहीं किया। शक के घेरे वाले जुर्म के दोनों सरगनाओं, पहले चौला सिंह और बाद में कालू मुंडा द्वारा आकर संवेदना और दुख जताना उनकी दयनीयता और खुद को बचाने की सयानी चाल में रूपान्तरित हो रहा था।

72

तिरिल के घाव तो भर गये, लेकिन चेहरे पर असंख्य दाग और धब्बे उग आये। जो कमनीयता और लावण्य उसके चेहरे से टपका करता था, वह विलुप्त हो गया। वह आईना में देखकर खुद को भी पहचान नहीं पा रही थी। उसकी बेटी भी कुछ दिनों तक उससे डरती रही, फिर माँ के दूध ने उसे नज़दीक कर दिया। छाती, पेट और हाथ आदि में जहाँ भी तेजाब गिरा था, वहाँ का मांस बेतरतीब ढंग से नुचा हुआ और चिपका हुआ प्रतीत हो रहा था। तिरिल की बनावट में निहित गजब के नैसर्गिक आकर्षण और आमन्त्रण को उस पर उड़ेले हुए भदेस ने विस्थापित कर दिया था। उसकी आँख की रोशनी भी थोड़ी कम हो गयी थी।

वह नरहरि को अपने पास बिठाकर सुबकने लगी थी, "सोन, अब मैं किसी को मुँह दिखाने लायक नहीं रही। मेरे दुश्मनों ने मुझे बर्बाद कर दिया। मेरे सारे सपने धरे के धरे रह गये। कालू हमसे हारकर भी जीत गया सोन।"

"ऐसा नहीं है तिरिल। चेहरे की सुन्दरता तो बस दिखावटी है। असली तो अन्दर की सुन्दरता होती है। तुम्हारा अन्तर्मन, तुम्हारा हृदय अब भी उसी तरह है जैसा पहले था। तुम्हारे सपनों का कुछ नहीं हुआ है, तुम कोशिश करोगी और वे पूरे होंगे। कालू की ढलान शुरू हो गयी है तिरिल। वह और भी नीचे गिरता चला जायेगा। होटल आकर उसका माफ़ी माँगना, तुमसे मिलने के लिए घिघियाना, अनुमान लगा सकती हो कि उसकी दहाड़ अब मिमियाहट में बदल गयी है।" नरहरि ने उसकी निराशा पर लेप लगाने की कोशिश की।

"मेरा आत्मविश्वास अब पूरी तरह डावाँडोल हो गया है सोन। मैं अकेली नहीं रह सकती, बहुत डरने लगी हूँ। मुझे हर कदम पर सहारा चाहिए, साथ चाहिए।"

"हम लोग सभी तुम्हारे साथ हैं तिरिल, तुम्हें डरने की कोई ज़रूरत नहीं है। जब भी ज़रूरत हो, किसी को भी पुकार लो। मोगरा तुम्हारा साथ देने के लिए हमेशा उपलब्ध है।"

"नहीं सोन, मुझे एक पुरुष साथी चाहिए, स्थायी रूप से। फुलू के चले जाने के बाद मैं अकेली तो हो ही गयी थी, अब जब मेरी सूरत, सीरत और जान पर हमला हो गया तो बुरी तरह टूट गयी हूँ। मुझे हर हाल में एक पुरुष साथी

अवलम्ब के तौर पर चाहिए सोन, और वह सिर्फ़ तुम्हीं हो सकते हो।'' बिफरते हुए कहा तिरिल ने।

''मैं कहाँ भागा जा रहा हूँ तिरिल? मैं हूँ यार तुम्हारे साथ। तुम क्यों भूलती हो कि पूरा वरदान परिवार तुम्हारे लिए हर वक्त तैयार है। तुम्हें सभी चाहते हैं, तुम्हारे विवेक और साहस के सभी प्रशंसक हैं।''

''यह सब ठीक है, लेकिन मैं जो कहना चाहती हूँ, उसे समझने की कोशिश करो। मुझे एक जीवन-साथी चाहिए। ऐसा जीवन-साथी जिसके साथ मैं अन्तरंग और एकाकार हो सकूँ और मेरे व उसके बीच कोई फ़र्क न रह जाये।''

''मतलब तुम दोबारा शादी करना चाहती हो?''

''तुम ऐसा कह सकते हो, लेकिन ज़रूरी नहीं कि शादी करके ही साथ रहा जाये। शादी किये बिना भी हम घनिष्ठ और नज़दीक बने रह सकते हैं।''

''तिरिल, इस मामले में थोड़ा सब्र से काम लेना होगा। बहुत जल्दबाजी में यह काम नहीं हो सकता। ठीक है कि दुर्घटना ने तुम्हें अन्दर से हिला कर रख दिया है, लेकिन इस तरह डरने से जीवन आगे नहीं बढ़ता तिरिल।''

''सोन! मेरे ध्यान में तो शुरू से तुम ही रहे हो। शादी से पहले तुम्हीं थे मेरी पहली पसन्द। फिर तुम मेरे जीवन में क्यों नहीं आ जाते?''

''संझा के साथ मेरे रिश्ते से तुम अवगत हो तिरिल। वह माँ बन चुकी है। मेरे लिए उसने शादी के कई रिश्तों को ठोकर मार दिया। तुम जानती हो कि अन्याय मुझसे सहन नहीं होता, तो मैं खुद भी किसी के साथ अन्याय कैसे कर सकता हूँ। उसकी दीवानगी का तुम अन्दाज़ा लगाओ कि शादी के लिए मेरी दुविधा के बावजूद उसने एक प्रचलित रिवाज़ के खिलाफ़ जाकर खुलेआम बच्चे की माँ बनने का फ़ैसला कर लिया। जबकि अक्सर मामले ऐसे सामने आते हैं कि लड़कियाँ गलती से गर्भवती हो जाने पर शादी के लिए सामाजिक व न्यायिक दबाव बनाने लगती हैं। उसने पहले माँ बनने का फ़ैसला किया और शादी करने की कोई शर्त नहीं रखी। यानी हाँ या ना करने की मुझे आज़ादी दे दी। इसलिए तिरिल, मुझे गलत न समझो, मेरी विवशता को महसूस करो। तुम्हारी हर चिन्ता के समाधान के लिए मैं और पूरा वरदान परिवार हर समय तत्पर है।''

तिरिल ने इसका कोई जवाब नहीं दिया और ना ही कोई रुष्टता प्रदर्शित की। उसके मन में एक आइडिया उभरने लगा था।

73

तिरिल संझा के घर आ गयी। शर्मा जी और संझा, दोनों ने उसके आने पर खुशी जतायी। उसके चेहरे और बदन में आयी विकृतियों को देखते हुए शर्मा जी दयाभाव से भर उठे। संझा भी तरस खाकर रुआँसी हो गयी—मन-ही-मन शिकायती मुद्रा में कह उठी, हे ईश्वर, कितनी खूबसूरत थी यह लड़की और आज कितनी बदसूरत हो गयी। क्या बिगाड़ा था इसने किसी का?

शर्मा जी उसे सान्त्वना देते हुए कहने लगे, ''तिरिल, हिम्मत मत हारना बेटा। नियति तुम्हारा इम्तहान ले रही है। तुम्हें पास होना है इसमें। जब किसी बड़े गन्तव्य पर पहुँचना होता है तो रास्ते में बहुत सारी बाधायें आती हैं। इसे तुम इसी रूप में लेना। तुम एक बहादुर लड़की रही हो, हताश मत होना और खुद को रुकने मत देना। तुम अपने लक्ष्य को ज़रूर हासिल करोगी।''

''आप सबका आशीर्वाद और उत्साहवर्धन ही तो मेरी संजीवनी हैं अंकल।''

''तुम्हारी बेटी कैसी है? अपने में उलझी रही, जा न सकी उस तरफ़।'' संझा ने पूछा।

''बेटी ठीक है सुझू। गीतो अच्छा सँभाल रही है। मुझे देखकर कभी-कभी चिहुँक जाती है। तुम्हारी बेटी तो ठीक है न?''

''खुद ही देख लो। आओ अन्दर।''

दोनों अन्दर के कमरे में चले गये। तिरिल ने बच्ची को गोद में लेकर दुलार-पुचकार किया।

उसने बातों को सिलसिला शुरू किया, ''अब अकेलापन मुझे बहुत सताने लगा है सुझू।''

''अगर मुमकिन हो तो दूसरी शादी कर लो तिरिल।''

''इस हालत में मुझसे कौन शादी करेगा सुझू?''

संझा इस सच से असहमत नहीं हो पायी। इसलिए मौन रह गयी।

''मैं बहुत असहाय, अभागी और उपेक्षित महसूस कर रही हूँ सुझू।'' तिरिल ने उसकी तरलता को उभारने के मकसद से कहा।

''ऐसा नहीं कहते तिरिल। तुम एक विधायक हो यार। तुम्हारे पास पावर है। हज़ारों जनता अपनी बेहतरी के लिए तुम्हारी तरफ़ देख रही है।''

''लेकिन मैं खुद अपनी ज़रूरत के लिए आज तुम्हें देख रही हूँ सुझू।''

''यह तुम क्या कह रही हो तिरिल? मेरे पास ऐसा क्या है जो तुम्हें दे सकती हूँ? अगर देने लायक मेरे पास कुछ है तो बोलो तिरिल?''

''माँगने ही आयी हूँ आज तुमसे सुझू। मेरी फूटी तकदीर को देखते हुए उम्मीद है तुम ना नहीं करोगी। तुम मुझे सोन दे दो सुझू। उसे पाकर मैं अपनी लड़खड़ाहट बहुत हद तक कम कर लूँगी।''

संझा हैरान होकर अपलक देखती रही तिरिल को। बहुत देर तक कोई जवाब न सूझा, जैसे आवाज़ अटक गयी हो गले में।

तिरिल उसे ठकमकाये हुए देखकर फिर कहने लगी, ''मुश्किल में डाल दिया न मैंने तुम्हें? जानती हूँ कि बहुत बड़ी चीज़ माँग ली है मैंने तुमसे। कितनी स्वार्थी हो गयी हूँ न मैं? दरअसल मेरी मजबूरी यह है सुझू कि मेरे इस डरावने चेहरे और देहदशा में मुझे साथ देने के लिए कोई मिलने वाला नहीं है। एक सोन ही है विशाल हृदय जो मुझे अपना सकता है। तुम जानती भी हो कि शुरू से ही हम दोनों के मन में एक-दूसरे के लिए कोमल भावनायें रही हैं। तुम खूबसूरत हो सुझू, स्वस्थ हो, चार्मिंग हो, तुम तो जिसे भी चाहोगी, तुम्हारे आगे बिछ जायेगा।''

''किसी को भी चाहना होता तो कब का चाह ली होती तिरिल। फिर सोन का बच्चा मेरे पेट में न पलता। सोन को मैं किस अधिकार से तुम्हें दे दूँ? वह मेरा हुआ ही कब? मैं अपनी इच्छा से उसके बच्चे की माँ ज़रूर बनी हूँ, लेकिन अब तक न वह मेरा पति है और न मैं उसकी पत्नी।''

''तो क्या तुम्हें एतराज नहीं होगा, अगर मैं उससे शादी कर लूँ?''

''अगर वह करना चाहे तो मैं उसे कैसे रोक सकती हूँ।''

''रोक नहीं सकती हो, लेकिन तुम्हें कोई शिकायत या रंजिश तो नहीं होगी न मुझसे ? दरअसल हम सभी बहुत गहरे दोस्त हैं सुझू। आपस में कोई नाराज़गी या बैर भाव नहीं आना चाहिए, इसीलिए मैं तुमसे पूछने चली आयी। तुम यह तो नहीं कहोगी न कि यह जानते हुए भी कि वह तुम्हारे बच्चे का पिता है, मैंने अपने स्वार्थ के लिए उससे शादी कर ली ?''

''यह तो बड़ा कठिन सवाल है तिरिल। मैं कोई देवी या अवतार नहीं कि उदात्तता दिखाते हुए कह दूँ कि मुझे बुरा नहीं लगेगा। कचोट तो ज़रूर होगी, बहुत होगी, कोई चार्म नहीं रह जायेगा जीवन में।''

''सोन के प्रति तुम्हारी इसी चाहत और तड़प को देखते हुए मैं तुमसे रज़ामंदी लेने आयी हूँ। सच कहूँ तो मैं तुमसे एक अमूल्य दान माँगने आयी हूँ, जिसे दे दोगी तो मेरी ज़िन्दगी बदल जायेगी। तुम इतने दिनों से उससे बिना शादी किये ही रह रही थी। मतलब तुम अकेली रह सकती हो, लेकिन मैं नहीं रह सकती। मैं खत्म हो जाऊँगी, मिट जाऊँगी। इसलिए सोन को दे दो मुझे सुझू। इसके बदले में तुम मुझसे जो भी लेना चाहो ले लो। कहो तो मैं अपनी पूरी जायदाद तुम्हारे नाम कर दूँ।''

''मैं कोई व्यापारी नहीं हूँ तिरिल कि तुमसे सौदा कर लूँ। प्रेम की भी क्या कोई कीमत हो सकती है ?'' कुछ पल शून्य में निहारती रही संझा। फिर उसने अपनी नवजात मुन्नी को देखा। आँखें भींग गयीं उसकी। भरे गले से कहा उसने, ''ठीक है तिरिल, जाओ, आज से सोन तुम्हारा हुआ। अगर वह मेरी परवाह न करके राज़ी है तुम्हारे साथ रहने के लिए, तो तुम उससे शादी कर लो। मैं अपने कलेजे पर पत्थर रख लूँगी।''

खिल उठी तिरिल। चहकते स्वर में कहने लगी, ''बहुत-बहुत धन्यवाद सुझू। मैं आज तुम्हारी बहुत बड़ी कर्ज़दार हो गयी। तुम्हारे इस त्याग का मोल अगर मैं कभी चुका सकी तो ज़रूर चुकाऊँगी। तुमने मुझे आज फिर से एक नया जीवन दे दिया है। मेरी आँख की रोशनी भी धीरे-धीरे कम हो रही है। अगर मैं अन्धी हो गयी तो उसकी आँखों से दुनिया को देख सकूँगी।''

मुन्नी सहसा रोने लगी, जैसे उसे आभास हो गया हो कि कोई उससे उसके पिता को छीन रहा है।

तिरिल जब घर से चली गयी तो संझा फूट-फूट कर रोने लगी, जैसे उसने

आज अपना सर्वस्व खो दिया हो। महावर शर्मा स्थिति से अवगत होने के उपरान्त थोड़े उदास हो गये। फिर खुद को संयत करते हुए उसे सान्त्वना देने लगे, "जो दान में दे दिया, उसके लिए शोक नहीं करते बेटे। तुमने आज बहुत बड़ा दिल दिखाया है। जिसके लिए तुम सालों तक आहें भरती रहीं, एक बड़ा जोखिम उठा लिया, लोक-लाज की परवाह छोड़ दी, उसे आज किसी और के लिए ज़्यादा ज़रूरी समझकर दे दिया। यह एक बहुत बड़ी घटना है मेरे जीवन की। सचमुच आज मुझे तुम पर बहुत गर्व हो रहा है। तिरिल की जो दुर्दशा हो गयी, उस हिसाब से तुम्हें उसके माँगने का मान न रखना गलत होता। तिरिल ताराकान्त की बेटी है। ताराकान्त तुम्हारे गुरु रहे हैं, आज यह समझ लो कि तुमने गुरुदक्षिणा चुका दी।"

महावर समझाते रहे थे, फिर भी संझा की आँखों से आँसू बहुत देर तक रिसते रहे।

74

उधर तिरिल येन केन प्रकारेण नरहरि को अपना लेने का जुगाड़ बैठा रही थी और इधर चिन्तातुर नरहरि उसके लिए एक बेहतर बन्दे की तलाश में लग गया था। सवाल एक बिन्दु पर अटक जा रहा था कि तेजाब की विडम्बना को अनदेखा करके कौन साथ देगा तिरिल का? कहाँ से ढूँढ़ा जाये उसे? तिरिल जो चाह रही है, वह कहीं से भी अनुचित नहीं है। दो-दो दुर्घटनाओं की मार से उसका असुरक्षित महसूस करना लाज़िमी है। भरी जवानी में पति की हत्या और जब थोड़ा सँभली तो भरी जवानी की दहलीज़ के खिलते सौन्दर्य पर तेजाब का आक्रमण। इन घातक प्रहारों से आगे जीने की राह बन्द जैसी न लगे, इसके लिए एक साथी तो चाहिए ही चाहिए। वरदान परिवार की यह जिम्मेवारी है कि उसके जीवन को बेलुत्फ़ और बेरंग न होने दे।

दिमागी मन्थन चल ही रहा था कि एक दिन उद्योगपति गुरमेज भाटिया का फ़ोन आ गया। उन्होंने बताया कि साधुओं का जो एक ग्रुप भेजा गया था उनके कारखाने में, वे सचमुच बहुत काम के साबित हो रहे हैं। पूरा अनुशासन में रहकर समर्पण भाव से मेहनत कर रहे हैं। एक सखानन्द नाम के साधू ने तो इस तरह दिल जीत लिया कि उसे मशीन सेक्शन का सुपरवाइज़र बना दिया गया। लेथ

मशीन और हॉरिजेंटल बोरिंग मशीन पर काम करने में उसने पूरी पकड़ बना ली है। मशीन सेक्शन की अन्य मशीनों, शेपर, मिलिंग, ग्राइंडिंग, ड्रिलिंग आदि का भी उसे अच्छा ज्ञान हो गया है। आगे भाटिया जी ने नरहरि का धन्यवाद करते हुए कहा कि उसे रहने के लिए एक छोटा फ़्लैट दे दिया है और जल्दी ही उसकी शादी करके उसका एक परिवार बसा देना चाहते हैं, ताकि वह उनके यहाँ स्थायी रूप से जमकर रहे।

नरहरि को लगा जैसे भाटिया जी ने मरुभूमि की भटकन में पानी का एक गिलास थमा दिया हो। इस सखानन्द को बुलाकर देखा-परखा जा सकता है। उसने भाटिया जी से कहकर उसे 'सबका होटल' में बुलवा लिया।

सखानन्द अपने अन्य काम कर रहे साधु-संगतियों के साथ उससे मिलने होटल कभी-कभार आ जाया करता था। उसे देखते ही नरहरि को याद आ गया। नाम से स्मरण नहीं हो पा रहा था। शक्ल-सूरत और कद-काठी से वह बड़ा स्मार्ट और आकर्षक था। उम्र थोड़ी सी उसकी ज़्यादा थी। नरहरि के प्रति उसके मन में कृतज्ञता का भाव था। वरदान परिवार के हर सदस्य से वह अवगत था। ज़ाहिर है वह तिरिल को भी अच्छी तरह जानता था और उसके साथ जो कुछ हुआ था उसे पूरी जानकारी थी।

नरहरि ने उससे सीधे-सीधे पूछ लिया, ''सखानन्द जी, भाटिया जी ने हमें बताया कि आप अपनी गृहस्थी बसाना चाहते हैं। हमारी अभिन्न दोस्त तिरिल अकेली हो गयी है। क्या उसे आप अपना जीवन साथी बनाना पसन्द करेंगे।''

ताज्जुब से देखते हुए कहा सखानन्द ने, ''सर जी, हम तो आपके और भाटिया सर के इतने एहसानमन्द हैं कि आप किसी माटी के पुतले से भी ब्याह रचाने को कहें तो हम इनकार ना कर पायें। तिरिल जी तो विधायक हैं, आप सब जैसे आला इन्सानों की दोस्त हैं, बहुत पढ़ी-लिखी हैं, धन-धान्य से सम्पन्न हैं।''

''बहुत धन्यवाद सखानन्द जी, हमारे बारे में इतना ऊँचा खयाल रखने के लिए। आपको यह तो पता है न कि तिरिल का चेहरा तेजाब से जला हुआ है।''

''पता है सर जी, पूरा पता है। यह उनका दुर्भाग्य है, लेकिन इसी कारण हमारे जैसे मामूली आदमी को उनके साथ जुड़ने का मौका मिल रहा है, मेरे लिए

तो सौभाग्य हो गया। ऐसे भी सर जी, वैराग्य जीवन को जीकर देखा है हमने। हमने जाना है कि ये शरीर, ये चेहरा, ये रूप-रंग सिर्फ़ माया है। असली सुन्दरता तो आत्मा में होती है।''

''वाह सखानन्द जी, आपने तो मेरी एक बहुत बड़ी समस्या हल कर दी। तिरिल से बात करके मैं आपको सूचित करता हूँ।''

नरहरि को लगा जैसे उसे कोई कोहिनूर हाथ लग गया। तिरिल के लिए इससे अच्छा चयन भला और क्या हो सकता है जो बाह्य सुन्दरता से ज़्यादा महत्त्व आन्तरिक सुन्दरता को देता हो। वह उसे बताने के लिए उत्सुक हो उठा।

75

संझा से जब मिलकर तिरिल आयी तो दुर्घटना के बाद पहली बार थोड़ी निश्चिंतता महसूस कर रही थी। नरहरि अपनी खोज के बारे में कह पाता इसके पहले वह अपनी आँखों में एक बड़ी उपलब्धि पा लेने वाले गर्वबोध लाकर नरहरि को सुनाने लगी, ''आज मैंने तुम्हें एक धर्मसंकट से उबार लिया सोन। तुम कह रहे थे न कि संझा के प्रति तुम अन्याय नहीं कर सकते। अब तुम्हें इस तरह के अपराधबोध से गुज़रने की कोई ज़रूरत नहीं है। संझा से मैंने बात कर ली, तुम्हें माँग लिया उससे। उसने हाँ कर दिया। अब तुम्हें मेरे जीवन में दाखिल हो जाने में कोई रुकावट या पसोपेश की जगह नहीं बची।''

नरहरि सन्न रह गया, ''तिरिल, यह तुम क्या कह रही हो? तुम्हारे लिए मैं एक अच्छा सजीला और समझदार साथी ढूँढ़ चुका हूँ।''

''रहने भी दो। तुमसे सजीला और समझदार भला कौन हो सकता है? मेरे पास तो हज़ार फिल्मी महानायकों का विकल्प भी हो तो मैं उन्हें खारिज करके तुम्हें ही चुनूँ।''

इस दीवानगी पर नरहरि का उत्साह मन्द पड़ गया, ''क्या तुम सुझू से मिलने गयी थीं? मेरे लिए उससे बात करने गयी थीं?''

आराम से कहा तिरिल ने, ''हाँ, तुम्हें हैरानी क्यों हो रही है। अच्छा किया न कि उससे साफ़-साफ़ अपना दुखड़ा बता दिया। दोस्त होने के नाते उसने

सहानुभूति जतायी और स्वीकृति दे दी कि मैं तुमसे शादी कर लूँ तो उसे कोई आपत्ति नहीं होगी।''

कुछ पल स्तब्ध रह गया नरहरि, ''संझा ने ऐसा कह दिया, मुझे यकीन नहीं हो रहा? जो लड़की प्रेम में पागल रही है, उसने अपना प्रेम न्योछावर करने के लिए तुम्हें हाँ कर दिया? ज़रूर तुमने उसे मजबूर कर दिया होगा तिरिल। उसे वास्ता दिया होगा अपने हालात का। तिरिल, तुम्हें उसके पास नहीं जाना चाहिए था। अगर उसने तुम्हें ऐसा कहा है तो ज़रूर उसे अपने कलेजे पर पत्थर रखना पड़ा होगा।''

''सोन, वह लड़की समझदार है और एक उसूलों वाले कर्मठ पिता की बेटी है। उसने यह समझा कि उससे ज़्यादा मुझे तुम्हारी ज़रूरत है। और फिर उससे तुम्हारा औपचारिक रिश्ता ही क्या था?''

''मैं उसके बच्चे का पिता हूँ तिरिल, इससे बड़ा रिश्ता भला और क्या हो सकता है? रिश्ता सिर्फ़ फेरे लेने, माँग भरने, मंगलसूत्र पहनने और कसमें खाने से ही नहीं बनता। कुछ रिश्ते दिल से बनते हैं और वे इन दिखावे के रिश्तों से ज़्यादा मज़बूत होते हैं।''

''सोन, तुम संझा के लिए इतना परेशान हो रहे हो, मेरे लिए क्या तुम्हारा कोई फ़र्ज़ नहीं है? मैं क्या तुम्हारे लिए पागल नहीं रही हूँ?''

''इसी फ़र्ज़ के तहत मैंने तुम्हारे लिए एक बेहतर चुनाव किया है तिरिल।''

''मेरा चुनाव सिर्फ़ तुम हो सोन, सिर्फ़ तुम। संझा ने जब हाँ कर दिया तो अब कोई संशय नहीं बचा।''

''मैं ज़रा संझा से मिल लूँ कि किस लाचारी में उसने ऐसा किया।''

76

नरहरि संझा के घर चला गया। दोनों बाप-बेटी बालकनी की पोर्टेबल कुर्सियों पर आमने-सामने बैठे थे। संझा की आँखें लाल और पलकें सूजी हुई थीं। चेहरे पर तनाव की रेखायें उभरी हुई थीं। वहाँ के फिजाँ में एक मायूसी तैर रही थी।

एक बुझे हुए निरुत्साह इशारे से शर्मा जी ने पास ही रखी एक कुर्सी पर नरहरि को बैठ जाने के लिए कहा। दोनों ने देख लिया कि नरहरि के चेहरे पर भी

एक व्याकुलता और चिन्ता ठहरी हुई है। बहुत देर तक वे चुप्पियों में गुज़रते रहे और मौन की भाषा में एक-दूसरे को टटोलते रहे। नरहरि समझ गया कि जिस पीड़ा से वह गुज़र रहा है, वैसी ही पीड़ा यहाँ भी व्याप्त है।

उसने कराहते हुए पूछा, "तुमने ऐसा क्यों किया सुझ्रू? मैं क्या कोई सामान हूँ कि किसी ने माँगा और तुमने दे दिया? मुझसे पूछ तो लेतीं एक बार। तुम अपनी चाहत समेट सकती हो, लेकिन मैं भी समेट लूँ, यह तुम कैसे निर्धारित कर सकती हो? जीवन भर तुम जिसे पाने के लिए मरती रही, हज़ार त्याग करती रही, उसे एक झटके में खुद से अलग कर दिया?"

लुटे-पिटे भाव से संझा ने कहा, "कौन अपने प्यार को इस तरह दान में लुटा देता है सोन? लेकिन मैं क्या करती? तिरिल जिस तरह आतुर थी, गिड़गिड़ा रही थी और कह रही थी कि वह मिट जायेगी, बर्बाद हो जायेगी, उसके बदरूप चेहरे पर कोई घास नहीं डालेगा, सिवा तुम्हारे, तो मेरे पास क्या उपाय था? वह हम सभी से इतनी गहरी जुड़ी हुई है, उसने पहली बार मुझसे कुछ माँगा, मैं ना कैसे कर देती?"

"नहीं सुझ्रू, तुम अपना कहा वापस ले लो। कोई ज़रूरत नहीं है दानवीर कर्ण बनने की। हमें तिरिल से सहानुभूति है। मैं उसे गैर नहीं मानता। हमने उसके लिए एक उपाय ढूँढ़ भी लिया है। एक बन्दा तैयार हो गया है, जो हर तरह से सुयोग्य है। लेकिन वह बस एक टेक लेकर बैठ गयी है। वह विधायक बन गयी है। राजनीति में उसका मन रमा रहेगा। मुझे क्या करना है उसके साथ? तुमने मुझे जिस तरह जीत लिया है, मैं दूसरे का नहीं हो सकता। तुम्हारे बच्चे से सिर्फ़ तुम्हारा ही नहीं मेरा भी मोह है।" याचक की तरह गिड़गिड़ा सा उठा था नरहरि।

"सोन, तुम्हारी आसक्ति का इज़हार सुनकर मुझे बहुत अच्छा लग रहा है। तुमने कभी इस शिद्दत से खुद को मेरे सामने प्रकट नहीं किया। तुम्हारे बिना कैसे और कितना जिऊँगी, यह प्रश्न तो मेरे सामने भी खड़ा है। तिरिल को अब ना करना एक बड़े भूचाल का कारण बन जायेगा सोन। वरदान परिवार में एक दरार आ जायेगी। तुम तो दूसरों के लिए ही जीते रहे हो सोन, तिरिल के लिए भी जी लो।"

नरहरि अपना प्रतिवाद रखना ही चाहता था कि महावर जी ने महसूस कर लिया कि इसके पहले कि यह बातचीत खिंचकर भावुकता की हद को पार कर जाये, उन्हें हस्तक्षेप कर लेना चाहिए। उन्होंने कहा, "आज तो तूने कमाल कर

दिया सुझू। मैं तो तुम्हें अब तक बहुत हल्के में ले रहा था कि तुमने यों ही उसे हाँ कर दिया है और जब अखरने लगेगा तो ना कर दोगी।'' आगे उन्होंने भाव विह्वल नरहरि को सम्बोधित किया, ''सोन, सुझू की बात मान लो, भाई। तिरिल तुम्हें न पाकर सचमुच मिट जायेगी। वह तुम्हें बहुत चाहती है। किसी और के लिए उसके पास कोई जगह नहीं है। मैं भी इस राय से सहमत हूँ कि सुझू से ज़्यादा उसे तुम्हारी ज़रूरत है।''

नरहरि की आँखें डबडबा गयीं। अब उसके पास कहने के लिए कुछ नहीं रह गया था। यह कैसा अद्‌भुत दृश्य था कि एक बाप अपनी बेटी का पक्ष नहीं लेकर किसी और की सिफ़ारिश कर रहा था। उन्होंने जैसे इस फ़ैसले पर अन्तिम मुहर लगा दी, जिसमें बदलाव की अब कोई गुंजाइश नहीं रह गयी।

77

तिरिल ने पूरे वरदान परिवार में यह प्रसारित कर दिया कि अब वह आपसी सहमति से नरहरि के साथ जीवनयापन करने जा रही है। नरहरि चाहता था कि इस बारे में कहीं से भी उसकी बेदिली या अप्रसन्नता प्रकट न हो। किसी को भी न लगे कि इसके पीछे की कहानी में कोई खटास उभरी थी। सब यही मानकर चलें कि तिरिल के एकाकीपन और असुरक्षा को देखते हुए नरहरि ने यह कदम उठा लिया है, चूँकि दूसरों के लिए अपना कुछ भी दाँव पर लगा देना उसका इतिहास रहा है।

ठीक ऐसा ही सन्देश सबमें गया भी। सबने यही समझा कि तिरिल में शुरू से नरहरि के प्रति एक दबा हुआ अनुराग रहा है, वक्त की माँग ने उसे रिश्ते में बदल दिया। नरहरि का यह स्वभाव नहीं था अपने बारे में दिखावे का रुतबा थोपने का। वह हमेशा पारदर्शी रहा, किसी प्रकार का कोई दुराव-छिपाव नहीं। उसे अच्छा नहीं लग रहा था कि तिरिल से उसके जुड़ाव को लोग उसकी महानता के तौर पर देखें। संकोच बस इस बात का था कि खुलकर बता देने से तिरिल के प्रति सबके मन में बनी हुई छवि को खरोंच न लग जाये।

नरहरि ने पूरे घटनाक्रम को समीक्षा की दृष्टि से देखा तो उसे खुद के बर्ताव पर अफ़सोस होने लगा। एक छिछले मजनूँ की तरह निहायत ही घटिया सलूक

रहा उसका। ठीक ही कहा है किसी ने कि प्रेम में अगर कोई फ़रिश्ता बन जाता है तो कोई शैतान भी बन जाता है। कोई खुद को कुर्बान कर देता है तो कोई दूसरे की कुर्बानी ले लेता है। सच्चे अर्थों में प्रेम का इज़हार तो संझा ने किया। प्रेम की परिभाषा तो त्याग और बलिदान से होकर गुज़रती है। संझा ने इसे साबित किया। तिरिल के रोने, बिसूरने और गिड़गिड़ाने पर अपनी खुशी और अपने भविष्य की कुर्बानी दे दी। ऐसा सोचते हुए नरहरि के मन में यह संशय भी अँकुरा गया कि कहीं वह फिर नशे की दुनिया में दाखिल तो नहीं हो जायेगी? खुद को बर्बाद करने पर तो नहीं उतर आयेगी? जिसे उसने जन्म दिया है, उस मुन्नी का फिर क्या होगा?

नरहरि को निहायत व्यक्तिगत चिन्ताओं ने इस तरह पहले कभी नहीं घेरा था। उसे हर पल एक असहज मन:स्थिति से गुज़रने का भान होने लगा। तिरिल के साथ वह प्रकृतिस्थ नहीं हो पा रहा था। लग रहा था जैसे वह एक यन्त्र में परिणत हो गया हो। कोई उसे इस रूप में ताड़ न ले, इसकी सावधानी बरतने के प्रति वह सचेष्ट रहने लगा।

तिरिल ज़्यादातर बच्चे में व्यस्त रहती थी। जब उसे अपना क्षेत्र झुमका या फिर राजधानी जाना होता था तो नरहरि खुद किसी बहाने से कन्नी काटकर कभी चकरेला या कभी पखावज को साथ कर देता था। उसका दिन-रात का ज़्यादा समय 'सबका होटल' के काम में या फिर वरदान पुष्प के दफ़्तर में मदद चाहने वाले नगर के ज़रूरतमंदों के साथ व्यतीत होता रहा था। अब भी वह इसी ढर्रे पर चल रहा था, हालाँकि तिरिल चाहती थी कि उसके बाबा वाले घर में उसका रहना-सहना शुरू हो...यहीं उसके साथ ज़्यादा समय गुज़रे। वह अब स्थायी तौर पर यहीं रहने लगी थी। कभी-कभार गाँव जाकर घर-द्वार की देखभाल कर आती थी।

न चाहते हुए भी नरहरि को ऐसा लग रहा था कि वह पहले की तुलना में तिरिल से और नज़दीक होने की जगह उदासीन होता जा रहा है। पहले वह जितना घुल-मिल लेता था, सघन संवाद कर लेता था, उसकी चिन्ताओं में खुद को भागीदार बना लेता था, अब उस सहजता पर एक परत-सी चढ़ती जा रही थी। जब वह उसके साथ होता तो उसे ज़्यादा अकेलापन महसूस होने लगता।

78

दिन-रात में कई-कई बार फ़ोन करने वाली संझा ने अब बिलकुल ही फ़ोन करना बन्द कर दिया। सोन जब फ़ोन करता तो बस हाँ-हूँ में जवाब देकर अपनी अनिच्छा जता देती। एक बार तो उसने कह भी दिया कि तुम्हारा इस तरह फ़ोन करना तिरिल को अच्छा नहीं लगेगा। बुरी तरह झल्ला गया नरहरि, "तिरिल को अच्छा नहीं लगेगा? मतलब मैं क्या उसका गुलाम हो गया कि किसी से बात करने में भी उसकी इच्छा-अनिच्छा देखनी होगी?"

इसी तरह दिन गुज़र रहा था फीका-फीका, बुझा-बुझा और थका-थका। वरदान पुष्प के दफ़्तर में एक दिन महावर शर्मा आ गये। वे जो कहने आये थे उसे सुनकर लगा कि जैसे चलते हुए रास्ते में कोई पत्थर आ गया, जिससे टकराकर वह मुँह के बल गिर गया।

उन्होंने कहा, "हमलोग इस शहर को छोड़कर कल जा रहे हैं सोन।"

गिरने से लगी चोट के कारण कराहते स्वर में उसने पूछा, "कहाँ जा रहे हैं? कब लौटेंगे?"

"लौटने के लिए हम नहीं जा रहे हैं। मुम्बई जा रहे हैं, अब वहीं रहेंगे।"

"लेकिन क्यों? आप तो इस शहर के मोह में हमेशा बँधे रहे हैं और इसकी बेहतरी के लिए बहुत कुछ करना चाहते रहे हैं?"

"संझा अब यहाँ रहना नहीं चाहती। कहती है कि यहाँ रहने से उसका दम घुट जायेगा। मेरा भी मन खट्टा हो गया है चुनाव हारने के बाद। वह भी चौला सिंह जैसे असामाजिक और एक निहायत नाकारा आदमी से। इस शहर का यही स्तर है। इसे चौला सिंह जैसे लोगों की ही ज़रूरत है।"

"ऐसा मत कहिये अंकल। चुनाव में जीता हुआ उम्मीदवार ही किसी शहर के आचरण का आईना नहीं होता। कैसे-कैसे लोग किस-किस तरह से चुनाव जीतते हैं, यह सबको मालूम है। आपने पूरा जीवन गुज़ारा है इस शहर में। आप हमें रास्ता दिखाते रहे हैं। इतना कठोर कदम मत उठाइये अंकल।"

"ईमानदारी से कहूँ सोन तो मुझे संझा के कारण यह फ़ैसला करना पड़ा है। वरना मुझे तो आज तक समझ में नहीं आया कि मैं इस शहर से नफ़रत करता हूँ या

प्यार। लेकिन ऐसा बराबर होता रहा कि जब भी यहाँ से जाने की परिस्थिति बनी मैं यहीं कायम रहा। कैसा है यह शहर कि पकड़ता भी है और धकियाता भी है। इस बार लगता है धकियाकर ही रहेगा। तुम मुझे याद आओगे सोन, बराबर याद आओगे।'' तनिक तरल होते हुए कहा महावर जी ने।

सोन की आँखें डबडबा गयीं और गला भर आया।

''तुम्हारी पीड़ा मैं समझता हूँ सोन। जीवन ऐसा ही होता है...कभी धूप, कभी छाँव। तुम समझदार हो, खुद को सँभाले रखो, धीरे-धीरे सब ठीक हो जायेगा। समय दुनिया का सबसे बड़ा डॉक्टर है, हर ज़ख्म भर देता है।''

सोन ने पूछा, ''मुम्बई में कहाँ रहेंगे?''

''संझा वहाँ एक इन्श्योरेंस कम्पनी में लीगल एडवाइज़र की नौकरी ज्वाइन करने जा रही है। मेरे कुछ पुराने साथी हैं वहाँ। उनमें एक है मेघा सावरकर और दूसरा शिवराम परांजपे। 'मज़दूर यूनियन की कुन्द होती धार' पर यहाँ जो बहुत पहले एक सम्मेलन हुआ था, उसमें मेघा भी आयी थी और शिवराम भी। मुझे याद पड़ता है कि मैंने तुम्हें मिलवाया था उनसे।''

''जी, मुझे याद है—वही शिवराम जो मुम्बई की एक कपड़ा मिल में इंजीनियर थे, जो बाद में मज़दूर नेता बन गये और मेघा सावरकर स्लम में रहनेवाले बच्चों के लिए स्कूल चलाती थी।''

''हाँ, तुम्हारी याददाश्त बिलकुल सही है। दोनों अपने-अपने घर में अकेले रहते हैं। एक अर्से से इसरार कर रहे थे कि मैं मुम्बई जाकर उनके पास रहूँ। लेकिन यह शहर मुझसे छूट न सका। अब जा रहा हूँ तो ऐसा लग रहा है कि कहीं अपनी जड़ से उखड़े किसी बूढ़े पेड़ की तरह अपने हरापन के लिए तरस न जाऊँ। दुख मुझे भी है सोन, लेकिन जाना पड़ेगा।''

कुछ देर तक दोनों मौनभाव से एक-दूसरे के दर्द को महसूसते रहे।

नरहरि ने पूछा, ''क्या कोई उपाय नहीं हो सकता कि आप दोनों का जाना रुक जाये? मैं क्या कुछ कर सकता हूँ? अगर मैं कुछ कर सकता हूँ तो किसी भी शर्त पर, कोई भी कीमत चुकाकर मैं करने के लिए तैयार हूँ। आपका और संझा का यहाँ होना मेरे लिए बहुत मायने रखता है अंकल। आप दोनों की अनुपस्थिति को सहना मुश्किल होगा मेरे लिए।''

''यही तो विडम्बना है सोन कि तुम्हारे लिए अनुपस्थिति को सहना मुश्किल होगा और संझा के लिए यहाँ उपस्थित रहना मुश्किल हो रहा है। तुम्हें इस समय कुछ भी करने की ज़रूरत नहीं है। जो हो रहा है होने दो। तुम जानते हो कि संझा जो एक बार तय कर लेती है, उससे कभी डिगने को तैयार नहीं होती।''

दोनों के बीच फिर एक सन्नाटा पसर गया। नरहरि जानता था कि संझा सचमुच जो ठान लेती है उसे पूरा करके ही दम लेती है। वह समझ गया कि अब कुछ नहीं हो सकता। उसने खुद को संयत किया और आगे की बातचीत जारी रखी, ''यहाँ के घर में क्या ताला मार देना है?''

''मोगरा देखेगी और उसका जो भी उपयोग करना हो, करेगी। उत्पीड़ित और घर से निष्कासित महिलाओं के लिए तो हमेशा एक बड़े घर की तलब बनी रहती है।''

''मुम्बई में क्या अपना घर लेने की ज़रूरत नहीं होगी? महानगर है, वहाँ तो रिश्तेदार तक को लोग अपने घर में नहीं टिकाते।''

''शिवराम और मेघा दोनों इस दृष्टि से बहुत अलग हैं। दोनों ही बहुत साधारण और सादा जीवन जीते हैं। अलग व्यवस्था होने तक इनके यहाँ रहकर देखते हैं। दोनों का काम भी चूँकि समाज सेवा से जुड़ा है इसलिए उनके साथ शायद मेरा मन लग जाये।''

महावर शर्मा फिर बिना पूछे ही दोनों के बारे में विस्तार से बताने लगे।

''शिवराम मुम्बई की एक कपड़ा मिल में इंजीनियर था। मज़दूरों के साथ होने वाली बेइन्साफ़ी, बेईमानी और बर्बरता का नर्क उसके सामने से ही बहना शुरू होता था। प्रबन्धन का एक अंग होने के नाते नर्क के सिरजने में उसकी भागीदारी का भी चिन्हित होना ज़रूरी था। लेकिन उससे दमनकारी मशीन का पुर्जा बनना सम्भव न हो सका। फिर प्रबन्धक की हैसियत से परे हटते हुए कब वह मज़दूरों का हितैषी बन गया, पता ही नहीं चला। अपना पद छोड़कर वह उनके अधिकारों और सुविधाओं के लिए संघर्ष करने वाली यूनियन में शामिल हो गया। यूनियन मामले में उसकी रुचि विस्तार पाती चली गयी। गहराई से अध्ययन-मनन करने के दरमियान वह दुनिया भर के मेहनतकशों के दुख-दर्द, आँसू और बेबसी की डरावनी सुरंगों से गुज़रने लगा। इनके पक्ष में लड़ी जाने वाली हर विचारधारा

की लड़ाइयों और संघर्षों से उसने खुद को परिचित किया। देश भर में मज़दूरों और यूनियनों से सम्बन्धित संगोष्ठियों, विमर्शों, समारोहों और आन्दोलनों में वह भागीदारी करने लगा और एक खास जुझारू यूनियन कार्यकर्ता की विशिष्ट पहचान उसके व्यक्तित्व का एक हिस्सा बन गयी। शिवराम के दोनों बेटे अमेरिका में जाकर बस गये हैं।

''मेघा सावरकर का पति सौगन्ध सावरकर एक अभिनेता था, जो फिल्मों और थियेटरों में चरित्र भूमिकाएं किया करता था। गुर्दे की बीमारी के कारण उसकी असमय मौत हो गयी। उसका एक एनजीओ था जो स्लम में रहनेवाले बच्चों के लिए स्कूल चलाने और उन्हें एक अच्छी जीविका स्रोत तक पहुँचाने का काम करता था। सौगन्ध के गुज़र जाने के बाद मेघा ने यह दायित्व सँभाल लिया। अपने इसी काम के दौरान शिवराम परांजपे से उसकी जान-पहचान हो गयी और दोनों एक-दूसरे के काम में रुचि लेने लगे और मदद करने लगे। शिवराम से मेघा यूनियन का ककहरा सीखते हुए उसे अच्छी तरह पढ़ने और गुनने लगी।

''एक समय था जब जीवन बीमा निगम की वाम यूनियन से मैं जुड़ गया था। उसमें मेरी धीरे-धीरे गहरी संलिप्तता हो गयी। मैं देश के तमाम वाम यूनियनों के कार्यक्रमों में शिरकत करने लगा। अलग राज्य की माँग को लेकर रणनीति तय करने के लिए ताराकान्त के आह्वान पर कई बैठकों में आमन्त्रित शिवराम और मेघा से हम परिचित और एक-दूसरे के भाषणों से प्रभावित होते चले गये। आगे हममें गहरी छनने लगी। मैं मामूली बुलावे पर भी मुम्बई चला जाता और शिवराम कोई सा भी बहाना मिल जाने पर विधातानगर चला आता।

''दोनों एक अर्से से कह रहे थे कि उन्हें घर सँभालने वाली दो सुघड़ लड़कियाँ चाहिए। मेघा के पति जब से गुज़रे, समाज सेवा में ही लग गयी। शिवराम दम्पति को भी ढलती उम्र में कोई देखनेवाला नहीं रह गया। दोनों ने कहा कि जो भी बच्ची आयेगी, वे उसे अपनी बेटी की तरह रखेंगे और जहाँ तक वह पढ़ना चाहेगी, वे पूरा साथ देंगे।

''बीमा निगम यूनियन में कुलुपटांगा गाँव का एक साथी था। उसने मेघा और शिवराम से अपने गाँव की दो लड़की झुल्लो और पुजिया को मिलवा दिया। दोनों ही लड़कियाँ उन्हें भा गयीं। दुबली-पतली, छरहरी, गहरी साँवली, हँसमुख और भोली-भाली। मुम्बई जाने के नाम पर इन लड़कियों में एक उत्साह जाग उठा

था। चूँकि अपने गाँव-घर की माली हालत के मद्देनज़र उन्हें मालूम था कि उनके अब और आगे बढ़ने-पढ़ने पर पूर्णविराम लगने वाला है। झुल्लो के माँ-बाप सड़क बनाने वाले एक ठेकेदार के यहाँ मज़दूर थे। कभी काम चलता था, कभी नहीं चलता था। पुजिया का बाप मोहन मछली मारने का बेठिकाना धन्धा करता था और उसकी घरवाली मछली बेचने के लिए बाज़ार में बैठी रहती थी। मछली कभी आठ-दस किलो हाथ लग जाती, कभी एक किलो भी नहीं। कुलुपटांगा गाँव की हालत देखकर शिवराम हैरान रह गया—कदम-कदम पर बिछे अभावों और मुश्किलों में घिसटते जीवन को इतने करीब से शायद वह पहली बार देख रहा था। कहाँ मुम्बई के तेज़ भागते महानगरीय जीवन की चकाचौंध और कहाँ इस पिछड़े आदिवासी प्रदेश का रेंगता-कराहता धूल-मिट्टी का मटमैला गाँव।

"यह जानना तुम्हारे लिए बड़ा रोचक होगा सोन कि दोनों लड़कियों ने बहुत ऊँची तालीम हासिल की। झुल्लो ने आईआईटी कानपुर से कम्प्यूटर साइंस में इंजीनियरिंग किया और इस समय मुम्बई आईआईटी में प्रोफ़ेसर है। पुजिया एम.कॉम. करने के बाद आईएएस की परीक्षा पास कर गयी। इस समय हैदराबाद में असिस्टेंट इनकम टैक्स कमिश्नर है।

"इन दोनों के ऊँचे मुकाम पर पहुँचने की कहानी सुनाना ही मकसद था शिवराम और मेघा की चर्चा के बहाने। बड़ी संख्या में यहाँ की जनजातीय लड़कियाँ बड़े शहरों में घर की नौकरानी वाले काम के लिए ले जायी जाती हैं और उन्हें क्रूर यन्त्रणा और शोषण से गुज़रना होता है। ऐसे में कुछ वैसे लोग भी हैं जो आकाश में उड़ान भरने की कला सिखा देते हैं। ऐसे कुछ लोगों को ठीक से पहचानने की पारखी नज़र चाहिए। ऐसे कुछ अच्छे लोगों के ज़रिये अगर कुछ गरीब लड़किगों को आगे आने का मौका मिलता है, तो यह मौका दिया जाना चाहिए। एक आम धारणा या निष्कर्ष नहीं निकाल लेना चाहिए कि किसी को भी बाहर भेजना गलत है। चूँकि ऐसी सभी लड़कियों और लड़कों को सरकारी प्रयासों से आगे नहीं लाया जा सकता।

"तुम्हारे जो तीन विधायक हैं और तीनों जन जातीय वर्ग से हैं, उन्हें यह व्रत लेना चाहिए कि अपने पाँच साल में ये कम-से-कम पचास बच्चों को शीर्ष पर पहुँचायें और इसके लिए या तो सरकारी मदद लें या फिर शिवराम और मेघा जैसे मेहरबान लोगों की मदद लें।"

महावर जब जाने लगे तो नरहरि ने कहा, ''ऐसी कितनी ही प्रेरक कहानियाँ आपके साथ चली जायेंगी और हम अब सुनने के लिए तरसते रह जायेंगे। संझा तो नहीं चाहेगी, फिर भी हम स्टेशन पर आयेंगे सी ऑफ़ करने। इसी बहाने मुन्नी को एक झलक देखने की हसरत पूरी हो जायेगी।''

79

हावड़ा से मुम्बई जाने वाली गीतांजलि ट्रेन के विधातानगर स्टेशन पर आगमन का समय दोपहर दो बजे था। इसी ट्रेन से महावर शर्मा, संझा और उसकी बेटी को लेकर प्रस्थान करने वाले थे। वे ज्योंही प्लेटफ़ॉर्म पर पहुँचे, देखा वरदान परिवार के चालीस-पैंतालीस सदस्य अपने-अपने हाथों में गुलदस्ता लिये खड़े हैं। सबने बारी-बारी से संझा के हाथ में गुलदस्ता सौंपते हुए एक ही वाक्य दोहराया—लौट आना संझा, हम तुम्हारा इन्तज़ार करेंगे। सबने मुन्नी को भी गोद में ले-लेकर दुलार किया।

संझा का हृदय भर आया। महावर भी भावुक हो गये। इतनी आत्मीयता और इतना लगाव देने वाला इतना बड़ा परिवार कहाँ मिलेगा? वे तरस जायेंगे ऐसी मित्र मंडली के लिए, जो पूरे अधिकार से हर सुख-दुख में भागीदार बनती रही है। रिश्ते में कोई किसी का कुछ नहीं लगता। लेकिन लगने वाले रिश्तेदार से भी कहीं कई कई गुना ज़्यादा अपने हैं।

संझा और महावर जी की आँखें अप्रकट रूप से उस एक आदमी की तलाश कर रही थीं जिसने इन सबको एक सूत्र में जोड़कर एक परिवार बना रखा है। हैरत है कि जिसने इतना बड़ा परिवार बनाया, वह स्वयं अपना निजी परिवार बनाने में सफल नहीं हो सका। जो शहर के दर्जनों सताये हुए लोगों का हमदर्द और दोस्त रहा, आज उसका सबसे निजी हमदर्द और दोस्त बिछड़ रहा है।

ट्रेन के खुलने में अब पाँच मिनट का समय रह गया था।

संझा मोगरा को एक किनारे ले जाकर कह रही थी, ''मोगरा! वह नहीं आयेगा, मैं जानती हूँ। विदाई किसी की भी हो, उससे देखी नहीं जाती। तुम उसका खयाल रखना मेरी बहन। पहनने-ओढ़ने में वह बहुत लापरवाह है। मैं उसके लिए कपड़े भेज दिया करूँगी। एक ही कपड़ा कई दिनों तक पहनता रहता है। साफ़-

सफ़ाई के लिए वक्त नहीं निकाल पाता। तिरिल खुद ही बहुत मसरूफ़ रहेगी। तुम ज़रा देख लेना मोग।''

मोगरा उसके होंठों से बहते प्यार को ध्यान से सुन रही थी और उसे अपलक निहारे जा रही थी। संझा एक विरहिणी की तरह कहती जा रही थी, ''उससे कहना कि मैं उससे नाराज़ नहीं हूँ, बल्कि मैं तो उसकी अपराधी हूँ कि बिना उससे पूछे मैंने तिरिल को हाँ कर दिया। मैंने कह दिया और उसने उसका मान रख लिया। उसे कहना कि तिरिल के साथ वह अच्छा व्यवहार करे, खुश रहे। पापा कह रहे थे कि वह दुखी है और तिरिल के साथ पहले की तरह नॉर्मल नहीं है। तिरिल को उसकी ज़रूरत है मोगरा। उसके साथ नियति ने बहुत क्रूर मज़ाक किया है। उसे देखने पर सचमुच बहुत दया आती है। कैसे उसे मैं ना कहती मेरी बहन? उसके दुख को कम करने का दायित्व तो हम सभी का है न!''

''लेकिन संझा, तू सोन के बिना क्या खुश रह लेगी?''

''रह लेती तो यहाँ से पलायन क्यों करती? वह मेरी यादों में, मेरे खयालों में, मेरे सपनों में हर पल कायम रहेगा, मोग। उसे कभी न भूलने के लिए ही तो उसकी यह निशानी मैंने अर्जित की है।'' मुन्नी को दिखाते हुए कहा संझा ने।

ट्रेन अब खुलने वाली थी। तभी सबने देखा—एक काला चश्मा पहने नरहरि प्रकट हो गया। एक किनारे खड़े होकर सहमा हुआ संझा को देखता रहा। संझा जैसे तड़प उठी। उसे लगा कि काले चश्मे के भीतर से आँसू छुपाता हुआ निरीह सा बस देखता रह जायेगा और ट्रेन खुल जायेगी। अपनी आखिरी आवाज़ सुनाने से भी वंचित कर देगा। वह भागकर गयी और मुन्नी को उसकी गोद में थमाकर उसके सीने से लिपट गयी।

आँसुओं से तरबतर स्वर निकले उसके होंठ से, ''मुझे माफ़ कर देना सोन। दुखी रहोगे तो मेरी आत्मा तड़पती रहेगी। तिरिल के साथ खुश रह लेना और मुझे भूलने की कोशिश करना।''

''तुम भूल सकोगी मुझे? जानता हूँ कि तुम जितना ही भूलना चाहोगी, मैं उतना ही याद आऊँगा...तुम जितना ही दूर जाओगी, मुझे उतना ही पास पाओगी। तुम्हारे बिना मैं भी निष्प्रभ हो गया हूँ। रुक जाओ न सुझू।''

''तिरिल के साथ धोखा होगा सोन।''

गाड़ी ने सीटी मार दी। महावर डब्बे में प्रवेश करते हुए आवाज़ देने लगे। संझा मुन्नी को लेकर लपकते हुए चढ़ गयी। गाड़ी खुल गयी। संझा की आँखों से ज़ार-ज़ार आँसू बह रहे थे, वह हाथ हिला रही थी। नरहरि जड़वत खड़ा था। काले चश्मे के भीतर से उसके आँसू दिखाई नहीं पड़ रहे थे।

आज सभी साथियों ने लक्ष्य कर लिया कि जो कुछ हुआ ठीक नहीं हुआ। हर साथी का खयाल रखनेवाला आज खुद अकिंचन बन गया था।

80

नरहरि अपने साथियों के साथ होटल के किचेन में भिड़ा था। आज लंच में बैंगन का भुर्ता और पनीर कोरमा स्पेशल आइटम था। नरहरि माइक्रोवेव ओवन में बैंगन पका रहा था। ढेर सारा बैंगन पकाना था। बैंगन में चीरा लगा-लगा कर आठ मिनट के लिए अंदर डालना होता था। एक बार में सात-आठ बैंगन की ही जगह रहती थी। हरफन अंसारी कोने में बैठकर लहसुन छील रहा था। नरहरि का मोबाइल बज उठा। देखा तो तिरिल का कॉल था। रिसीव करके उसने अनमनेपन से पूछा, ''हाँ बोलो।''

''सोन, आज तुम्हें घर में आकर दोपहर का खाना खाना है। मैं तुम्हारे लिए तुम्हारा मनपसन्द गाजर का हलवा, साबूदाने की खीर, मशरूम मसाला आदि बना रही हूँ। प्लीज़ ना मत करना।'' तिरिल ने बड़े मनुहार से कहा।

सोन चाहते हुए भी अपने बेरुखेपन को छिपा नहीं पाया, ''तिरिल, ये सब चीज़ें मैं अब कहाँ खाता हूँ। तुम बेकार में कष्ट मत करो। यहाँ भी स्पेशल बैंगन का भुर्ता और पनीर कोरमा बन रहा है। चाहो तो तुम भी यहीं आ जाओ।''

''तुम अगर नहीं आओगे तो आज मैं भी खाना नहीं खाऊँगी।'' कहकर तिरिल ने फ़ोन काट दिया।

हरफन ने समझ लिया कि जनाब को बुलाया जा रहा है और आप जाने से कतरा रहे हैं। उसकी उदासी और उचाटपन को सबने भाँप लिया था। सबमें इस बात को लेकर मायूसी थी कि नरहरि की ज़िन्दादिली में कुछ कमी आ गयी है, जिसे वह छिपाने की कोशिश करता है, लेकिन छिप नहीं रही। सभी साथियों का

वह बेहद अज़ीज़ था। वे चाहते थे कि वह हमेशा खुशियों की तरंगों पर सवार रहे। दूसरों के लिए तो चिन्तित और परेशान रहता ही है, अपने लिए भी थोड़ा समय निकाले।

हरफन ने उसे मनाते हुए खुशामदी लहजे में कहा, ''मैं बैंगन पका लूँगा। तुम जाओ यार, बहुत तैयारी कर रही है बेचारी।''

मौज ठाकुर भी हरफन का समर्थन करने लगा, ''हाँ यार, जाओ। लगता है आज लंच में ज़्यादा भीड़ नहीं होगी। हमलोग सँभाल लेंगे।''

इसी तरह कुछ और साथी भी उसे जाने के लिए इसरार करने लगे। नरहरि भला सबकी बात कैसे उठा देता। चला गया।

तिरिल ने डाइनिंग टेबल को इस तरह सजा रखा था जैसे नरहरि कोई बहुत खास मेहमान हो। इस विशेष तैयारी में निहित उसका भोलापन नरहरि को छू-सा गया। वह नहीं चाहता था कि तिरिल की भावना को आहत करे, लेकिन अपनी मनोदशा का वह क्या करे? वह उदासी और मलिनता की एक तस्वीर उकेर ही देती थी। पहले की तरह बिहंसना, चहकना, उत्साह दिखाना मुमकिन नहीं हो पाता था। तिरिल उसके इस बदलाव को धीरे-धीरे परख रही थी।

तिरिल ने उसे बहुत मन और लगन लगाकर खाना खिलाया। खा चुकने के बाद तुरन्त वह चलने के लिए तैयार हो गया। वह थोड़ी बुझ सी गयी। चाहती थी कि यहाँ बैठे, बतियाये, विश्राम करे।

वह पूछ बैठी, ''सोन, मुझे ऐसा क्यों लग रहा है कि तुम खुश नहीं हो। मेरे करीब आने की जगह दूर होते जा रहे हो।''

''सच कहता हूँ तिरिल, इसका जवाब मुझे भी पता नहीं है।''

''संझा यहाँ से अचानक चली गयी, मुझे किसी ने खबर नहीं की। संझा ने भी नहीं बताया। जाते हुए उससे मिल न सकी। क्यों चली गयी? सुना कि वह कोई जॉब ज्वाइन कर रही है?''

''ठीक ही सुना है तुमने।''

''तुम्हें उसकी याद सता रही है?''

''तिरिल, कुछ सवाल ऐसे होते हैं, जिन्हें पूछने से बचना चाहिए।''

बहुत देर तक तिरिल उसे गुमसुम देखती रही। उसकी बेटी सोयी थी भीतर, उठकर आ गयी। डेगा-डेगी वह चलने लगी थी। तिरिल ने उसे गोद में उठा लिया। सोन उसके गालों पर थपकी देकर चलने को हुआ तो दरवाज़े पर दस्तक सुनायी पड़ी। देखा तो सखानन्द था। अन्दर लाकर उसे बिठाया।

सखानन्द ने ही बात शुरू की, ''होटल से पता चला कि आप यहाँ आये हुए हैं। सोचा—अच्छा है आपके साथ तिरिल जी से भी मुलाकात हो जायेगी।''

तिरिल बेटी को लेकर अन्दर चली गयी थी।

नरहरि ने उसकी उत्सुकता को महसूस कर खेद की मुद्रा बना ली, ''सखानन्द जी! मुझे अफ़सोस है कि मैंने जो आपसे कहा था वह अब पूरा नहीं हो सकता। मैंने दरअसल तिरिल से बिना पूछे आपसे बात कर ली थी। यह मेरी भूल थी, ऐसा मुझे नहीं करना चाहिए था।''

सखानन्द का चेहरा उतर गया। वह नज़रें झुकाकर ज़मीन ताकने लगा।

नरहरि ने उसकी नाउम्मीदी को पढ़ते हुए कहा, ''आप उदास मत होइये सखानन्द जी। आप जैसे हट्टे-कट्टे और खिले हुए चेहरे वाले मर्द को भला लड़की नहीं मिलेगी क्या? मैंने कहा है तो मैं कराऊँगा आपकी शादी। आपका घर ज़रूर बसेगा। बस, मुझे थोड़ा सा वक्त दे दीजिये।''

''मेरी उम्र ज़्यादा हो गयी है नरहरि जी। मुझसे भला कौन शादी करेगी? इनके बारे में आपने कहा था तो मुझे बहुत उम्मीद बँध गयी थी।''

''अरे मैं हूँ न! आप निराश मत होइये। आपकी शादी ज़रूर होगी।''

अन्दर से चाय लेकर तिरिल आ गयी, ''कौन हैं ये सोन? किससे करा रहे हो इनकी शादी?''

''ये सखानन्द जी हैं। साधुगिरी छोड़ने वालों में एक ये भी थे। अभी अपनी कड़ी मेहनत से भाटिया जी की फ़ैक्ट्री में सुपरवाइज़र बन गये हैं। अपना परिवार बसाना चाहते हैं।''

याद करते हुए नाम को उच्चारा तिरिल ने, ''सखानन्द...इनका नाम सुना

हुआ लगता है। अच्छा...अच्छा, हाँ याद आ गया। लीजिये सखानन्द जी चाय पीजिये।''

सखानन्द ने तिरिल को नज़रें गड़ाकर देखा और सोचने लगा- शारीरिक गठन में कोई कमी नहीं है। बस बेचारी का चेहरा झुलस गया है। हैसियत में तो इनके पासंग बराबर भी मैं नहीं ठहरता। शादी कर लेती तो मेरी कायापलट हो जाती। लेकिन क्यों करेगी, मेरे जैसे मामूली आदमी से?

चाय खत्म हो गयी तो सोफ़े से उठते हुए नरहरि ने कहा, ''चलिये सखानन्द जी, चला जाये।''

''आपने खाना खाया है सखानन्द?'' तिरिल के माथे में एक विचार कौंधा तो वह पूछ बैठी।

सुनकर नरहरि ठकमका गया। सखानन्द संकोच में पड़ गया। चेहरे पर नकली मुस्कान लाते हुए हिचकिचाकर कहने लगा, ''जी...जी...हमें तो देर से खाने की आदत...जाकर खा लेंगे।''

''आप खाना खाकर जाइये। हाथ-मुँह धोकर बैठिये डाइनिंग टेबल के पास।'' अपनापन मिश्रित आदेश वाले स्वर में कहा तिरिल ने।

सखानन्द अनिर्णय की स्थिति में नरहरि को देखने लगा। नरहरि ने इस आकस्मिक आमन्त्रण का आशय टटोलते हुए उसे प्रेरित कर दिया, ''हाँ सखानन्द जी, आप रुक जाओ, खाना खा लो। मैं चलता हूँ।''

नरहरि हाथ हिलाते हुए बाहर निकल गया।

सखानन्द को खाना खिलाते हुए तिरिल उसे नापती, तौलती और जाँचती रही। उसने पूछा, ''सखानन्द जी, नरहरि ने आपसे मेरे साथ रिश्ते के बारे में कभी कहा था?''

''जी मैडम। उन्होंने मुझसे राय माँगी थी, मैंने हाँ कर दिया और बहुत आशान्वित हो गया। शायद यह मेरी भूल थी। कहाँ आप...कहाँ मैं?''

''आपने कोई भूल नहीं की है और आप किसी से खुद को कमतर क्यों समझते हो? आपने शायद मुझे बिना देखे ही हाँ कर दिया था। अभी आपने मुझे देख लिया, क्या अब भी आपकी हाँ है?''

''बैरागी जीवन से होकर मैं इधर आया हूँ। मैंने यही जाना है कि यह शरीर, यह चेहरा सारा कुछ नश्वर, अस्थायी और मिथ्या है। जब मन किसी से मिलता है...जुड़ता है, तो वो स्थायी जुड़ाव होता है। साथ निभाने के लिए तन से ज़्यादा मन की सुन्दरता का होना ज़रूरी है।''

''मुझे अच्छा लगा आपका उत्तर। मैं जब यहाँ रहूँ तो आप कभी भी मुझसे मिलने के लिए आ सकते हो। मैंने अभी कोई निर्णय नहीं किया है, लेकिन जल्दी कर लूँगी। आप निराश मत होना। बस आप अच्छी तरह सोच लो, ऐसा नहीं कि बाद में आपको अफ़सोस करना पड़े।''

''मैंने सोच लिया है तिरिल जी। आखिरी फ़ैसला आपको ही करना है।''

81

उस दिन अखबार में यह खबर पढ़कर नरहरि सिहर गया। मुरारीलाल के समय उसके नीचे का जो यूनियन नेता था ध्रुवदेव, उसने पंखे से लटक कर आत्महत्या कर ली। पार्वती घाट पर उसका आज दाह-संस्कार किया जायेगा। नरहरि ने इस बारे में पूरी जानकारी लेने के लिए विधाता स्टील में ठेकेदार के मुंशी अपने चचेरे भाई पंचाधर को फ़ोन किया।

पंचाधर ने बताया कि मुरारीलाल के मारे जाने के बाद उसके साथ के सारे प्रखर और मुखर नेताओं से प्रबन्धन चुन-चुन कर बदला लेने लगा। प्रायः सबको स्टैंडर्ड फ़ोर्स से हटाकर सरप्लस पुल में डाल दिया गया और उन्हें वालंटियरली रिटायरमेंट ले लेने की नोटिस थमा दी गयी। जिसने लेने से आनाकानी किया उसे ओहदे से बहुत नीचे के घटिया और मोटे कामों में कड़ी ड्यूटी दे दी गयी। ध्रुवदेव के भीतर बैठा एक समय का अग्रणी नेता तथा उसका विद्रोही तेवर उभर आया और उसने अपना जॉब छोड़कर दूसरे काम में लगने से इनकार कर दिया। प्रबन्धन ने बौखलाकर अनुशासनहीनता के आरोप में उसे बर्खास्तगी की चिट्ठी थमा दी। उसी रात उसने एक सुसाइड नोट लिखकर खुदकुशी का रास्ता अख्तियार कर लिया।

नरहरि को याद आ गया कि नौकरी के लिए यह आदमी इतना आग्रही था कि मुरारी के बाद उसका कार्यभार लेने से इनकार कर दिया था। डर के मारे

कार्यकारिणी तक से उसने रिज़ाइन कर दिया था। कहा था कि प्रबन्धन से लड़कर कोई जीत नहीं सकता। वह यूनियन में इसलिए नहीं रहना चाहता था कि उसके छोटे-छोटे बच्चे हैं। सुसाइड नोट में उसने लिखा कि यूनियन में कभी शीर्ष पर रहे मेरे जैसे नेता के साथ जब ऐसा सलूक हो सकता है तो आम कर्मचारियों का तो भगवान ही मालिक है। नरहरि को खरकाई नदी और दलमा पर्वत के बीच हुए संवाद याद हो आये।

खरकाई ने कहा था, "देखो दल्लू, यह कोई मामूली आदमी नहीं था। यह यहाँ की सबसे बड़ी कम्पनी विधाता स्टील की वर्कर्स यूनियन का एक ईमानदार नेता था, जिसे छँटनी का शिकार बना लिया गया। उसकी चार कुँवारी बेटियाँ हैं। उसने आत्महत्या कर ली यह सोचकर कि जब उसके जैसे जन-प्रतिनिधि कहाने वाले के साथ यह सलूक किया जा सकता है तो साधारण कर्मचारी तो तिनके की तरह फूँककर उड़ा दिये जायेंगे।"

कहते हैं इतिहास अपने को दोहराता है। आज बीस वर्ष बाद एक बार फिर इतिहास की वह घटना दोबारा घटित हो गयी। ध्रुवदेव भी यूनियन का नेता रहा था और उस पर भी परिवार की ज़िम्मेदारियाँ थीं, जिसे कम्पनी से जबरन धकिया कर बाहर का रास्ता दिखा दिया गया। बल्कि कहा जाये ऊपर का रास्ता दिखा दिया गया।

पंचाधर ने बताया कि यूनियन के नये नेता जुगल किशोर से बचाव की उसने कई बार गुहार लगायी थी। लेकिन वह क्या बचाव करता, वह तो प्रबन्धन का एक पुर्जा बन गया था, जो नाचने के लिए बाध्य था उसकी उँगलियों के इशारे पर।

नरहरि पार्वती घाट चला गया। पचास-साठ मज़दूर थे वहाँ। सभी सहमे हुए और मुँह बन्द किये हुए। प्रबन्भन की ओर से एक जूनियर ऑफ़िसर आकर पार्थिव शरीर पर पुष्पांजलि कर गया। ध्रुवदेव का 10-12 साल का बेटा सिर मुड़ाकर मारकीन कपड़े वाले उत्तरीय पहनकर मुखाग्नि देने की तैयारी कर रहा था। अपने आँसुओं पर उसका नियन्त्रण नहीं था। घाट के पार्श्व में खरकाई नदी बह रही थी और तनिक दूर दलमा खड़ा दिखाई दे रहा था, जैसे देख रहा हो यह दारुण दृश्य।

नरहरि को लगा जैसे खरकाई दलमा से कह रही हो, "देखो दल्लू, कम्पनी ने एक और खास आदमी की बलि ले ली।"

82

कम्पनी प्रबन्धन और चौला सिंह के मनोनुकूल ज़िला दंडाधिकारी और पुलिस अधीक्षक जब पूरी तरह अपनी जगह जम गये तो पुराने कब्रिस्तान की भूमि एक बार फिर से पोकलेन से खोद-खाद कर दोबारा समतल बनायी गयी, ताकि किसी कब्र का कोई नामोनिशान न रह जाये। इसके चारों ओर 12 फुट ऊँची खूब तगड़ी दीवार से घेरेबन्दी कर दी गयी। प्रबन्धन ने इस जगह पर एक विशाल पाँच मंज़िला व पंचसितारा मल्टीप्लेक्स बनाने का फ़ैसला किया। अखबारों में टेंडर का इश्तहार प्रकाशित कराया गया और तमाम औपचारिकताओं से गुज़रते हुए इसका कॉन्ट्रैक्ट एक बहुत बड़ी नेशनल बिल्डर और कन्स्ट्रक्शन कम्पनी 'पैराडाइज़ इंडिया' ने ले लिया।

इस मॉल में पाँच सिनेमाहॉल, पाँच रेस्टोरेंट, दर्जनों रिटेल स्टोर और दर्जनों ब्रांडेड कम्पनियों के उपभोक्ता वस्तुओं के शो रूम होंगे। अपनी तरह का यह मॉल इस ज़िले में ही नहीं बल्कि राज्य में पहला होगा। इस मॉल में व्यवसाय के लिए जगह पाना एक बड़ी उपलब्धि मानी जाने लगी। इसमें जगह के स्वामित्व की खरीद के लिए 'पैराडाइज़ इंडिया' ने बहुत बड़े-बड़े बहुरंगी विज्ञापन प्रकाशित कराये और होर्डिंगें लगवायीं। पूरे शहर और राज्य के कई शहरों में इसका क्रेज़ छा गया।

इसकी कीमत दस हज़ार रुपये प्रति वर्गफुट से लेकर बीस हज़ार रुपये तक निर्धारित की गयी। देखते ही देखते इसमें जगह चाहने वालों की तरफ़ से बुकिंग करने के आवेदन ज़रूरत से बीस गुणा ज़्यादा आ गये। छोटी-बड़ी 500 दुकानों को अटाने का ब्लू प्रिंट बनाया गया था, लेकिन दस हज़ार व्यवसायी बोली लगाने के लिए तैयार हो गये। लगा कि इसमें जिसे व्यवसाय करने का मौका मिल जायेगा, उसका रातोरात भाग्योदय हो जायेगा। उसकी आने वाली पीढ़ियों के लिए शानदार आमदनी की स्थायी व्यवस्था हो जायेगी। कोई भी इस अवसर को हाथ से जाने देना नहीं चाहता था। इसके लिए जो जितना हाथ-पैर चला सकता था, चलाने लगा। ऊँची-ऊँची सिफ़ारिशें आने लगीं।

अप्रत्याशित डिमांड को देखते हुए पैराडाइज़ प्रबन्धन ने तय किया कि हर

इकाई के लिए निर्धारित रेट से ऊपर की बोली लगेगी। उच्चतम बोली लगाने वालों के नाम बुकिंग फ़ाइनल कर दी जायेगी। उस जगह की केन्द्रीयता, आवागमन की सुलभता और लोगों की आपाधापी को देखते हुए, कीमत कितनी भी हो, फ़ाइनेंस करने के लिए सारे बड़े बैंक तिजोरी खोलकर बैठ गये।

समझौते के अनुसार मॉल की दस प्रतिशत इकाइयों के आबंटन का कोटा विधाता स्टील के पास था। इनमें तीन-तीन, चार-चार इकाइयों को उसने एक में मिलाकर बड़ा बनाने की रूपरेखा तय कर दी और अपने उत्पादों के शोरूम के लिए चिह्नित कर लिया। कुछ इकाइयों को शहर में स्थित विधाता नामधारी अन्य अनुषंगी कम्पनियों को दे दिया और बाकी को उसने कम्पनी के इच्छुक शीर्षस्थ अधिकारियों तथा केन्द्रीय मन्त्रियों की सिफ़ारिशों के नाम कर दिया।

कभी मुर्दों का ठिकाना रहा स्थल एक चमकदार ट्रेड सेंटर में परिणत हो जायेगा और उसमें प्रवेश पाने के लिए इस कदर होड़ होने लगेगी, किसी ने इसकी कल्पना नहीं की थी। इसमें निहित कोने, अँतरे, कॉरीडोर, गली आदि सबकी बोली लगने लगी। मुख्तसर दुकान अगर नहीं मिल रही तो इन्हीं जगहों पर कहीं छोटा घेरा डालकर कुछ भी बेचने की जगह मिल जाये। मतलब धारणा यों बन गयी कि इसके अन्दर कहीं भी कुछ लेकर बैठ जाओ, कमाकर मालामाल होने की गारंटी है।

कुछ लोग नरहरि के पास पैरवी के लिए आने लगे, यह समझकर कि कब्रिस्तान हटवाने का मास्टर माइंड रहा है तो इसकी वहाँ ज़रूर चलती होगी और इसकी सुनी जायेगी। उसके साथियों ने भी उसे याद दिलाया या कहें कि उकसाया कि यह तो हद हो गयी। जब जोखिम उठाना था तो सामने आने की किसी की हिम्मत नहीं थी। अब जब फसल काटने की बारी आयी तो किसी ने पूछना तक गवारा नहीं किया।

नरहरि के दिमाग में कुछ और ही बीज उभर आया। श्रेय लेने में उसकी कोई दिलचस्पी नहीं थी। बीज यह था कि चूँकि यह विशाल मल्टीप्लेक्स उस ज़मीन पर बन रहा है जो दशकों तक एक खास कम्युनिटी के इस्तेमाल में लायी जाती रही। तो अभी अगर उस कम्युनिटी को यहाँ जगह लेने में विशेष तरजीह देने की एक नीति बना ली जाये तो अनायास उनकी कचोट का एक अचूक उपचार हो जाना मुमकिन हो जायेगा।

83

नरहरि विधाता स्टील के वाइस प्रेसिडेंट सम्पत मेहरा से मिलने चला गया। मेहरा एकदम बदले अन्दाज़ में पेश आया। टरकाने और बात करने से लेकर आनाकानी करने जैसा। जब काम निकालना था तो उसमें जो नम्रता और उत्साह था, वह सिरे से गायब था। वह इस समय पूरी तरह अपनी कुर्सी के रौब में था। शायद उसने उसके लिए कुछ दुराग्रह भी जमा कर लिये थे।

नरहरि ने उसके रूखेपन की बिना परवाह किये अपनी बात रख दी, ''मेहरा साहब, कब्रिस्तान की जगह पर बन रहे मल्टीप्लेक्स में जगह लेने में कम-से-कम पचास प्रतिशत तरजीह उस कम्युनिटी को मिलनी चाहिए जो वर्षों से उसका इस्तेमाल करती रही है। उस कम्युनिटी के बहुत सारे लोग अब तक आहत हैं। यह प्रावधान उनके ज़ख्मों पर मरहम का काम करेगा।''

मेहरा का चेहरा गुस्से से लाल हो गया। उसने बुरा सा मुँह बनाते हुए कहा, ''आप हमेशा एक ऐसा विचार देते हो जो व्यवस्था को मुश्किलों में डाल देता है। मल्टीप्लेक्स की योजना बहुत ढंग से आगे बढ़ रही है। इसमें टाँग घुसाने की किसी भी कोशिश का अन्जाम अच्छा नहीं होगा।''

नरहरि ने भी अपना तेवर सख्त कर लिया, ''मेहरा जी, आप अपनी हेकड़ी और रोब को ज़रा सँभालकर बात करें तो बेहतर होगा। मैं आपके अधीन काम करने वाला कोई मुलाज़िम या फिर कम्पनी का मज़दूर नहीं हूँ। बहुत जल्दी भूल गये कि कभी आपको बन्दूक चलाने के लिए मेरे कन्धों की ज़रूरत पड़ी थी। खैर, मैं उसका मुआवज़ा या कीमत माँगने नहीं आया हूँ। साफ़-साफ़ कहने आया हूँ कि मल्टीप्लेक्स में उस कम्युनिटी को विशेष रियायत देनी होगी, नहीं तो काम बाधित हो सकता है।''

''देखो नरहरि जी, कम्पनी को हमेशा गिराने और फँसाने की आपकी चालों से पूरा प्रबन्धन त्रस्त है। मेरा आपसे मिलना-जुलना मेरे लिए नुकसानदेह साबित हो सकता है। एक बात आपको समझ लेनी चाहिए कि कम्पनी जाति या सम्प्रदाय के आधार पर कोई काम नहीं करती और किसी का पक्ष नहीं लेती। कम्पनी एक धर्मनिरपेक्ष फ़ेस लेकर चलती है। सभी मामलों में जो कॉम्पिटेंट होता है, उसे मौका दिया जाता है। आरक्षण देना सरकार का काम है हम निजी कम्पनियों का नहीं।''

"प्रबन्धन तबाही मचाने और लोगों को ज़लील करने वाली अपनी काली करतूतों की भी कभी-कभी जाँच कर ले। किसी को शौक नहीं है कि खामखाह किसी के पीछे पड़ा जाये। कम्पनी का धर्मनिरपेक्ष फ़ेस उस वक्त कहाँ गया था जब इस कम्युनिटी की आस्था पर चोट पहुँचाने में की जाने वाली हर तरह की कार्रवाई जायज़ बन गयी थी? मेहरा जी, मैं आरक्षण नहीं रियायत देने का प्रस्ताव लेकर आया हूँ और इसे मंज़ूर करना होगा। चलता हूँ, जय हिन्द।"

मेहरा को अनुत्तरित छोड़कर नरहरि निकल आया उसके ऑफ़िस से।

अपने वरदान पुष्प ऑफ़िस में बैठकर उसने साथियों से इस बारे में विचार-विमर्श करके रणनीति तय कर ली। हरेक ने इस प्रस्ताव का समर्थन किया। हरफन अंसारी तो मुग्ध भाव से उसे देखता रह गया। मुसलमानों के साथ ज़्यादती करने का इल्ज़ाम मढ़ने वालों को इससे माकूल जवाब भला और क्या हो सकता है। हरफन एक बार फिर मान गया कि यह आदमी जिस हाड़-माँस का बना है, उस पर भेदभाव का कोई भी ठप्पा चस्पा हो ही नहीं सकता।

84

अगले दिन गेट के सामने ही टेंट लगाकर वह अपने कुछ साथियों के साथ धरने पर बैठ गया। बड़ा सा बैनर लगा दिया—'जिस कम्युनिटी का कब्रिस्तान था उसे दुकान लेने में पचास प्रतिशत रियायत दो।'

गेट से ट्रक और मज़दूरों का अन्दर जाना स्वभावत: बाधित हो गया। मुस्लिम समुदाय का एक बड़ा हुजूम आकर उसके समर्थन में नारेबाजी करने लगा। खासकर वैसे लोग जिन्हें मॉल में जगह मिलने की कोई उम्मीद नहीं थी। नरहरि के प्रति पक्षपाती होने का सबका पूर्वाग्रह निरस्त होने लगा। सबने मान लिया कि सचमुच यह आदमी न्याय, सच्चाई, जायज़ और भलाई का पक्षधर है। इसे रंग, जाति, धर्म, सम्प्रदाय, वर्ग आदि से कोई लेना-देना नहीं है।

लेकिन एक आदमी था फारुक मदरसा का मौलवी नईम मियाँ जो अपनी फ़ितरत के मुताबिक बिरादरी वालों को भड़काने में लग गया, "मेरे हममजहब दोस्तो, इस जगह पर हरगिज़ कारोबार करने की मत सोचो। यहाँ दफ़न हुई रूहें गुस्से में हैं। वे कभी तुम्हें फलने-फूलने नहीं देंगी। उनकी बददुआओं के तुम सभी

किरदार बन जाओगे। नरहरि के ड्रामेबाजी में कोई मत फँसो।''

नईम की अनर्गल बकबक करने और खामखाह पिनपिना जाने की आदत से सब वाकिफ़ थे, इसलिए किसी ने उसे तवज्जो नहीं दिया।

चौला सिंह और कम्पनी प्रबन्धन के दबाव में आकर पुलिस मौके पर पहुँची। लेकिन आन्दोलन शान्तिपूर्ण था, बड़ी संख्या में लोग साथ थे और माँग अनुचित भी नहीं थी, लिहाज़ा पुलिस को सिर्फ़ तमाशायी होने के अलावा करने के लिए कुछ नहीं था।

दो दिनों के बाद 'पैराडाइज इंडिया' के एक अधिकारी एक प्रस्ताव लेकर नरहरि से मिलने आया। प्रस्ताव में एक ऑफ़र था कि वरदान पुष्प के नाम एक भव्य रेस्टोरेंट के लिए एक बड़ी जगह किसी भी मनपसन्द फ़्लोर पर उपलब्ध करा दी जायेगी। आन्दोलन वापस ले लें।

नरहरि ने सीधे नामंज़ूर कर दिया, ''यह हरगिज़-हरगिज़ नहीं हो सकता। हमें एक गिरा हुआ लालची और टुच्चा बिचौलिया समझने की भूल न की जाये। हम यह आन्दोलन उस काँटे को निकालने के लिए कर रहे हैं जो हमारे मुस्लिम भाइयों के जिगर में बेइन्साफ़ी बनकर चुभा हुआ है।''

उसके साथियों को जब इस प्रस्ताव के बारे में पता चला तो उनकी प्रतिक्रिया नरहरि से बिलकुल विपरीत दिशा में सामने आयी। उनका मानना था कि यह एक बड़ा मौका हाथ आ गया है, इसे छोड़ना सरासर मूर्खता होगी। वरदान पुष्प के सपनों की यह एक बहुत बड़ी सफल उड़ान बन जायेगी। हम सबको एक आलीशान मॉल में अत्याधुनिक रेस्टोरेंट चलाने का सौभाग्य मिल जायेगा। 'सबका होटल' ने जो लोकप्रियता और साख अर्जित किया है, उसका यह नया संस्करण बनकर और भी बड़ा इतिहास रचने का मौका दे सकेगा। वर्षों से 'सबका होटल' में काम करते हुए जो एक ठहराव और एकरसता आ गयी है, उसमें एक नयी गति और स्फूर्ति समा जायेगी।

मौज ठाकुर ने नरहरि से खुलकर अपनी राय रख दी, ''देखो भाई, सबकी राय है कि हमें इस ऑफ़र को अस्वीकार नहीं करना चाहिए। आखिर हर कोई आगे बढ़ना चाहता है, तो कहीं न कहीं हम सबमें भी यह लालसा है कि हमारी भी तरक्की हो।''

खुदगर्जी की ढलान से नीचे लुढ़कते अपने साथियों पर अचरज करते हुए नरहरि ने अपने निश्चय को ज़रा सा भी हिलने नहीं दिया, "मौज भाई, यह तृष्णा ठीक नहीं है। हम जिन उसूलों के कायल रहे हैं, उसके खिलाफ़ है ऐसा चाहना। ताराकान्त सर ने हमें जो राह दिखायी थी, उसे अनदेखा मत करो। हम अगर यह सौदा स्वीकार कर लेंगे तो पूरे शहर में यह मैसेज जायेगा कि इसी लालच में हमने कब्रिस्तान हटाने की मुहिम चलायी। हमारी अब तक की बेदाग चादर कलंक के हवाले हो जायेगी। लोग थूकने लगेंगे हमारे नाम पर।"

रंगरेज दुबे भी नरहरि की दलील से इत्तफ़ाक नहीं रख पा रहा था, "सिद्धान्तवादी होने की भी एक सीमा होती है नरहरि। हम दुनिया जहान के भूखे को खाना ज़रूर खिलायें, लेकिन अपनी भूख के लिए भी खाना खायें। अपना खाना-पीना त्यागकर दूसरों को कोई कितना और कब तक खाना खिला सकता है? जब खुद वह जियेगा ही नहीं तो दूसरों को क्या ज़िन्दगी देगा? मैं पूरी तरह मौज के पक्ष में हूँ। हमें यह नहीं भूलना चाहिए कि हम समाज सेवक के साथ एक व्यवसायी भी हैं।"

"तुमलोग चाँद लेने की बचकानी ज़िद कर रहे हो, जो सर्वथा असम्भव है। अगर 'सबका होटल' से कुछ आगे करने का हौसला है तो हमारे पास खुद की जगह है। सबका होटल के ऊपर बना लो एक नयी मंज़िल। मॉल से सबका होटल का फ़ासला तीन सौ मीटर ही तो है। मॉल में जो चमत्कार हो सकता है, उसे हम अपनी ही जगह में कर सकते हैं।"

"मुख्य बाज़ार से प्रस्तावित मॉल का फ़ासला तो दो सौ मीटर ही है, फिर क्यों इस बाज़ार के बड़े-बड़े दुकानदार मॉल में दुकान लेने के लिए जी-जान लगाये हुए हैं? तो सवाल यहाँ फ़ासले का नहीं है, उसमें निहित अत्याधुनिक सुविधाएँ, हर प्रकार की ब्रांडेड व सुपरिचित उपभोक्ता वस्तुओं की एक विशाल छत के नीचे उपलब्धता व उनके ग्राहकों का जुटान आदि आकर्षण के मुख्य पहलू हैं।"

"अगर इतना ज़रूरी है वहाँ रेस्टोरेंट बनाना तो फिर हमें आम लोगों की तरह बोली लगाकर कोशिश करनी चाहिए। किसी के अधिकार को रौंदकर सौदेबाजी कर लेना परले दर्जे की स्वार्थपरता और अपने साफ़-सफ़ेद निर्मल चरित्र पर कालिख की मोटी परत पोत लेने जैसा है।"

"लकीर का हठी फ़कीर बनकर रहना ही अगर चरित्र की ऊँचाई है तो ठीक है—एक ही बिन्दु पर कदमताल जारी रहे और यह भ्रम पाले रखा जाये कि हम बहुत आगे बढ़ रहे हैं।" रंगरेज ने कटाक्ष वाले लहजे में कहा।

नरहरि की हैरानी बढ़ती जा रही थी—हमेशा एक सूत्र में बँधे, एक सुर में राग अलापने वालों और किसी भी प्रकार के मतभेद को बीच में न आने देने की वर्षों की समझ रखनेवालों ने आज बिलकुल अड़ियल मुद्रा बनाकर उल्टी दिशा अपना ली है।

उसने देखा कि मौज और रंगरेज जो मत प्रकट कर रहे हैं, सारे साथी उन्हीं के साथ खड़े हो गये हैं। यह पहला अवसर था कि नरहरि बिलकुल अकेला पड़ गया। हरफन अंसारी तक उसका साथ नहीं दे रहा था। जबकि धरने की शुरुआत में वह नरहरि के विचार से अभिभूत हो उठा था।

हरफन ने कहा, "पचास प्रतिशत रियायत की माँग अगर मान भी ली गयी तो इससे किस तरह के मुस्लिमों का फ़ायदा होगा? उनका, जो पहले से ही बड़े बिजनेसमैन हैं और करोड़ों में खेल रहे हैं। इस तरह के पूँजीपतियों की कोई जाति और धर्म नहीं होता। तो नाहक हम उनकी लड़ाई लड़ रहे हैं, जिन्हें कायदे से इसकी ज़रूरत ही नहीं है।"

जवाब में नरहरि ने कहा, "यार हरफन! जो छोटे और आर्थिक रूप से कमज़ोर लोग हैं, वे भी इसे ले सकते हैं। सारे बैंक ऋण देने के लिए तैयार हैं।"

"बैंक ऋण उसी को देता है और उतना ही देता है, जिससे उसे वापसी की उम्मीद रहती है। छोटे लोग ऋण लेकर अदायगी कैसे करेंगे, माल लगाने के लिए पूँजी कहाँ से लायेंगे, हरेक माह बिजली, पानी, सिक्योरिटी, मेंटेनेंस आदि पर अच्छा-खासा आने वाला बिल कहाँ से चुकायेंगे? दुकान खोलते ही उन पर धनवर्षा तो नहीं होने लगेगी?"

नरहरि इस तर्क से भी सहमत नहीं हो पाया। उसने कहा, "ये सारे तर्क अनुमान पर आधारित हैं। छोटे लोग आगे कैसे बढ़ेंगे जब रिस्क नहीं लेंगे तो? जो भी हो, हमें इस कोण से नहीं सोचना है। रियायत उन्हें मिलनी चाहिए जिनके पुरखों की कब्रों की भूमि रही है यह, वे अमीर हों या गरीब। तुमलोगों की कठदलीलों से मैं दुखी हूँ, फिर भी अपने फ़ैसले पर कायम हूँ।"

नरहरि ने लक्ष्य किया कि सबकी भंगिमा में उसके लिए एक वक्रता समा गयी है। उससे सीधे मुँह पेश आने में सभी आनाकानी करने लगे हैं।

85

सखानन्द लगातार तिरिल के सम्पर्क में रहने लगा। कभी मोबाइल पर बातचीत कर लेता, कभी तिरिल उसे अपने घर बुला लेती। वह मुन्नी को खूब दुलार-प्यार करता। उसे पार्क ले जाकर घुमा-फिरा लाता। सर्दी-बुखार में डॉक्टर के यहाँ जाने की ज़रूरत होती तो अकेले ही लेकर चला जाता। बाज़ार से अगर सब्ज़ी या कोई किराना सामान लाना होता तो बिना आनाकानी किये वह थैला लेकर निकल जाता।

दो-तीन बार तिरिल उसे अपने गाँव वाले घर भी दिखा आयी। पास-पड़ोस के उससे लगाव रखने वाले लोगों से उसका परिचय करवा दिया। उसकी खेती देखने वाले बँटाईदारों से भी उसे मिलवा दिया और उन्हें बता दिया कि अगर मैं न आ सकूँ तो मेरी जगह ये ही आ जाया करेंगे और इन्हें ही हिसाब-किताब समझा देना और गल्ला-पाती सौंप देना।

नरहरि की निकटता पाने के लिए उसका मन जिस तरह लालायित और बेचैन रहा करता था, उसमें अब भारी बदलाव आ गया था। कभी वह खुद ही फ़ोन करके हाल-समाचार पूछ लेता तो वह बता देती। कभी 'सबका होटल' चली जाती दिल बहलाने या अन्य साथियों से बोलने-बतियाने तो नरहरि से भी कुछ पूछताछ हो जाती। संझा के चले जाने से वह एक खालीपन तो महसूस कर ही रहा था। उसकी इस अवस्था पर तिरिल को कुढ़न होती थी। अत: उसने भी अपनी व्यग्रता को समेटना शुरू कर दिया।

मॉल में रेस्टोरेंट लेने के प्रकरण में उसे अकेला होते देख तिरिल को एक बड़ा धक्का लगा। पहले से ही बेचारा दुखी था। अपने एक अभिन्न दोस्त की ज़ुदाई का गम वह सह ही रहा था कि नौबत ऐसी आ गयी कि सारे के सारे दोस्त यहाँ होकर भी गोया यहाँ नहीं हैं। पास रहते हुए अबोला की दूरी ज़्यादा मारक होती है, बनिस्बत उसके जो वाकई दूर है। मन के सूनेपन पर एक और बियाबान का सन्नाटा।

तिरिल ने इस विषय पर अपनी राय अब तक प्रकट नहीं की थी। उसने विचार किया तो पाया कि नरहरि कहीं से भी गलत नहीं है। उसके बाबा ताराकान्त कहा करते थे कि प्रलोभन और स्वार्थपरता समाजसेवियों को कदम-कदम पर विचलित करती है। इस पर जो काबू कर लेता है वही समाज का सच्चा सेवक साबित होता है। तिरिल की अब नरहरि से बहुत घुल-मिलकर संवाद करने की मन:स्थिति नहीं रह गयी थी, फिर भी उसे उदास, पस्त, बेचैन और क्लान्त देखकर उसका हृदय भर आया। ऐसे में यह आदमी तो टूट जायेगा। साझी संस्कृति को जीने वाला आदमी अकेला होकर तो पागल बन जायेगा। हमेशा वह एक सहकार में जिया। जिन साथियों ने उसे जीवन भर सिर आँखों पर बिठाकर रखा, हर कदम पर साथ दिया, आज वे तिरसठ से छत्तीस बन गये हैं। नरहरि जीवनपर्यंत इन्हीं साथियों के दु:ख-सुख में खुद को एकाकार करता रहा। आज एक प्रलोभन के कारण सबने एक साथ मिलकर उसे अलग-थलग कर दिया है।

समय का अजब कुचक्र है कि इन्हीं दिनों तिरिल सखानन्द के करीब होती चली गयी और नरहरि से उसकी दूरी बढ़ती चली गयी। नरहरि ने और अन्य साथियों ने सम्भवत: इसे ताड़ भी लिया होगा। वह अगर सखानन्द से बढ़ती नज़दीकी से अवगत नहीं होता तो निश्चय ही इस त्रासद समय में ज़रूर अपनी बेचैनी को लेकर तिरिल से बातचीत करता। उससे उपाय पूछता। तिरिल क्या करे...क्या करे कि नरहरि का एकाकीपन का उपचार हो सके।

उसे अचानक खयाल आया कि संझा को बुला लिया जाये। बहुत सारे मर्ज़ की एक दवा अगर कोई हो सकती है तो वह संझा, सिर्फ़ और सिर्फ़ संझा हो सकती है।

तिरिल ने व्हाट्सएप पर एक भावुक मैसेज टाइप किया, "मेरी प्यारी सुझू। बहुत हो गया, अब सहा नहीं जाता, लौट आओ प्लीज़। मैंने यह कदम उठाकर तुम दोनों पर बहुत बड़ी ज़्यादती कर दी। सोन को अपना बनाने के चक्कर में उससे मैं और भी दूर होती चली गयी। मैंने तुम दोनों को अलग करके तुम दोनों की खुशी छीन ली, यह एक बड़ा गुनाह हो गया मुझसे। मुझे प्रायश्चित करने का मौका दो सुझू, तुम लौट आओ, फ़ौरन।

"सखानन्द को तो तुम जानती ही होगी। सोन ने बताया होगा। साधु था, जिसे सोन ने कारखाने में कामगार बना दिया। सोन ने उसे मेरे लिए चुना था और वह

बहुत सही निर्णय था। अब मैंने भी यह मान लिया कि सखानन्द ही मेरे लिए ठीक है। वह उत्साहित है और मेरे हाँ कहने का इन्तज़ार कर रहा है। अब मेरी खुशी इसी में है कि तुम लौट आओ, जल्दी से जल्दी। मैं तुम्हारा बेसब्री से इन्तज़ार कर रही हूँ। वास्तव में पूरा वरदान परिवार तुम्हारा इन्तज़ार कर रहा है। लेकिन एक ट्रेजेडी हो गयी है कि पूरा वरदान परिवार नरहरि के खिलाफ़ हो गया है। सोन इन दिनों बहुत ही अशान्त और अवसादग्रस्त है। तुम्हीं आकर उसे संयत कर सकती हो। जितना जल्दी आ सकती हो आ जाओ। तुम आओगी तभी सखानन्द के साथ मैं विधिवत शादी रचाऊँगी। धूमधाम से बैंड-बारात निकाली जायेगी। शादी के पहले ज़रूरी है कि वरदान परिवार पर जो एक संकट आ गया है, उसका निदान हो। सोन घुट रहा है, एक बड़े द्वन्द्व में फँस गया है, हलकान-परेशान है, उसे सँभालो सुझ्झ, देर मत करो।''

पढ़ते ही संझा का रक्तचाप बढ़ गया। एक खलबली समा गयी उसके भीतर। मोगरा के हवाले से उसे खबर मिलती रहती थी। इतना तो वह जानती थी कि उसके आने के बाद वह खोया-खोया सा रहने लगा है। तिरिल से नज़दीकी बना पाना उसके लिए मुमकिन नहीं हो रहा है। वह भी भला कौन सी खुश थी उसके बिना। वह बस यही मानकर चल रही थी कि धीरे-धीरे सब ठीक हो जायेगा। जीवन फिर से अपनी पटरी पर लौट जायेगा। तिरिल उसे इतना प्यार करेगी, इतना दीवानगी दिखायेगी कि नरहरि उससे घनिष्ठ होने के लिए बाध्य हो जायेगा। लेकिन ऐसा कुछ हो जायेगा कि उसे जान से भी ज़्यादा चाहने वाले साथी उसके खिलाफ़ हो जायेंगे, इसे तो सपनों में भी सोचा नहीं जा सकता था। वह सचमुच इस समय तो एक निर्जन टापू जैसा बनकर बहुत भारी वक्त से गुज़र रहा होगा। तिरिल ने जैसा कहा है, उसे ज़रूर जाना चाहिए।

संझा जाने के लिए उतावली सी हो गयी। पापा से बात की और चलने की तैयारी करने में लग गयी।

86

वरदान परिवार की एक आग बैठक बुलायी गयी। दूर-दराज़ में रहने वाले साथी भी बुलाये गये। तीनों विधायकों की मौजूदगी को भी सुनिश्चित किया गया। सबसे पहले मौज ठाकुर ने अपनी बातें रखीं—

''काफ़ी अर्से से हम सभी साथी 'सबका होटल' चला रहे हैं और हम सबकी आजीविका का यही साधन बन गया है। हमारे परिवारों के भरण-पोषण का ज़रिया अब यही व्यवसाय है। सबकी ख्वाहिश रहती है कि बीतते समय के साथ उसकी आय में भी बढ़ोतरी हो। इसके लिए हमने कैटरिंग सेवा भी शुरू की और उससे हमें काफ़ी फ़ायदा हुआ। सबका होटल को जितना विस्तारित होना था, हो चुका। अब इसमें और गुंजाइश नहीं रह गयी है। हम सोच ही रहे थे कि और क्या कुछ किया जा सकता है कि हमारे सामने खुशकिस्मती से एक बहुत बड़ा ऑफ़र खुद ही आकर खड़ा हो गया।

''यह सच है कि हमारे अज़ीज़ दोस्त और प्रेरणास्रोत भाई सोनवारे नरहरि के कारण ही यह अवसर आया है। हम विद्यार्थी काल से ही हर कदम पर इसके हमदम रहे, इसके हर फ़ैसले में साथ रहे, इसने जो कहा हमने वो किया। इसने भी हम सबके लिए अधिकतम त्याग किया। सबको सगा मानकर बराबर महत्त्व दिया। अपने घर-परिवार पर इसने कभी ध्यान नहीं दिया। लेकिन आज एक ऐसा मोड़ आ गया है कि हमारे विचार आपस में टकरा गये हैं।

''मेरा मानना है कि आँख पर पट्टी बाँधकर सिर्फ़ सिद्धान्तों की डोर थामकर ज़िन्दगी नहीं चल सकती। मॉल का बनना इस शहर की ही नहीं बल्कि इस सूबे की एक बड़ी घटना है। इसके ज़रिये शहर का नक्शा बदल जाने वाला है। इसमें व्यावसायिक प्रवेश मिलना एक बहुत बड़ी लॉटरी के हाथ लगने जैसा है। रेस्टोरेंट की जगह देने के लिए विधाता स्टील और पैराडाइज़ प्रबन्धन हाथ बांधे खड़ा है। इसे ठुकरा कर हम अपने भविष्य और अपनी एकता के साथ बहुत बड़ा खिलवाड़ कर देंगे। हम कभी भी एक धर्म-सम्प्रदाय के पक्ष में नहीं रहे। अत: हम अभी जो माँग कर रहे हैं, वह कहीं न कहीं हमें सवालों के घेरे में भी खड़ा कर सकता है। बेहतर है कि हम इस ऑफ़र को स्वीकार कर लें। वरदान परिवार के लगभग सभी साथियों की यह एकमुश्त राय है।''

एक गहरा सन्नाटा सा पसर गया। हमेशा मुखर और हाज़िरजवाब रहने वाला नरहरि शून्य में ताकता हुआ खामोश था।

पखावज ने पूछा, ''नरहरि भाई, तुम सबकी इच्छाओं को मान देते रहे हो आज तक। मैंने दरयाफ़्त किया है, सारे साथी यही चाह रहे हैं, क्या तुम अपना विचार बदल नहीं सकते?''

नरहरि ने कोई जवाब नहीं दिया।

चकरेला कहने लगा, ''मान जाओ दादा, सबका होटलवो चलेगा अउर मौलवा में कारोबार भी होगा। सबन का आमदनी बढ़ जायेगा। ई ज़रूरी है दादा। खाली असूल पर चले से पेटवा थोड़े न भरता है। बड़कन-बड़कन कुरसी पर बैइठल कउन है जे असूल नईं तोड़ता है। मुसलमनन के गरजे नईं है तो आप काहे ले बौड़ाल हैं।''

नरहरि ने अब भी अपनी चुप्पी नहीं तोड़ी।

पखावज ने फिर दायित्व सँभाला, ''इतना बड़ा चांस फिर नहीं मिलने वाला है नरहरि। बहुमत की कद्र होनी चाहिए दोस्त। बहुमत अगर नाजायज़ को भी स्वीकार लेता है तो उसे मानना पड़ जाता है। बहुमत के कारण कई बार निकम्मी और अयोग्य सरकारें बन जाती हैं, फिर भी आम जनता को उन्हें झेलना ही पड़ता है।''

नरहरि बोलने लगा तो लगा जैसे उसके भीतर से शब्द नहीं कराह निकल रही हो, ''प्रबन्धन ने एक प्रलोभन और चुग्गा डालकर सबके ईमान को डावाँडोल कर दिया। हम अचानक से जितना ऊपर थे उतना ही नीचे गिर गये। पखावज, चांडिल डैम के तुमने बड़े-बड़े मसले हल किये हैं, तुम विधायक बन गये हो, फ़ैसला दे सकते हो, दे भी रहे हो। फिर मुझे क्या कहना? जब हर कोई यही चाहता है कि हमें सौदा कर लेना चाहिए तो फिर मेरी राय के क्या मायने हैं? मैं अकेले तो कोई आन्दोलन नहीं चला सकता। एकता और संगठन के बल पर ही तो हम आगे बढ़ते रहे हैं। गुरुदेव ने हमें यही तो सिखाया था कि हम अगर विभाजित हो जायेंगे तो फिर शून्य में बदल जायेंगे। मैं इसे सहन नहीं कर सकता। आज अगर मेरे पक्ष में कोई नहीं है तो ज़ाहिर है कि मैं अब अप्रासंगिक हो गया हूँ। बस इसके आगे मैं और कुछ नहीं कह सकता।''

नरहरि उठकर जाने लगा तो तिरिल ने आवाज़ दी, ''तुम्हारे पक्ष में मैं हूँ सोन। वरदान परिवार इतना नीचे गिर सकता है, मैंने सोचा नहीं था। सारी नैतिकताओं को ताक पर रखकर अपने निजी फ़ायदे और लोभ के लिए आप उस समूची मुहिम को गर्त में गिराने पर तुल गये हैं जिसमें सार्वजनिक हित और आम आदमी की भलाई का मकसद उजागर होता रहा है। अब लोग कहेंगे कि अपने स्वार्थ की रोटी सेंकने के लिए ही ये सारे ढकोसले किये जा रहे थे। बाबा ने तो

हमें ऐसा सचमुच नहीं सिखाया था। मुझे माफ़ करना बाबा, तुम्हारी असली मृत्यु तब नहीं, अब होने वाली है।''

तिरिल ने आज फिर प्रमाणित किया कि वह तारकनाथ की बेटी है।

नरहरि बिना कुछ कहे बैठक से बाहर चला गया। उसके पीछे तिरिल भी निकल गयी। कुछ देर तक एक चुप्पी व्याप्त रही। फिर पखावज ने उपसंहार करते हुए कहा, ''देखो साथियो, सर्वसम्मति के आगे आदर्श और नीति की छौंक-बघार का कोई मतलब नहीं है। आज तक नरहरि ने जो भी कहा उसे माना गया। अतः आलोचना या इनकार सुनने की उसकी आदत नहीं रही। अभी वह आन में आ गया है। बाद में मान जायेगा। हम मना लेंगे उसे। फ़िलहाल समय को न गँवाते हुए पैराडाइज प्रबन्धन को बता दिया जाये कि हमने यह प्रस्ताव मंजूर कर लिया है। धरना स्थल से टेंट, कुर्सी, माइक आदि हटा लिये जायें। इस प्रस्ताव से मैं भी बहुत उत्साहित हूँ। मुझे पूरा यकीन है कि वरदान परिवार के लिए तरक्की की यह एक बड़ी छलाँग साबित होगी।''

''तुम्हारा कहना बिलकुल सही है पखावज।'' रंगरेज ने अपने ज्ञान का बटुआ खोल लिया, ''इस मॉल में हर स्तर के हज़ारों आदमी हर वक्त मौजूद रहेंगे। तीन-तीन रेजिडेंशियल होटल होंगे, जिनमें फूड सप्लाई के लिए उनके अपने किचन नहीं रहेंगे। उनमें ठहरने वालों के लिए डिनर, लंच और ब्रेकफ़ास्ट की निर्भरता रेस्टोरेंट पर ही होगी। अनुमानतः सबका होटल से यहाँ का टर्नओवर पचास गुणा ज़्यादा होगा।''

बैठक इसी नोट पर खत्म हो गयी।

87

उचटे और अस्थिर मन लेकर नरहरि के पैर मोगरा के घर की तरफ़ बढ़ गये। मीटिंग में वह नहीं आयी थी और कृतार्थ भी नहीं। उसे क्या करना चाहिए, कुछ समझ में नहीं आ रहा था, शायद मोगरा या कृतार्थ कुछ बता सकें।

मोगरा पूरे घटनाक्रम से अवगत थी। किसका साथ दिया जाये, वह खुद दुविधा में थी इसीलिए मीटिंग में नहीं गयी।

नरहरि को इतना टूटा हुआ और इतना मुरझाया हुआ उसने पहले कभी नहीं देखा था, जबकि एक से एक झंझावातों का उसने सामना किया है। लग रहा था कि पिछले कुछ समय से उसने खाना-पीना भी नहीं किया। उसने उसे बैठाकर बिना उससे पूछे किचन में जाकर परांठे और आलू-गोभी की भुर्जी बना दी। लाकर सामने रख दिया तो नरहरि ने कृतज्ञता के भाव से उसे देखा और फटाफट खा लिया। वह सचमुच भूखा था। हज़ारों की भूख मिटानेवाले होटल में रहकर भी वह भूखा था। स्थिति कितनी बदल और बिगड़ गयी है, इससे समझा जा सकता था। कृतार्थ घर में नहीं था, कुछ ही देर में वह आ गया।

नरहरि के चेहरे पर जो व्यथा और व्याकुलता उभरी हुई थी, वो बहुत असामान्य होने का संकेत दे रही थी।

बहुत देर बाद उसने थरथराते हुए से पूछा, "संझा की कोई खबर आती है तुम्हारे पास? कैसी है वह?"

मोगरा ने कहा, "प्रायः हर दूसरे-तीसरे दिन फ़ोन करती है, कभी व्हाट्सएप पर भी चैटिंग हो जाती है। वह हर बार तुम्हारे बारे में पूछती है। याद आया, तुम्हारे लिए कुछ भिजवाया है उसने। कल ही कुरियर वाला दे गया है। अभी लाती हूँ।"

अन्दर से एक पैकेट लाकर रख दिया सामने।

"खोलकर देखो, क्या है इसमें?" नरहरि ने कहा।

"यह तुम्हारे लिए है। इसे तुम्हें ही खोलना चाहिए।"

नरहरि ने पैकेट खोला। तीन जोड़ा कुर्ता-पाजामा था। उसने उस पर हाथ फिराये और उसके आँसू बह निकले। कृतार्थ बगल में बैठकर उसकी पीठ सहलाते हुए उसे संयत करने की कोशिश करने लगा।

"वह मुझे बराबर वहीं से निर्देशित करती है कि तुम्हारे कपड़े अगर गन्दे हो गये हों तो मैं लाकर धो दूँ। तुम्हारे खाने-पीने के बारे में भी पूछती रहती है।"

"देखो मोगरा, मैं कितना निर्दयी हूँ कि कभी उसके बारे में नहीं पूछता। मैं सचमुच अच्छा आदमी नहीं हूँ गोगरा।"

"ऐसा मत कहो सोन। तुमसे अच्छा तो आज तक हमारे जीवन में कोई मिला ही नहीं। तुम अच्छे नहीं होते तो संझा यों ही तुम पर फ़िदा नहीं हो जाती!"

''एक बात पूछता हूँ मोगरा, ईमानदारी से बतलाना, मुँहदेखी न करना। क्या बन रहे मॉल में रेस्टोरेंट के नाम पर मुझे समझौता कर लेना चाहिए?''

''न्यायोचित तो नहीं है सोन, लेकिन बीच में दरार न बनें, आपस में फूट न हो, संस्था में टूट न हो जाये, इसे ध्यान में रखते हुए मैं कहना चाहती हूँ कि जब सभी ऐसा चाहते हैं तो उनकी बात मान लो।''

''ठीक है। तुम्हारा क्या विचार है कृतार्थ?''

''तुम्हारे लिए तय करना बहुत मुश्किल है भाई, चूँकि तुमने गलत का कभी साथ नहीं दिया। ताराकान्त सर का सच्चा अनुयायी कोई एक है, तो वह तुम हो। मेरा भी यही कहना है कि संस्था को टूटने से बचाने के लिए तुम्हारा मान लेना ही उचित है।''

''इसे मान लेने का मतलब है ताराकान्त सर का हमारे जीवन से पटाक्षेप। वरदान पुष्प परिवार दो विचारधारा से नहीं चल सकता। दो विचारधारा का मतलब होगा बार-बार टकराव। तो ऐसी व्यवस्था करनी होगी कि संस्था में एक ही विचारधारा रहे, एक ही मत के लोग रहें।''

नरहरि कहकर मौन हो गया और उसकी नज़रें कहीं शून्य को देखने लगीं। मोगरा और कृतार्थ उसके कहने का अर्थ टटोलने लगे।

कुछ मिनट बाद उसने अपनी जेब से एक लिफ़ाफ़ा निकाला और मोगरा को देते हुए कहा, ''इसे संझा को भिजवा देना।

वह जाने के लिए उठ खड़ा हो गया।

मोगरा ने याद दिलाया, ''ये कपड़े तो लेते जाओ।''

''इन्हें अभी यहीं रहने दो।''

कहकर वह बाहर निकल गया। ऐसा लग रहा था जैसे वह वर्तमान से बिलकुल अनुपस्थित हो गया हो। मोगरा और कृतार्थ उसे इस तरह जाते हुए देखकर बिलकुल अव्यवस्थित से हो गये। मोगरा ने झट संझा को फ़ोन लगाया और पूरा वृत्तांत सुना दिया। संझा ने उसे बताया कि आज ही रात वह ट्रेन में बैठ रही है। कल शाम तक पहुँच जायेगी।

88

अगले दिन धरनास्थल खाली हो गया और यह खबर फैल गयी कि प्रबन्धन के साथ समझौता हो गया और आन्दोलन वापस ले लिया गया। मुस्लिम कम्युनिटी के बहुत सारे उम्मीद लगाये लोग 'सबका होटल' पहुँच गये। वे नरहरि से मिलकर जानना चाहते थे कि क्या समझौता हुआ।

नरहरि होटल में या ऊपर दफ़्तर में मौजूद नहीं था। तब मौज ठाकुर ने उनसे मिलकर बता दिया कि नरहरि कहीं गये हुए हैं। वापस आयेंगे तो आपको खबर कर देंगे।

हरफन ने देखा कि जो लोग आये हुए थे, उनमें मुख्य बाज़ार का एक भी बड़ा व्यवसायी नहीं था। इन्हें वह धतकीडीह और आज़ादबस्ती में कई बार देख चुका था। ये लोग पान गुमटी चलाने, पंक्चर साटने की दुकान चलाने, ठेला लगाकर फल बेचने, फ्रिज-एसी की रिपेयरिंग करने, ऑटो चलाने, एग रोल और चाऊमीन बेचने जैसे छोटे धन्धे के लोग थे। हरफन ने इनसे यों ही जानने के लिए पूछ लिया, "आप लोग मॉल में दुकान लेना चाहते हैं? बैंक फ़ाइनेंस के अलावा जो पूँजी लगेगी, वो क्या जुटा लेंगे?"

पता चला कि सबके पास अपना जुगाड़ है। सबने घर का कुछ बेच-बाचकर और उधार-पैंचा लेकर पैसा जुटाने का इन्तज़ाम कर लिया है। मतलब नरहरि ने जो कहा था, वह गलत नहीं था। इन्हें अगर मौका मिल जाता तो बेशक कुछ ज़मीन पर रेंगने वाले लोग भी ऊपर उठ जाते। वे लोग जब होटल से चले गये तो नरहरि की होटल से गैर-मौजूदगी को सबने संजीदगी से लेना शुरू किया। काफ़ी देर से उसे किसी ने नहीं देखा था। जो हर पल हरेक की नज़रों में छाया रहता था और हर कोई उसकी नज़रों में समाया रहता था, आज वह सबकी नज़रों से गायब हो गया और किसी को खबर तक नहीं लगी।

हरफन ने तिरिल को फ़ोन किया। उसने कहा कि कल की बैठक के बाद उससे देखा-देखी तक नहीं हुई। उसके घर में चाचा रांगतचन्द से पूछा गया। उन्होंने कहा कि वह यहाँ कब आता है कि आज आयेगा। मोगरा से पूछा गया। उसने बताया कि दोपहर में आया था, थोड़ी ही देर में चला गया। इसी तरह गुरमेज

भाटिया, सुकोमल जैन, सखानन्द यानी जहाँ-जहाँ उसके होने की सम्भावना हो सकती थी, पूछा गया, लेकिन कहीं से उसका पता नहीं मिला। अन्त में सबलोग इसी अटकल पर ठहरकर रह गये कि हो न हो वह संझा के पास मुम्बई चला गया हो। लेकिन यह अटकल भी तब निर्मूल साबित हुआ जब अगले दिन शाम को संझा प्रकट हो गयी।

89

संझा ने उसका दिया लिफ़ाफ़ा खोला। उसमें एक पुर्जी थी और एक बैंक का हस्ताक्षरित चैक था। पुर्जी में लिखा था—''मुन्नी को बढ़िया लालन-पालन देना। मैं एक अभागा पिता हूँ कि मैं उसे बड़ा होते नहीं देख पा रहा। उसके लिए चाहकर भी बहुत कुछ करने की हसरत अधूरी ही रह जा रही है। होटल से हुई आमदनी के अब तक के अपने हिस्से के जमा कुछ पैसे हैं मेरे खाते में साढ़े बारह लाख के करीब। इसे मुन्नी की पढ़ाई में लगाना और मुमकिन हो तो उसे ताराकान्त सर की विचारधारा और उसूलों से अवगत कराना। उनके सुझाये मार्ग पर चलने की मैंने बहुत कोशिश की लेकिन साथियों की स्वार्थपरता आड़े आ गयी और मैं थम सा गया। तुमने मुझे बहुत प्यार दिया। मैं तुम्हारा कृतज्ञ हूँ। मेरी किसी भी भूल के लिए मुझे कर सको तो माफ़ कर देना।''

संझा की आँखों से धाराधार आँसू बहने लगे। चिट्ठी से सब कुछ स्पष्ट हो गया था।

शायद कोई करिश्मा हो जाये, यह सोचकर उसे तलाशने में संझा ने खुद को झोंक दिया। पागलों की तरह वह इधर-उधर भटकती रही। कहीं से कोई सुराग मिल जाता तो वह वहाँ के लिए दौड़ लगा देती। किसी ने कहा कि एक आदमी को उसने चांडिल डैम में बहुत देर तक तैरते हुए देखा है। डैम के बीचोबीच पहुँचकर वह फिर अन्तर्धान हो गया। कहते हैं कि कई बड़े-बड़े घड़ियाल भी हैं उस डैम में। किसी ने कहा कि ट्रेन पूरी रफ़्तार से गुज़र रही थी तो एक आदमी उसके आगे कूद गया। उसके कई क्षत-विक्षत टुकड़े हो गये। पुलिस ने उसे बटोर कर पोस्टमार्टम हाउस भिजवा दिया।

संझा को जीवन भर यह मलाल सालता रहेगा कि जो आदमी विधाता स्टील

के दैत्य प्रबन्धन से टकराकर भी खड़ा रहा, चौला सिंह जैसे खूंखार और बर्बर दुश्मन से भी पराजित नहीं हुआ, कई अज्ञात हमलावरों की साज़िशों को भी नाकाम कर देता रहा, वह उनके सामने लाचार और असहाय हो गया जो जीवन भर उसके सबसे निकट और अज़ीज़ रहे। हालाँकि उसे अब भी भरोसा है कि चट्टानी इरादों, परिपक्व विचारों और हर विपरीत परिस्थितियों से मुकाबला कर लेने का माद्दा रखने वाला सोन खुद को यों ही खत्म नहीं कर सकता। वह निश्चय ही किसी बड़ी भूमिका को लेकर, नये साथियों के एक दल के साथ, यहाँ, वहाँ या कहीं भी धूमकेतु की तरह फिर प्रकट होगा और सब देखते रह जायेंगे। संझा उसका अन्तिम दम तक इन्तज़ार करेगी।

संझा की तरह तिरिल का भी मानना है कि नरहरि तुच्छ लाभ-लोभ से समझौता न करके बाबा ताराकान्त के मूल्यों को बचाने में सफल हो गया। यह उसका पलायन नहीं पुनरुत्थान है।

❑❑❑

स्थापित 1912
100 वर्षों की श्रेष्ठ प्रकाशन परम्परा
राजपाल

राजपाल एण्ड सन्ज़ की स्थापना एक शताब्दी पूर्व 1912 में लाहौर में हुई थी। आरम्भिक दिनों में अधिकतर धार्मिक, सामाजिक और देश-प्रेम की पुस्तकें प्रकाशित होती थीं और हिन्दी के अतिरिक्त अंग्रेज़ी, उर्दू व पंजाबी भाषा में भी पुस्तकें प्रकाशित की जाती थीं।

1947 में भारत-विभाजन के बाद राजपाल एण्ड सन्ज़ को नए सिरे से दिल्ली में स्थापित किया गया और साहित्यिक पुस्तकों के प्रकाशन का आरम्भ हुआ। रामधारी सिंह दिनकर, महादेवी वर्मा, बच्चन, अज्ञेय, शिवानी, आचार्य चतुरसेन, विष्णु प्रभाकर, राजेन्द्र यादव, मोहन राकेश, रांगेय राघव, कमलेश्वर और अन्य साहित्यिक लेखकों की कृतियाँ यहाँ से प्रकाशित होने लगीं। राजपाल एण्ड सन्ज़ से प्रकाशित *मधुशाला, कुरुक्षेत्र, मानस का हंस, आवारा मसीहा, कितने पाकिस्तान, आषाढ़ का एक दिन* जैसी पुस्तकें हिन्दी साहित्य की 'क्लासिक पुस्तकें' मानी जाती हैं और आज भी लोकप्रियता के शिखर पर हैं। भारत के राष्ट्रपतियों और प्रधानमंत्रियों की पुस्तकें प्रकाशित करने का गौरव भी राजपाल एण्ड सन्ज़ को प्राप्त है। नोबेल पुरस्कार से सम्मानित अर्थशास्त्री डॉ. अमर्त्य सेन की सभी पुस्तकों के हिन्दी अनुवाद यहाँ से प्रकाशित हैं। अन्तरराष्ट्रीय चर्चित पुस्तकों के अनुवाद, विश्वविख्यात कोशकार डॉ. हरदेव बाहरी द्वारा सम्पादित 'राजपाल' शब्दकोशों की शृंखला और किशोरों के लिए सैकड़ों पुस्तकें राजपाल एण्ड सन्ज़ से प्रकाशित हुई हैं।

पाठकों के स्वस्थ और सुरुचिपूर्ण मनोरंजन और ज्ञानवर्धन के लिए समर्पित राजपाल एण्ड सन्ज़ से हिन्दी और अंग्रेज़ी में पुस्तकें प्रकाशित होती हैं जो देश के सभी बड़े पुस्तक-विक्रेताओं और विश्व भर के ऑनलाइन विक्रेताओं के यहाँ उपलब्ध हैं।

राजपाल एण्ड सन्ज़

1590 मदरसा रोड, कश्मीरी गेट, दिल्ली-6, फोन: 011-23869812, 23865483
email: sales@rajpalpublishing.com, facebook: facebook.com/rajpalandsons
website: www.rajpalpublishing.com